Karen Elste

Die Halligprinzessin

Über die Autorin:

Karen Elste hat Anglistik und Bibliothekswissenschaften studiert und lebt als freie Autorin im grünen Rand ihrer Heimatstadt Berlin, doch ihr Herz schlägt seit vielen Jahren für die Nordsee.
Wenn sie nicht gerade Romane, Hör- oder Drehbücher in unterschiedlichen Genres schreibt, träumt sie bei einer Tasse Tee von einem kleinen Häuschen mit Reetdach an der Küste. Dort, wo die Brandung vor dem Küchenfenster anrollt und die Möwen vom nächsten Sommer erzählen.

KAREN ELSTE

Die Hallig-prinzessin

Roman

lübbe

Dieser Titel ist auch als E-Book erschienen

Die Bastei Lübbe AG verfolgt eine nachhaltige Buchproduktion. Wir verwenden Papiere aus nachhaltiger Forstwirtschaft und verzichten darauf, Bücher einzeln in Folie zu verpacken. Wir stellen unsere Bücher in Deutschland und Europa (EU) her und arbeiten mit den Druckereien kontinuierlich an einer positiven Ökobilanz.

FSC
www.fsc.org
MIX
Papier aus verantwortungsvollen Quellen
FSC® C014496

Originalausgabe

Dieser Roman wurde vermittelt durch die Literaturagentur Lesen & Hören

Textredaktion: Sylvia Gredig, Wortfischen
Titelillustration: © Magdalena Russocka / Trevillion Images |
© www.buerosued.de
Umschlaggestaltung: www.buerosued.de
Satz: Dörlemann Satz, Lemförde
Gesetzt aus der Adobe Garamond und New York
Druck und Verarbeitung: GGP Media GmbH, Pößneck
Printed in Germany
ISBN 978-3-404-18491-0

2 4 5 3 1

Sie finden uns im Internet unter luebbe.de [ggf. quadriga-verlag.de / luebbe-sachbuch.de / luebbe-life.de]
Bitte beachten Sie auch: lesejury.de

So wie ich alle handelnden Personen (jede Ähnlichkeit mit real existierenden Menschen ist rein zufällig und nicht gewollt), alle Namen und Bezeichnungen frei erfunden habe, ist auch die Hallig Südfall, die ich in diesem Roman beschreibe, ein Produkt meiner Fantasie.

In Wahrheit gibt es auf der echten Hallig Südfall nur eine Warft. Diese gehörte in der Vergangenheit Diana von Reventlow-Criminil, die bis zu ihrem Tod 1953 allein dort gelebt hat.

Viele Anekdoten ranken sich um das Leben der »Hallig-Gräfin«, wie sie liebevoll genannt wird. So soll sie während des Zweiten Weltkriegs einen englischen Bomberpiloten auf Südfall versteckt haben …

Heute ist Südfall nur im Sommer bewirtschaftet.

Im Winter, wenn der Wind Geschichten aus längst vergangenen Zeiten über die Salzwiesen raunt, gehört dieser schwimmende Traum ganz allein der Natur und den Gezeiten.

– Teil 1 –

Ella

»Nein, nein, die Überraschung gibt es erst später!«, rief Robert ihr nach.

»Unfair!«, gab sie zurück, schlüpfte in ihre Slipper, die neben der Haustür standen, und knotete danach ihre Strickjacke in der Taille fest zu. »Ich hab seit heute Morgen um halb vier Geburtstag.«

»Mag sein. Aber für diese Überraschung brauche ich Zeugen.«

Sie lächelte. »Du meinst Publikum. Wer, wenn nicht du, sollte wissen, was Zeugen sind?«

Roberts Antwort war ein fröhliches Lachen.

Draußen im Hof war die Luft samtig und beinahe warm. Ein leichter Duft von Herbst hing darin. Der Duft zusammengekehrter Laubhaufen und feuchter Erde. Ella konnte sich nicht erinnern, dass es an ihrem Geburtstag je geregnet hatte. Oft sogar war es einer dieser letzten überraschend warmen Oktobertage, so wie eben heute, bevor der Herbst mit Regen und Wind die Blätter von den Bäumen fegte.

Heute leuchtete die alte Linde im Hinterhof, in dem Ellas geliebte kleine Remise stand, in Gold und Orange. Hier, umgeben von viergeschossigen Jahrhundertwendehäusern mitten in Kreuzberg, war der blaue Himmel, in den Ella blinzelte, nur ein schmaler Streifen, aber dennoch liebte sie die Ruhe, in die ihr gemauertes zweigeschossiges Zuhause eingebettet war. Der Lärm der Großstadt war nur eine Ahnung, ein sanftes Rauschen, aber gleichzeitig die aufregende Gewissheit, dass sie nur den Hof und den breiten Flur des Vorderhauses durchqueren, sich an Kinderwagen und Fahrrädern vorbeischieben und die Tür zur Straße aufstoßen musste, um mitten in der Stadt zu sein, im Gewimmel von Berlin. Die Stadt, in der sie geboren und aufgewachsen war, eben hier, in dieser alten

Remise, die sie nach dem Tod ihrer Mutter übernommen hatte, genau wie ihre Apotheke.

Ella schob sich eine Strähne ihres kinnlangen blonden Haares hinter das Ohr und genoss einen Moment lang wohlig lächelnd die letzte Sonnenwärme des Jahres auf ihrem Gesicht, bevor sie ihren Briefkasten, der direkt neben der Eingangstür zur Remise hing, aufschloss. Die Ruhe vor dem Sturm, dachte sie, vor meiner großen Party heute Abend. Vierunddreißig wird man eben nur einmal. Und auf die große Party freute sie sich schon seit Wochen.

Die übliche Post eines Samstages fiel ihr entgegen. Werbung. Noch mehr Werbung. Ein Brief vom Finanzamt, den sie nach ganz hinten sortierte, und mehrere Briefe, die sicherlich Geburtstagsgrüße enthielten.

Ein Brief, nein, eher fast ein Päckchen, klemmte noch fest. Es musste ihre freundliche Postbotin wohl Mühe gekostet haben, dieses dicke große Kuvert durch den Schlitz zu zwängen. Nach einigem Ruckeln und Ziehen gab der Briefkasten jedoch seine Beute preis, und Ella, die erst geglaubt hatte, jemand hätte ihr ein Geschenk geschickt, sah stirnrunzelnd auf den Absender.

Christian Aumüller, Rechtsanwalt aus Husum.

Für einen Moment hielt Ella die Luft an. Hatte sie sich etwas zuschulden kommen lassen? Ein dicker Umschlag. Er fühlte sich an, als wäre ein Buch darinnen. Merkwürdig. Oder hatte sie etwas bestellt und vergessen?

Vielleicht ist das so, wenn man vierunddreißig wird, überlegte Ella. Man vergisst einfach, dass man sich ein Buch bestellt hat?

Rasch schloss sie den Kasten, ging hinein und zog die Tür hinter sich ins Schloss. Das ganze untere Stockwerk war ein großer Raum aus Küche, Esszimmer und Wohnzimmer, während sich im Dachgeschoss ein Schlaf-, ein Arbeitszimmer und ein Badezimmer in die Dachschrägen kuschelten.

»Ist etwas nicht in Ordnung, Ella?« Robert stellte klappernd seinen Frühstückskaffee wieder auf die Untertasse. Ella drehte den

Kopf zum großen Esstisch, an dessen einem Ende sie bis eben mit Robert gegessen hatte, während sich am anderen schon das Geschirr für die Party heute Abend stapelte, das Robert bereits herausgeräumt hatte.

»Ein Brief von einem Anwalt aus Husum«, antwortete sie langsam und legte den Rest der Post auf den kleinen Beistelltisch neben der Tür.

»Von einem Anwalt?« Robert hob eine Augenbraue und lächelte ganz leicht. »Ich dachte, ich wäre der einzige Anwalt in deinem Leben.«

»Offenbar nicht«, sagte Ella, bevor sie noch einmal auf den dicken Umschlag sah und sich ganz plötzlich ihre Stimmung änderte, so plötzlich wie manchmal ein Unwetter aufzieht und schwarze Wolken einen eben noch blauen Himmel verdunkeln.

Eine merkwürdige Aufregung, nein, eher eine Befürchtung kroch Ella den Rücken hinauf. Dieser Brief schien ihr wie eine Grenze zu sein.

Ihr Leben davor – und ihr Leben danach. Albern, schalt sie sich selbst, jetzt mach ihn einfach auf!

»Was ist denn?« Robert schob den Stuhl ein Stückchen zurück und warf ihr einen erwartungsvollen Blick zu.

Ella zog an dem perforierten Pappstreifen auf der Rückseite und entnahm dem dicken Kuvert ein schmales dünnes Büchlein, das in Leder eingebunden war und alt aussah, dazu ein weiteres weißes Kuvert, auf dem nur ihr Vorname stand, und einen Briefbogen.

»Sehr geehrte Frau Bramen«, las Ella laut vor, »mit großem Bedauern unterrichte ich Sie hiermit entsprechend den letzten Wünschen Ihrer Großtante Ines Nahnsen, wohnhaft auf Sönkenswarft, Hallig Südfall, über deren Tod vor zwei Wochen.«

Ella ließ den Brief sinken und sah zu Robert hinüber, der jetzt aufstand und rasch zu ihr herüberkam. »Ach herrje, Ella, das tut mir leid! Du hast nie von ihr erzählt. Ich wusste nicht mal, dass du eine Großtante hast.«

»Ich … wir hatten keinen Kontakt. Ich kannte sie gar nicht wirklich. Sie war die Schwester meiner Großmutter. Und jetzt –« Ella fuhr sich mit einer Hand über die Stirn. »Jetzt ist sie tot.« Ein dunkler Schatten hatte sich über den Tag gelegt, der so heiter mit einem ausgiebigen Frühstück begonnen hatte. »Kann ich gar nicht glauben«, murmelte Ella noch leise.

Robert legte eine Hand auf Ellas Arm, während sie verzweifelt versuchte, eine Erinnerung an Ines Nahnsen heraufzubeschwören. Als Kind war sie einmal auf der Hallig gewesen, fiel ihr ein. Vielleicht mit fünf oder sechs. Ein reetgedecktes Backsteinhaus. Grüne Wiesen. Schafe. Und eine schmale Frau, die nach Heu und Meer roch und deren Gesicht verschwommen blieb.

Sollte Ella nicht trauriger sein in diesem Augenblick?

Aber alles, was sie fühlte, war eine diffuse Bestürzung, die seltsam fern anmutete, ähnlich dem, was sie gefühlt hatte, als sie vor ein paar Wochen gehört hatte, dass einer der Nachbarn im Haus verstorben war. Ein älterer Herr, dem sie höchstens ein paarmal beim Müllwegbringen begegnet war.

»Und deine Großmutter? Sie hatte keinen Kontakt zu ihrer Schwester?«, fragte Robert ungläubig. Ja, für ihn waren derartige Verhältnisse undenkbar. Seine Eltern waren seit fünfunddreißig Jahren verheiratet und lebten immer noch in dem Haus, in dem auch Robert, ihr geliebtes Einzelkind, zur Welt gekommen war. Regelmäßig kam die ganze Familie, die auch noch aus Tanten, Onkel und Cousinen bestand, zusammen, um die üblichen Feste zu feiern, und Ella war gern ein Teil davon geworden.

Ella schüttelte den Kopf. »Nein. Sie hat nie viel darüber erzählt, nur dass es einen großen Streit gab, als meine Großmutter die Hallig verlassen hat, und dass ihre Schwester nicht mehr mit ihr sprechen wollte.«

Ella hob das Briefpapier wieder an und las weiter: »Als Nachlassverwalter Ihrer Tante obliegt es mir, Sie darüber zu informieren, dass Sie als Alleinerbin eingesetzt sind. Gemäß dem Wunsch Ihrer

Großtante erben Sie die auf der Hallig Südfall befindliche Sönkenswarft samt Gebäuden und …« Ella schluckte und überflog den Rest.

Robert küsste sie flüchtig auf die Wange und dirigierte sie dann in Richtung Esstisch. »Jetzt setz dich erst mal. Ich mach dir noch einen Kaffee. Du bist ja ganz blass!«

Ohne nachzudenken, ließ sich Ella auf einen der Holzstühle fallen und legte Brief, Kuvert und Büchlein neben ihren Teller, während Robert zwei Tassen unter den Vollautomaten stellte und frische Bohnen in das Mahlwerk gab.

»Mach dir keine Sorgen, Ella, ich kümmere mich darum.«

Heute war ihr Geburtstag, und vor zwei Wochen war ihre Großtante gestorben, die sie nicht wirklich gekannt hatte und die zu Lebzeiten offenbar noch nicht einmal gewollt hatte, dass Ella zu ihrer Beerdigung kommen sollte.

Ines hatte ihr damals nach dem Unfall, bei dem Ellas Mutter und ihre Großmutter Anke ums Leben gekommen waren, eine Beileidskarte geschickt und sich dafür entschuldigt, dass ihre Gesundheit eine Reise nach Berlin zur Beerdigung nicht erlauben würde.

Ella hatte sich höflich dafür bedankt und tatsächlich ins Auge gefasst, Ines einmal zu besuchen. Wenn sie Zeit hatte. Nicht nach der Beerdigung natürlich. Und auch nicht, als sie die Remise renovierte, in der vorher ihre Mutter gelebt hatte. Natürlich ging es auch nicht, als sie die Wohnung ihrer Großmutter auflöste. Danach stürzte sich Ella dann mit vollem Elan in die Arbeit, es gab viel zu tun in der Apotheke, die sie seit dem Tod ihrer Mutter mit ihrer Freundin Karla zusammen führte. Kurzum, ein Besuch auf der Hallig hatte sich einfach nicht ergeben.

Auch die Tatsache, dass Robert in Frankfurt am Main lebte und arbeitete, machte es nicht gerade einfacher. Meist blieben Ella und ihm kaum mehr als zwei Wochenenden im Monat, an denen sie sich sehen konnten. Und diese Wochenenden waren Ella immer heilig. Kostbare Zeit für Liebende, die sich im Alltag entbehrten.

»… dafür musst du doch nicht hinfahren. Ich kann den Verkauf des Hauses oder der Warft, wie auch immer das heißt, doch von hier aus regeln und …« Roberts Stimme perlte in ihre Überlegungen, wie ein munteres Bächlein einen Berg hinuntergurgelt.

Jetzt sah Ella auf und blickte Robert irritiert an, während die Kaffeemaschine mit einem letzten Fauchen und Zischen ihr getanes Werk anpries.

»Bitte?«, fragte sie, so als hätte sie sich verhört.

Robert hob die Schultern, lächelte ihr zu und reichte ihr die Tasse mit dem dampfenden Kaffee. »Sieh mal, du bist doch ganz schön eingebunden mit der Apotheke im Moment, und wir sehen uns auch nicht so oft, wie wir beide es wollen. Lass mich dir helfen und das regeln, Ella. Du musst da nicht hinfahren. Du hast heute Geburtstag, und ich möchte, dass es dein Tag ist. Ich möchte, dass wir eine tolle Party mit Freunden feiern, Spaß haben und uns erholen. Und ich habe doch noch eine ganz besondere Überraschung für dich!« Robert setzte sich wieder gegenüber auf seinen Platz und faltete die Tageszeitung zusammen, in der er während des Frühstücks geblättert hatte, bevor er sie zur Seite geschoben hatte.

Typisch Robert, dachte Ella. Er will mir mal wieder alles aus der Hand nehmen. An vielen Stellen in ihrem Leben war sie ihm auch durchaus dankbar, wenn er hin und wieder einen Brief an die Versicherung oder ein Amt für sie schrieb oder sich um ein rechtliches Problem kümmerte, genauso wie sie umgekehrt natürlich all seine Wehwehchen mit Medikamenten versorgte, aber heute war ihr, als wäre sie eine Katze und er hätte sie gegen den Strich gebürstet.

Das hier, dachte sie, das hier ist anders. »Nein«, hörte sich Ella so laut und so deutlich sagen, dass sie selbst zusammenzuckte. »Nein. Diesmal funktioniert das nicht.« Mit dem Zeigefinger tippte sie auf den Umschlag. »Robert, das kannst du mir doch nicht einfach abnehmen, wegnehmen.«

»So meine ich das doch gar –«

Ella holte tief Luft. »Ich weiß, dass du es gut meinst, aber das ist nichts, was du von Frankfurt aus regeln solltest. Das ist meine Familie. Der letzte Mensch, der mich zumindest mal als kleines Kind gesehen hat, ist gestorben, und obwohl ich Ines noch nicht einmal wirklich kannte, geht mir das nah. Es gibt sie jetzt nicht mehr. Da ist nur noch dieses Haus und –« Schwungvoll häufte Ella zwei Löffel Zucker in den Kaffee und begann fahrig zu rühren. »Und es wäre schön, wenn du mich dorthin begleiten würdest.«

»Auf die Hallig? Du willst doch da nicht allen Ernstes hinfahren?«, fragte Robert verblüfft.

»Doch, natürlich! Was denkst du denn?« Bis zu diesem Augenblick war Ella der festen Überzeugung gewesen, dass es nur diese Klarstellung von ihr gebraucht hatte, nur diese Richtigstellung der Tatsachen, und dann würde er sie verstehen. »Es gibt Dinge zu regeln, das Haus auszuräumen. Vielleicht …« Und der Gedanke drängte sich langsam nach vorn. »Vielleicht gibt es Familienerinnerungen, die ich aufheben und behalten möchte. Ich … muss doch wenigstens einmal sehen, woher ich komme, wo meine Großmutter aufgewachsen ist, Robert.«

Roberts blaue Augen verfinsterten sich. »Wie stellst du dir das vor? Ich muss Montag früh wieder in der Kanzlei sein. Die nächste Woche ist ein einziger Albtraum aus Mandanten- und Gerichtsterminen – die kann ich nicht einfach hin und her schieben, wie ich gerade lustig bin. Natürlich kann ich diesem Anwalt aus Husum mal schreiben oder ihn anrufen, aber wie soll ich mich so kurzfristig freimachen?«

Ella antwortete nicht sofort. Stattdessen biss sie sich auf die Unterlippe und versuchte, die Enttäuschung, die sie überfiel, herunterzuschlucken. Die Stimmung war gekippt. Genauso plötzlich, wie sie den Brief erhalten hatte, war aus einer kleinen Verstimmung ein Streit geworden. »Das hier«, sagte sie schließlich leise, »das hier ist wichtig für mich, Robert.«

Versöhnlich streckte er seine rechte Hand über den Tisch. Beinahe so wie damals, als sie sich auf der Einweihungsparty bei einer

Freundin von Ella kennengelernt hatten. »Faerber. Robert Faerber«, hatte er lächelnd gesagt, und Ella hatte gekichert, weil sie schon zwei Gläser Wein getrunken hatte und es sich ein wenig anhörte wie: »Bond, James Bond.« Sie hatte ihn sofort gemocht. Vielleicht, weil sie die Gegensätze fasziniert hatten, die in diesem Mann steckten. Er war groß und breitschultrig und sah ein wenig so aus, als würde er den Anzug, den er trug, jeden Moment sprengen können. Und er wirkte in geschlossenen Räumen oft seltsam deplatziert, eben so, als würde er jeden Augenblick hinausstürmen können, sich auf sein Mountainbike schwingen und eine Runde durch den Wald drehen. Etwas, das er ja auch oft genug tat. Etwas, das er brauchte, um all die Stunden in der Kanzlei am Schreibtisch zu überstehen. Robert war ein attraktiver Mann, mit seinen leuchtenden blauen Augen, dem immer ein wenig zu langen braunen Haar und seinem gewinnenden Lächeln, das nicht nur Mandanten beruhigte, sondern oft genug auch Ella.

Heute jedoch nicht. Heute fand sie, dass sein Lächeln aussah wie eine Grimasse. Heute schnürte ihr das Gefühl, von ihm nicht verstanden zu werden, nicht ernst genommen zu werden, die Kehle zu.

»Meine Großtante ist tot«, sagte sie und wunderte sich ein wenig über das Zittern, das sich in ihre Stimme geschlichen hatte. »Das ist ausnahmsweise mal wichtig.«

»Ich verstehe nicht. Du kanntest sie doch gar nicht? Wieso trifft dich das so?«

Ella stand auf, trat zum Fenster hinter dem Esstisch und sah einen Moment lang über den Hof. Zwei Tauben pickten vor der kleinen Hecke, die die Mülltonnen verdeckte, auf dem Boden, so als wäre nichts passiert, als wäre es ein normaler Tag wie jeder andere. Dann drehte Ella sich wieder um, verschränkte die Arme und lehnte sich gegen das Fensterbrett.

»Du kannst das nicht verstehen, aber …« Ella holte Luft. »Ich bin jetzt übrig. Jetzt gibt es niemanden mehr in meiner Familie außer mir. Das Haus, diese Warft oder was auch immer … das ist alles, was mir bleibt, geblieben ist. Und ich war nie wirklich da, kann mich an diesen einen Besuch dort kaum erinnern. Ich weiß nicht mal, warum wir da waren, ich –« Sie versuchte die Tränen, das Weinen, das irgendwo tief in ihrer Kehle grummelte, nicht herauszulassen. »Und ja, es macht mich traurig. Ich kannte sie nicht, und trotzdem trifft mich ihr Tod. Und dieses eine Mal würde ich mir einfach wünschen, dass –« Sie biss sich wieder auf die Unterlippe. Dass du einfach bei mir bist, wollte sie eigentlich sagen, dass ich wichtiger für dich bin als alles andere. Sollte es nicht genauso sein in einer Beziehung?

Robert lehnte sich zurück und räusperte sich. »Wollen wir diese Unterhaltung nicht auf morgen verschieben? Das macht mehr Sinn, denke ich. Natürlich trifft dich das. Vielleicht muss das alles einfach erst mal sacken, Ella. Und heute feierst du einfach nur Geburtstag!«

Jetzt weiteten sich ihre Augen ungläubig. Jedes seiner Worte schmerzte. »Du denkst, nach diesem Brief … nachdem ich erfahren habe, dass die einzige Verwandte, die ich noch hatte, gestorben ist, dass ich eine Party feiere, als wäre nichts gewesen?«

*

Ich hätte dich heute gefragt, ob du mich heiratest.

Roberts Satz hallte wieder und wieder durch ihren Kopf. Auch dann noch, als die schräge Nachmittagssonne schon durch die Fenster fiel und das Geschirr für die Party streifte, das immer noch auf dem Tisch stand, und auf den letzten Sonnenblumen des Jahres, die sie gestern in kleinen Vasen im Haus verteilt hatte, gelb aufleuchtete.

Ella hatte die Arme vor dem Körper so fest verschränkt, dass es sich beinahe anfühlte, als würde sie jemand festhalten. Sie sah ihm direkt in die Augen. »Ich glaube, wir brauchen eine Pause«, hatte sie schließlich leise gesagt und dann gewartet, bis Robert seine Sachen in den kleinen Rollkoffer packte und die Haustür schweigend hinter sich zuzog. Sie war bei dem Geräusch zusammengezuckt.

Vielleicht hatte sie sogar geahnt, dass er ihr an ihrem Geburtstag einen Heiratsantrag machen würde. Und vielleicht wog genau das schwer. Vielleicht war das der Gegensatz, den sie kaum ertragen konnte. Wie konnte sie zu einem Mann Ja sagen, der sie in so einer Situation allein ließ?

Jedes seiner Worte, seitdem sie den Brief gelesen hatte, schien ihr wie ein Stich ins Herz zu sein. Am Ende ihres Streits war die Einsamkeit, die sie trotz seiner Anwesenheit fühlte, so übermächtig, dass sie schließlich das Gefühl hatte, sie könnte sie besser ertragen, wenn er nicht mehr da wäre, wenn er ginge und sie wirklich allein ließ. Wie sollte das in einer Ehe funktionieren, wenn sie das Gefühl hatte, in so einem wichtigen Augenblick nicht verstanden und ernst genommen zu werden?

Nein, sie konnte unmöglich feiern und so tun, als wäre alles gut, als wäre der Tod ihrer Großtante eine Belanglosigkeit, über die sie einfach hinweggehen könnte. Zumal sich in die Einsamkeit auch ein schlechtes Gewissen mischte. Ihre Großtante war tot. Und sie hatte es immer wieder aufgeschoben, sich einmal bei ihr zu melden.

Und genau, als sie darüber nachdachte, warum sie ihre Großtante nie angerufen hatte, klingelte sich ihr Smartphone beharrlich in ihre Gedanken und in die Stille des Hauses.

»Du bist doch nicht wirklich krank, Ella? Was soll denn diese Textnachricht? Wie, die Party ist abgesagt?«, tönte Karla in ihr Ohr, gleich nachdem sie abgenommen hatte. »Du bist nie krank! Das gehört sich nicht, als Apothekerin.« Karla kicherte. »Und du kannst mir das nicht antun! Ich hab mich auf die Party gefreut. Wir haben doch extra das Apotheken-Notdienstwochenende getauscht! Und die Prinzessin der Finsternis backt dir gerade einen Kuchen. Warte mal.« In der Verbindung raschelte es. »Helena, was hab ich über dein Handy gesagt –!«

»Mama!« Die empörte Stimme von Karlas Tochter hallte im

Hintergrund. »Mama, das Rezept ist im Internet! Ich brauch das Handy, gib es wieder her!«

Gleich darauf hörte Ella wieder Karlas Stimme. »Ah, die Prinzessin schaut wirklich aufs Rezept …«, rief sie etwas lauter, um dann leise hinzuzufügen: »Sie hat nämlich eigentlich Handyverbot, weil sie nie den Müll rausbringt.« Karla seufzte. »Pubertät ist, wenn man seinen Kindern nicht mehr über den Weg trauen kann. Aber nun zu dir. Und noch mal, du bist doch nicht wirklich krank, oder?«

»Nein, ich –« Ella brach ab. Bei Robert hatte sie es noch geschafft, die Tränen herunterzuschlucken, bei Karla dagegen brachen alle Dämme, und sie schluchzte eine ganze Weile haltlos. Minuten, in denen Karla nichts sagte, sondern sie einfach weinen ließ. Erst als Ellas Tränenfluss nachließ, sie wieder tief Luft holen konnte und sich mit einer der Servietten, die auf dem Tisch gestapelt lagen, die Nase schnäuzte, fragte Karla: »Also, jetzt mal von vorn. Was ist wirklich los bei dir? Soll ich nicht vorbeikommen?«

»Nein«, gab Ella rasch zurück und tupfte sich dann über die Augen. »Nein, ich muss allein sein. Es war –« Stockend berichtete sie von dem Morgen mit Robert, dem Brief des Anwalts und dem Streit mit Robert. Als sie geendet hatte, ließ sich Ella in den kleinen Sessel neben der grauen Couch fallen und streckte die Beine aus. Für einen Moment blieb Karla still. Helenas Klappern mit Schüsseln und Rührgeräten im Hintergrund war verstummt.

Sicher saß Karla wieder im Badezimmer ihrer Vierzimmerwohnung, so wie sie es immer tat, wenn sie ernste Gespräche führte, bei denen sie weder von ihrer Tochter Helena noch ihrem Sohn Malte gestört werden wollte. Ella schloss die Augen, und die Vorstellung, dass ihre beste Freundin genau dort auf dem geschlossenen Klodeckel saß, die Füße angezogen, das Kinn auf ihre Knie gestützt und das lange dunkle Haar auf dem Kopf nachlässig zusammengesteckt, beruhigte sie seltsamerweise ein wenig.

»Und jetzt«, fing Karla vorsichtig an, »jetzt willst du auf die Hallig fahren?«

»Ja, ich … es ist so viel auf einmal in meinem Kopf.« Sie rieb sich die Stirn. Ein pochender Schmerz stieg in ihrem Hinterkopf auf. »Ich … natürlich werde ich Montag als Erstes mit dem Anwalt telefonieren, aber … nein, eigentlich kann ich auch gleich hinfahren. Es macht keinen Unterschied. Ich –« Sie brach ab. *Ich will nicht allein fahren.* Das war es, was sie eigentlich hatte sagen wollen. Als könnte Karla Gedanken lesen, fragte sie: »Und Robert ist einfach so gegangen?«

Ella antwortete nicht gleich. Sie räusperte sich und sagte dann: »Nicht einfach so. Erst nachdem ich sagte, dass wir wohl eine Pause brauchen.«

»Ist eine Pause wirklich nötig?«

»Offensichtlich.« Ella zupfte einen imaginären Fussel von ihrer flauschigen beigefarbenen Strickjacke. »Wenn nicht jetzt, wann in meinem Leben hätte ich ihn je nötiger an meiner Seite gebraucht?« Sie lachte bitter auf. »Aber es stellt sich heraus, ich bin dann eben nicht wichtiger als seine Mandanten.«

»Ich kenne Robert jetzt genauso lange wie du. Und ich weiß, er liebt dich, Ella. Herrje, er wollte dich heute Abend fragen, ob du ihn heiratest!«

»Ja.« Jetzt klang Ellas Stimme so tonlos, dass sie selbst erschrak. »Ja, ich weiß. Deshalb habe ich ihn ja um die Pause gebeten. Wie kann ich jemanden heiraten, der mir dann nicht beisteht, wenn ich ihn brauche?«

Karlas Antwort war ein tiefes Seufzen. »Vielleicht hätte er einfach ein bisschen mehr Zeit gebraucht, um zu verstehen, wie wichtig dir das ist, und noch mehr Zeit, um seine Woche neu zu organisieren.«

»Du weißt nicht, wie es sich angefühlt hat, Karla, wie allein ich mich fühle, weil –« *Niemand mehr da ist.*

»Bist du sicher, dass ich nicht kommen soll?«

»Nein, ich … ich brauche Zeit für mich. Kann ich dich denn ein paar Tage in der Apotheke allein lassen?«

»Natürlich, Ella! Das wollte ich gerade sagen.«

»Ich mache mir nur Sorgen, weißt du? Wegen des neuen Übernahmeangebots von *Heilsam-Apotheken.*« Ella schloss die Augen und legte sich eine Hand an die Stirn. Diese Kette saß der Apotheke seit Jahren im Nacken. Zwei Apotheken im Umkreis hatte sie bereits geschluckt, und Ellas Apotheke sollte die nächste sein, zumindest, wenn es nach dem dynamischen Mark Scheuer, dem Geschäftsführer, ging, der alle paar Wochen mal hineinspazierte und so tat, als würde ihm Ellas Apotheke bereits gehören.

»Wir werden es ablehnen wie immer, und es kann auch mal drei Tage warten, Ella. Willst du am Montag fahren?«

»Ja, ich …« Ella dachte einen Moment lang nach. Wie lange würde sie nach Husum brauchen? »Ja, ich schaue später mal nach Bahnverbindungen, oder ich rufe doch vorher an.«

Sie konnte hören, dass Karla scharf Luft durch die Nase einzog. »Fahr hin. Es wird dir besser gehen, wenn du vor Ort bist. Und du bist sicher, dass du heute allein sein möchtest?«

»Ganz sicher«, bekräftigte Ella, obwohl sie sich jetzt, mit Karlas Stimme im Ohr, etwas besser fühlte. Vielleicht wäre es doch keine schlechte Idee, wenn sie zusammen noch ein Glas Wein trinken würden?

»Ach Ella, ruf mich an, wenn du es dir anders überlegst, ja?«

Nachdem Ella aufgelegt hatte, stand sie auf und ging zum Esstisch, auf dem das Geschirr sie anklagend ansah. *Du hast uns aus der Sicherheit des Schranks geholt! Ganz umsonst?*

Langsam stellte sie alles an seinen Platz. Gläser, Tassen, Besteck. Die Gleichförmigkeit ihres Tuns tat ihr gut und beruhigte ihr Gemüt, das sich vorhin angefühlt hatte wie ein Meer bei Sturm. Aufgewühlt, brausend, tobend. Gerade als sie den letzten Teller weggestellt hatte und eine der Tassen wieder herausnahm, um sich noch einen Kaffee zu machen, fiel ihr Blick auf das geschlossene Kuvert mit ihrem Namen darauf und das dünne Lederbüchlein, das dem Brief des Anwalts beigefügt war. Beides lag da, als würde es auf sie warten.

Ob Robert schon zu Hause war? Unwahrscheinlich. Wahrscheinlich befand er sich gerade irgendwo auf der Autobahn, irgendwo in diesem Nirwana zwischen Berlin und Frankfurt am Main.

Er hatte sie fragen wollen, ob sie ihn heiraten wollte. Wie hatte er sich das eigentlich vorgestellt? Als Long-Distance-Ehe? Seufzend häufte Ella einen Löffel Zucker in ihre Tasse, goss Milch dazu und stellte sie unter die Kaffeemaschine, die bald darauf zischend und gurgelnd ihr Elixier ausspuckte. Für Robert war klar, dass er nicht nach Berlin ziehen würde, und für sie war klar, dass sie die Apotheke ihrer Mutter nicht aufgeben würde.

Das war das Thema, das sie beide immer vermieden, das Thema, das auch heute wieder unausgesprochen zwischen ihnen gestanden hatte.

Wenn sie ehrlich war, dann schwebte es seit Anbeginn seines Umzugs nach Frankfurt über ihnen, und zu Ellas Überraschung mischte sich in die Traurigkeit des heutigen Tages noch die Erkenntnis darüber, dass ihre Beziehung daran zerbrechen würde. Oder vielleicht schon zerbrochen war?

Sie schob den Gedanken ganz weit weg und sah sich noch einmal um. Die kleine Küchenzeile, der aufgeräumte Esstisch und auf der anderen Seite die blaue Couch und das Bücherregal. Nur noch die Vasen mit den Sonnenblumen, die auf jeder freien Fläche standen, zeugten jetzt davon, dass Ella eigentlich Geburtstag hatte, und auch diesen Gedanken schob sie weit weg, griff nach dem Lederbüchlein und dem Kuvert und mit der anderen Hand nach ihrer Kaffeetasse, dann kuschelte sie sich auf die Couch, zog die helle Wolldecke über ihre Füße und starrte auf den Briefumschlag.

»Ella« stand in geschwungenen Buchstaben darauf. Die Handschrift war der ihrer Großmutter gar nicht so unähnlich, fiel ihr auf.

Das Briefpapier, das sie dem Umschlag entnahm, wirkte weder elegant noch edel. Die Schwere des Bogens und die grauweiße Farbe fühlten sich in Ellas Händen sehr bodenständig an. Ein Papier für alle Fälle, dachte sie. Darauf kann man einer Bank genauso schreiben wie einer guten Freundin und würde immer unabhängig vom Inhalt des Briefes verraten, dass man das Leben eben eher pragmatisch nahm.

Liebe Ella,
wir kennen uns nicht. Wir haben es beide wohl auch eben nie für nötig befunden, dies zu ändern.
Und jetzt fehlt mir der Mut, dir eine sterbende Frau aufzudrängen, der das Leben langsam aus den Händen rinnt.
Wenn du die Warft und alles, was sich darauf befindet, erbst, brauchst du dich um mich nicht mehr zu kümmern. Meine Asche wird dann verstreut sein. Ich werde eins sein mit dem Meer und dem Wind. Beides habe ich gleichermaßen geliebt und gehasst. Ich möchte, dass du das weißt, auch wenn du nicht verstehen kannst, was das bedeutet.
Was du mit dem Erbe anfängst, bleibt dir überlassen. Du kannst alles verkaufen oder behalten, ich bin tot, wenn du das liest.
Allerdings würde ich mir wünschen, dass du auf die Hallig fährst und dir ansiehst, wo ich gelebt habe, wo deine Vorfahren gelebt haben. Vielleicht sagt es dir etwas über dich selbst, genauso wie mir die Hallig jeden Tag meines Lebens aufs Neue meinen Platz gezeigt hat.
Ich lege dir eines der Tagebücher deiner Urgroßmutter Charlotte bei. Es beginnt, kurz bevor sie auf die Hallig kommt. Die nachfolgenden Bände findest du auf der Sönkenswarft in den Schubladen der Büchervitrine im Döns.
Hab ein schönes und gutes Leben, wie auch immer es aussehen mag!
Ines

Ratlos ließ Ella den Brief sinken. Ines' Zeilen warfen mehr Fragen auf, als sie beantworteten, aber hatte sie eigentlich etwas anderes erwartet? Ein seltsamer Brief.

Dass sie auf die Hallig fahren würde, war ihr von Anfang an klar gewesen. Warum, wusste sie nicht. Es war eine feststehende Tatsache, so wie die Sonne eben morgens aufgeht. Vielleicht hatte sie es deshalb so aus der Bahn geworfen, dass Robert daran gerüttelt hatte.

Und was war eigentlich ein Döns? Ein Raum, ein Zimmer?

Leichte Kopfschmerzen breiteten sich in Ellas Hinterkopf aus. Kein Wunder nach diesem Vormittag!

Trotzdem angelte sie ihr Tablet vom Beistelltisch. Wenn sie am Montag gleich morgens den ICE nach Hamburg nehmen würde, wäre sie um kurz vor zwölf in Husum. Sie könnte den Anwalt von unterwegs aus anrufen und fragen, ob er Zeit für sie hätte.

Sie schob Ines' Brief wieder in den Umschlag zurück und griff nach Charlottes Tagebuch und blätterte darin, ohne wirklich zu lesen. Eine sehr klare und schöne Handschrift. Sütterlin. Nicht ganz leicht zu lesen, aber als Apothekerin war sie seit Jahren merkwürdigere Handschriften von Ärzten gewöhnt.

Charlotte

7. Oktober 1938

Vor vier Tagen habe ich also Berlin verlassen und seitdem keine Zeile mehr geschrieben. Ist es ein Zufall, dass ich ausgerechnet heute ein neues Büchlein beginne? Heute, da ich ein neues Leben beginne?

Es gibt viel zu erzählen, und ich frage mich, wo ich anfangen soll.

Vielleicht am Tag vor meiner Abreise.

Der Tag, an dem ich mich mit klopfendem Herzen morgens in der Bank an meinen Schreibtisch gesetzt und auf Sebastian gewartet habe. Ich hatte unter dem Tisch eine Hand auf die kleine Wölbung meines Bauches gelegt und gedacht, dass jetzt alles anders wird. Ich habe von einer Hochzeit geträumt, davon, dass wir zusammen in ein kleines Haus oder eine Wohnung ziehen und eine Familie werden.

Wie jeden Montag streifte mich sein flüchtiges Lächeln, als er eintrat und an mir vorbei in sein Büro ging. In seiner Abteilung war ich eine von drei Stenotypistinnen, die jüngste von drei Frauen, die Korrespondenzen tippten, Akten pflegten und Termine im Auge behielten, hinter der geschlossenen Tür seines Arbeitszimmers dagegen war ich seine Geliebte. Die Frau, die seine warmen Hände auf ihrer Haut spürte. Mich hielt er dann in seinen starken Armen, bedeckte mein Gesicht mit Küssen und flüsterte in mein Haar, wie glücklich wir werden würden, wenn er endlich seine Frau verlassen konnte, wenn sie endlich nach ihrer langen Krankheit wieder gesund genug wäre, um eine Scheidung zu verkraften.

An diesem Montag waren meine Handflächen ganz feucht vor

Aufregung, als mich Sebastian unter dem Vorwand, seine englischsprachige Korrespondenz mit mir durchgehen zu wollen, zu sich ins Büro rief.

Als Einzige in der Abteilung sprach ich fließend Englisch, da ich viele Sommer als Heranwachsende bei Verwandten meiner Mutter in Cornwall auf dem Land verbracht hatte.

Zu Anfang war es ja auch kein Vorwand gewesen. Nach und nach war aus Sebastians Respekt mir gegenüber und meiner Bewunderung für ihn eine zarte Zuneigung erwachsen, aus der Liebe und später Leidenschaft wurde. Zu Anfang haben wir uns beide gegen die Gefühle gewehrt. Er war verheiratet, und für mich, als Tochter aus gutem Hause und vor allem noch als Tochter eines guten Bankkunden, war es doch unmöglich, mich auf ein derart unmoralisches Verhältnis einzulassen! Aber mit jeder Minute, die ich während meiner Arbeitszeit in Sebastians Gegenwart verbrachte, bröckelte mein Widerstand. Er war, im Gegensatz zu meinen Eltern, jemand, der mich als Frau wahrnahm, nicht als die brave Tochter, die meine Eltern immer noch in mir sahen.

»Du bist so schön«, murmelte er zwischen zwei Küssen in meinen Mund und hielt mich dann eine Armlänge von sich ab. »Und du leuchtest heute besonders strahlend. Ich habe dich vermisst!« Seine Lippen umspielte ein feines Lächeln.

»Ja, ich …«, begann ich ruhig, doch mein Herz pochte und klopfte vor Glück. Oh, dieses Glücksgefühl! Niemals zuvor hatte ich es so verspürt. Es war, als wäre mein Herz wie ein prall gefüllter Ballon. »Sebastian, wir … wir sind nicht mehr allein«, platzte es ungeschickt aus mir heraus. »Ich erwarte ein Kind. Unser Kind«, setzte ich atemlos hinzu, und ganz langsam ließ Sebastian seinen Arm sinken.

»Ein Kind?«, wiederholte er nach schier endlosen Sekunden, in denen ich es schon längst in seinem Blick gesehen hatte. Kälte hatte sich in seine grauen Augen geschlichen, sie verfinstert – und, so schien es mir, sie für immer für mich verschlossen.

Der Rest des Vormittags ist mir nur mehr in schemenhafter Erinnerung. Mein Herz war geplatzt wie ein ungedeckter Scheck. Es war in Splitter zerborsten, die sich jetzt schmerzhaft in meine Brust bohrten. Mein Leben, meine Zukunft an Sebastians Seite, die Familie, die wir werden würden, all das gab es nicht, hatte es nur in meinen Gedanken gegeben, nie als reale Möglichkeit.

Zwei lange Jahre hatte ich ausgeharrt, gehofft, geliebt, gewartet. Ich hatte uns und unsere Liebe vor allen geheim gehalten. In der Bank und vor allem auch vor meiner Familie. Und allein dies hier aufzuschreiben beschwört das Elend der letzten Tage wieder in mir herauf.

Ich erinnere mich, dass ich sein Büro mit Geld und meiner Kündigung später am Tag verließ.

Dem prüfenden Blick meiner Mutter, als ich nach Hause kam, wich ich aus. Sie sah wohl, dass ich geweint hatte, aber ich entschuldigte meinen Zustand mit schrecklichen Kopfschmerzen, die mich plagten, und es war nicht einmal gelogen. In meinem Zimmer im ersten Stock konnte ich gerade noch so lange an mich halten, bis Else, unser Dienstmädchen, die mir auf Geheiß meiner Mutter eine Tasse Tee gebracht hatte, leise die Tür hinter sich ins Schloss zog, dann warf ich mich auf mein geschwungenes weißes Schleiflackbett und brach in Tränen aus.

Ich hatte nichts mehr. Niemals würde ich die Schwangerschaft meinen Eltern offenbaren können. War es nicht genau das gewesen, was sie gefürchtet hatten, als ich damals nach der Handelsschule den Arbeitsplatz in der Bank angetreten hatte?

Meine Mutter hatte es mir verboten. Ich solle heiraten und eine Familie gründen. Bewerber gäbe es genug. In unseren Kreisen arbeiten Frauen nicht, sie wissen, wo ihr Platz ist. An der Seite ihres Mannes, als Mutter ihrer Kinder. Nur der Fürsprache meines Vaters hatte ich es zu verdanken, dass ich arbeiten gehen durfte. »Lass sie, Katharina, bis sie heiratet, kann sie doch ein wenig auf eigenen Füßen stehen. Das tut ihr gut! Da bin ich sicher.«

Widerwillig hatte meine Mutter gelächelt. Dieses Lächeln, das nur um den Mund herum stattfand. Ihre Augen waren schmal geblieben. Ich sah die Missbilligung darin.

Und jetzt? Was jetzt?

Ich habe gelegen und geweint. Ich habe mich zum Abendessen von Else entschuldigen lassen. Und ich glaube, damit kam ich auch nur durch, weil meine Eltern Geschäftsfreunde meines Vaters zum Abendessen erwarteten und meine Mutter sicher keinen Wert darauf legte, mich mit verweinten Augen und Kopfschmerzen unten am Tisch zu haben.

Mein Elternhaus, in dem wir seit meiner Geburt lebten, war eine Jugendstilvilla am Rande des Grunewalds. Mein Vater hatte sie kurz vor meiner Geburt von einem kinderlosen Onkel geerbt, und plötzlich wurde mir klar, dass dieses schöne Haus, der große Garten mit den alten Kastanien, der Wohlstand, in dem ich aufgewachsen war, keine Selbstverständlichkeit mehr war.

Und während die Nacht sich über das Haus senkte, mir Else noch ein Stück Brot und etwas Brühe brachte und mich seltsam ansah, wurde mir klar, dass ich gehen musste.

Meine Mutter wäre außer sich, sollte ich ihr die Schwangerschaft beichten. Entweder sie würde mich sehr rasch an den nächstbesten Kandidaten verheiraten, der zur Tür hereinkam, oder sie würde mich für das nächste Jahr einsperren, genau wie sie die Dinge in die Hand genommen hatte, als meine Cousine Selma sich damals in Schwierigkeiten gebracht hatte. Offiziell war Selma mit schwachen Nerven zur Kur gefahren, tatsächlich hatte man sie in ihr Zimmer eingesperrt und das Kind nach der Geburt weggegeben, damit sie »unbeschädigt« den Sohn eines reichen Fabrikanten heiraten konnte.

Und doch, das wusste ich sicher, ich wollte dieses Kind. Mit aller Macht. Jetzt erst recht. Jetzt, da Sebastian mich weggeschickt hatte. Jetzt war dieses Kind die einzige Verbindung zu dem Mann, den ich so sehr liebte, dass mein Herz zu einem schmerzenden Klumpen in meiner Brust geworden war.

Gegen zwei Uhr morgens zog ich meinen Lederkoffer unter dem Bett hervor. Diesen Koffer packte ich sonst, wenn wir zu den Verwandten meiner Mutter nach England fuhren, und ich begann leise und auf Zehenspitzen das Nötigste hineinzulegen.

Ich wusste, da ich immer Sebastians Reisen für das Bankhaus organisiert hatte, dass gleich in der Früh ein Zug nach Hamburg ging, und Sebastians Geld würde nicht nur dafür reichen, sondern mich so lange über Wasser halten, bis ich eine Anstellung gefunden hätte. Das war mein Gedanke. Für eine günstige Unterkunft würde es reichen, ich würde vielleicht für eine der großen Reedereien arbeiten können, und dann hätte ich genug Geld, um weit wegzugehen. Ich würde gern auf ein Schiff steigen und mindestens auf einen anderen Kontinent. Amerika, Australien. So stelle ich mir das vor. Weg von allem, was mich an Sebastian erinnerte, und noch sehr viel weiter weg von meiner Mutter.

Ella

Der feine Ledereinband des Tagebuchs schmiegte sich seltsam tröstlich und warm in Ellas Hand. Beinahe widerwillig legte sie das Büchlein zur Seite und nahm stattdessen ihr Tablet in die Hand, um nach Bahnverbindungen zu suchen.

Genau wie Charlotte würde sie früh am nächsten Morgen nach Hamburg fahren. Und niemals in ihrem Leben konnte sie besser nachvollziehen, dass sich Charlotte nach einem Leben weit weg gesehnt hatte. So erging es ihr nämlich auch gerade. Eigentlich würde sie gern noch sehr viel weiter wegfahren als auf die Hallig. Weg von Robert, der möglicherweise gerade Frankfurt erreicht hatte.

Unsinn, sagte sie sich selbst und tippte auf den Zug, der Hamburg gegen zehn erreichen würde. Mit dem passenden Anschluss wäre sie gegen Mittag in Husum.

Ja, genau, eine Platzreservierung noch. Nur für sie.

Fröstelnd zog Ella die Schultern zusammen und zupfte die Decke noch ein Stückchen höher.

Verlangte sie von Robert wirklich so viel? Zu viel?

Ihre Gedanken glitten zu Charlotte zurück, die sich, jung und naiv, wie sie war, eben genau in den falschen Mann verliebt hatte. Er hatte sie mit dem Kind alleingelassen und ihr lediglich Geld gegeben – Geld, das sicherlich für eine Abtreibung bestimmt war. Eine Überlegung, die Charlotte nicht einmal erwähnt hatte.

Ella kam nicht umhin, Charlotte dafür zu bewundern. Hatte Charlotte nicht für dieses Kind und damit für die Erinnerung an diese Liebe, die nicht erwidert wurde, alles, ohne zu zögern, aufgegeben?

Niemals hatte ihr jemand das von Charlotte erzählt. Vielleicht, dachte Ella, haben das nicht einmal ihre Mutter und Großmutter gewusst.

Alles, woran sie sich erinnern konnte, war, dass sich Charlotte auf Reisen unsterblich in einen Halligfischer verliebt hatte. Und jetzt stellte sich diese Reise ganz anders dar. Wie viel von dem, was wir für die Vergangenheit halten, stimmt eigentlich?, fragte sich Ella und stand auf.

Vor dem Fenster pickte eine Taube in der Erde zwischen den Kartoffelrosen, die ihre Mutter vor vielen Jahren gepflanzt hatte. Berlin war immer ihre Heimat gewesen und Ellas.

Ella rieb sich die Oberarme, drehte den Thermostat an der Heizung bis zum Anschlag auf. Die Wärme dieses goldenen Herbsttages war verschwunden, die Sonne hatte sich hinter Wolken versteckt.

Eine Wärmflasche. Wärmflaschen waren das Allheilmittel in ihrer Familie. Egal ob Liebeskummer, Sorgen oder der Anflug einer Erkältung, ihre Mutter hatte dem dickwandigen Beutel, eingepackt in einen sonnengelben Frotteebezug, immer eine Magie zugesprochen, an die Ella zwar nie wirklich geglaubt hatte, aber dennoch immer wieder selbst heraufbeschwor, wenn sie sich bedrückt fühlte. Der heiße Dampf wärmte ihr Gesicht, während sie das Wasser in den Beutel laufen ließ. Während sie den Beutel an sich gedrückt nach oben trug, wogte das Wasser darin glucksend hin und her, als wäre ein Teil des Meeres abgefüllt. Der vertraute Waschmittelduft des Frotteebezugs stieg ihr in die Nase, und Ella schloss für einen Moment die Augen, während sie die Wärmflasche noch etwas fester an ihren Körper drückte.

Sie sollte jetzt wirklich ein paar Sachen packen. Besaß sie eigentlich irgendwelche Kleidung, die Wind und Wetter an der Nordsee trotzen könnte?

Ihr weißer dreitüriger Kleiderschrank gab nicht viel her. Ein paar Wollpullover wanderten in ihren Rollkoffer, zwei Paar Jeans, eine gefütterte Winterhose. Stiefel, eher schick als zweckmäßig.

Der Herbst auf der Hallig wird ein anderer sein als der Herbst in Berlin, dachte sie.

*

Hamburg empfing Ella am nächsten Morgen kühl, windig und regnerisch. Da sie noch eine Stunde Zeit hatte, bis der Regionalzug nach Husum ging, verließ sie das Bahnhofsgebäude schnellen Schrittes, überquerte eine breite Straße und fand sich rasch in genau der Fußgängerzone wieder, die ihr die nette ältere Dame, die auf der Zugfahrt neben ihr gesessen hatte, empfohlen hatte.

Tatsächlich erstand Ella, nach kurzer Beratung einer freundlichen und sehr blonden Verkäuferin, einen mittelbraunen Funktionsmantel aus festem Stoff, der ihr nicht nur bis zu den Knien ging, sondern sie auch noch warm und trocken hielt.

Zurück in der quirligen Fußgängerzone starrte Ella einen Moment unschlüssig auf ihr Smartphone, dann tippte sie auf die Nummer des Anwalts, die sie bereits eingespeichert hatte.

»Kanzlei Aumüller«, meldete sich eine näselnde weibliche Stimme.

Ella holte tief Luft. »Mein Name ist Bramen, Ella Bramen. Herr Aumüller hat –«, setzte sie an und kam nicht weiter.

»Ah ja, Frau Bramen. Wir haben Ihren Anruf schon erwartet. Leider ist Herr Aumüller gerade unterwegs. Kann er Sie später zurückrufen?«

»Ich –«, fing Ella wieder an. Warum fiel ihr das so schwer? »Ich treffe gegen Mittag in Husum ein und würde gern heute noch mit Herrn Aumüller sprechen.«

»Gern«, näselte die Stimme nicht unfreundlich. »Gegen vierzehn Uhr?«

Nachdem Ella zugesagt hatte, verabschiedete sie sich höflich, legte auf und steckte das Handy in die Tasche ihres neuen Mantels. Zufrieden sah sie an sich herunter, bevor sie nach einem kurzen

Blick auf ihre Armbanduhr in Richtung Bahnhof zurückbummelte. Der Mantel war eine gute Wahl. Elegant und sportlich zugleich, fand sie, auch wenn das auf der Hallig wahrscheinlich niemand sehen würde.

*

Ella wusste gar nicht genau, was sie erwartet hatte. Vielleicht so einen richtigen Friesen. Ein blonder Mann, breit wie ein Baumstamm, der jeder Sturmflut trotzen kann. Na, eben das Bild, das Berliner von Küstenbewohnern haben.

Christian Aumüller hingegen war kleiner als sie, hatte ein rundes Gesicht mit geröteten Pausbacken und dunkelblondes wirres Haar, das gut mal wieder einen Schnitt vertragen könnte. Er war einer dieser alterslosen Männer, die wahrscheinlich bis Mitte vierzig noch so wirkten, als hätten sie gerade eben Abitur gemacht, und dann auf einen Schlag wie hundert aussehen.

Er deutete auf einen der beiden blau-weiß karierten Sessel am Fenster und setzte sich dann Ella gegenüber, während die freundliche Sekretärin, mit der sie vorhin telefoniert hatte, zwei Tassen mit dampfendem Kaffee brachte und auf dem runden weißen Tisch zwischen ihnen abstellte.

Christian Aumüller lachte und zwinkerte ihr zu. »Ich weiß, was Sie denken … nein, ich bin wirklich kein echter Husumer.«

Ella spürte, dass ihr das Blut in die Wangen schoss, und rührte verlegen in ihrem Kaffee. »War das so offensichtlich?«

»Ja.« Er lachte, griff nach einem der Kekse in der Schale, kaute und sprach gleichzeitig. »Das denken alle. Was macht der kleine Bayer hier an der Küste, und wie hält der das aus?«

Um ehrlich zu sein, interessierte sie das zwar nicht ganz so brennend, aber Ella wollte auch auf keinen Fall unhöflich wirken. »Und was hat Sie hierher verschlagen?«, fragte sie.

»Ich kam der Liebe wegen und blieb der Liebe wegen.« In affenartiger Geschwindigkeit futterte Herr Aumüller zwei weitere Kekse. Er pickte sich die mit dem Marmeladenklecks in der Mitte heraus, die, die Ella besonders abstoßend fand, weil sich diese gallertartige Masse sofort unlösbar mit den Zähnen verklebte und es sich immer anfühlte, als würde man auf ein Insekt beißen. Deshalb mochte sie auch keine Rosinen.

»Die Liebe muss groß sein«, murmelte sie und setzte sofort ein erschrecktes »Tut mir leid!« hinterher.

Aber Herr Aumüller nickte gutmütig. »Ich weiß, was Sie meinen.« Er sah zu dem weiß kassettierten Fenster neben ihnen, und sein Nicken schloss alles mit ein: den grauen Himmel, den Nieselregen und den Wind, der die Äste des fast kahlen Straßenbaums durchschüttelte. »Die Liebe war groß, am Ende aber nicht groß genug. Aber dafür habe ich eine andere Liebe entdeckt. Nämlich die zur Küste und zu ihren Bewohnern.«

Ellas Augen weiteten sich ungläubig. Ihr war, als hätte ihr Husum bereits nach ihrer Ankunft den Rücken zugedreht. Feuchter Nebel war unter ihren neuen Mantel gekrochen, hatte sich auf ihre Knochen gelegt. Eigentlich hatte sie noch ein wenig durch die Gassen bummeln wollen, vorbei an schmucklosen roten Backsteinhäusern, die ihr ebenso karg vorkamen wie die Landschaft, durch die sich der Zug geschoben hatte.

»Warten Sie es ab, Frau Bramen, vielleicht geht es Ihnen ebenso.«

»Wir werden sehen«, sagte Ella rasch. »Aber sagen Sie, Herr Aumüller, was genau habe ich eigentlich geerbt? Mir ist das nicht ganz klar. Gehört mir die ganze Hallig?«

Der kleine Anwalt lehnte sich so weit zu dem Schreibtisch in seinem Rücken herüber, dass der Sessel gefährlich kippelte. Allerdings schien er Übung zu haben, denn er zog die Akte, auf der *Ines Nahnsen* stand, ziemlich geschickt auf seinen Schoß.

Ella atmete erleichtert auf, hatte sie sich doch schon eine Kopfplatzwunde und einen offenen Bruch erstversorgen sehen.

»Frau Nahnsen gehörte die Sönkenswarft, mit allen Gebäuden

darauf. Sie –« Er brach ab und sah Ella nachsichtig an. »Sie wissen gar nicht, was eine Warft ist, oder?«

»Nicht genau«, nuschelte Ella in ihren staubtrockenen Keks und trank rasch noch einen Schluck aus ihrer Tasse.

»Aber Sie wissen, was eine Hallig ist?«

»Eine Insel, die –«

Herr Aumüller unterbrach sie mit gerunzelter Stirn. »Eine Insel«, wiederholte er kopfschüttelnd. »Das hören Halligbewohner gar nicht gern. Pellworm ist eine Insel. Halligen sind schwimmende Träume, wie Theodor Storm sagt.« Der Anwalt griff wieder nach einem Keks. Diesmal jedoch aß er ihn nicht, sondern bröselte ihn in seine Tasse. Ella sah fasziniert dabei zu und fragte sich immer noch, ob Halligen nicht doch einfach Inseln waren.

»Halligen haben keinen Deich. Sie werden mehrmals im Jahr überspült. Das nennt sich dann Land unter. Ihre Salzwiesen sind ihr Kapital. Die Warften sind aufgeschüttete Hügel, auf denen die Häuser und Höfe stehen, damit sie nicht überflutet werden. Auf Südfall gibt es zwei Warften. Die ältere ist die Sönkenswarft, die, auf der Ihre Großtante gelebt hat. Die andere hat man Mitte der achtziger Jahre aufgeschüttet. Die Bredenswarft. Dort unterhält der Verein Japsand eine Vogelbeobachtungsstation. Lars Breden war der erste Ornithologe, der dort ein Jahr lang Dienst tat.«

»Ich war als Kind einmal da. Da gab es die andere Warft noch nicht. Ich war noch klein«, sagte Ella nachdenklich. »Wie komme ich denn eigentlich auf die Hallig?«

»Ich habe inzwischen mit Herrn Freerichs in Nordstrand gesprochen. Er kann Sie in drei Stunden, bei Ebbe, mit der Kutsche hinbringen.«

»Und dann später wieder abholen?«, fragte Ella und beugte sich ein Stückchen vor, während Herr Aumüller tiefer in seinen Sessel sank und wieder lächelte.

»Ja, aber nicht mehr heute. Die Gezeiten … Sie verstehen.«

Nicht wirklich, aber nachfragen wollte sie auch nicht. Ella

dachte einen Moment lang nach. Es würde wohl ein wenig dauern, bis sie alles gesichtet hatte, bis sie überlegt hatte, was sie wohl behalten wollte, falls es überhaupt etwas gab.

»Vielleicht ist es ganz gut, wenn ich ein wenig bleibe und die Sachen meiner Großtante sortiere.«

»Haben Sie sich schon überlegt, was Sie mit dem Hof anfangen wollen? Ich meine …« Herr Aumüller hob die Tasse zum Mund und trank einen Schluck. »Wollen Sie verkaufen?«

»Ja, natürlich möchte ich verkaufen!«, gab Ella erstaunt zurück. »Ich habe meinen Lebensmittelpunkt in Berlin. Meine Apotheke, mein Haus …«

Der kleine Anwalt nickte freundlich und schob einen Teil der Unterlagen, die er dem Ordner entnahm, zu Ella über den Tisch. »Lesen Sie sich in Ruhe alles durch und unterschreiben Sie. Das alles betrifft die Erbschaft. Und das hier«, er zog ein Dokument hervor, das in einer Plastikhülle steckte, »können Sie sich auch ansehen. Das ist ein Angebot, das Ihnen der Verein Japsand macht. Er würde Sönkenswarft gern kaufen und damit die ganze Hallig dem Vogelschutz widmen.«

»Aha«, machte Ella und sah auf den Papierstapel.

»Überlegen Sie sich das in Ruhe, und vergleichen Sie das mit anderen Angeboten. Der Preis ist für meine Begriffe ziemlich gut, denn es müsste einiges am Haus und in den Nebengebäuden getan werden.«

»Andere Angebote?« Sie sah fragend auf.

Herr Aumüller löffelte mehr Keksbrösel und Kaffee in seinen Mund. »Ja, Südfall wird sicher sehr begehrt sein. Touristen. Ein Ferienhaus, Ferienwohnungen.« Er zuckte mit den Schultern. »Das bringt auf jeden Fall mehr Geld als Schafe.«

Schafe. »Sind denn noch Tiere auf der Hallig?« Ella sah ihn mit großen Augen an. Würde sie sich darum auch noch kümmern müssen?

»Aber nein, keine Sorge!«, sagte er beruhigend. »Ein guter Bekannter Ihrer Großtante hat nach ihrem Tod alle Tiere auf seinen Hof gebracht.«

»Kannten Sie eigentlich meine Großtante?«

Das sonst so heitere Gesicht des bayrischen Auswanderers durchzog jetzt deutliche Trauer. »Ziemlich gut sogar. Als ich die Kanzlei vom alten Peters übernahm, habe ich auch viele Halligbewohner mitübernommen. Zweimal im Jahr bin ich rausgefahren, und wir haben Tee getrunken. Sie war eine beeindruckende Frau, ihre Großtante. Hat immer allem getrotzt. Den Sturmfluten, den Gezeiten und der Einsamkeit natürlich.«

Ella sah wieder zum Fenster. Feiner Regen schlug fast waagerecht gegen die Scheiben, so als würde jemand den Hebel einer Sprühflasche betätigen. »Wenn ich Ihren Brief für mich richtig gedeutet habe, dann ist sie bereits bestattet worden? Eine Seebestattung?«

»Ja, so wie sie es sich gewünscht hat. Letzte Woche.«

Ella schluckte.

Herr Aumüller stand auf und griff nach seiner Tasse, dann steckte er sich noch drei Kekse in die Jacketttasche. »Ich lasse Sie jetzt mal allein mit all dem Papierkram.« Er warf noch einen raschen Blick auf die Uhr über der Tür. »Sie sind mit dem Zug gekommen, ja? Ich kann Sie in einer Stunde zum alten Freerichs fahren, der Sie auf die Hallig bringt. Und …« Er stockte kurz. »Wir sollten am Supermarkt halten, damit Sie ein paar Lebensmittel einkaufen können. Auf einer Hallig braucht man Vorräte. Es kann immer alles Mögliche passieren, und wir wollen doch nicht, dass Sie bei einer Sturmflut verhungern, nicht wahr?«

Trotz seines breiten Lächelns wurde Ella etwas ungemütlich. Was genau sollte das denn bedeuten? »Kann ich hier warten?«, fragte sie und sah wieder kurz aus dem Fenster. Der Regen war inzwischen stärker geworden.

Herr Aumüller folgte lächelnd ihrem Blick. »Sicher. Ich habe noch einen kurzen Termin außerhalb und hole Sie dann ab. Sagen Sie meiner Assistentin Bescheid, wenn Sie noch Kaffee möchten.«

»Danke!« Nachdenklich beobachtete Ella, wie der kleine Mann raschen Schrittes sein Büro verließ, hörte, wie er im Flur leise sprach, bevor die Tür der Kanzlei ins Schloss fiel.

Nachdem Ella etliche Unterlagen durchgesehen und unterschrieben hatte, war gerade mal eine halbe Stunde vergangen. Das Kaufangebot des Vereins hatte sie eingesteckt. Sie würde es sich später auf der Hallig in Ruhe durchlesen, jetzt aber blieb ihr nichts anderes übrig, als auf Herrn Aumüllers Rückkehr zu warten.

Ihre Gedanken glitten zu Robert, und sie spürte einen kleinen stechenden Schmerz in ihrem Herzen. Wäre er mitgekommen, sie würde hier nicht sitzen. Sie würden sicher trotz Regen durch Husum bummeln, vielleicht irgendwo am Hafen ein Fischbrötchen essen.

Müßig, darüber nachzudenken, was wäre, wenn es doch nicht ist. Ella streckte die Hand zu ihrer Tasche aus. Irgendwie würde sie sich ablenken müssen. In ihrer Tasche tastete sie das weiche Leder des alten Tagebuchs sofort.

Damit konnte sie die Zeit gut füllen. Charlotte. Wie war es ihr ergangen, als sie auf die Hallig kam?

Charlotte

7. Oktober 1938

Vier Tage bin ich durch Hamburg geirrt. Ich hatte ein günstiges Zimmer bei einer Witwe in Altona gefunden und stellte mich überall vor – Reedereien, Fabriken …, aber niemand wollte mich ohne Zeugnisse einstellen. Niemand gab mir eine Chance. Und immer war ich eine von vielen. Eine junge Frau, die in der Menge der Frauen unterging, die Arbeit suchten, eine Anstellung, ein Dach über dem Kopf.

Nach Berlin kommt man für die Kunst, die Kultur und das Nachtleben, nach Hamburg hingegen, weil es das Tor zur Welt ist.

Gestern habe ich alle meine Ansprüche über Bord geworfen. Ich wollte nur noch Arbeit. Egal welche.

Ich habe in Restaurants gefragt und mich als Küchenhilfe angeboten. Alle haben abgelehnt. Heute war ich völlig verzweifelt. Schon kurz nach dem Aufstehen waren meine Beine schwer wie Blei. Trotzdem lief ich hinunter zum Hafen und fragte in Gaststätten und Kneipen. Zuletzt im Goldenen Anker. Schon als ich die Tür aufstieß, wehte mir verbrauchte Luft entgegen, der Geruch schalen Bieres und Tabakrauch. Mir war, als würden mich alle anstarren. Meine Kleidung verriet mich. Der teure Mantel, die feinen Schuhe und der gute Rock – all das passte nicht in die Rauchschwaden und erst recht nicht zu den Männern in den dicken Wollpullovern, die auf rustikalen Holzstühlen um runde Tische saßen und Karten spielten. Einige von ihnen sahen auf. Ich las Erstaunen in ihren Blicken und die Frage, was eine Frau wie ich in einer Kneipe wie dieser hier tat.

»Haben Sie Arbeit?«, fragte ich die rundliche Wirtin, die hinter dem Tresen Gläser mit einem Handtuch polierte, das sie über die Schulter warf, als ich sie ansprach. »Egal, welche Arbeit!«, warf ich rasch hinterher. »Ich mache alles.«

Sie musterte mich von Kopf bis Fuß und schüttelte dann ganz langsam den Kopf. Das Gefühl, nicht einmal mehr eine gesprochene Antwort wert zu sein, war demütigend.

Gerade als ich mich umdrehen wollte und die Kneipe verlassen, bemerkte ich, dass mich jemand am Ärmel zupfte.

Einer der Fischer, die an der Theke saßen, sah mich an. Er war jünger als der Rest der Männer. Vielleicht Ende zwanzig, ein wenig jünger nur als Sebastian.

Seine Augen waren sehr klar und sehr blau. In seinem Blick lag kein abschätziges Erstaunen, sondern eher Neugier und vielleicht ein wenig Mitleid. Eine Strähne seines hellen Haares fiel ihm in die Stirn. Ich bin auch blond, aber sein Haar hat einen fast weißlichen Unterton.

»Ich hab Arbeit«, sagte er knapp und deutete auf den Barhocker neben ihm.

Sein Satz überraschte mich so sehr, dass ich ein paar Sekunden wie angewurzelt stehen blieb, bevor ich mich setzte.

»Arbeit?«, fragte ich hoffnungsfroh, und er nickte. Mit zwei ausgestreckten Fingern winkte er wortlos der Wirtin, die daraufhin zwei kleine Gläser vor uns stellte und sie mit einer klaren Flüssigkeit füllte.

Unsicher sah ich auf mein Glas. Ich trank normalerweise kaum Alkohol. Vielleicht ab und an ein Glas Wein, wenn wir Gäste hatten, aber ganz sicher keinen Schnaps.

Noch einmal nickte mir der Fischer zu. »Trinken Sie. Es wird helfen.«

Ich weiß nicht, woher er wusste, dass mir kalt war. Nicht äußerlich, aber innerlich.

Einsamkeit und Kälte gehen Hand in Hand, dachte ich, hob das Glas zum Mund und trank es in einem Zug aus. Es brannte mir zwar ganz höllisch in der Kehle, aber gleichzeitig spürte ich kurz darauf wirklich eine gewisse Wärme, die durch meine Adern strömte.

Der Fischer sah mich sehr genau an, und dann blieb sein Blick für einen Moment an meiner Körpermitte hängen, bevor er mir wieder in die Augen sah. *Er weiß es*, durchfuhr es mich. *Er sieht, dass ich ein Kind erwarte, und jetzt ist alles vorbei.*

Ich wollte sofort aufstehen und gehen, aber er streckte mir stattdessen die Hand hin. »Ich bin Pay Nahnsen.«

»Charlotte«, sagte ich langsam, und seine Finger schlossen sich warm und fest um meine. »Charlotte Schumann.«

Sein Händedruck war angenehm und klar. Er verspricht nichts, was er nicht zu halten gedenkt, schoss mir durch den Kopf.

»Was ist das für Arbeit?«, fragte ich nach einer ganzen Weile, in der wir nicht gesprochen hatten und ich über seinen seltsamen Namen nachgedacht hatte.

»Meine Mutter braucht Hilfe mit dem Hof und den Schafen. Wir leben auf Südfall. Eine Hallig nahe Pellworm.«

Ich nickte, obwohl mir weder klar war, was eine Hallig war, noch wo genau Pellworm lag. Auch hatte ich keine Ahnung von Schafen. Natürlich habe ich schon einmal Schafe gesehen, aber wie man sie versorgt, das würde ich lernen müssen. Fürs Erste jedoch erschien mir eine Hallig sehr weit weg von all dem zu sein, vor dem ich fliehen wollte.

»Ich mache jede Arbeit«, sagte ich rasch. »Ich kann alles lernen.«

Statt einer Antwort tippte Pay Nahnsen mit dem Finger auf den Tresen und erklärte mir, wie ich sein Schiff finden würde. »Ich fahre später nach Sonnenuntergang mit der Flut. Mit oder ohne dich.«

»Ich werde da sein«, versicherte ich rasch, und noch einmal schüttelte er mir die Hand und sah mir kurz in die Augen, bevor er der Wirtin einen Geldschein zuschob, im Aufstehen seine schwere Wolljacke von dem freien Hocker auf der anderen Seite nahm und ging.

Ich winkte nach der Wirtin. »Ist es …«, begann ich und wusste gar nicht, wie ich sie fragen sollte, ob er vertrauenswürdig ist, aber sie begriff es auch so.

»Der junge Nahnsen kommt öfter«, sagte sie und polierte ungerührt weiter das Glas, das sie in der Hand hielt. »Schon sein Vater kam ab und an hierher. Halligfischer.«

Da war etwas an ihm, das mir, zum ersten Mal seit Tagen, so etwas wie Zutrauen gab. Ich weiß nicht, was es war, vielleicht lag es an seinem Blick und der Ernsthaftigkeit in seinen meerblauen Augen.

Ich nickte der Wirtin zu, bevor ich aufstand.

Ich packte meine Sachen bei der Witwe, die mir das Zimmer vermietet hatte, und sagte ihr, ich würde nach Berlin zurückfahren, nur für den Fall, dass jemand käme und nach mir suchen würde, und dann machte ich mich mit meinem Koffer auf zum Hafen. Ich ging den Weg, den mir der Fischer mit knappen Worten beschrieben hatte, und fand mich mühelos zurecht.

Pay Nahnsen stand an Deck und nahm mir erst meinen Koffer ab, dann griff er mir ganz selbstverständlich unter die Arme und hob mich an Deck des kleinen Fischkutters.

»Du kannst unten in der Kajüte bleiben. Wir fahren über Nacht und erreichen Südfall mit der ersten Flut morgen.« Er deutete auf die kleine Treppe und die Tür unterhalb des Steuerstandes. »In der Thermoskanne ist Tee, und die Koje ist frisch bezogen.« Seine Stimme klang sachlich und vielleicht ein klein wenig nachsichtig. Mit den Fingern fuhr er sich durch sein hellblondes Haar, dann setzte er die Schirmmütze auf, die er in der Hand hielt, und lächelte ganz leicht. »Falls dir kalt ist, findest du Decken und Pullover in der Kiste unter Deck.«

Ich nickte. »Danke«, sagte ich und wollte noch mehr sagen, fand aber keine Worte.

Die Kajüte war klein und im Bauch des Schiffes. Hier brummte und vibrierte der Motor.

Der Fischer kam noch einmal zu mir herunter, goss Tee in zwei weiße Emailletassen und schob mir eine über den kleinen Holztisch zu.

»Das Kind –«, begann er zögernd und brach dann ab.

»Es hat keinen Vater«, sagte ich rasch und sah auf den Holzboden. Es hat keinen Vater *mehr*, ergänzte ich in Gedanken. Für nur wenige Tage hatte es beide Eltern, also auch einen Vater, gehabt, nur so lange, bis ich Sebastian von der Schwangerschaft erzählt hatte. Mein Herz zog sich schmerzhaft zusammen, und ich schluckte die aufsteigenden Tränen hinunter.

»Du kannst auf der Hallig bleiben, solange du möchtest und bei uns arbeiten willst. Wir … wir haben nicht viel, aber es wird wohl reichen. Woher kommst du?«

»Berlin«, antwortete ich. »Und wenn ich genug Geld zusammengespart habe, gehe ich nach Amerika. Oder Australien.«

»Amerika«, wiederholte er langsam, legte einen Finger an sein Kinn und rieb sich die Bartstoppeln, die der Tag hatte wachsen lassen. »Ja, das ist noch weiter weg als Südfall.«

»Wobei braucht Ihre Mutter Hilfe auf der Hallig?«, fragte ich schließlich, während wir beide heißen Tee in kleinen Schlucken tranken.

Er hob die Schultern, als wüsste er das selbst gar nicht so genau. »Sie wird älter. Das Rheuma macht ihr zu schaffen, ihre Augen werden schwächer. Die Hausarbeit, die Arbeit auf dem Hof – das ist anstrengend.« Nach einer kleinen Pause setzte er hinzu: »Das würde sie aber nie zugeben. Und ich bin ja den ganzen Tag auf See und keine große Hilfe.« Mit beiden Händen stützte er sich dann auf die Tischplatte und stemmte sich hoch, so als wäre er sehr müde und müsste sich zum Aufstehen zwingen. »Schlaf, wenn du willst.« Der Fischer deutete auf die Koje mit den Kissen und der schweren grauen Wolldecke, bevor er die Kajüte verließ und ich mein Tagebuch aus dem Koffer nahm.

Eine Weile starrte ich auf die leeren Seiten und überlegte, wie ich all die letzten Nächte, in denen ich mich in der Pension der Witwe in den Schlaf geweint hatte, aufschreiben sollte. Es gibt keine Worte für die Dankbarkeit, die ich dem Fischer gegenüber empfinde, und es gibt keine Worte für die Trauer und die Verzweiflung, die ich die letzten Tage über fühlte.

Ich kann nicht glauben, dass ich einen Menschen gefunden habe, der bereit ist, mir eine Chance zu geben, nachdem alle anderen Nein gesagt haben.

Ich werde mich anstrengen. Ich werde hart arbeiten. Nicht nur für mich, sondern auch für mein Kind, den Menschen, der in mir wächst.

Und ich verspreche hier und jetzt, dass es ihm vielleicht am Vater fehlen wird, aber niemals an einer Mutter und niemals an Liebe.

8. Oktober 1938

Pays Mutter ist eine beängstigende Frau, und ich weiß nicht, ob ich hierbleiben kann. Aber der Reihe nach.

Heute Morgen kamen wir auf der Hallig an. Eine Weile schaukelten wir so auf See und warteten auf die Flut, die uns dann zu dem kleinen Anleger trug.

Eine Hallig ist keine Insel, habe ich gelernt, sondern eine Landmasse aus Wiesen und Weiden, die bei Land unter überspült wird, und dann schaut nur noch der Hof der Nahnsens aus dem Meer, denn er ist auf einem Erdhügel gebaut, den man Warft nennt. Sönkenswarft. Benannt nach Pays Urgroßvater, der sich vor knapp hundert Jahren mit seiner Familie hier niedergelassen hat, Schafe über die fruchtbaren Salzwiesen trieb und vom Fischfang lebte. So hat es mir der Fischer erzählt, während wir Südfall in der Ferne sahen.

Der Anleger ist ein wackeliger Holzsteg, der weit ins Meer hinausragt und der bei Ebbe im Trockenen liegt.

Pay sprang als Erster vom Kutter, knotete geschickt und erstaunlich schnell schwere Taue an Holzpfosten, um das Boot sicher zu befestigen. Dann reichte er mir eine Hand und half mir vom Schiff.

Ich bestand darauf, meinen Koffer selbst zu tragen, weil mir einfiel, dass mein Vater unseren Hausmädchen sicherlich zu Hause auch nicht die Koffer abgenommen hatte, als sie ankamen. Hier war ich wie Else, die den Tee brachte, bei Tisch bediente, das Haus sauber hielt und in der Küche half. Nur mit dem Unterschied, dass ich hier wohl allein wäre, während zu Hause in Berlin Minna jede Woche fürs Grobe kam und unsere Köchin Berta die beiden beaufsichtigte.

Ein schmaler Pfad schlängelte sich vom Anleger durch die Wiesen, die in schrägen Strahlen sattgrün aufleuchteten, wann immer die Sonne durch die grauen Wolken brach. Schafe standen in kleinen Gruppen oder einzeln wie weiße Wölkchen im hohen Gras, und die drei knorrigen, kleinen Bäume, die vor dem breiten Backsteinhaus in der Ferne standen, bogen sich im Wind.

Und erst nachdem ich all das aufgenommen und gesehen hatte, bemerkte ich, dass eine schlanke Frau raschen Schrittes auf uns zukam. Seltsam altmodisch sah sie aus mit ihrem langen dunkelblauen Rock, der hochgeschlossenen weißen Bluse und dem karierten Wolltuch, das sie sich um ihre Schultern geschlungen hatte.

Sie blieb vor uns stehen, und Pay trat rasch einen Schritt auf sie zu, um ihre Wange zu küssen. Sie lächelte nicht, und zu meiner Überraschung muss ich sagen, dass sie jünger aussah, als ich es erwartet hatte. Zwar wirkte ihre Haut ledrig, aber nur um ihre Augen zeigten sich ein paar Falten. Einzig ihr graues Haar, das sie im Nacken zu einem sauberen Knoten geschlungen hatte, verriet, dass sie älter sein musste, als ich auf den ersten Blick dachte.

»Mutter«, sagte Pay einfach und deutete auf mich. »Das ist Charlotte. Ich habe sie aus Hamburg mitgebracht. Sie wird dir in Zukunft auf dem Hof helfen.«

»Guten Tag, Frau Nahnsen«, sagte ich hastig, streifte einen Handschuh ab und reichte ihr meine Hand zum Gruß, doch sie hielt die Arme vor der Brust verschränkt, musterte mich aus zusammengekniffenen Augen von Kopf bis Fuß und wandte sich dann an ihren Sohn. »Bring sie zurück, wo du sie herhast.«

Statt einer Antwort schüttelte Pay den Kopf. Er sah müde aus. »Sie wird dir helfen«, wiederholte er etwas lauter und energischer.

»Sie wird niemandem helfen. Ich brauche hier jemanden, der die Arbeit macht, Pay!«

»Ich kann das lernen«, warf ich hastig ein, und Angst kroch mir den Rücken hinauf. Die Angst, wieder weggeschickt zu werden, und gleichzeitig die Angst davor, hierbleiben zu müssen bei dieser Frau, die mich nicht wollte.

So schnell, dass ich gar nicht wusste, wie mir geschah, griff sie jetzt doch nach meinem rechten Arm, hielt ihn hoch und bog mir die Finger auseinander, die ich der Kälte wegen fast zu einer Faust geballt hatte. »Da, siehst du? Das sind die Hände einer feinen Dame! Ich brauche keine Vorleserin und kein Handarbeitsfräulein!«

Mit einem Ruck machte ich mich los und schob meine Hand in die Tasche meines Mantels, als könnte ich so verstecken, wer ich war und woher ich kam. Ich fühlte, wie meine Wangen heiß wurden. Ganz sicher wurden sie auch rot.

Pay legte seine Hand auf die Schulter seiner Mutter. »Sie kann lernen. Du wirst es ihr beibringen.« Die Ruhe in seiner Stimme beeindruckte mich, das muss ich zugeben. Alles, was seine Mutter über mich gesagt hatte, schien an ihm einfach abzuprallen, wie Regen an seinem Ölzeug.

»Geh schon mal zum Haus zurück. Wir können alle einen heißen Tee vertragen. Charlotte hilft mir noch beim Abladen.«

Seine Mutter warf mir noch einen bösen Blick zu, dann drehte sie sich um und folgte dem schmalen Pfad durch die Wiesen in Richtung Haus.

Erst als sie ein ganzes Stück außer Sicht war, seufzte Pay tief und drückte einmal ganz kurz meine Hand. »Das wird schon«, sagte er knapp, und dann stand ich eigentlich mehr oder weniger nur daneben, während er drei große Holzkisten vom Schiff in eine Schubkarre hob, und kam mir seltsam unnütz vor.

Einen Landhof wie diesen hab ich noch nie gesehen, das muss ich sagen. In der Mitte des Hofes stehen drei blattlose Birnbäume, rechts eine breite, niedrige Holzscheune und an der Stirnseite ein kleiner Schuppen neben einem kreisrunden Teich, an dem ein paar kahle Büsche wachsen, als hätte sie jemand wahllos ans Ufer getupft. Hohe Bäume gibt es gar nicht. Vielleicht halten sie dem Wind nicht stand.

Gegenüber der Scheune befindet sich das Haupthaus. Ein breiter roter Backsteinbau, über den sich ein Reetdach stülpt, so wie man sich eine Mütze tief ins Gesicht zieht. Nur der hohe Schornstein lugt an der Seite heraus.

Die Haustür öffnet sich in einen breiten Flur, von dem rechts der Stall abgeht, geradeaus eine schmale, abgetretene Stiege ins Dachgeschoss, und eine verschnörkelte Holztür links führt in die Küche.

Hier gibt es einen großen Ofen an der rechten Wand, der Bilegger heißt. Er heizt nebenan auch den Döns, die Alltagsstube, in der wir auch schlafen.

Der Bilegger wird mit flachen Fladen, die auf dem Dachboden lagern, befeuert. Man muss sie oben in einen Schacht schieben, damit sie in der Küche direkt neben dem Ofen landen. Das habe ich heute schon gelernt.

Er wird von der Küche aus gefüllt und wärmt dann beide Räume. Das ist praktisch. In der Küche kann man die Ascheschale leeren, und in der Stube bleibt es sauber.

Die Küche selbst ist gar nicht sonderlich groß und quadratisch. Unter dem Fenster steht eine Bank, davor ein weißer Holztisch mit zwei Stühlen, dahinter der Herd und gegenüber ein weiß getünchtes Buffet, in dem sie das Geschirr verwahren. Gegenüber der Tür zum Flur führt eine Tür in eine Speisekammer, in der getrocknete Kräuter an der Decke zarten Duft verbreiten.

Die Regale an der Wand sind mit Einmachgläsern gefüllt. Ich glaube, das sind wichtige Vorräte hier, um über den Winter zu kommen.

Rechts neben dem Bilegger in der Küche führt eine Tür in den Döns. Dieser Raum ist ebenso groß wie die Küche. Auch hier kann man vom breiten Fenster aus, unter dem eine Nähmaschine ihren Platz hat, das Meer sehen. Vor dem Bilegger steht ein altes Sofa, und in jeder der holzgetäfelten Wände, außer der Fensterwand natürlich, befindet sich eine Schlafkoje hinter Vorhängen, Alkoven genannt. Sie sind nicht so lang wie ein echtes Bett. Für mich reicht es, weil ich nicht sonderlich groß bin, aber Pay und seine Mutter müssen wohl halb im Sitzen schlafen.

Frau Nahnsen hat den Alkoven direkt neben dem Ofen, ich habe den an der Wand, die an den Flur mit der Stiege grenzt, zugeteilt bekommen, und Pays Koje befindet sich in der Wand, die zur guten Stube führt. Ich konnte heute nur einmal kurz die Nase hineinstecken, als Frau Nahnsen die Tür öffnete und sehr knapp erklärte: »Wir benutzen den Pesel nur zu hohen Festen und im Sommer, wenn wir Gäste haben. Du hast hier drin nichts verloren, außer ich erlaube dir, die Tür zu öffnen.«

Mein Blick erhaschte ein Sofa und mehrere Sessel, die mit weißen Laken verhängt waren. Ich sah eine kostbar getäfelte Holzdecke und weiße Kacheln mit blauen Mustern an den Wänden. In der Vitrine gegenüber verwahren sie wohl das gute Geschirr, und ich musste schlucken. Mir kam in den Sinn, dass ich einmal selbst wie das gute Geschirr in der guten Stube war. Jetzt ist mein Platz in der Küche. Auf allen vieren habe ich heute den Boden geschrubbt, und Frau Nahnsen war doch nicht zufrieden.

Frau Nahnsen heißt Keike mit Vornamen. Das habe ich gesehen, als ich aufgeräumt habe und ihre Bibel in den schmalen Bücherschrank im Döns neben der Tür gestellt habe. Ein ebenso seltsamer Name wie Pay.

Seitdem ich hier bin, habe ich gar nicht mehr das Gefühl, in Deutschland zu sein. Beim Mittagessen hat Frau Nahnsen mit ihrem Sohn Platt gesprochen. Es klingt wie eine Mischung aus Deutsch, Englisch und Niederländisch, und ich verstehe kaum ein Wort.

Pay hat ihr nur einmal geantwortet, und danach hat sie die Lippen einen Moment lang so fest aufeinandergepresst, dass sie weiß wurden. Wir haben schweigend die Suppe gelöffelt, und nur das Klappern der Löffel an das Steingut hat die Stille dann und wann durchbrochen.

Später ist Frau Nahnsen mit mir auf den Dachboden gegangen. Sie zog eine große Truhe aus der Ecke und klappte den Deckel auf. »Du kannst in dem, was du anhast, nicht arbeiten. Hier!« Widerwillig, so schien es mir, entnahm sie zwei lange dunkelgraue Wollröcke, die ihrem nicht ganz unähnlich waren, dazu drei weiße Blusen, zwei grobgestrickte Wollpullover und ein kariertes Plaid, das aussah wie ihres, zwei lange Schürzen und ein paar Schnürstiefel.

»Danke«, sagte ich, weil mir nicht einfiel, was ich sonst sagen könnte, und ergänzte: »Das ist sehr praktisch.«

Frau Nahnsen richtete sich auf. »Die Sachen haben meiner Schwester gehört. Sie ist tot und braucht sie nicht mehr. Du kannst sie haben. Geh sorgsam damit um.«

Vorsichtig stapelte sie alle Kleidungsstücke auf den kleinen Hocker neben der Truhe und stellte die Stiefel daneben. »Ich habe unten noch Wollstrümpfe, die ich aussortiert habe. Sie werden für dich reichen.«

»Das ist sehr freundlich von Ihnen, Frau Nahnsen«, beeilte ich mich zu sagen, und sie machte eine unwirsche Handbewegung, während sie mich noch einmal musterte.

Diesmal trug ich keinen Mantel, so wie vorhin am Anleger, diesmal kniete ich nicht auf allen vieren auf dem Boden, und auch kein Tisch verdeckte sie, so wie vorhin beim Mittag. Diesmal blieb ihr Blick auf der kleinen Rundung meines Bauches hängen, und ihr Gesicht wurde ganz blass im gelben Licht der Petroleumlaterne, die ich ihr hinhielt.

Ohne ein weiteres Wort drängte sie sich an mir vorbei und ließ mich einfach stehen. Für ihr Alter sehr behände eilte sie die schmale Stiege in den Flur hinunter, und ich konnte hören, dass sie die Küchentür aufriss und scheppernd hinter sich ins Schloss warf.

Sehr langsam folgte ich ihr nach unten und blieb unschlüssig vor der Küchentür stehen. Nein, ich traute mich nicht hinein. Hier im Flur war es zwar kalt, aber ruhig, und der Sturm, der hinter der Küchentür zwischen Frau Nahnsen und ihrem Sohn tobte und brauste, war nur ein leises Lüftchen, genau wie das Geblöke der Schafe nebenan im Stall nur dumpf zu hören war.

Ich setzte mich genau zwischen beiden Geräuschen auf die unterste Stufe der schmalen Stiege, sah an die kahlen weiß verputzten Wände und dann zur Haustür.

Ich würde gehen müssen. Bloß wohin? Mutlosigkeit erfasste mich. Wohin jetzt? Wohin von hier aus?

Ich legte den Kopf auf die Knie und den Stapel Sachen auf meinem Schoss, und Tränen füllten meine Augen.

Wie lange ich so saß, weiß ich nicht, aber ich schreckte auf, als ich die Tür hörte. Der Fischer kam aus der Küche, und er war allein.

Hastig wischte ich mir mit meinem Taschentuch über die Augen. »Ich packe meine Sachen«, sagte ich rasch und tonlos, doch Pay Nahnsen schüttelte den Kopf und lehnte sich vor der Stiege, auf der ich immer noch saß, gegen die Tür zum Stall.

»Nein. Ich habe mit ihr gesprochen«, sagte er und sah mich direkt an. »Du bleibst.«

»Ich weiß nicht, ob –«, begann ich und biss mir dann auf die Unterlippe. Ob ich bleiben kann, wenn ich doch nicht willkommen, ja kaum geduldet bin, wollte ich eigentlich sagen, und als ob er geahnt hätte, was mir durch den Kopf ging, legte er mir kurz eine Hand auf die Schulter. »Wir sind hier schon sehr lange allein. Sie und ich. Gib ihr Zeit.«

Seine Berührung hatte etwas sehr Tröstliches. Vielleicht bin ich aber auch nur ausgehungert nach Zuneigung. Ich weiß es nicht.

»Zieh dich um. Ich zeige dir, wie man die Schafe und die Kühe versorgt und den Stall ausmistet. Das wird deine Aufgabe sein.«

Pay ist niemand, das habe ich gelernt, der spricht, wenn er nicht wirklich etwas zu sagen hat. Nur selten hat er etwas im Stall erklärt, aber begriffen, was ich tun muss, habe ich trotzdem. Bei ihm fürchte ich mich auch nicht, einen Fehler zu machen. Und so arbeiteten wir nach kurzer Zeit Hand in Hand.

Ich weiß jetzt, dass der runde Teich zwischen Schuppen und Scheune Fehting heißt und das Regenwasser auffängt. Süßwasser ist hier kostbar und wichtig, um das Vieh zu tränken. Pay hat mir auch den Brunnen zwischen Haus und Schuppen gezeigt, in dem wir Wasser für das Haus holen. Hier gibt es kein Leitungswasser, und die Toilette ist in einem unbeheizten Holzhäuschen neben der Scheune. Eine Tatsache, die ich absonderlich und gleichermaßen beängstigend finde.

Und ich habe gelernt, dass der Dung der Kühe und Schafe im Winter in Behältern gesammelt und im Sommer auf dem Warfthang getrocknet wird. Das sind die flachen Fladen, mit denen wir heizen und den Herd betreiben. Mir ist ein wenig anders geworden, als ich das verstanden hatte.

Zum Abendbrot konnte ich nur eine Scheibe Brot essen, mehr brachte ich nicht herunter, so böse hat mich Frau Nahnsen immer wieder angesehen.

Ich weiß nicht, ob die Zeit reicht.

Ich glaube, sie mag mich einfach nicht. Und wie soll man auf so einem kleinen Stückchen Land miteinander auskommen, wenn es eigentlich kein Auskommen miteinander gibt?

Und während ich das schreibe, sieht Frau Nahnsen schon wieder von ihrer Näharbeit auf und mich an. Ihre blauen Augen sind sehr kalt.

Mich schaudert. Ich weiß nicht, ob ich bleiben kann, aber ich weiß auch nicht, wohin. Ich bin allein. Ich habe nur mich selbst und das Kind, das in mir wächst.

Ella

»Hier wohnt der alte Freerichs«, sagte Herr Aumüller später, nachdem Ella in einem Supermarkt von allem das Nötigste gekauft und in der Kutsche verstaut hatte. Er lenkte den Wagen durch ein grünes schmiedeeisernes Tor auf einen Hof, der an einer Seite von einem reetgedeckten Bauernhaus begrenzt wurde und an den zwei anderen von flachen Stallungen oder Scheunen.

Sie waren eine Weile übers Land gefahren, um hierherzugelangen. Durch eine nebelverhangene flache Gegend mit wenig Bäumen. Hier gibt es nur zwei Dinge, dachte Ella, grüne Wiesen und den Himmel.

Die Kutsche, die sie nach Südfall bringen sollte, stand auch schon bereit. Gezogen wurde sie von zwei kräftigen braunen Pferden, die jetzt aber noch stillstanden und träge mit den Hufen scharrten.

Ein Bilderbuch-Bauernhof. Vor den Stufen der Eingangstür lag ein Hund, der aussah wie Lassie und nur müde den Kopf hob. Ein paar Blumenkübel mit den wohl letzten Astern dieses Jahres säumten das Tor, und über der breiten Holztür, die ins Wohnhaus führte, hing ein Holzbrett mit einem Spruch, den Ella nicht entziffern konnte. Es mochte weniger an der verschnörkelten Schrift liegen als daran, dass der Spruch in Plattdeutsch war.

Der Wind riss Herrn Aumüller die Autotür aus der Hand und warf sie krachend zu, während Ella versuchte, sie vorsichtig zu schließen. Völlig unbeeindruckt davon rief der Anwalt: »Helmer? Wir sind da!«

Und tatsächlich tauchte gleich darauf ein älterer Mann im offenen Scheunentor auf und wischte sich bedächtig die Hände an einem ölverschmierten Lappen ab.

»Ja«, sagte er und trat näher. »Ist Zeit.«

Herr Aumüller rammte die Spitze seines Schuhs in den Kies der Auffahrt und lächelte dabei wortlos und stoisch.

Helmer Freerichs blieb vor Ella stehen und musterte sie eingehend. Ungerührt erwiderte sie seinen Blick. Einen solchen Blick kannte sie aus der Apotheke gut. Meist folgte darauf die Frage, ob man denn den Apotheker sprechen könne. Eine Frage, die Ella mittlerweile charmant einfach überlächelte. Sie stellte sich vor und erkundigte sich nach dem Problem..

Helmer Freerichs dagegen blieb stumm. In seinen Augen lag nur eine gewisse distanzierte Freundlichkeit. Er war ein großer, schlanker Mann, dessen Alter sie auf Ende sechzig schätzte. Seine Haut war ledrig und gebräunt. Falten hatten sich hineingegraben wie Priele ins Watt. *Das ist ein richtiger Friese, Herr Aumüller!*

»Macht zwanzig Euro für die Hinfahrt und zwanzig Euro für zurück. Sie bezahlen es am besten gleich auf einmal.«

Ella nickte und kramte aus ihrem Portemonnaie den entsprechenden Betrag heraus und reichte ihm dann die Scheine, die er einsteckte.

»Nu, denn ma los.« Herr Freerichs warf den Lappen auf den Kutschbock, kletterte hinterher und klopfte neben sich auf das Holz, während Herr Aumüller Gepäck und die Einkäufe zwischen die Sitzbänke der Kutsche schob.

Ella zögerte einen Moment, dann stellte sie den Fuß auf den Tritt und zog sich auf den Platz neben Herrn Freerichs. Das ist ganz schön hoch, dachte sie. Höher als erwartet.

Vor ihr dampften die warmen Pferdekörper in der plötzlichen Windstille.

»Sie kommen nicht mit?«, fragte sie Herr Aumüller verblüfft, der inzwischen um die Kutsche herumgekommen war und ihr die Hand reichte. »Aber nein, ich habe leider zu tun. Ach!« Er klopfte sich auf die Jacke und zog dann ein Schlüsselbund heraus. »Das brauchen Sie noch!«

Ella nahm es entgegen und steckte es in die Tasche ihres Mantels.

Herr Freerichs schnalzte ungeduldig.

»Jetzt aber los!«, rief Herr Aumüller heiter. »Bis –« Der Rest seines Satzes ging im Hufgetrappel unter. Ja, bis … dachte Ella, bis übermorgen. Spätestens Ende der Woche wollte sie wieder in Berlin sein.

»Ich bin Ella Bramen. Ich glaube, wir wurden noch gar nicht vorgestellt«, wandte sie sich an ihren Kutscher.

»Ich weiß.« Die Antwort kam erst nach einer ganzen Weile, in der links das Watt vorbeizog und sich rechts grüne Wiesen erstreckten.

»Wie lange dauert die Fahrt?«, fragte Ella, weniger weil es ihr wirklich wichtig war, denn ändern konnte sie es ja sowieso nicht, sondern eher, um das Schweigen zu durchbrechen.

Herr Freerichs wog bedächtig den Kopf hin und her. »Mal so, mal so«, antwortete er schließlich.

Wovon das wohl abhing? Von den Pferden, vom Wetter, von allem? Ella atmete hörbar aus. Egal wie lange die Fahrt in Wirklichkeit war, sie würde sich wie eine Ewigkeit anfühlen, das wusste Ella schon jetzt. Herr Freerichs war alles andere als ein Ausbund an Gesprächigkeit.

»Leben Sie schon lange in Nordstrand?«, versuchte sie es später erneut und vergrub die Hände tief in den Taschen ihres Mantels. Warum hatte sie die Handschuhe in ihrem Koffer gelassen? Jetzt hätte sie sie brauchen können. Trotz der schweren Wolldecke, die ihr Herr Freerichs beiläufig über die Knie gelegt hatte, kroch ihr die Kälte zwischen Kleidung und Haut die Beine hinauf.

Herr Freerichs lenkte die Kutsche in das Watt. Für Ella war hier kein Weg erkennbar, und sie fragte sich, wie er bei dem aufsteigenden Nebel irgendetwas sehen konnte, aber vielleicht waren es auch die Pferde, die den Weg fanden, die ihn kannten, weil sie ihn oft gingen.

Die Kutsche schaukelte, und Ella wurde ordentlich durchgeschüttelt. Der Boden mit all den feinen kleinen Furchen, die das Meer zurückließ, nachdem es seinen Besuch beendet hatte, war uneben.

»Ja«, sagte Herr Freerichs schließlich doch, nachdem Ella ihre Frage schon fast vergessen hatte. Vergeblich wartete sie darauf, dass er dieses eine Wort noch um Informationen ergänzte.

»Stammt Ihre Familie von hier?« Sie konnte gar nicht genau in Worte fassen, warum sie so tapfer weiterfragte. Vielleicht, dachte Ella, lag das daran, dass so schweigsame Menschen sie immer ein wenig herausforderten. Vielleicht, und darüber wollte sie lieber nicht nachdenken, kroch mit dem Nebel auch ein unbestimmtes Gefühl der Einsamkeit unter ihren Mantel und legte sich kühl auf ihre Haut. Ihr war, als würde sie sich von allem entfernen, mit jedem Zuckeln der Kutsche weiter wegziehen, von allem, was ihr im Leben wichtig war: Berlin, ihre Apotheke und Robert. Ella schluckte. Robert. Sie verbot sich jeden Gedanken daran, wie es wäre, würde er jetzt hier neben ihr sitzen. Platz wäre genug. Am Platz ist bisher noch nichts gescheitert. Er hätte ihre Hand genommen und sie in seine Jackentasche geschoben. Ihr wäre jetzt sehr viel wärmer, so viel stand fest. Berlin kam ihr wie ein goldbraunes Herbstparadies vor, während hier graue Nebelschwaden nach ihr zu greifen schienen.

»Nee, meine Großmutter kam aus Hamburg.« Herr Freerichs' Stimme drang so plötzlich durch das Hufgetrappel der schwerfälligen Pferde, dass Ella zusammenzuckte und dann in sich hineingrinste. Ja, nee, ist klar. So eine Hamburger Großmutter kann einem schon den Stammbaum verhageln.

»Da vorn«, er streckte jetzt die Hand aus und deutete in das weiß-graue Nichts, »das ist Südfall.«

Ella konnte nichts erkennen. »Ah ja«, sagte sie trotzdem höflich.

Diesmal lachte Herr Freerichs, und das Lachen sog für einen Moment die Falten um seinen Mund gnädig glatt. »Sie glauben mir nicht, was?«

Angestrengt kniff Ella die Augen zusammen. Tatsächlich schälte sich jetzt eine schmale schwarze Masse am Horizont aus dem Nebel.

»Doch«, sagte sie langsam und erstaunt, während ihr Kutscher zufrieden nickte.

Den Rest der Fahrt schwieg Ella, und mit dem Nebel, der immer dichter wurde, schienen die Hufe auf dem Watt leiser. Selbst die Möwen zogen ihre Bahnen lautlos hoch oben am Himmel.

Das Watt wurde schließlich zu Land und einem Weg auf der Hallig. Sie erkannte den Anleger wieder. Immer noch ein langer Holzsteg, neben dem ein kleines Boot auf dem Trockenen lag. Wiesen tauchten aus dem Dunst auf, als hätte sie gerade eben jemand geschaffen, dabei waren es wohl dieselben Wiesen, die schon Charlotte damals bei ihrer Ankunft gesehen hatte.

»Bredenswarft.« Herr Freerichs zeigte mit dem Finger nach rechts, bevor er wieder mit der Zunge schnalzte und der Trott der Pferde schneller wurde. Ah ja, mein Nachbar, der Ornithologe, dachte Ella und erinnerte sich daran, was ihr Herr Aumüller über die Hallig erzählt hatte, daran, dass es Bredenswarft noch gar nicht gegeben hatte, als Charlotte hier gelandet war.

Der Nebel war immer noch so dicht, dass Ella mehr als ein diffuses Backsteingebäude auf einem kleinen Hügel kaum ausmachen konnte. Stand da vor der Tür jemand? Ein Mann?

Ella kniff die Augen zusammen und drehte dann den Kopf wieder. Unmöglich, in dieser Suppe etwas erkennen zu können. Ab und an hoben Schafe auf den Weiden, die der Weg durchschnitt, träge die Köpfe und nickten ihr zu. Die Schafe sahen aus wie vom Himmel gefallene Wolken.

Selbst das Grün der Weiden schien heute eher grau zu sein, ein farblicher Einheitsbrei, in dem sich Land, Himmel, Watt und Meer kaum voneinander trennen ließen.

Langsam zuckelten die Pferde über den schmalen, unbefestigten Pfad. Bredenswarft wurde hinter ihnen kleiner, und vor ihnen tauchte ein paar Minuten später ein weiterer Hügel auf. Für einen

Moment sog Ella die Luft scharf ein, und Salz blieb auf ihren Lippen zurück.

Der Anblick des Guts war ihr so vertraut. Nicht etwa, weil sie sich an ihren eigenen Besuch vor vielen Jahren erinnern konnte, sondern weil die Gebäude eben da standen, wie Charlotte sie beschrieben hatte. Das Bauernhaus samt Stall mit dem Reetdach und gegenüber die Scheune. Selbst den kleinen Schuppen sah sie, den Charlotte beschrieben hatte. Und die drei Birnbäume waren auch da. Knorrig und kahl breiteten sie ihre Zweige über den gepflasterten Hof aus. Jetzt sah sie den Teich, von dem sie schon wusste, dass er Fehting hieß.

»Sönkenswarft.« Herr Freerichs legte die Zügel ab und sprang vom Kutschbock, während Ella langsam herunterkletterte.

»Schlüssel haben Sie ja, und hier ist meine Karte. Rufen Sie mich an, dann besprechen wir, wann ich Sie abhole.«

Ella nickte, und Herr Freerichs hob mühelos ihren Koffer und die Einkaufstüten herunter und stellte alles vor die Eingangstür des Bauernhofes. Wortlos stieg er wieder auf den Kutschbock.

»Bis bald!«, rief Ella ihm nach, während er wendete und die Pferde die Warft hinunterzuckelten.

Es ist ein merkwürdiges Gefühl, so allein an diesem gleichzeitig fremden *und* vertrauten Ort zurückzubleiben, dachte Ella, bevor sie auf die Haustür zuging und sich noch einmal umdrehte, als sie sie erreichte. Das deutliche Gefühl, beobachtet zu werden, hatte sich in ihren Rücken gebohrt.

Tatsächlich. Ein einzelnes Schaf hatte sich lautlos den kleinen Hügel hinaufgeschlichen und war am Rande des gepflasterten Hofes stehen geblieben.

»Mäh!«, blökte es in Ellas Richtung, und fast automatisch hob sie die Hand und winkte dem Tier zu. Dann schüttelte sie den Kopf. *So weit ist es schon in relativ kurzer Zeit mit mir gekommen – ich winke einem Schaf zu.*

Lächelnd schloss sie die Haustür auf. Leider war es im Hausflur nur unwesentlich wärmer als draußen, dafür war die Luft lange nicht so abgestanden, wie sie befürchtet hatte. Im Gegenteil, ein zarter Lavendelduft lag darin.

Erstaunt sah sich Ella um. Was genau sie erwartet hatte, konnte sie gar nicht sagen. Vielleicht, dass sich zumindest hier drinnen etwas verändert hatte. Aber alles war genau so, wie es Charlotte in ihrem Tagebuch beschrieben hatte. Direkt gegenüber der Haustür führte die Holztreppe ins Obergeschoss. Rechts von ihr war die breite Stalltür, und links stand die Tür zur Küche halb offen. Ella konnte sogar den Bilegger-Ofen sehen.

Vielleicht wäre es klug, ihn anzuheizen und dann erst die Heizungsanlage zu suchen. Ihre Sachen ließ sie im Flur einfach stehen und ging schnurstracks in die Küche. Nur ein moderner Elektroherd stand jetzt neben der altertümlichen Kochmaschine, aber das weiße Buffet an der Wand erkannte Ella ebenso wieder wie den Tisch und die Bank unter dem Fenster.

Neben dem Bilegger stand allerdings kein Korb mit getrocknetem Kuhdung, sondern zu Ellas Erleichterung waren darin sorgsam Holzscheite aufgetürmt. Direkt daneben lag ein Stapel alter Zeitungen zum Anzünden. Wie praktisch!

Ella rieb sich die kalten Hände, bevor sie das Papier in den Ofen schob und das Holz aufstapelte. Selbst die Streichhölzer lagen griffbereit auf dem weißen Büffet.

Als endlich das Feuer brannte, richtete sich Ella wieder auf und sah sich noch einmal um. Alles war ordentlich, sauber und aufgeräumt. Neben der großen weißen Emaillespüle standen noch genau ein Teller und eine Tasse zum Abtropfen.

Jetzt waren sie wohl lange trocken und zeugten aber dennoch von der letzten Mahlzeit der letzten Bewohnerin des Hauses.

Traurig, dachte Ella und zog die Schultern einen Moment zusammen, bevor sie beherzt nach beidem griff und das Geschirr in den Schrank räumte. Dank Charlottes Beschreibungen musste sie gar nicht mehr nachdenken, wo etwas hingehörte, fast blind fand sie sich in dieser sauber geschrubbten Küche zurecht. So, als würde sie hierhergehören, schoss ihr durch den Kopf. Ein Gedanke, den sie sofort wieder verwarf. Rasch öffnete sie die Tür zur Speisekammer.

Auch hier stapelten sich, wie beschrieben, noch immer oder wieder Einmachgläser in den Regalen an der Wand bis zur Decke. Wahrscheinlich blieb in diesem Raum, der fensterlos nach Norden ging und der ein paar Stufen tiefer lag als der Rest des Hauses, selbst im Sommer alles frisch und kühl.

In mehreren Stiegen auf dem Boden stapelten sich Kartoffeln, Zwiebeln und Äpfel, während von der Decke hängend Knoblauch neben verschiedenen Kräutern trocknete.

Nun, zusammen mit ihren Einkäufen würde sie jedenfalls nicht verhungern. Das einzige Zugeständnis an die Moderne war eine Gefriertruhe, die an der Wand stand und die Ella nicht näher inspizierte.

Vielleicht würde der Ornithologe von der anderen Warft all die Vorräte gern übernehmen? Sie sollte ihn auf jeden Fall fragen.

Ella blies warmen Atem in ihre zusammengefalteten Hände. Irgendwo im Haus musste es eine Heizungsanlage geben. In der Küche neben der Tür hing ein altmodischer Heizkörper an der Wand. Der Bilegger konnte also nicht die einzige Wärmequelle sein.

Ob sie sich im alten Stall verbarg? Beherzt schob Ella im Flur die beiden schweren Metallriegel der Stalltür zur Seite und zog dann am Griff. Quietschend schwang sie auf.

Ein schmaler Gang lag vor ihr, der sich später in einzelne leere Boxen teilte, deren Böden mit Stroh bedeckt waren und am Ende in eine Tür mündete, die sicher wieder nach draußen führte. Hier haben also die Schafe gelebt. Ein scharfer Geruch nach Tier lag noch in der Luft und ein zarter Duft nach Heu.

Links von Ella, hinter einer modernen Stahltür, verbarg sich tatsächlich eine neue Ölheizung, die sie, dank der Anleitung, die daneben an der Wand hing, relativ schnell in Gang brachte. Jetzt würde es bald wärmer werden.

Rasch kehrte sie in die Küche zurück und drehte den Heizkörper auf, bevor sie ihren Mantel öffnete, das Smartphone aus der Tasche nahm und auf den blank gescheuerten Küchentisch neben einen kleinen Stapel Briefe legte.

Kein Empfang. Mist! Kein einziger Balken.

Das hätte sie sich eigentlich denken können. Und was jetzt? Noch einmal sah sich Ella in der Küche um, und diesmal fiel ihr Blick auf ein altes grünes Tastentelefon, das auf der Bank unter dem Fenster stand. Rasch hob sie den Hörer ab und seufzte erleichtert. Ein Freizeichen. Glücklicherweise.

Noch einmal sah Ella auf den Stapel Post. Obenauf lag offenbar eine Stromrechnung. Würde sich der Anwalt darum kümmern? Zumindest hatte er ihr gesagt, dass er alle laufenden Kosten aus der Erbmasse beglich. Ella griff eher halbherzig nach dem Kuvert, bekam es nicht richtig zu fassen, und der ganze Stapel kam ins Rutschen. Ein Brief nach dem anderen purzelte vom Tisch, zwei schlidderten über den glatten Fußboden in Richtung Buffet, einer kam unter dem Küchentisch zu liegen. Seufzend bückte sich Ella, sammelte die Post auf. Waren das jetzt alle?

Sah so aus. Sie würde den Stapel aufs Festland mit zurücknehmen.

Den kleinen Kühlschrank neben der Spüle hatte jemand vom Strom getrennt, und er war wohl auch ausgewischt worden. Ella schloss ihn wieder an, bevor sie einen Teil ihrer Einkäufe darin verstaute und die anderen Lebensmittel auf das Buffet stellte, ihren Mantel auszog und an den Haken neben der Tür direkt neben eine grobe dunkelbraune Strickjacke hing. Die Wolle fühlte sich rau an unter ihren Fingern. Sicher hatte die Jacke Ines gehört. Vielleicht hatte sie sie übergestreift, wenn sie einen Spaziergang gemacht oder sich um die Schafe gekümmert hatte.

Das bleibt also auch übrig, wenn jemand stirbt. Nicht nur der Teller, nicht nur die letzte Tasse, die man benutzt hatte, sondern auch eine Strickjacke.

Und Ella wusste nicht einmal, wie die Frau ausgesehen hatte, die diese trug. Ines Nahnsen blieb eine verschwommene Gestalt für sie, eine seltsam gesichtslose Erinnerung aus ihrer Kindheit. Schlank war sie damals gewesen, als sie sie gesehen hatte, schmal und irgendwie drahtig. Das wusste sie noch. Nicht so weich und fluffig wie ihre Großmutter, deren rundes Gesicht ihr so präsent war, als hätte sie sich nur kurz umgedreht und wäre nicht schon Jahre tot.

Noch einmal zog Ella die Schultern zusammen. Diesmal nicht, weil ihr kalt war, diesmal, weil die Trauer sie so plötzlich übermannte wie eine Welle im Meer, die man nicht hatte kommen sehen. Ihre Mutter, ihre Großmutter und jetzt auch Großtante Ines. Alle waren sie tot.

Ein Klopfen gegen das Küchenfenster riss Ella aus ihren trüben Gedanken und ließ sie zusammenzucken.

Der Oberkörper eines Mannes mit blondem Haarschopf war hinter der Scheibe aufgetaucht. Der Fremde trug einen Friesennerz und lächelte freundlich, dabei stützte er sich auf sein Fahrrad. Ella schob den Riegel zur Seite und öffnete das Fenster.

Das muss mein einziger Nachbar sein. Und noch während sie das dachte, streckte er ihr seine Hand entgegen. »Brar Hamkens. Alle nennen mich nur Brar. Ich wollte Sie nicht erschrecken.«

Ella lächelte ebenfalls und war überrascht, dass ihr das Lächeln gar nicht schwerfiel. In den letzten Tagen war das anders gewesen, es hatte sie einige Mühe gekostet, die Mundwinkel nach oben zu ziehen, so als wäre Lächeln etwas, zu dem sie sich zwingen müsste. Jetzt lächelte sie bereits zum zweiten Mal.

»Alles gut«, gab sie zurück und schüttelte seine Hand, die sich für einen Moment sehr warm in ihrer anfühlte. »Ella Bramen«, fügte sie hinzu.

»Ich weiß. Ines hat mir von Ihnen erzählt.« Ein leichter Akzent lag in seiner Sprache. Seltsam fremd.

»Kannten Sie meine Großtante gut?«, fragte sie, und er nickte.

»Ja, ziemlich. Das bleibt nicht aus, wenn man sich eine Hallig teilt.« Sein Blick huschte einmal kurz zum Himmel und zurück, und sie fragte sich, ob er sich Sorgen um das Wetter machte oder ihre Großtante dort verortete.

Er lachte noch einmal, trat von einem Bein auf das andere und rieb sich die Hände, bevor er sagte: »Eigentlich ist das hier so, dass man seinen Nachbarn auf einen Tee hereinbittet, wenn er unangemeldet vor der Tür steht.«

»Soso«, sagte Ella überrascht, und Brar hob eine Augenbraue.

»Nein, ich wollte … also, ich wollte Sie nicht überfallen.«

Da war etwas in seinem freundlich forschenden Blick, das sie anrührte. Vielleicht, schoss ihr durch den Kopf, hatte sie schon lange niemand mehr mit so unverhohlenem Interesse betrachtet, vielleicht hatte sie schon lange niemand mehr so angesehen. Sie versuchte, den Gedanken abzuschütteln, und deutete auf die Tür. »Sie ist offen. Kann ich Ihnen einen Tee anbieten? Also, wenn ich den Tee finde.«

Brar Hamkens fuhr sich über die Stirn. »Das ist eine Einladung, die ich gar nicht ablehnen kann. Außerdem weiß ich, wo die Teedose steht.« Er lehnte das Fahrrad gegen die Hauswand und verschwand aus ihrem Blickfeld.

Als er eintrat, brachte er einen Schwall Kälte von draußen in die inzwischen warme Küche mit, schälte sich aus seinem gelben Ölzeug und hängte es an den Haken neben der Tür, direkt neben Ellas Mantel.

»Sie haben meine Großtante oft besucht?«, fragte Ella, während sie den Kessel in der Spüle mit Wasser füllte und dann auf den Herd stellte.

Für einen Moment blieb er am Ofen stehen und wärmte sich die Hände, dann ging er ganz selbstverständlich an ihr vorbei, nahm zwei Tassen aus dem Buffet, die er auf den Tisch stellte, und eine Teekanne, die er Ella in die Hand drückte. »Ja, so zwei-, dreimal die Woche. Sonntags haben wir meist zusammen den Kuchen gegessen, den sie am Samstag gebacken hat. Tee ist übrigens in der blauen Dose neben dem Herd. Ein kräftiger Assam.« Dann zog er einen der Stühle an den Ofen und setzte sich. »Sie sehen Ines übrigens sehr ähnlich.«

»Tatsächlich?« Überrascht hielt Ella einen Moment inne, bevor sie drei Löffel Tee in das Netz gab, das auf der Dose lag, und es in die Kanne hängte.

So plötzlich, wie er an das Fenster geklopft hat, stand Brar Hamkens wieder auf. »Es tut mir leid. Ich wollte Sie nicht überrumpeln. Das war unhöflich und …« Er sah aus, als würde er nach Worten suchen. »Die Einsamkeit hier macht wohl etwas wunderlich.«

Rasch drehte sich Ella zu ihm um. »Ich hätte Sie ja nicht hineinbitten müssen. Ich hätte sagen können, es passt mir gerade nicht, oder nicht?« In Wahrheit war sie froh, dass er sie aus ihren melancholischen Gedanken gerissen hatte, bevor sie sie wieder gespürt hätte, wie vorhin auf der Kutsche: die Einsamkeit. »Setzen Sie sich. Ich habe sogar –« Sie nahm die Packung Kekse wieder in die Hand, die sie vorhin auf den Küchenschrank gelegt hatte. »Das hier.«

»Butterkekse.« Belustigt hob Brar eine Augenbraue. »Ich glaube, die habe ich seit meiner Kindheit nicht mehr gegessen.«

Seine Augen sind sehr braun, fiel ihr auf. Waldbodenbraun. Dunkle Erde nach einem Regenschauer, auf die sich vereinzelt Sonnenstrahlen durch die Blätterkronen schoben. Brar Hamkens mit seinem kantigen Gesicht und dem wirren blonden Haar war ein interessanter Mann. Brars Kinn war eine Spur zu breit und seine Nase zu lang, aber er hatte etwas Kerniges, Natürliches.

»Na, dann wird es Zeit für ein paar«, sagte sie leichthin und goss das heiße Wasser in die Kanne.

Verführerisch breitete sich jetzt der Duft des Tees in der Küche aus, und obwohl Ella zu Hause ja eher Kaffee trank, vermisste sie ihn hier nicht, schien der Tee doch hierherzupassen wie die Schafe auf die Wiesen oder eben Brar Hamkens auf diese Hallig.

Ella stellte die Kanne auf den Tisch und setzt sich dann auf die Bank unter dem Fenster. »Und Sie wohnen auf Bredenswarft«, stellte sie fest.

Brar rutschte mit dem Stuhl ein wenig vom Feuer ab. »Ja, seit etwas über einem Jahr bin ich hier stationiert. Ich habe gerade noch einmal verlängert.«

»Verlängert«, murmelte Ella ungläubig, und ein leichtes Lächeln huschte über seine Lippen. »Was macht man hier den ganzen Tag?«, rutschte es ihr heraus. Ella, ermahnte sie sich, wieder mal schneller gesprochen als überlegt.

Zum Glück wurde sein Lächeln gutmütig. »Das fragen sich wohl die meisten Menschen. Tatsächlich ist das wirklich ein tagesfüllender Job hier. Im Frühling, Sommer und Herbst beobachte ich natürlich vor allem Vögel. Zurzeit zähle ich Zugvögel und beobachte ihr Verhalten, die Größe ihrer Population. Im Winter dagegen wird es ruhiger, aber Bredenswarft ist ein relativ großer Hof. Die Schafherde will versorgt werden, die Hühner, die ich halte, außerdem gibt es immer etwas zu reparieren, und natürlich arbeite ich aktiv im Küstenschutz. Im Sommer habe ich jeden Tag zwei Touristengruppen, die ich herumführe. Da kommt ganz schön was zusammen.«

»Oh ja, wenn Sie das so aufzählen, klingt das nach viel Arbeit.« Vorsichtig hob sie das Teenetz aus der Kanne, legte es auf den Unterteller, der wohl die alte Zeitung auf dem Küchentisch beschweren sollte, und schenkte beiden ein. »Milch?«, frage sie und stand noch einmal auf, entnahm dem Kühlschrank die kleine Packung, die sie gekauft hatte.

»Danke. Und, wie lange wollen Sie bleiben?«, fragte Brar schließlich, nahm sich einen Keks und sah sich in der Küche um.

»Nur bis morgen.«

Die Tasse klapperte, als er sie wieder auf den Tisch stellte. »Entschuldigen Sie, Ella, aber ich muss das jetzt ganz direkt fragen: Wollen Sie verkaufen? Japsand e.V., die Naturschutzorganisation, für die ich arbeite, hätte Interesse an Sönkenswarft.«

Ella lehnte sich ein Stückchen zurück. »Ich weiß. Ja, ich denke, ich werde verkaufen und –« Ja, was und? *Zurück nach Berlin. Zurück zu meinen Problemen, zurück in mein Leben.*

Ella sah auf die Maserung im Holz. »Was wird mit dem Hof passieren, wenn ich an … an Japsand verkaufe?«

Auch Brar Hamkens lehnte sich ein Stückchen zurück und legte seine Hände auf die Oberschenkel. Seine Finger waren sehr lang und schmal, fiel ihr auf. Schöne Hände, die gar nicht nach der schweren Arbeit aussahen, die sie verrichteten. »Ich weiß es ehrlich gesagt nicht genau, aber wir wünschen uns schon lange Platz für ein Schulungszentrum. Übernachtungsmöglichkeiten für Gruppen, Schulklassen. Der alte Stall wäre ideal und das Haus sowieso.« Er nickte unbestimmt in den Raum. »Ich meine, diesen Teil des Hauses könnte man ja fast als Museum erhalten. Die Küche hier, Döns und Pesel nebenan.« Jetzt lag beinahe so etwas wie Wehmut in seinem Blick.

Ella runzelte die Stirn. »Sie kannten meine Großtante ja gut, wahrscheinlich besser als ich. Was hätte sie gewollt?«

Brar Hamkens sah einen Moment auf den Boden und dann wieder auf. »Ines sagte einmal, dass es sie freuen würde, dass Sie hierherkämen und entscheiden, was wird.« Jetzt sah er Ella direkt in die Augen. Wieder lag da diese Neugier in seinem Blick. Sie mochte diese Ehrlichkeit. Er versuchte nicht einmal, sein Interesse zu verstecken, und er hätte ihr auch sagen können, dass Ines sich nichts mehr gewünscht hat, als dass ihr Hof an Japsand geht.

»Ines hat sonst nie über die Zukunft der Warft nach ihrem Tod gesprochen«, fügte er noch hinzu.

»Sie mochten meine Großtante gern, nicht wahr?«, fragte Ella leise. »Es tut mir leid.«

Brar nahm seine Tasse wieder in die Hand, allerdings ohne zu trinken. Stattdessen blies er in das heiße Getränk, und zu ihrer Verwunderung huschte eine sanfte Röte über seine Wangen. »Nein, mir tut es leid, dass Sie Ihre Großtante verloren haben. Ich hätte das sagen müssen.«

Mit dem Finger wischte Ella über den Rand ihrer Tasse und nahm sich dann ebenfalls einen Keks. Ein Automatismus. Eigentlich hatte sie keinen Appetit, und deshalb legte sie ihn auf den Tisch und sah auf die Zacken am Rand. Wie oft hatte sie sie als Kind gezählt? Sie wusste es nicht. »Schon gut. Ich kannte sie ja nicht.«

»Und das tut mir auch leid. Sie war eine besondere Frau. Wir haben viele interessante und ungewöhnliche Gespräche geführt.«

»Ungewöhnlich«, sagte sie rasch und fragend. Fast war ihr, als müsste sie sich schämen, dass sie keinen Kontakt hatten, als wäre es allein ihre Schuld.

Jetzt biss sie doch vom Keks ab, und Brar, der vielleicht die ganze Zeit darauf gewartet hatte, dass sie aß, biss ebenfalls ab und lächelte. Ein paar Krümel rieselten auf seine Hose, und er strich sie leichthin vom Stoff. »Ja, Ines war extrem modern in ihren Ansichten. Zu keiner Zeit hatte ich das Gefühl, dass da ein Altersunterschied zwischen uns wäre. Anders kann ich es gar nicht sagen.«

Das, was er sagte, versetzte Ellas Herzen einen kleinen Stich. »Das glaube ich gern. Meine Großmutter, also Ines' Schwester Anke, war genauso. Ich wünschte –« Das ging ihn doch gar nichts an, dachte sie, und interessieren würde es ihn sicher auch nicht, was sie sich wünschte oder eben nicht wünschte, doch zu ihrer Überraschung sah er sie so verständnisvoll an, dass sie schlucken musste.

»Was wünschten Sie?«, hakte er sanft nach.

»Ich hätte gern gewusst, warum sich meine Großmutter und ihre Schwester so entfremdet haben«, gab Ella zögernd zurück, und Brar Hamkens schüttelte bedauernd den Kopf. »Das hat sie mir leider auch nie erzählt, sonst würde ich es sagen.«

Zu ihrer Überraschung stellte Ella fest, dass sie wirklich gern auch wissen würde, worüber sich Ines und der Ornithologe unterhalten haben. Mit ihm zu reden ist leicht, dachte Ella. Er hat etwas Ernsthaftes und etwas Heiteres zur selben Zeit. Das ist selten.

Jetzt drehte er den Kopf zur leise tickenden Uhr über der Tür. »Ich muss los. Die Schafe warten. Danke für den Tee.« Er stand auf und nahm seinen Friesennerz vom Haken. »Vielleicht, wenn Sie morgen noch da sind, haben Sie ja Lust auf einen Spaziergang, und vielleicht haben Sie dann Lust, auf einen Tee bei mir vorbeizukommen?«

Sie wusste nicht genau, warum sie ausgerechnet jetzt an Robert denken musste, ihr sein Gesicht so klar vor Augen stand, als würde er leibhaftig vor ihr stehen. Wärme war in ihre Wangen gestiegen, das konnte sie deutlich fühlen. Wahrscheinlich hatte das Feuer die Küche inzwischen gut durchgeheizt.

»Gern, sollte ich morgen überhaupt Zeit finden, spazieren zu gehen.«

Brar Hamkens lächelte ihr noch einmal zu, griff in die Tasche seiner Regenjacke und holte eine kleine Visitenkarte heraus, die er auf den Tisch legte. »Die Telefonnummer drüben von der Vogelstation. Falls etwas ist, falls Sie etwas brauchen.«

»Danke«, sagte Ella, und er hob die Hand zum Gruß, bevor er die Tür hinter sich zuzog.

Was sollte sie brauchen?

Ella straffte den Rücken und stand auf. Es war eindeutig an der Zeit, den Rest des Hauses zu erkunden, persönliche Unterlagen aufzuspüren, und vielleicht würde sie ein paar alte Fotos finden?

Im Döns nebenan drehte Ella als Erstes den Heizkörper unter dem Fenster auf und zog die blau karierten Vorhänge zur Seite. Ein schräger Sonnenstrahl fiel durch die Wolkendecke auf den Nähmaschinentisch darunter, und in seinem Schein tanzte Staub in der Luft.

Charlotte hatte von den Schlafkojen geschrieben, und wenn Ella ehrlich war, hatte sie sich darunter gar nichts so richtig vorstellen können, bis sie sie jetzt mit eigenen Augen sah. Eine Nische neben dem Bilegger, eine an der Wand zum Flur und eine an der Wand zum Pesel. Vor ihnen hingen dieselben blau karierten Vorhänge wie vor dem Fenster.

Nur in der Koje neben dem Bilegger war das Bett bezogen und

ordentlich zusammengelegt. Hier wird Ines geschlafen haben. Sie überlegte, in welcher Nische ihre Urgroßmutter Charlotte ihr Bett gehabt hatte. Ella blieb stehen und sah nachdenklich auf die ordentlich gefaltete Bettdecke in der Koje nahe dem Flur. Irgendwo würde es Bettwäsche geben, und sie würde hier schlafen, beschloss sie. Sie war ja ebenfalls nicht sonderlich groß.

Wie Charlotte hatte sie sich vor wenigen Tagen auch noch nicht vorstellen können, hier auf der Hallig zu sein. Da war es nur naheliegend, dass sie in ihrem alten Bett schlief.

Zu Ellas Überraschung sah das Dachgeschoss allerdings inzwischen ganz anders aus. Aus dem Bodenraum, den Charlotte beschrieben hatte, waren drei geräumige Schlafzimmer geworden, in denen jeweils drei alte Holzdoppelbetten standen, alte schwere Schränke und unförmige Kommoden, die aussahen, als würden ihre Schubladen knarren und sich nur schwer öffnen lassen. Seltsam unbewohnt schienen diese Räume. Einer musste wohl das Zimmer gewesen sein, in dem Ellas Großmutter aufgewachsen war.

Außerdem schmiegte sich ein kleines Duschbad in die Dachschräge. Hier stellte Ella ihren Kosmetikbeutel auf die Ablage unter dem Spiegel und fand dann Bettwäsche in einem der Wandschränke im Flur. Viel gab es hier oben nicht zu sehen. Bis auf das Bad, in dem Ella auch den Heizkörper aufdrehte, wirkte alles lange nicht mehr bewohnt und seltsam unpersönlich.

Viel hatte Ines nicht besessen oder aufgehoben, dachte Ella, als sie im Döns das Bettzeug ihrer Schlafkoje bezog. Selbst in diesem Raum mit den zwei Sesseln vor dem Bilegger und der alten Nähmaschine unter dem Fenster gab es nur die Büchervitrine, in der man etwas aufbewahren konnte.

Die Glastüren quietschten, als Ella den Schrank öffnete. Zeit zum Lesen hatte hier wohl niemand. Nur wenige Romane standen im obersten Fach. Die meisten Bücher waren Bildbände aus aller Welt, ein paar Gesundheitsratgeber, und ganz unten stand eine alte Bibel, die Ella vorsichtig herauszog. Ella verzog das Gesicht, als sie die erste Seite aufschlug. »Keike Nahnsen«, stand in geschwungener Schrift mittig auf der weißen Seite. Die Bibel roch muffig. Keike erschien ihr so kalt und hartherzig, dass Ella die Bibel rasch wieder zuklappte und zurücklegte. In den Schubladen unter dem Vitrinenteil jedoch waren die interessanteren Dinge untergebracht. Fotoalben und, zu Ellas Freude, die restlichen Tagebücher von Charlotte.

Beide Stapel trug Ella in die Küche und legte sie auf den Tisch neben ihre Teetasse, bevor sie das Licht anknipste. Zwar hatte sich der Nebel inzwischen gelichtet, aber nun kroch der späte Nachmittag mit seiner Dunkelheit vom Meer her zum Haus. Die langen Schatten der kahlen Büsche, die erst wie spitze Finger auf das Haus gezeigt hatten, vereinten sich zur Dämmerung, um es zu verschlucken.

Ella warf einen Blick auf die Uhr. Karlas Stimme wäre jetzt schön. Sie würde über Ellas Kutschfahrt lachen und über das Schaf, und sie würde Ella nach Brar ausfragen.

Später, dachte Ella seufzend. Noch hatte Karla in der Apotheke gut zu tun. Feierabendgeschäft. Und nebenbei würde sie die Hausaufgaben ihrer Kinder beaufsichtigen und die letzten Lieferungen entgegennehmen.

Charlotte

15. Oktober 1938

Seit einer Woche bin ich auf der Hallig.

Zeit vergeht hier ganz anders, das muss ich sagen. Jeder Tag ist gleich. Jeden Tag stehen wir früh auf, noch wenn es dunkel ist, und schon vor dem Frühstück versorge ich die Hühner, Schafe und Kühe. Auch am Sonntag. Die Tiere wissen nicht, dass wir uns ausruhen wollen. Abends, wenn es dunkel wird, tue ich noch einmal genau dieselben Handgriffe.

Ich hatte geglaubt, es würde mit jedem Tag besser werden, mir leichter fallen, aber das Gegenteil ist der Fall. Jeden Morgen sind meine Füße schwer wie Blei, und ich habe großes Heimweh. Ja, ich vermisse sogar meine Mutter, obwohl ich Angst vor ihr habe, obwohl ich nicht nach Hause zurückmöchte. Jeden Abend schluchze ich mich lautlos hinter den zugezogenen Vorhängen meiner Koje in den Schlaf. Ich presse meinen Mund in die Decke, ersticke mein Weinen mit den schweren Federn, mit denen hier alles gefüllt ist. Dazu kommt das beständige Ziehen in meinem Unterleib.

Heute Abend war es ganz besonders schlimm. Aber der Reihe nach.

Ich verteilte gerade das frische Heu im Stall. Bintje, die Milchkuh, ist auch schwanger. Ich strich über ihre weiche Nase, und sie hielt den Kopf ganz still, so als wüsste sie, dass wir beide etwas gemeinsam haben. So stand ich da und dachte für den Bruchteil einer Sekunde an gar nichts, bis der Schmerz in meinem Leib so plötzlich und so heftig kam, dass ich nach Luft schnappte, mich erst aufbäumte und dann vornüberkrümmte. Alles wurde schwarz. Um mich herum und vor meinen Augen.

Dennoch war es eine seltsame Ohnmacht. Ich fiel zu Boden, blieb liegen, konnte nichts mehr sehen, konnte mich nicht bewegen, aber ich hörte den Wind, der um den Stall heulte. Ich hörte die Lämmer blöken und Bintjes tiefes, kehliges Muhen irgendwo über mir.

Wie lange ich da so lag, kann ich gar nicht sagen. Minuten, denke ich. Dann hörte ich Schritte im Stroh. Ich hörte die trockenen Halme unter derben Schuhsohlen brechen.

»Du faules Stück!« Frau Nahnsens Stimme war ein Zischen, ein Hissen und dem Wind gar nicht unähnlich. Könnte der Wind, der seit meiner Ankunft stetig blies, sprechen, hätte er eine Stimme, ich war mir sicher, er würde klingen wie die Mutter des Fischers. »Steh auf!«

Das war keine Frage des Wollens. Leider nicht. Denn aufstehen wollte ich ja! Das Letzte, wonach mir der Sinn stand, war, Frau Nahnsen zu verärgern. Und doch … ich kam einfach nicht auf die Beine. Sie waren wie taub und fühlten sich an, als würden sie nicht zu mir gehören.

»Steh auf! Hier wird nicht geschlafen!«

Ich schlafe nicht, wollte ich protestieren, aber ich brachte kein Wort über meine Lippen. Die Dunkelheit, die mich umgab, schien alles zu verschlucken.

Und dann war es so still, als wäre alles um mich herum verschwunden, so als gäbe es nur noch mich in schwarzer Dunkelheit. Nicht einmal den Wind konnte ich jetzt mehr hören. Sie lässt mich einfach liegen, dachte ich. Ich könnte hier sterben, und es würde niemanden kümmern. Ich würde im Nebel und im Meer verschwinden. So endet es also, dachte ich bitter.

Als der Fischer sich schweigend über mich beugte, roch ich Salz und Tang. Er schob einen Arm unter meine Schultern und einen unter meine Oberschenkel und hob mich auf, trug mich durch den Flur hinüber in die Stube und legte mich in meinem Schlafalkoven ab.

Während er mich trug, während ich seine Wärme spürte, kehrten meine Sinne langsam zurück. Ich konnte wieder hören, so als hätte ich mir Wasser aus dem Ohr geschüttelt, und ich konnte wieder sehen, wenn auch nur durch einen Tränenschleier. Ein verschwommener Blick in die Welt ist besser als gar keiner, oder?

Leise Stimmen drangen zu mir.

»Sie ist keine Hilfe. Wir füttern sie hier mit durch, und sie arbeitet einfach nicht. Hast du ihre Hände gesehen?«

»Nein.«

»Weich und zart. Sie ist Arbeit nicht gewöhnt, Pay.«

Das stimmt nicht, dachte ich matt. Mittlerweile sahen meine Hände aus wie eine Kraterlandschaft. Frische Blasen, mit Blut gefüllte Blasen und abgeheilte Blasen beulten und zerfurchten meine Haut.

»Ich will nicht, dass sie hungert«, hörte ich die Stimme des Fischers und dann das Zischen eines Streichholzes. Bald darauf drang süßlicher Tabakduft in meine Koje.

»Es braucht ein Maß für alles im Leben. Vor allem für das Essen und das Vergnügen.«

»Auch für die Arbeit.« Der Fischer klingt müde, dachte ich und rollte mich auf die Seite, zog die Knie bis zum Bauch. Der Schmerz war vergangen. Nur eine matte Ahnung steckte mir noch in den Gliedern.

»Harte Arbeit formt den Charakter.«

»Gib ihr Zeit.«

»Die wird sie doch im Winter reichlich haben, wenn alles getan ist.« Frau Nahnsens Stricknadeln klapperten in die kurze Pause, bevor sie fortfuhr: »Alle haben auf der Hochzeit nach dir gefragt. Vor allem Martin und natürlich Rieke selbst.«

»So«, sagte der Fischer gedehnt. In seiner Pfeife knisterte der Tabak.

»An ihrer Stelle hättest du nicht anders entschieden. Der Hof der Petersens ist der größte auf Hooge.«

»Mutter.«

»Weißt du, Pay, sie muss jetzt gehen. Man wird es bald sehen.« Ich hörte die Schärfe in ihrer Stimme. Frau Nahnsen hatte lauter gesprochen als nötig. Sie wollte wohl sichergehen, dass ich es hörte.

Die große Standuhr tickte in die Stille. Noch einmal zischte ein Streichholz.

»Man wird es sehen. Man wird darüber sprechen. Der Pfarrer kommt nächsten Sonntag. Was wird er sagen?«

»Nichts wird er sagen, Mutter.« Der Fischer seufzte.

»Das glaubst du doch selbst nicht!« Noch ein klein wenig lauter und sehr viel kälter klang Frau Nahnsen jetzt, und ich hielt die Luft an. »Es gibt zwei Möglichkeiten, Pay. Sie geht, oder du heiratest sie. Ich dulde diese Sünde nicht unter meinem Dach, nicht auf meinem Hof.«

Diese verdammte Kälte. Ich zog mir die Decke über die Ohren und schloss die Augen.

Etwas war jetzt anders. Der Fischer schwieg. Es war, als hätte sich der Widerspruch erschöpft.

Ich werde gehen müssen. Wohin, weiß ich nicht. Nur weg von hier.

Ella

»Und, was macht die Apotheke?«, fragte Ella Karla, klemmte sich den Hörer zwischen Kinn und Schulter und zog die Füße auf die Küchenbank. Ungewohnt war dieses Festnetztelefon, der große Hörer, den sie sich zwischen Ohr und Kinn klemmen musste.

»Wie immer eben. Außer …« Karla atmete schwer ein. Kein gutes Zeichen. Diese Art des Seufzens war für Krisen vorbehalten.

»Ja?« Ella hob das Glas Rotwein, das sie sich vorhin nach dem Abendbrot eingegossen hatte, zum Mund, ohne zu trinken. »Was ist denn los?«

»Ich … Ella, ich wollte das eigentlich gar nicht sagen, während du nicht da bist, aber so langsam geht es mir auch an die Substanz. Mark Scheuer war heute schon wieder in der Apotheke. Er hat ein neues Angebot mitgebracht.«

Mark Scheuer. Vertreter der Kette *Heilsam-Apotheken*. Seit mittlerweile einem Jahr nun versuchte er, Karla und sie dazu zu bewegen, in das Franchise mit ihrer Apotheke einzusteigen, oder ihnen wahlweise auch das gute Geschäft in der gefragten Lage abzuluchsen.

Natürlich erfolglos. In Karlas Ton lag diesmal jedoch etwas, was Ella aufhorchen ließ.

»Und?« Ella hörte ein Plätschern. Sie war sich sicher, dass Karla sich ebenfalls ein Glas Wein eingegossen hatte. Ansonsten war es verdächtig still. Sicher hatte sich Karla wieder ins Bad zurückgezogen und saß mit angezogenen Knien auf dem geschlossenen Toilettendeckel.

»Diesmal ist es ernst. Er legt die Daumenschrauben an. *Heilsam-Apotheken* will das ganze Mietshaus kaufen.«

Ella stellte das Glas mit einem Ruck auf den Tisch. »Das Haus, in dem unsere Apotheke ist?«

»Ja, sicher. Was dachtest du denn? Das Weiße Haus?« Karla lachte auf. Es klang bitter. »Sie wollen uns unbedingt. Du weißt, was das heißt. Miete hoch, bis wir nicht mehr können und klein beigeben. Und –« Karla brach ab, und Ella trommelte ungeduldig auf den weißen Holztisch. »Was und?«

»Werd jetzt nicht sauer, ja?«

Ella schloss die Augen. »Kann ich nicht versprechen.«

»Dachte ich mir. Ich hab Robert angerufen und ihn gefragt, was wir tun können.«

Jetzt hob Ella eine Hand und rieb sich die Augen. »Super. Du hättest auch anrufen können, um zu fragen, ob mir das recht ist.«

»Dein Handy hat keinen Empfang, ich hatte keine Ahnung, wie ich dich erreichen kann, und ich wollte mit jemandem sprechen, verdammt! Das ist ernst!«

»Ich komme morgen nach Hause.«

»Quatsch!«, sagte Karla sehr energisch. »Du kannst doch gar nichts tun. Wir können nichts tun. Das hat auch Robert gesagt. Höchstens mit dem Eigentümer sprechen und ihn bitten, nicht an *Heilsam-Apotheken* zu verkaufen. Das war es schon.«

Zögernd griff Ella wieder nach ihrem Weinglas. Diesmal trank sie einen großen Schluck. »Und, hat er sonst noch etwas gesagt?«

Einen Moment lang war es sehr still, bis auf ein leises Rauschen in der Verbindung.

»Er würde gern mit dir sprechen. Ruf ihn an.«

»Nein.« Es überraschte Ella selbst, wie schnell sie das gesagt hatte.

»Dann kann ich ihm wenigstens deine Telefonnummer auf der Hallig geben?«

»Ich komme morgen wieder nach Berlin, Karla. Ich hab hier sowieso keine ruhige Minute. Und viel zu tun gibt es nicht. Ich … ich werd das Wenige einsammeln, das ich mitnehmen möchte, und verkaufe den Hof. Sicher kann sich darum dieser Anwalt, Herr Aumüller, kümmern.«

Karla schwieg, dann jedoch sagte sie leise: »Weißt du, ich bin hier, und ich fühle mich trotzdem nicht gut. Also, versprich dir nicht zu viel davon, wieder nach Berlin zu kommen, und vielleicht sollten wir diesmal über das Angebot wirklich nachdenken. Es könnte unsere letzte Chance sein, mit Geld und erhobenem Kopf da rauszukommen.«

Ein stechender Schmerz der Enttäuschung bohrte sich in Ellas Brust. Sie wusste, dass Karla nicht ganz unrecht hatte. Auf der anderen Seite hatte ihre Freundin eben auch nicht diese Verbindung zu der Apotheke. Drei Generationen. Dreimal Bramen. Ihre Großmutter hatte sie geführt, ihre Mutter und jetzt Ella. Als Ella kurz nach dem Studium noch Karla mit ins Boot geholt hatte, hatten sie alle sorglos in die Zukunft und in die Kamera gelächelt. Das Bild hing über dem Schreibtisch hinten im Büro, und manchmal starrte Ella wehmütig darauf. Kurze Zeit später hatte der schreckliche Autounfall die beiden älteren Generationen ausgelöscht. Ella und Karla waren übrig geblieben.

»Bleib auf der Hallig, solange du möchtest, Ella. Es gibt nichts, was du hier in Berlin gerade tun kannst.«

»Doch, mit unserem Vermieter sprechen, mir einen Anwalt suchen, der etwas davon versteht, und … Ich drehe durch, wenn ich es nicht anpacken kann, verstehst du?«

»Ich weiß«, gab Karla schlicht zurück und holte tief Luft. »Aber mal was ganz anderes. Wie ist es denn nun auf der Hallig?«

Ella lehnte sich ein Stückchen zurück. »Anders, als ich gedacht habe. Ich … ich weiß nicht. Irgendwie hatte ich Chaos erwartet. So ein vollgekramtes Haus. Vielleicht dachte ich, Ines wäre jemand gewesen, der nichts wegwerfen kann, aber hier ist alles sauber, aufgeräumt und … und beinahe leer, Karla. Nur das Nötigste. Ja, das ist es. Alles da, was man braucht, aber kein Luxus. Nichts von dem hier sieht so aus, als hätte sich Ines etwas gegönnt. Schwer zu beschreiben.«

»Nordische Nüchternheit vielleicht?«, schlug Karla vor, und

Ella musste lächeln. »Ja, das trifft es ziemlich gut. Im Grunde … habe ich auch schon alles zusammen, was ich behalten will. Morgen frage ich den Ornithologen von der anderen Warft, ob er Ines' Vorräte haben möchte, und dann kann ich auch schon abfahren.«

Ein Tag, Robert, dachte Ella. Ein Tag. Länger hat es nicht gedauert. Ein Tag, und nicht mal den wolltest du mir schenken, nicht einmal den bin ich dir wert gewesen. Bitterkeit stieg in Ella auf, und als hätte Karla es geahnt, fragte sie: »Und der Ornithologe? Hast du den schon kennengelernt? Wie ist der so?«

»Sehr freundlich. Groß, blond. Bodenständig. Robert Redford in Jung. Meine Großtante mochte ihn gern, und ihr Tod scheint ihn wirklich traurig zu machen. Der Gedanke, dass wenigstens einer sie vermissen wird, ist tröstlich.«

»Kann ich verstehen.« Dann kicherte Karla. »Aber sag mal, was macht denn der Robert-Redford-Verschnitt den ganzen Tag auf so einer Insel? Schafe umschubsen? Durch Pfützen springen?«

»Eine Hallig ist keine Insel«, verbesserte Ella ihre Freundin automatisch. »Und du hast ›Vögel zählen‹ vergessen.«

Nachdem sie sich verabschiedet hatten, stand Ella auf. Eine rastlose Unruhe hatte sie erfasst. Seit fast zwei Jahren lief die Apotheke nicht mehr so gut, das musste sie zugeben. Online-Konkurrenz und diese Ketten, die es inzwischen an jeder Ecke gab, machten ihr das Leben schwer. Auf der anderen Seite – niemand hatte ihr versprochen, dass das Leben einfach sein würde, oder? Das war es, was ihre Großmutter immer gesagt hatte. »Im Leben scheint nicht immer nur die Sonne, Ella. Manchmal laufen wir im Schatten und haben keine Möglichkeit, die Straßenseite zu wechseln.«

Morgen früh würde sie als Erstes diesen Freerichs anrufen und ihn herbestellen. Sie musste zurück. Komme, was da wolle.

Noch ein paar Minuten ging Ella in der Küche auf und ab, warf noch einen Holzscheit ins Feuer und rieb sich die Arme. Draußen hatte der Wind wohl aufgefrischt, und inzwischen umgab er das

Haus hörbar, heulte an den Ecken und Kanten vorbei, so, als wäre er böse auf das Haus, das es gewagt hatte, sich ihm in den Weg zu stellen. Dicke Regentropfen klopften gegen das Fenster.

Ella hob eines der schweren Fotoalben auf. Sorgsam aufgeklebte und leicht verblasste Schwarz-Weiß-Bilder erwarteten sie auf jeder Seite. Menschen in altmodischer Kleidung. Mal lächelten sie in die Kamera, mal sahen sie ernst aus. An einem der Bilder blieb Ella hängen.

»Keike, Pay und Charlotte, Winter 1938«

Die Menschen, über die sie sonst nur in Charlottes Tagebuch gelesen hatte, bekamen auf einmal Gesichter. Überrascht starrte Ella auf die drei Menschen, die vor der Haustür standen, als würden sie auf etwas warten. Wer das Bild wohl aufgenommen hatte?

Ganz links stand Keike. Sie hielt sich sehr gerade, das Kinn leicht angehoben. Schmale Augen starrten zu dem, der sie wohl fotografierte. Wer das wohl sein mochte?

Neben ihr stand Pay. Ohne Frage. Auch für heutige Verhältnisse war er ein gutaussehender Mann, mit den klaren Zügen, der hohen Stirn und dem breiten Kinn. Eine Schiebermütze saß schräg auf dem zerzausten Haar, und er hatte die Arme vor der Brust verschränkt. Charlotte dagegen sah neben ihm sehr zart aus. Sie hatte etwas Zerbrechliches, das Ella anrührte. Ja, sie konnte sich vorstellen, dass das Leben hier für die Frau mit der spitzen Nase und den großen dunklen Augen schwer war.

Unschlüssig nahm Ella die Ecke der nächsten Seite zwischen die Finger. Winter 1938. Charlotte war also noch nicht lange auf der Hallig. Würde sie jetzt weiterblättern, sie hatte das Gefühl, sie würde sich selbst um die Geschichte bringen, die ihr Charlotte erzählen wollte, sie würde vorgreifen, das Ende zuerst lesen.

Also klappte Ella das Album wieder zu und legte es auf den Stapel mit den anderen Büchern, hob das Weinglas zum Mund und trank den Rest, bevor sie herzhaft gähnte. Zeit für das Bett.

Zu ihrer Überraschung war der Döns nebenan durch das Feuer

im Bilegger und die aufgedrehte Heizung unter dem Fenster angenehm warm. Schon vorhin hatte sie ja Charlottes alte Schlafkoje hergerichtet, und nun, nach einem kurzen Abstecher in das kleine Bad unterm Dach, kroch Ella unter die schwere Daunendecke und schloss die Augen.

*

Nach überraschend tiefem Schlaf erwachte Ella in grauer Dämmerung. An einen Traum konnte sie sich nicht erinnern, aber die Kälte war in die Koje gekrochen, und das Heulen und Brausen des Windes war das erste Geräusch, das sie bewusst wahrnahm.

Es kostete sie Überwindung, die Decke zurückzuschlagen und aufzustehen. Die Zeiger der Standuhr waren auf zehn vor sieben vorgerückt. Ella rieb sich die Augen und schlüpfte in die Strickjacke, die sie am Tag zuvor schon getragen hatte.

Noch bevor sie die schmale Stiege zum Bad emporkletterte, entzündete sie in der Küche rasch ein neues Feuer im Bilegger. Der Holzkorb war beinahe leer. Nun, da sie heute abfahren würde, bräuchte sie sich um das Auffüllen nicht mehr zu kümmern.

Das schrille Klingeln des Telefons ließ Ella zusammenzucken. Sie hatte sich gerade eine Scheibe Brot abgeschnitten und den Kessel auf den Herd gestellt.

Das ist bestimmt Robert, dachte sie und streckte nur zögernd die Hand zum Hörer aus.

»Bramen«, meldete sie sich knapp.

»Hallo, Brar Hamkens hier. Haben Sie schon Radio gehört?«

Erleichtert zog sie ein wenig an dem Telefonkabel, klemmte den Hörer zwischen Ohr und Kinn und gab einen Löffel Assam in das Teenetz.

»Radio?«, fragte sie verwirrt nach. Gott, wer hört heutzutage eigentlich noch Radio? Ihr fiel ein, dass sie eines im Regal neben der Nähmaschine gesehen hatte. Ein altmodisches großes Ding mit einer langen Antenne. »Nein«, fügte Ella hinzu.

»Es zieht ein Sturm auf.« Sorge lag in Brar Hamkens Stimme. Diesmal biss sie sich auf die Zunge, bevor sie bloß fragend wiederholte, was er gesagt hatte. »Das klingt nicht gut«, gab sie stattdessen zurück.

»Nein, allerdings nicht. Wir erwarten eine Sturmflut. Land unter.«

»Was?« Mit einem Mal war Ella hellwach. Bilder einer Reportage über Hallig Hooge zogen ihr durch den Kopf. Land unter. Sie glaubte, sich erinnern zu können, dass in dem Filmbeitrag das Wasser bis an die Hauswand schlug. »Ach du meine Güte.«

»Nein, nein, ich wollte Sie nicht beunruhigen. Wir haben das hier ein paarmal im Jahr. Kein übermäßiger Grund zur Sorge, aber ich dachte, ich warne Sie lieber.«

»Ja, … äh … Danke! Dann sollte ich wohl schnell meine Sachen packen und so früh wie möglich abreisen.«

»Bei dem Wind da draußen wird Sie heute niemand mehr holen.«

»Was?«

»Na, der Fährverkehr ist eingestellt, und da wird sicher auch der alte Freerichs nicht mehr loszuckeln.«

»Was?«, fragte Ella noch einmal. Neben ihr pfiff der Teekessel, und sie drehte rasch die Herdplatte ab. Vor dem Fenster sah es so aus, als würde eine riesige Pranke nach dem kahlen Busch greifen und ihn mindestens durchschütteln, aber eigentlich eher ausreißen wollen.

»Verdammt«, murmelte Ella. »Was mache ich denn jetzt?« Natürlich war diese Frage gar nicht an ihren Nachbarn gerichtet, sondern eher an sich selbst.

»Abwarten und Tee trinken. Das, was alle Menschen hier machen.« Jetzt klang seine Stimme so fröhlich und heiter, dass Ella der Gegensatz zu ihrer eigenen Verzweiflung umso deutlicher wurde.

»Ich muss aber nach Berlin«, beharrte sie, trotzig wie ein kleines Kind.

Ohne darauf einzugehen, fuhr Brar Hamkens fort: »Wenn ich es schaffe, komme ich nachher noch mal zu Ihnen rüber, bevor es richtig losgeht, aber erst mal muss ich mich um die Schafe kümmern.«

Er legte auf, bevor sie noch etwas sagen konnte.

Land unter. Sturm. Was genau bedeutete das? Ella wünschte, sie hätte Internet und könnte sich mit Googeln beruhigen. Vielleicht, überlegte sie dann, war es auch besser, dass sie eben nicht nachschauen konnte. Vielleicht würden sie die Bilder nur noch mehr beängstigen.

Irgendwo aus der Ferne drang ein Klappern in ihre Gedanken. Es klang wie eine Tür, die auf- und wieder zuschlug. Sicher der Schuppen. Ihr Blick fiel auf den leeren Holzkorb neben dem Ofen.

Nein, so ganz konnte sie sich noch nicht damit abfinden hierzubleiben. Energisch griff sie nach der Visitenkarte des Kutschers und drückte die entsprechenden Nummern auf dem Telefon. Eine Weile lang tat sich nichts, dann endlich ein Freizeichen, und schließlich bellte er knapp »Freerichs« in den Hörer.

»Ah, gut, dass ich Sie gleich erwische. Hier ist Ella Bramen. Das Wetter sieht ja nicht so gut aus«, sagte sie hastig und sprach gleich weiter: »Wäre es möglich, dass Sie mich so bald wie möglich abholen?«

Rauschen. Stille. »Sicher.«

Ein Stein der Erleichterung fiel Ella vom Herzen. Ihr Nachbar hatte also Blödsinn erzählt! Fast wurde ihr ein wenig warm. Der gute alte Freerichs! Würde also sofort seine Pferde anspannen und sie abholen. Na, eine gemütliche Fahrt wäre das sicher nicht, aber mit ein wenig Glück wäre sie am Nachmittag schon in Berlin, und vielleicht würde sie noch heute mit dem Vermieter der Apotheke persönlich sprechen können.

»Wunderbar!«, rief Ella aus. »Wann können Sie da sein? Ich brauche sicher noch eine halbe Stunde zum Packen.«

»Ich muss mal überlegen«, sagte der Kutscher langsam, und Ella trat ungeduldig von einem Bein aufs andere.

Wieder Rauschen. Stille. Dann sprach er endlich weiter: »Hängt ein bisschen vom Wetter ab, aber vielleicht übermorgen.«

»Übermorgen?«, wiederholte Ella tonlos. Sie musste sich verhört haben. »Übermorgen?«

Stille. Rauschen. »Ja, wenn der Sturm vorbei ist und das Wasser weg.«

»Wasser weg.« Ella sank ein Stückchen in sich zusammen und sah wieder aus dem Fenster. Schwere graue Wolken zogen rasch und aufgeregt über den Himmel.

»Ja, Frau Bramen. Ich meld mich.« Zack. Der Kutscher hatte aufgelegt. Das ging schneller, viel schneller, als er jeden Satz ausgesprochen hatte.

Ella war, als hätte die Energie, die sie eben gefühlt hatte, sich auf einen Schlag entladen. Sie sank vornüber.

Es war sehr still, bis auf den Wind und das Klappern.

Einen Moment stand sie so da, den Hörer in der Hand, und starte fassungslos auf das alte grüne Telefon.

Sie würde bleiben müssen und diesen Sturm aussitzen. Verdammt!

Aber es half ja nichts. Langsam legte sie den Hörer zurück, richtete sich dann auf und straffte den Rücken.

Denk nach, Ella. Als Erstes holst du jetzt Feuerholz.

Vor der Haustür griff sie nach dem Schlüssel, den sie in die Schale auf der kleinen Kommode neben der Tür geworfen hatte, zog sich Schuhe und ihren Mantel an, bevor sie den Korb nahm und die Tür öffnete. Fast sofort riss ihr der Wind den Knauf aus der Hand, wehte die Tür hinter ihr ins Schloss. Von allen Seiten schien dieser Wind zu kommen. Er riss an ihren kinnlangen Haaren, trieb ihr salzige scharfe Luft in die Augen und zog an ihrem Körper.

Tatsächlich. Die Schuppentür flog im Wind hin und her. Auf und zu. Rasch lief Ella schräg über den Hof darauf zu, warf so viele Holzscheite, wie sie tragen konnte, in den Korb und brauchte dann ihre ganze Kraft, um den schweren rostigen Metallriegel nach vorn zu schieben.

Zurück im Haus hielt sie sich atemlos einen Moment am Treppengeländer fest, bevor sie Schuhe und Mantel auszog und den Korb in die Küche trug.

Wieder klingelte das Telefon.

»Ja!«, meldete sich Ella in der Annahme, dass es wohl Karla sein würde, die inzwischen vom rauen Wetter an der Küste gehört hatte.

»Äh … Frau Bramen? Aumüller hier.« Er klang etwas verunsichert, was sicherlich an ihrer knappen Meldung lag.

»Ja, Herr Aumüller.« Ella setzte sich wieder an den Tisch. Zu ihrer inzwischen lauwarmen Tasse Tee und dem Brot, das sie kurz vor Brar Hamkens Anruf mit Marmelade bestrichen hatte.

»Ganz schön windig, was? Ich mache mir ein bisschen Sorgen um Sie. Kann ich etwas für Sie tun?«

Gute Frage. Kam sie zurecht? »Der Gedanke, hierbleiben zu müssen, ist noch ein bisschen frisch, Herr Aumüller, aber ich denke, ich schaffe das schon. Im Grunde ist es ja einfach nur hier sitzen und abwarten. Sie können mich ja leider nicht aufs Festland beamen. Oder doch?«

Der Anwalt lachte giggelnd. »Ja, äh … leider nein. Das Tief kam ziemlich überraschend. So ist das hier manchmal. Ich habe mit Brar Hamkens gesprochen, dem Ornithologen von der Vogelschutzstation –«

»Ja, wir haben uns schon kennengelernt«, warf Ella rasch ein, aber Herr Aumüller fuhr ungerührt fort: »Er hat mir versprochen, Sie nachher auf Bredenswarft herüberzuholen.«

»Ich komme zurecht. Meine Großtante wird hier ja auch schon Sturmfluten und Land unter mitgemacht haben oder nicht?«

»Sicher, aber wenn der Strom –«

Stromausfall? Das war eine Möglichkeit? Ella schloss die Augen. »Wenn der Strom ausfällt, gibt es sicher irgendwo Kerzen und Petroleumlampen. Ich hab ja genug Zeit, um zu suchen. Glauben Sie mir, ich schaffe das schon.« Ich führe eine Apotheke in Berlin-Kreuzberg. Ich kann alles, dachte Ella.

»Na, Sie können es sich ja überlegen. Auf jeden Fall sieht Brar nachher noch mal nach Ihnen.«

Ella wusste wohl, dass es freundlich gemeint war, trotzdem stieg ein kleiner Ärger in mir auf. *Ich bin niemand, den man beschützen muss. Ich habe bisher alles in meinem Leben allein geschafft.* »Vielleicht können Sie sich einfach darum kümmern, dass ich, sobald es geht, wieder aufs Festland komme.«

»Natürlich, Frau Bramen.«

»Auf Wiederhören, Herr Aumüller.« Nachdem sie aufgelegt hatte, trank sie einen Schluck Tee, legte die Hände auf den Holztisch. Jetzt langsam, Ella. Nachdenken. Du brauchst Kerzen für den Notfall. Die wird es hier sicher irgendwo geben. Vielleicht im Küchenbuffet.

Zuerst nahm Ella das Klopfen gar nicht wahr. Es fügte sich organisch in den Wind, das Knarren der Holzmöbel und das Prasseln des Feuers ein.

Auf allen vieren hockte sie vor dem alten Küchenbuffet. Sie hatte eine Packung Kerzen gefunden und eine alte Petroleumlampe, samt Kanister, und gerade als sie nach dem Karton Teelichter angelte, wurde das Klopfen lauter, energischer.

Sie richtete sich auf, drehte sich um und sah ihren Nachbarn vor dem Küchenfenster.

Rasch sprang sie auf. Sie wollte auf keinen Fall, dass Brar Hamkens länger als nötig da draußen herumstand, denn inzwischen hatte der Sturm heftigen Regen mitgebracht, die Tropfen peitschten laut gegen das Küchenfenster.

»Und, alles in Ordnung bei Ihnen?« Er trug wieder den gelben Friesennerz und hatte ihn heute noch um einen Regenhut in derselben Farbe ergänzt. Jeder andere hätte albern ausgesehen, aber Brar Hamkens konnte das tragen, ohne sich lächerlich zu machen, dachte Ella.

»Sicher«, sagte sie und schob das Kinn ein Stückchen vor. »Kommen Sie rein, das Feuer brennt, und Sie können sich aufwärmen. Tee?«

Er zog eine Augenbraue in die Stirn und wischte sich sein nasses Haar aus dem Gesicht. »Eigentlich komme ich, um Sie abzuholen.« Brar Hamkens lachte laut. »Nein, warten Sie, das klingt seltsam, also anders. Hat Ihnen Herr Aumüller nicht gesagt, dass ich Ihnen auf Bredenswarft ein Zimmer anbiete?«

Ella lächelte ebenfalls. »Doch. Natürlich, aber ist meine Großtante jedes Mal zu Ihnen geflüchtet, wenn es ungemütlich wurde?«

Er nahm den Regenhut ab, und um seinen Mund tanzte ein amüsiertes Grinsen. »Nein, sie war das Wetter aber im Gegensatz zu Ihnen auch gewöhnt.«

»Nun«, sagte Ella und verschränkte die Arme, »dann werde ich das jetzt einmal hier mitmachen, bevor ich nach Berlin zurückkehre. Was soll schon passieren?«

Brar Hamkens ging wortlos an ihr vorbei in die Küche und begutachtete den Stapel Holz neben dem Ofen, dann sah er Ella einen Moment lang prüfend an. Als würde er sich fragen, ob man mich wirklich allein lassen könnte, dachte Ella.

»Tja«, sagte er schließlich. »Sie müssen noch die Fensterläden schließen. Haben Sie die Heizung abgestellt?«

»Nein, sollte ich das?«

Er nickt. »Sollte das Wasser in den Heizraum dringen, würde es einen Kurzschluss geben.«

»Was muss ich noch beachten?«

»Also schön«, sagte er langsam. »Im Döns steht ein Radio. Das läuft auch mit Batterien.«

Noch einmal fühlte sich Ella sehr eindringlich gemustert. »Sie wollen das hier wirklich aussitzen, was?«

Sie nickte nachdrücklich und hatte allmählich das Gefühl, alle würden doch ein bisschen übertreiben. Das Wasser stieg, der Wind heulte. Was sollte noch passieren?

»Das Haus steht schon länger, als ich hier bin. Ich denke, ich werde ein Land unter hier überleben.«

Brar Hamkens nickte bedächtig, sagte aber nichts.

»Sind denn Ihre Schafe in Sicherheit?«, fragte Ella schließlich höflich. »Und wollen Sie noch einen Tee?«

»Ja, alle brav im Stall, zusammen mit den Hühnern. Ich denke«, er warf einen Blick aus dem Küchenfenster, »die Einladung zum Tee muss ich ablehnen und mache mich lieber auf den Heimweg. Sonst müssen Sie mir noch ein Zimmer anbieten.« Brar Hamkens drehte sich um. Er war so groß, dass er den Kopf einziehen musste, als er in die Diele trat. Das fiel Ella zum ersten Mal auf. Überhaupt wirkte dieser breitschultrige Mann, als würde er in diesem Haus eine Art zu groß geratene Puppenstube bespielen.

»Meine Nummer haben Sie ja.« Er schob sich den Hut wieder auf das blonde Haar. »Kennen Sie das Vorratslager Ihrer Großtante?«

Ella nickte. »Die Speisekammer hinter der Küche?«

»Genau.«

»Wollen Sie eigentlich etwas mitnehmen?«, fragte Ella. »Ich meine, hier gibt es mehr als genug.« Zu ihrer Überraschung überzog Brar Hamkens Wangen eine feine Röte. »Gegen ein Glas Erdbeermarmelade hätte ich sicher nichts.«

Rasch durchquerte Ella die Küche und angelte in der Vorratskammer eines der Gläser aus dem Regal. Sommer letztes Jahr, dachte sie und sah wehmütig auf das Datum. Eine Zeit, zu der hier alles noch in Ordnung war.

Ella kehrte in die Diele zurück. Für eine Sekunde berührte sein Finger ihre Hand, als sie das Glas herüberreichte, und sie zuckte zusammen.

»Danke«, gab er zurück, räusperte sich und steckte das Glas in die Tasche seines Regenmantels.

»Wenn ich den Hof verkaufe, dann sollten Sie die Vorräte nicht schlecht werden lassen.«

Langsam nickte er. »Wahrscheinlich. Ich melde mich.« Der Wind fuhr in den Flur, als er die Eingangstür öffnete, und feine Tropfen flogen Ella ins Gesicht. »Ach, und noch ein guter Tipp.« Er nahm den Schlüssel aus der Schale und führte ihn von außen ins Schloss. »Bei Sturm, und eigentlich auch sonst, immer stecken lassen. Nicht, dass Sie sich aussperren, wenn Sie Holz holen müssen.«

»Gute Idee«, sagte Ella laut gegen den Wind, obwohl ihr dieser Gedanke als Großstadtkind wirklich widerstrebte.

»Wir hören uns«, sagte Brar Hamkens noch, bevor ihm eine Böe die Klinke aus der Hand riss und die Tür krachend hinter ihm ins Schloss fiel.

Ella rieb sich die Arme. Der Wind hatte einen Schwall Kälte in den Hausflur getrieben, der sich erst verteilen musste. Ella blies in ihre gefalteten Hände, bevor sie in die Küche zurückkehrte und einen Holzscheit ins Feuer warf.

War sie jetzt nicht gut gerüstet? Sie hatte ein Radio, Licht, selbst falls der Strom ausfiel, genug Lebensmittel, um Wochen hier auszusitzen. So schlimm würde es schon nicht werden, oder?

Rasch ging sie durchs Haus und schloss alle Fensterläden außer die vor dem Küchenfenster. Es widerstrebte ihr, hier am helllichten Tag alles zu verdunkeln.

Dann schaltete sie die Heizung aus und griff erneut nach dem Korb. Viermal kämpfte sie sich durch den Sturm zum Schuppen und zurück, stapelte das Holz sorgfältig neben dem Ofen, bis sie das Gefühl hatte, dass es mindestens bis zum Abend des nächsten Tages reichen würde, und ließ sich dann erschöpft auf den Holzstuhl vor dem Feuer fallen.

Charlotte

15. Oktober 1938

Irgendwann bin ich eingeschlafen. Ein unruhiger Schlaf. Ich habe Kissen und Decke weggestrampelt und erwachte in der Nacht. Hunger wühlte in meinem Magen. Im Döns war es dunkel. Ich konnte Frau Nahnsens regelmäßigen Atem hören, als ich an ihrer Koje vorbeischlich. So leise wie möglich öffnete ich die Tür zur Küche. Zu meiner Überraschung saß der Fischer im Schein einer Petroleumlampe vornübergesunken am Tisch. Er hatte den Kopf auf die Arme gelegt und hob ihn erst, als ich die Tür leise hinter mir wieder zuzog. Unschlüssig blieb ich stehen, und er deutete auf den Stuhl ihm gegenüber.

Fahles Mondlicht ließ sein flachsblondes Haar weißlich aufleuchten. Vor ihm standen eine Flasche, von der ich annahm, dass Schnaps darinnen war, und ein kleines leeres Glas.

Wortlos erhob er sich, nahm den Laib Brot aus dem Kasten auf dem Buffet hinter mir und stellte das große Holzbrett auf den Tisch, bevor er zwei Scheiben abschnitt und den kleinen Steinkrug mit der Butter zu mir herüberschob.

Hastig riss ich eine Scheibe in der Mitte durch und schlang eine Hälfte herunter, dann die zweite. Erleichtert lehnte ich mich zurück. Der Drache, der vorher in meinem Magen gewütet hatte, schien besänftigt.

Ich konnte spüren, dass der Fischer mich ansah. Es war, als wären seine Augen Hände, die sanft über mein Gesicht strichen. Ich weiß, das klingt seltsam, aber ich kann es gar nicht anders beschreiben. Wenn er mich ansieht, dann ist es nicht unangenehm, sondern freundlich.

»Vielleicht«, sagte er leise, »vielleicht hat Mutter recht.«

Seine Worte bohrten sich unbarmherzig und überraschend in mein Herz. Ich schloss die Augen. In ihm, so dachte ich zumindest, hätte ich einen Verbündeten, aber ich habe mich getäuscht. Der Fischer hat doch nichts für mich übrig. Vielleicht war es eine Frage der Zeit gewesen, bis er klein beigeben würde.

»Sie können mich mit der nächsten Flut ans Festland bringen«, sagte ich tonlos und wollte gerade aufstehen, doch er griff nach meiner Hand.

»Das meine ich nicht«, sagte er leise. »Ich meine nicht, dass du gehen sollst. Vielleicht hat sie recht, und wir sollten heiraten. Schmecken wird ihr das nicht, aber du hättest ein Zuhause, und ich wüsste die Hallig versorgt, wenn ich unterwegs bin.«

Sehr langsam setzte ich mich wieder, und er ließ meine Hand los. Heiraten. Ehe. Ganz plötzlich hier an diesem blank gescheuerten Tisch am Ende der Welt wischten seine Worte fort, was ich mir erträumte und erhoffte in meinem Leben. Eine große Hochzeit. Ein weißes Kleid. Nur die äußerlichen Insignien dieser besinnungslosen Liebe, die ich für Sebastian gehabt habe und die in mir immer noch ist. Sie schläft, denke ich manchmal. Sie ist wie ein Bär im Winterschlaf. Vielleicht werde ich Sebastian immer lieben.

»Das Kind hätte einen Vater«, setzte der Fischer nach einer ganzen Weile hinzu. »Ich weiß nicht, wie wichtig das für dich ist, aber vielleicht könntest du so auch wieder dahin zurückkehren, wo du herkommst. Wenn du es willst. Zu Besuch. Als ehrbare Frau. Ich weiß nicht.« Er hob die Schultern, und die Hilflosigkeit, mit der er gesprochen hatte und die sich in dieser kleinen Geste zeigte, rührte mich seltsam an.

»Und«, sagte er noch und nickte zur Tür neben dem Ofen hinter mir, »du hättest einen anderen Stand bei ihr. Es würde vieles leichter machen.«

Letzteres glaube ich nicht. Seine Mutter wird mich nie akzeptieren, aber es ist eine schöne Vorstellung, dachte ich. Und ganz unrecht hatte er nicht. Ich würde eines Tages nach Hause gehen können. Ich hätte ein eheliches Kind. Ich hätte zwar jemanden geheiratet, der unter meinem Stand ist, aber ich hätte keine Schande über meine Familie gebracht. Nur Klatsch und Tratsch.

»Vielleicht ist das keine schlechte Idee«, sagte ich, während er die Flasche anhob und das kleine Glas auf dem Tisch bis zum Rand füllte. Fragend hielt er es mir hin, ich schüttelte den Kopf.

Hatte ich denn eigentlich eine andere Wahl? Seitdem ich wusste, dass ich ein Kind von Sebastian erwartete und er mich nicht wollte, stand ich mit dem Rücken zur Wand. Ein uneheliches Kind machte das alles nicht leichter.

Was blieb mir anderes übrig?

Er trank das Glas in einem Zug leer.

»Charlotte Nahnsen.«

Klingt gar nicht so übel, dachte ich und sah ihm direkt in die Augen.

Und während ich hier so sitze und all das aufschreibe, was gestern passiert ist, sieht mich Frau Nahnsen über ihre klappernden Stricknadeln hinweg an. Ihre Augen sind schmal und ihre Lippen fest zusammengepresst.

Morgen wollen wir es ihr sagen, und ich bin gespannt, ob sie noch böser gucken kann.

Ella

Ella schob ihre leere Teetasse über den Tisch. Sie hatte sich auf den Stuhl gesetzt, mit dem Rücken nah zum Feuer, denn ohne die Heizungsanlage und bei dem Sturm war es in der letzten Stunde empfindlich kühl im Haus geworden.

So kühl, dass Ella nach kurzem Zögern Ines' schwere Wolljacke vom Haken genommen und übergestreift hatte.

Wieder zerriss das Klingeln des Telefons die Stille, die keine war, sondern nur die Abwesenheit menschlicher Geräusche benannte. Stille, das war hier das stärker werdende Heulen und Tosen des Sturms, der kalt durch das Küchenfenster pfiff. Dennoch konnte sich Ella nicht überwinden, die Läden zu schließen. Ihr war, als würde sie damit die Augen schließen, kapitulieren – und das wollte sie auf keinen Fall.

Robert. Karla hatte ihm wohl doch die Nummer gegeben.

»Was gibt es?«, fragte Ella kühl.

»Das wollte ich eigentlich dich fragen. Wie ist es auf der Hallig?«

Ella kannte den versöhnlichen Ton, den er jetzt anschlug, sehr gut. Er würde so tun wollen, als hätte es den Streit nie gegeben, als hätte er sich nicht völlig danebenbenommen. Und schlimmer noch: Er erwartete von ihr, dass sie da mitspielte.

Diesmal nicht.

»Wenn es dich so brennend interessiert, wie es mir hier geht, hättest du ja mitfahren können.« Das saß! Sogar so gut, dass er für einen Moment lang schwieg.

»Es tut mir leid«, begann er schließlich, »schau, ich hab von dem Sturm im Radio gehört. Das ist beunruhigend.«

Typisch. Es tat ihm leid. Und mehr nicht. Ella streckte die Beine unter dem Tisch aus.

»Ich werde nicht so tun, als hätte es unseren Streit nicht gegeben, Robert. Diesmal ist es etwas anderes, etwas Grundlegendes.«

Robert zog scharf den Atem durch die Nase ein. »Lass uns das mal für einen Moment beiseitepacken, ja? Ich mach mir wirklich Sorgen um dich! Hast du gar keine Möglichkeit mehr, von der Hallig runterzukommen?«

»Nein, habe ich nicht. Der Ornithologe hat mir zwar angeboten, den Sturm auf seiner Warft auszusitzen, aber ich bleibe hier, und ich finde, wenn du nicht wirklich mit mir reden willst, können wir das Gespräch auch beenden!«

Der Ärger über Roberts Ignoranz kroch heiß über ihren Rücken. Oder kam die Hitze vom Feuer hinter ihr? Ella drehte sich um und schloss die Ofenklappe mit dem Fuß.

»Bist du von allen guten Geistern verlassen, Ella? Das ist vielleicht eine Sturmflut! Warum bist du nicht mit diesem Vogelfritzen mitgegangen?«

»Jetzt habe ich aber genug!«, rief Ella und war versucht, den Hörer aufzuknallen, aber es hätte wohl wenig Sinn. Robert würde so lange anrufen, bis sie wieder abhob oder den Stecker zog, um unerreichbar zu sein – das konnte sie sich nicht erlauben. »Ich bin kein Kleinkind. Ich bin es leid, dass du meine Entscheidungen permanent infrage stellst.«

»Aber ich, ich mache mir wirklich Sorgen. Du hast doch überhaupt keine Ahnung, was da auf dich zukommt!«

»Verdammt, Robert, du doch auch nicht! Ich bin eine erwachsene Frau mit jeder Menge gesundem Menschenverstand. Ich komme zurecht, und ich finde es bezeichnend, dass du mir nichts, aber auch gar nichts zutraust.« Nicht einmal Brar Hamkens, der sie überhaupt nicht kannte, hatte ernstlich versucht, es ihr auszureden. Das gab ihr zu denken.

»Ich mache mir wirklich Sorgen, Ella«, wiederholte Robert stoisch. »Und ich bin weit weg und kann nichts tun.« Inzwischen war seine Stimme weniger ärgerlich, aber dafür hatte sie wieder mal etwas seltsam Flaches. Tatsächlich klang es jetzt so, als würde er etwas über den Schreibtisch schieben, und gleich darauf hörte sie das Klappern seiner Tastatur.

»So viel Sorgen, dass du nebenbei arbeitest«, sagte Ella ironisch, klemmte den Hörer zwischen Kinn und Schlüsselbein und stand auf, um den Rest Tee aus ihrer Tasse in den Ausguss zu kippen, bevor sie den Kessel wieder auf den Herd stellte. »Und du hättest ja mitkommen können.«

»Neulich habe ich eine Doku über Land unter auf Hallig Hooge gesehen«, sagte Robert ungerührt. »Das Wasser ist dort tagelang nicht abgelaufen. Das kann dir auch blühen.«

Robert war ein Doku-Junkie. So wie andere sich regelmäßig Serien auf Netflix reinziehen, legte er die Beine auf den niedrigen Couchtisch und verschwand für Stunden in der Arte-Mediathek. Es gab wohl wenig Themengebiete, über die er noch keine Reportage gesehen hatte.

»Tja«, sagte Ella resigniert, »ist doch jetzt auch nicht mehr zu ändern.«

»Auf jeden Fall sind die Leute da, als das Wasser stieg und stieg, ins Obergeschoss gezogen. Vielleicht solltest du wichtige Sachen nach oben räumen.«

»Ja, Robert. Ich muss jetzt Schluss machen und Sachen nach oben räumen.«

Er hatte ihren ironischen Unterton nicht gehört, denn jetzt klang er ganz zufrieden: »Mach das. Wir telefonieren.«

Als er aufgelegt hatte, starrte sie noch einen Moment auf den grünen Hörer in ihrer Hand. Die ohnmächtige Wut auf Robert und seine Bevormundungen, die sie vorhin gespürt hatte, war verraucht, so wie ein Streichholz verbrennt. So würde es mit ihm immer sein, und er verstand nicht, was genau sie daran störte. Sie konnte es ihm nicht begreiflich machen. Für ihn waren all das Zeichen seiner Liebe.

Dann legte auch Ella auf und goss das heiße Wasser in die Teekanne. Was blieb ihr wirklich anderes übrig, als abzuwarten und Tee zu trinken?

Als sie wieder aus dem Fenster sah, schlug das Wasser gerade über die Steine am Ufer. Tags zuvor bei Flut war es nicht so weit gekommen, und bei dem Gedanken daran, dass es weiter steigen könnte, wurde Ella doch ein wenig unwohl.

Zum Glück hatte der Wind gedreht und ließ den Regen nicht mehr gegen das Küchenfenster peitschen.

Ähnlich wie Charlotte es in ihrem Tagebuch beschrieb, machte sich in Ellas Magengrube jetzt ein deutliches Hungergefühl breit. Kein Wunder. Ein Blick auf die Uhr verriet ihr, dass Mittag war. Aber was sollte sie essen? Die Dose Hühnersuppe, die sie gekauft hatte. Nein. Keinen Appetit darauf. Sie stellte die Dose in den Schrank zurück und nahm stattdessen eine Packung Spaghetti heraus. Ja, ein wenig Olivenöl, Knoblauch und eine Handvoll Tomaten und Tunfisch würde besser sein als die Suppendose. Während das Wasser für die Nudeln langsam heiß wurde, warf sie noch einen Scheit in den Ofen und blieb in der Tür zum Döns stehen.

Nachdenklich sah sie auf den Alkoven, in dem sie geschlafen hatte. Charlottes Bett.

Niemand hatte Ella je erzählt, dass Charlotte bei ihrer Ankunft auf der Hallig schwanger gewesen war, fiel ihr ein. Die Geschichte, die Ella von ihr kannte, ging ganz anders. Charlotte wäre ein halsstarriges junges Mädchen gewesen, das sich, als sie bei Verwandten in Hamburg zu Besuch war, unsterblich in einen Halligfischer verliebt hatte und ihn gegen den Willen ihrer Eltern dann auch geheiratet hatte.

Das Ergebnis dieser Ehe waren Anke, meine Großmutter, und Ines. Seltsam, wie die Zeit die Geschichten veränderte, die erzählt wurden, wahrscheinlich auch je nachdem, wer sie erzählte. Vielleicht hatte sich Charlotte ja auch selbst gewünscht, dass es so gewesen wäre, und Ella wurde klar, dass die Heirat aus Liebe, die für sie selbstverständlich schien, eine ziemlich neue Erfindung war.

Sie drehte sich um und kehrte zum Herd zurück. Als der Topfdeckel auf dem kochenden Wasser zu klappern begann, drehte sie die Flamme klein und gab die Nudeln hinein. Das Wasser vor dem Fenster war noch weiter gestiegen und schwappte jetzt über die Hälfte der Weide. Den Priel konnte Ella schon nicht mehr sehen, aber die Weiden zwischen ihr und Bredenswarft.

Noch könnte man wohl hinüberlaufen, einfach geradeaus über die Wiesen, dachte Ella. Kam es ihr nur so vor, oder war der Wind ein wenig abgeflaut, hatte er an Stärke verloren?

Wenn es so bleibt, ist doch alles halb so wild, beruhigte sie sich und angelte eine Nudel aus dem heißen Wasser.

Hungrig hatte sie fast zwei Teller gegessen, lehnte sich schließlich auf der Bank, auf der wohl schon der Fischer gesessen hatte, zurück und legte eine Hand auf ihren wohlig warmen Magen.

Noch einmal sah sie aus dem Fenster. Das Wasser war nur wenig weiter gestiegen. War das der Höhepunkt? Land unter war das jedenfalls nicht. So aufregend kam es ihr gar nicht vor.

Na gut, dann steht halt mal ein bisschen Wasser auf den Wiesen, na und? Ist doch gut für die Schafe, dachte Ella. Salzwiesenschafe. Nur widerwillig erhob sie sich und wusch das Geschirr ab. Eine Tätigkeit, die sie verabscheute und die Robert liebte. Niemals würde er freiwillig den Geschirrspüler anstellen, stattdessen schrubbte er hingebungsvoll Besteck, Teller und Töpfe und behauptete, es würde ihn entspannen. Meist nickte Ella dazu nur und streckte sich auf der Couch aus, was wiederum sie entspannte.

Das Telefon klingelte, als sie gerade den Topf zum Abtropfen neben die Spüle stellte.

»Bramen?«

»Hallo, Nachbarin. Wie sieht es bei Ihnen aus?«

»Gut. Ich bin etwas … enttäuscht. Kein Land unter bisher.«

Brar Hamkens lachte, aber es klang angespannt, fand Ella. »Mal sehen, was der Blanke Hans Ihnen noch bieten wird.«

Der Blanke Hans, die Nordsee. Ella hatte keine Ahnung, warum man sie hier so nannte. »Und was machen wir in der Zwischenzeit?«

Er lachte wieder. »Warten. Auf das Wasser und darauf, wie hoch es steigt.«

Erstaunt hob sie eine Augenbraue. »Es wird weiter steigen?«

»Sicher. Das Meer ist wie ein alter Mensch. Ab und an gönnt es sich eine Verschnaufpause.«

Ein seltsames Bild, dachte sie.

»Vielleicht sind das auch unsere Verschnaufpausen«, sagte sie nachdenklich.

»Bestimmt sogar, wenn man sich nicht um Vieh und Hof sorgen muss, kann man es wohl so sehen«, sagte er trocken, und Ella musste schlucken. Stimmt. Außer um sich und um das Haus vielleicht noch musste sie sich keine Gedanken machen. »Wie geht es Ihren Schafen?«, fragte sie rasch.

»So meinte ich das nicht.« Irgendwo in seiner Küche pfiff ein Wasserkessel. »Ich glaube tatsächlich, dass Land unter eine erzwungene Ruhe ist, die die Menschen hier früher gebraucht haben. Das Leben war hart auf den Halligen.«

Ella dachte an Charlotte und die Blasen an ihren Händen. »Ja, das kann ich mir vorstellen. Und wie –« Sie unterbrach sich. Indiskret, Ella, sehr indiskret. Wie kommt man heute mit all der Arbeit und der Einsamkeit zurecht?, hatte sie eigentlich fragen wollen.

»Wie es mich auf die Hallig verschlagen hat, wollen Sie wissen?«

»Ja, genau, aber so eine Frage ist dann doch wohl ein bisschen direkt«, sagte sie entschuldigend, während im Hintergrund Porzellan oder Steingut klapperte. Vielleicht wusch er auch gerade ab. »Wenn ich ehrlich bin, dann weiß ich das gar nicht so genau. Es war nicht so, dass ich schon immer auf eine Hallig wollte. Eher im Gegenteil. Ich habe in Kopenhagen an der Uni gearbeitet und … das Angebot, hier auf Südfall die Vogelschutzstation zu leiten, kam ziemlich überraschend. Lange überlegt habe ich nicht. Was vielleicht gut war, sonst hätte ich sicher abgesagt. Und jetzt? Ich möchte gerade an keinem anderen Ort leben.«

»Ja, man muss schon ungebunden sein, um so ein Angebot anzunehmen«, überlegte Ella laut.

Einen Augenblick lang war es still, dann sagte Brar Hamkens leise: »Oder man kommt zu zweit, und nur einer bleibt.«

»Oh.« Ella blinzelte verlegen. »Das tut mir leid.«

»Muss es nicht. Es ist gut so, wie es ist.«

»Und manchmal ist es gut, dass wir nicht in die Zukunft schauen können.«

»Vielleicht«, sagte er zu ihrer Überraschung, »vielleicht würden wir manche Entscheidungen trotzdem nicht anders treffen.«

»Möglich«, räumte sie ein und trank einen Schluck aus ihrer Teetasse. Sie hatte sich von Robert ja auch nicht beirren lassen. Sie hatte es sich nicht nehmen lassen, auf die Hallig zu fahren, und sie hatte gewusst, dass es im Streit enden würde, weil sie nicht nachgab.

»Hören Sie, Ella, man kann hier ziemlich einsam sein, gerade zu Anfang. Niemand weiß das wohl besser als ich. Rufen Sie ruhig an, wenn Ihnen danach ist, mit jemandem zu sprechen, der bald nur ein paar Ruderschläge von Ihnen entfernt ist.«

»Ruderschläge?« Jetzt lachte Ella. Allerdings nur, bis sie sich zum Fenster umdrehte. Still und leise war das Wasser gestiegen, hatte sich über die Weiden geschlichen und sich dort so breitgemacht, dass Bredenswarft nur noch als grüner Hügel aus dem Meer schaute. »Verdammt«, fluchte sie leise. »Und ich hab nicht mal Internet.«

»Tja, Sie wollten ja nicht zu mir kommen.« Brar klang fröhlich.

»Wie, Sie haben Internet?«, fragte Ella verblüfft.

»Satellit«, gab er schlicht zurück. »Schneller als in der Stadt. Ich guck jetzt erst mal einen Film.«

»Großtante Ines war wohl nicht so fürs Streamen.«

»Nein, sie hat gern gestrickt und war Stammkundin in der Bibliothek. Das Postschiff hat ihr immer ihre Bestellungen gebracht.

Sie wissen schon. Bücher. Diese altmodischen Dinger. Seiten zwischen zwei Deckeln und manchmal eine gute Geschichte.«

Mit seiner Plauderei hatte er es immerhin geschafft, ihr den Schrecken zu nehmen. »Ich versuche es mal, aber ich warne Sie, wenn ich damit nicht zurechtkomme, rufe ich Sie wieder an.«

»Zur Not erzähle ich Ihnen dann einfach, was ich gerade schaue.«

Sie lachten beide. Für den Moment ganz unbeschwert, ganz losgelöst von allen Sorgen und Gedanken. Ella staunte, wie leicht das mit ihm war.

»Nein, im Ernst, Ella, wenn Sie Angst bekommen, rufen Sie einfach an.«

»Mache ich. Danke!«

»Und … vielleicht sollten wir uns duzen? So von Warft zu Warft? Ich meine, wir sitzen doch fast in einem Boot. Also, auf einer Hallig.«

»Gern, Brar.«

»Dann bis bald, Ella!«

Ein warmes Gefühl durchflutete sie, und es hielt an, nachdem beide längst aufgelegt hatten.

Noch einmal warf Ella einen Blick über ihre Schulter und aus dem Fenster. Kleine weiße Schaumkronen tanzten auf dem Wasser. Kaum vorstellbar, dass darunter das Land war.

Ella fröstelte und fütterte den Ofen mit mehr Holz. Dann setzte sie sich wieder an den Tisch, griff nach ihrer Teetasse und schlug das Tagebuch wieder auf.

Charlotte

31. Oktober 1938

Ich habe lange nichts mehr hier hineingeschrieben.

Nicht, dass ich nichts zu erzählen gehabt hätte, aber ich habe das ganz und gar merkwürdige Gefühl, dass ganz viel außerhalb von mir passiert ist, während in mir großes Schweigen herrschte.

Selbst jetzt ist es noch still in meiner Seele. Vielleicht liegt es auch daran, dass Frau Nahnsen sagte, ich hätte keine Seele. Und auch kein Gewissen. Kalt und berechnend hätte ich ihr ihren Sohn genommen und ihre Hallig.

Pay und ich haben vorgestern geheiratet. Nur Frau Nahnsen war dabei und einer ihrer Vettern, der in Nordstrand lebt. Schweigsam, schlank und groß stand er neben ihr, als Pay und ich die Ringe getauscht und verlegen aneinander vorbeigesehen haben. Ich weiß, dass er sich dasselbe gefragt hat wie ich: Was tun wir hier?

Ich verstehe jetzt, dass Frau Nahnsen es gar nicht ernst gemeint hat, als sie sagte, wir sollten heiraten. Wahrscheinlich dachte sie, Pay würde mich sofort wegbringen, wenn sie das sagt.

Doch ich glaube, er und ich, wir sind uns ähnlich. Ich hänge an Sebastian, der mich nie geliebt hat, und er an Rieke, die ihn nicht genug geliebt hat, um ihn zu heiraten.

Am Ende standen wir beide allein da, und vielleicht ist es nur folgerichtig, dass wir uns zusammengetan haben?

Vielleicht werde ich einmal auf diesen Hochzeitstag zurückblicken und sagen, es war das Beste, was mir je passiert ist … oder das Schrecklichste. Ich weiß es nicht. Aber selbst wenn man sich liebt, gibt es dann nicht diese beiden Möglichkeiten? Kann nicht auch aus Liebe im Laufe der Zeit das genaue Gegenteil werden?

Ich habe mich davor gefürchtet, in Pays Schlafalkoven zu ziehen. Das gebe ich zu. Aber es war unnötig. Ich habe meinen Kopf an seine Schulter gelegt, und so sind wir eingeschlafen. Zum ersten Mal auf der Hallig war mir nicht mehr kalt.

Pay sagt, ich soll seine Mutter ›Mutter‹ oder Keike nennen. Zu beidem kann ich mich nicht durchringen. Für mich ist sie ›Frau Nahnsen‹, selbst in Gedanken. Es war sehr fremd, nach der Hochzeit ihren Namen auszusprechen. Für sie und für mich, glaube ich.

Ihre Antwort war ein gurgelnder zischender Laut, so als hätte ich sie tief verletzt. Danach hat sie dann gesagt, ich hätte keine Seele und kein Gewissen.

Vielleicht hat sie recht. Vielleicht habe ich beides verloren, als ich Sebastian nachgelaufen bin und so sehr wollte, dass er mich liebt, dass ich es auch geglaubt habe.

An meiner Arbeit hat sich nichts verändert. Ich schrubbe die Böden, ich miste die Ställe aus. Meine anfängliche Angst vor den Kühen habe ich verloren. Wie Pay klopfe ich liebevoll auf ihre warmen Leiber, und auch die Schafe schiebe ich energisch zur Seite, wenn sie mir wieder im Weg stehen.

Aber mein Platz am Tisch ist jetzt neben Pay auf der Bank. Ich habe mir diesen Platz genommen, weil er mir zusteht, und Frau Nahnsen hat sich diesmal nicht getraut, etwas zu sagen. Vielleicht hat Pay noch einmal mit ihr gesprochen, ich weiß es nicht.

Inzwischen ist es übrigens bitterkalt geworden. Die letzten Nächte brachten den ersten Frost. Pay sagt, von Anfang Dezember bis Ende Februar ruht die Fischerei. Den Winter über repariert er die Netze und kümmert sich um das Schiff, damit es im Frühjahr wieder seetauglich ist.

Gestern Nacht wurden übrigens auch vier Lämmer geboren. Eines hat nicht überlebt, aber die anderen drei sind ganz entzückend. Und die beiden Mutterschafe kümmern sich hingebungsvoll um ihren Nachwuchs. Sie sind von Natur aus gute Mütter. Ob ich auch darauf hoffen darf?

Als ich wieder aufsah, bemerkte ich, dass Pay mich beobachtet hatte. »Wirst du wirklich bleiben?«, fragte er, und ich nickte. »Ich bin jetzt Charlotte Nahnsen.«

11. November 1938

Auf dem Festland war es die letzten Tage wohl ungewöhnlich warm, das hat Claas, der Postschiffer, erzählt, aber bei uns hier war es kalt und windig. Der Regen gestern hat den Fehting, den Teich, der dem Vieh als Tränke dient, wieder aufgefüllt, was gut war, nach den trockenen letzten Wochen.

Aber die Sonne haben wir jetzt seit fast einer Woche nicht mehr gesehen. Die graue Wolkendecke liegt schwer und unbeweglich über der Nordsee.

Ich bin jetzt seit mehr als einem Monat auf der Hallig, und es kommt mir viel länger vor. Mittlerweile kenne ich jeden Stein und jede Unebenheit hier, rufe jedes Schaf bei dem Namen, den ich ihm gab, und weiß, wie ich die Hühner abends am besten in den Stall locke (eine Handvoll Haferflocken). Alle Wege, alle Gegenstände, alle Tiere sind mir nah und die beiden Menschen, mit denen ich hier lebe, dabei immer noch so fremd.

Pays Freundlichkeit ist mir schon ein Trost, aber sehr selten sprechen wir wirklich miteinander. Ich meine mehr als nur ein paar Sätze. Ich kann ihm nicht sagen, was in meinem Kopf vorgeht. Obwohl, vielleicht könnte ich das auch, aber ich traue mich nicht. Er selbst scheint in Gedanken auch immer weit entfernt. Vielleicht auf See, vielleicht bei Rieke – ich weiß es nicht.

Frau Nahnsen dagegen spricht nur mit mir, wenn es unbedingt nötig ist. Das, was sie von mir will, versucht sie mit Blicken zu sagen.

Ich gebe zu, erst hab ich nicht verstanden, warum sie Hilfe braucht. Als ich hier ankam, erschien sie mir zäher als Pay und ich zusammen, aber mittlerweile habe ich begriffen, dass sie ihre Beschwerden einfach nur gut verbergen kann.

Meist ballt sie die Hände zu Fäusten, damit man ihre vom Rheuma bereits verformten Gelenke nicht sehen kann. Ihre Stricknadeln klemmt sie einfach zwischen den verbogenen Fingern ein, aber ich denke mir, dass sie Schmerzen hat bei allem, was sie tut. Wenn sie sich unbeobachtet glaubt, verzieht sie das Gesicht.

Ich muss zum Beispiel auch den Brotteig kneten. Und das ist anstrengend. Hier gibt es ja nichts. Hier kann man nichts kaufen. Nur auf dem Festland sind ein Krämer und ein Bäcker, aber Frau Nahnsen glaubt nicht an Bäcker.

Roggenschrot, Sauerteig, Wasser, Hefe und Salz – mehr braucht ein gutes Brot nicht, hatte sie zwischen den Zähnen hervorgequetscht. Und so stehe ich da und knete Teig. In meinem Leben habe ich noch nichts gebacken. Hier backe ich einmal die Woche.

Sehr sorgfältig prüft Frau Nahnsen die Konsistenz des Teigs, wenn es ihr nicht passt, muss ich weiterkneten. Gehen lassen, kneten, gehen lassen, kneten. Mir tun die Schultern weh, und das Brot schmeckt nicht halb so gut wie das, was wir vom Bäcker in Berlin gekauft haben.

Vielleicht gewöhne ich mich daran. Ich weiß es nicht.

Ach, eins noch. Ich habe Pay versprochen, ich würde für mindestens ein Jahr bleiben. So lange, bis das Kind groß genug ist, um mit ihm nach Berlin zu reisen.

Ich glaube, das Jahr wird lang.

Ich habe gestern einen Brief an meine Eltern geschrieben und ihn Claas, dem Postschiffer, mitgegeben.

Am Ende ist er sehr kurz geworden. Ich hatte mehr schreiben wollen. Vor allem die Wahrheit über mich und Sebastian. Aber das habe ich dann doch gelassen. Ich schrieb, ich sei nun verheiratet. Ich habe gelogen, habe erzählt, ich hätte Pay schon in Berlin getroffen und wir wären schon ein Jahr heimlich ein Paar, hätte aber gewusst, dass er kein Heiratskandidat für mich ist, und deshalb wäre ich bei Nacht und Nebel aufgebrochen, um zu ihm zu gehen, um zu heiraten.

Ich schrieb, man hätte mich hier mit offenen Armen empfangen, ich schrieb, ich wäre glücklich.

Werde ich jemals wieder glücklich sein?

Ich wünschte, die leeren Seiten würden es mir verraten, würden mir meine Zukunft zuflüstern, aber ich blättere darin, und alles, was ich hier höre, sind das Blöken der Schafe und der Wind, der beständig rauscht und tobt.

Ella

Ella schob das Tagebuch auf dem Tisch ein Stückchen von sich weg und drehte sich zum Fenster um. Ein seltsames Gefühl, so ganz vom Wasser umgeben zu sein. Und obwohl sie ahnte, dass es unklug wäre, jetzt nach draußen zu gehen, war ihre Neugier stärker, das Bedürfnis, den Sturm zu fühlen, das Wasser leibhaftig zu sehen und nicht nur durch eine Scheibe.

Im Flur stand ihr Paar Gummistiefel neben dem von Ines. Ines' Stiefel waren gelb und derb, das Gummi dick, und sie sahen aus, als wären sie schon alt, hätten etliche Sturmfluten erlebt, während ihr weiß gepunktetes Paar einfach nach Stadt aussah, nach kleinen Pfützen, durch die man damit gehen könnte, aber auf keinen Fall würden sie ernstlich viel Wasser standhalten.

Beherzt griff Ella nach Ines' Paar und schlüpfte hinein. Zusammen mit Ines' gelbem Regenmantel fühlte sie sich optimal gerüstet.

Im Grunde ging es ihr nicht anders, wenn sie in der Apotheke ihren weißen Mantel überstreifte. Auch er war für sie ein Bollwerk, die willkommene Abgrenzung. In ihm war sie Ella, die Apothekerin. Darin konnten ihr weder hustende noch schniefende Kunden etwas anhaben, und zum Feierabend konnte sie mit ihm Freud und Leid ihres Alltags an den Haken hängen und einfach als Ella nach Hause gehen.

Und jetzt war es ähnlich. Der Wind zerzauste ihr das Haar, brauste in ihren Ohren, schob und zog sie über den gepflasterten Hof bis zur Wasserkante, aber er konnte ihr nicht schaden, ihr nicht zusetzen. Ines' Regenmantel bot zusammen mit den Gummistiefeln einen Schutz gegen die Elemente, zumindest für eine gewisse Zeit. So ausgestattet ging Ella zwei Schritte die Wiese hinab bis zur Wasserkante. Würde das Meer weiter steigen? Würde es sie überrollen, würde es sie einnehmen?

Genau wie für Charlotte alles neu und ungewohnt gewesen sein musste, als sie hierhergekommen war, war es das jetzt für Ella. Ob Charlotte auch einmal genau hier gestanden und über das Meer gesehen hatte?

Ella streckte die Hand in den Wind aus, und es war ihr, als wären alle darinnen versammelt. Keike, Pay, Charlotte. Hastig zog Ella den Arm wieder zurück, als ihr auf einmal sehr klar wurde, dass sie keinen Roman, keine spannende Geschichte las, die eben nichts weiter war als eine Geschichte, nein, die Gegenwart und das Leben dieser drei Menschen, das war ihre Vergangenheit. Es gehörte auch untrennbar zu ihrem Leben.

Nichts von alledem hatte sie vorher gewusst, und jetzt war sie um eine Erfahrung und drei Menschen reicher.

Daran dachte sie und streckte die Nase in den Wind, an diesen Moment hier werde ich mich wohl noch lange in Berlin erinnern.

Es wird Zeit, dass ich bald wieder nach Hause komme.

Wenn der Sturm vorbei ist.

Am späten Nachmittag schlich Ella in den Vorratsraum und inspizierte die gefüllten Regale genau. Erstaunlicherweise hatte sie schon wieder Hunger. Oder Appetit oder Langeweile? Sicher lag das auch an der Seeluft. Sagte man das nicht? Seeluft macht hungrig.

Alle Gläser waren sorgfältig beschriftet. Hühnersuppe aus dem letzten Jahr, Kohlrouladen, Rinderrouladen, eingekochter Bohneneintopf, Möhreneintopf. Ihr Einkauf war also ziemlich überflüssig gewesen. Ella griff schließlich nach einem Glas Hühnersuppe, öffnete vor dem Herd den Deckel und roch am Inhalt. Zarter Ingwerduft stieg ihr in die Nase. Wenn die Suppe so gut schmeckt, wie sie riecht, bin ich froh, dachte sie, ließ den Inhalt des Glases zum Erwärmen in einen Topf gleiten und rührte, während sich zu dem Ingwerduft die Aromen verschiedener Kräuter gesellten. Nachdem die Suppe einmal blubbernd aufgekocht war, zog sie sie rasch vom Herd und nahm sich einen Teller voll.

Der erste Löffel in ihrem Mund übertrumpfte geschmacklich noch den Duft der Suppe. Ines war wohl eine ausgezeichnete Köchin gewesen. Obwohl Ella sonst oft das Bedürfnis hatte, nach Salz und Pfeffer zu greifen, fügte sich hier das Hühnchen mit Möhren, Brokkoli, Knoblauch und Ingwer wunderbar samtig und ein klein wenig exotisch zusammen. Was für eine Suppe!

Den zweiten Teller aß Ella aus reinem Appetit noch leer, erst nach einer Weile jedoch stand sie auf und räumte alles ab. Ach, und was gäbe sie jetzt für einen Geschirrspüler!

Sie dachte prompt an gemeinsame Essen mit Robert, der immer gleich aufstand, um das Geschirr abzuspülen. Vielleicht war es das, was sie an Robert so oft störte. Auf der einen Seite hatte sein Drang, alles zeitnah vom Tisch zu schaffen, ja etwas durchaus Positives. Was weg war, war weg und gab Platz für Neues, aber er kannte eben auch dieses wohlige Gefühl nicht, sich jetzt und in diesem Augenblick etwas zu gönnen. Ella rieb sich die Stirn. Zum ersten Mal kam ihr in den Sinn, dass das, was sich hier in Kleinigkeiten zeigte, vielleicht in Wahrheit das Symptom einer Unvereinbarkeit war. Zwei Lebenseinstellungen, die gar nicht zueinander passten?

Vielleicht braucht es da so ein unvorhergesehenes Ereignis wie eine Erbschaft, etwas, das diese Unterschiedlichkeit zutage bringt?

Gleichzeitig wurde ihr klar, wie wenig sie Robert vermisste.

»Ist doch klar«, gab Karla später zurück, als Ella ihr genau das sagte. »Ihr habt doch auch keinen Alltag miteinander. Du vermisst ihn nicht, weil das Vermissen für dich der Alltag ist. Ein Vermissen, das nur kurz gestillt wird, wenn ihr euch mal ein Wochenende seht.«

»Da ist was dran«, räumte Ella ein und hielt den Telefonhörer an ihr anderes Ohr.

»Ich sag jetzt nicht, ich hab es schon immer gesagt, aber …« Karla seufzte. »Ihr hättet schon viel früher zusammenziehen sollen.

Jetzt seid ihr es beide gewöhnt, nur am Wochenende mal Kompromisse zu machen. Und das ist ja auch leicht, weil ihr eben keinen gemeinsamen Alltag habt. Hey, Fürstin der Finsternis, ich hab dir doch gesagt, jetzt kein Handydaddeln! Hausaufgaben!« In der Verbindung rumpelte und knackte es, und Ella lächelte, als sie Karlas Tochter leise protestieren hörte. »Mama, wie lange soll ich noch jeden Tag hier in der Apotheke rumhängen?«

»So lange, mein Fräulein, bis du anständige Noten nach Hause bringst oder dein eigenes Geld verdienst. Ganz einfach!«

»Fies!«

»Wo waren wir?« Karla holte tief Luft.

»Bei deinem Lieblingsthema«, erinnerte sie Ella sanft. »Du sagst mir, was in meinem Leben nicht rundläuft, und ich lächele und nicke.«

»Bin ich so schlimm?« Karla klang wirklich einen Moment lang alarmiert.

»Nein, nein«, beruhigte sie Ella gleich und seufzte ebenfalls. »Du hast ja recht. Mit allem. Aber, erzähl mal, wie läuft es sonst so? Was macht die Apotheke?«

»Gut, gut«, sagte Karla so rasch, dass Ella aufhorchte und noch einmal nachfragte: »Gut?«

»Ja«, sagte Karla, und diesmal schien es, als würde sie betont langsam sprechen. »Brigitte ist wieder gesund und übernimmt jetzt wieder zumindest drei Nachmittage in der Woche für dich. Das ist ganz gut, ich muss die Zügel bei Helena und Malte ein bisschen enger ziehen. Ich mache mir Sorgen um Helenas Noten, und Malte … puh, na Malte eben. Wenn ich nicht hinterher wäre, würde der Junge nie duschen, geschweige denn mal Socken und Unterwäsche wechseln. Alles bleibt an mir hängen. Alleinerziehende Mutter eben.«

»Und Tom?«, erkundigte sich Ella leise nach dem Vater der Kinder.

Karla schwieg einen Moment. »Mr. Super-Reisefotograf jettet

wieder durch die Welt. Er ist für drei Monate in Asien. Ich glaube, die Kinder leiden darunter, dass sie jetzt erst mal kein Wochenende mehr bei ihm verbringen können. Ich solle sie an Weihnachten zu ihm nach Hongkong schicken, hat er gesagt. Weihnachten ohne die beiden? Der spinnt doch. Ja, ja …«

Das ist noch nicht alles, schoss Ella durch den Kopf. Sie kannte Karla jetzt so lange, dass sie genau wusste, wann ihre beste Freundin etwas vor ihr verbarg.

»Und sonst?«

»Nichts, nichts. Und bei dir auf der Hallig? Schwimmst du schon weg?«

»Beinahe.« Ella sah noch einmal aus dem Fenster und beschloss, später noch einmal nachzubohren. »Ich rage aus dem Wasser wie ein Leuchtturm, nur leider nicht so hoch. Ich hoffe, das Wasser steigt nicht weiter.«

»Beängstigend.«

»Nicht so richtig«, sagte Ella zu ihrer eigenen Überraschung. Tatsächlich verspürte sie keine Angst. Wenn überhaupt, ein wenig Sorge, aber etwas in ihr blieb selbst angesichts des Sturms und der Aussicht auf Land unter sehr ruhig.

»Na, du bist mutig! Ich muss Schluss machen. Da draußen steht wieder halb Berlin und will Kopfschmerztabletten, was gegen Erkältungen und gegen Schlafstörungen. Ich glaube, Brigitte schafft das nicht allein.«

»Bis bald! Und halt durch!«, sagte Ella, bevor sie auflegte.

Hatte Karla recht? Hatte die Beziehung zu Robert vielleicht schon vorher auf tönernen Füßen gestanden, weil keiner von beiden den letzten Schritt gegangen war?

Am Ende hatte Robert vielleicht mit seinem Antrag auch eine Entscheidung erzwingen wollen, selbst wenn ihm das gar nicht so bewusst war. Und warum hatte sie sich nie ganz auf ihn einlassen können?

Aber wie konnte sie das Erbe ihrer Mutter, ihrer Großmutter

einfach so aufgeben? Die Apotheke, die von klein auf das Leben ihrer Familie gewesen war?

Und wie konnte Robert das von ihr verlangen? Kanzleien gab es auch in Berlin. Er jedenfalls hatte keine emotionale Verquickung mit Frankfurt am Main, während der Kiez in Kreuzberg, in dem Ella lebte und arbeitete, alles für sie war. Und der ihr gerade trotzdem überhaupt nicht fehlte, wurde ihr bewusst.

Leichte Kopfschmerzen breiteten sich in ihrem Hinterkopf aus. Stress, Anspannung und all die Grübelei forderten ihren Tribut. Ella lehnte sich über den Tisch vor ihr, legte den Kopf auf die Arme und schloss die Augen.

Eine absurde Traumwelt, wie sie nur im Halbschlaf am Tage entstand, nahm sie sofort gefangen. Charlotte, Pay und Ines kamen darin vor. Sie lebten weiterhin hier, in diesem Haus, im Döns, lebten in den Alkoven, in denen sie geschlafen hatten, und sahen Ella jedes Mal vorwurfsvoll an, wenn sie die Vorhänge zur Seite zog.

Wir wollen nicht weg. Wir müssen bleiben. Wir sind hier.

Ihre Stimmen waren ein Raunen, und es schien Ella, als wisse sie selbst im Traum genau, dass es ein Traum war. Trotzdem fiel es ihr schwer, sich loszureißen, sich umzudrehen. Ihre Glieder waren bleischwer. Endlich gelang es ihr, die Tür zur Küche aufzustoßen. Hier war die Realität.

Ella schreckte auf.

Wie lange hatte sie geschlafen? Müde rieb sie sich die Augen. Es waren nur ein paar Minuten gewesen, aber ihre Kopfschmerzen hatten sich tatsächlich schon etwas verflüchtigt.

Und jetzt? Was mache ich jetzt? Der Rest des Nachmittages schien endlos vor ihr zu liegen, und sie konnte sich nicht erinnern, dass sie schon einmal so zur Untätigkeit verdammt war und einfach nur gewartet hatte, dass die Zeit verging, ein Sturm nachließ, das Wasser sank. Wäre jetzt nicht längst wieder Ebbe?

Doch draußen schwappten die Wellen unverändert über die Wiesen.

Zögernd griff sie zum Hörer, dann wählte sie Brar Hamkens Nummer.

Es dauerte eine ganze Weile, bis er abnahm, fast hatte sie schon wieder auflegen wollen, als er sich doch meldete und etwas außer Atem klang: »Bredenswarft, Hamkens!«

»Hier ist Ella, ich … störe ich gerade?«

»Aber nein, ich war gerade im Stall, eines der Schafe wird heute noch lammen, denke ich. Heute Nacht vielleicht.«

»Oh«, machte Ella und dachte an Charlotte. »Das ist ja schön.«

»Wenn alles gut geht, schon.« Er machte eine kleine Pause, in der Ella scharf einatmete. »Aber meistens tut es das ja auch«, beruhigte er sie rasch. »Ich bin mittlerweile ein ganz guter Geburtshelfer, also bei Schafen zumindest.« Er lachte.

»Dann drücken wir dem Schaf mal alle Daumen«, sagte Ella leichthin.

»Ach ja, wird schon. Und wie geht es dir da drüben?«

»Ganz gut«, sagte Ella und war überrascht, wie schnell seine heitere Stimme ihre aufkeimende Besorgnis vertrieben hatte. »Ich frage mich nur … müsste das Wasser nicht wieder abfließen? Also, so langsam …«

»Tja, da hat sich ein ganz schönes Tief zusammengebraut. Beim Sturmtief Xaver ist das Wasser drei Tiden lang nicht abgelaufen. Der Wind drückt das Wasser auf die Hallig und hält es dann.«

»Drei Tiden lang?«, wiederholte Ella fassungslos. »Also dreimal Ebbe und Flut? Das sind ja mehrere Tage!«

»Ja, das kann schon mal passieren. Nun wütet da draußen glücklicherweise nicht Xaver, aber der Wind kommt einfach von der falschen Seite. Das kann schon noch ein bisschen bleiben, das Wasser.«

»Verdammt«, entfuhr es Ella, und sie sackte ein Stückchen in sich zusammen. Insgeheim hatte sie gehofft, dass der Spuk spätestens am Abend vorbei sein würde.

»Du hast bestimmt Verpflichtungen zu Hause. Das ist nicht leicht.«

»Nein, ich ... also ja, mir gehört eine Apotheke. Meine Mitinhaberin ist zwar noch da, aber ... es widerstrebt mir, sie so allein zu lassen. Gerade jetzt. Das ist –« Ella brach ab. Bis eben hatte sie das Gefühl, es aushalten zu können, eben weil es bald vorbei sein würde. Jetzt dagegen begriff sie, dass sie sich keine Sorgen um die Hallig machte, weil das zum einen ja nicht ihr Zuhause war und weil in ihrem Zuhause in Berlin größere Sorgen auf sie warteten.

Sie biss sich auf die Unterlippe.

»Ist das gerade eine schwierige Zeit?«, fragte Brar langsam, und Ella fühlte, dass ihre Augen feucht wurden.

»Ja, ich ... kann man so sehen«, gab sie knapp zurück.

Einen Moment lang war es ganz still, dann sagte Brar: »Also manchmal hilft es, wenn man einem Unbeteiligten etwas erzählt. Dabei kann man dann so ein bisschen seine Gedanken sortieren. Und ich will mich auch ganz sicher nicht aufdrängen, aber ich bin gerade da, und ... na ja, ich würde mich anbieten.« Er räusperte sich.

Ella schluckte. »Ich warne dich. Ich komme vielleicht darauf zurück.«

»Sicher. Das ist ernst gemeint. Die Nacht wird lang, und ich bleibe wach. Ich behalte die Pegel im Auge. Wenn etwas sein sollte, melde ich mich. Du kannst beruhigt schlafen.«

»Ich glaube nicht, dass ich ein Auge zumachen werde.«

Der Schlaf vorhin, das war ein Ausrutscher. Jetzt fühlte sie sich wieder hellwach.

»Hast du es mal mit Lesen versucht? Wir haben ja darüber gesprochen ...«

Ella lächelte. »Ja, erstaunlicherweise ja. Es ist aber kein Roman. Ines hat mir die Tagebücher ihrer Mutter vermacht. Sie war ziemlich jung und von einem anderen Mann schwanger, als sie auf die Hallig kam und dann den Fischer hier heiratete.«

»Charlotte. Ja, Ines hat mir von ihr erzählt. Sie muss eine bemerkenswerte Frau gewesen sein. Sie –«

Ella unterbrach ihn. »Nein, verrat mir nichts. Ich bin noch ganz am Anfang.«

»Oh, na dann.« Sie hörte ihn leise lachen. »Dann wird es noch aufregend.« Nach einer kurzen Pause fügte er hinzu: »Dafür ist doch eine solche Zeit gut. Man tut Dinge, die man sonst nicht tun würde. Du liest das Tagebuch deiner Urgroßmutter. Hand aufs Herz. Hättest du das gelesen, ohne die Hallig zu erben?«

»Wahrscheinlich nicht«, antwortete Ella ehrlich. »Ich habe es begonnen, als ich noch in Berlin war, mir aber klar war, dass ich hierherkommen würde.« Allein, setzte sie in Gedanken hinzu, allein, ohne Robert. »Und was tust du, was du sonst nicht tun würdest?«

Jetzt lachte Brar auf. »Ich habe geputzt. Das mache ich natürlich sonst auch, aber die Zeit reicht meist nicht dafür, mal alle Schränke auszuwischen.«

Der Gedanke, dass der große blonde Mann auf allen vieren durch die Küche kroch, mit Eimer und Putzlappen bewaffnet, amüsierte sie. »Nein, nein, darüber lache ich nicht.«

»Ha«, machte Brar, »erzähl mir nichts, ich kann es hören, das Lachen.«

»Schon gut, ich gebe zu, das ist eine lustige Vorstellung.« Ella kicherte weiter.

»Na gut, wenn du dich nur über mich lustig machst, dann kann ich auch zu den Schafen zurückgehen.« Heiterkeit schwang in seinem Ton und eine Unbeschwertheit, die Ella wieder etwas mit ihrem Hierbleiben versöhnte.

»Ja, genau, zurück zu dem gebärenden Schaf. Obwohl … müsstest du nicht auch Vögel zählen?«

»Ich zähle jeden Morgen und jeden Abend. Keine Sorge. Die Vogelpopulation ist gut versorgt.«

»Na dann. Ich muss mich um den Ofen kümmern und vielleicht noch einmal Feuerholz holen.« Zwar hatte sie erst gedacht, der Stapel würde reichen, aber jetzt bekam sie doch Zweifel. Zu viele Scheite hatte sie schon ins Feuer geworfen.

»Vergiss nicht, den Schlüssel stecken zu lassen!«

»Das mache ich jetzt immer. Bis später mal!«, verabschiedete sich Ella und legte auf. Das Gespräch hatte ihr gutgetan. Wieder rüstete sie sich mit Gummistiefeln und Regenjacke aus, nahm den Feuerkorb in die Hand und kämpfte sich dann gegen den Wind quer über den Hof zum Schuppen.

Zum Glück hatte sie Rückenwind, als sie mit dem schweren Korb zum Haus stiefelte. Zweimal machte sie den Weg, dann kehrte sie durchgefroren und mit feuchtem Haar – der Wind hatte den Regen unter die Kapuze getrieben – zurück in die Küche und wärmte sich die Hände am Ofen.

Wie war es Ines zu solchen Zeiten ergangen? Hatte sie auch Brar oder einen seinen Vorgänger angerufen? Oder war sie das Alleinsein noch viel mehr gewöhnt als Ella?

Ella zuckte die Schultern und sah sich in der Küche um. Gern würde sie sich jetzt mit Ines unterhalten, ihr all die tausend Fragen stellen, die ihr durch den Kopf geisterten, aber es war zu spät.

Trotzdem stimmte sie der Gedanke nicht traurig, vielleicht, weil sie seit ihrer Ankunft das Gefühl hatte, Ines wäre überall. Im Haus, auf der Warft, auf den Wiesen, im Meer und sogar jetzt hier in dem Sturm.

Noch einmal sah sie besorgt aus dem Fenster. Grauweiße Wolken zogen schnell über den Himmel. War das Wasser noch einmal gestiegen? Tatsächlich schwappten jetzt kleine Wellen bis an den oberen Rand der Warft.

Ella zog fröstelnd die Schultern zusammen.

Allein hier mit allem, was sie an Ines erinnerte, und ohne Brars freundliche Stimme im Ohr umfing Ella wieder Einsamkeit und Hilflosigkeit. So willkommen die Abwechslung auch gewesen war, jetzt waren sie wieder präsent – all ihre Probleme, die in Berlin auf sie warteten. Und ich, dachte Ella, ich bin hier zur Untätigkeit verdammt. Weder kann ich mit dem Vermieter unserer Apotheke persönlich sprechen noch mit Robert.

»*Heilsam-Apotheken*«, sagte Ella leise den Namen der großen Kette, die sie belagerte, sie schlucken wollte. Karla und sie wären dann nicht mehr als Angestellte. Keine einzige freie Entscheidung mehr – von dem hässlichen Logo mit den ineinandergreifenden Händen mal ganz abgesehen. Aber wie sollten sie sich gegen so einen Riesen behaupten? Wie konnte sie dagegen angehen?

Für einen Moment schloss Ella die Augen. Nein, sie würde nicht tatenlos zusehen, auch wenn sie nicht viel tun konnte, würde sie wenigstens versuchen, Herrn Paulson anzurufen, dem das Mietshaus mitsamt der Apotheke daran gehörte.

Hastig griff Ella nach ihrem Smartphone, mit dem sie zwar keinen Empfang hatte, aber in dem alle wichtigen Telefonnummern gespeichert waren.

Dieter Paulson. Da.

Es klingelte einmal, zweimal, und Ella hielt den Atem an.

Dann der Anrufbeantworter. Mehr, als um Rückruf zu bitten, konnte Ella wohl nicht tun. Das war gerade ihr Schicksal. Warten, auf alles warten.

Sie setzte sich auf die Bank unter dem Küchenfenster und griff wieder nach Charlottes Tagebuch.

Charlotte

10. November 1938

Ich habe heute einen Brief von meiner Mutter erhalten. So schnell habe ich ehrlich nicht mit einer Antwort gerechnet.

»Charlotte!« Immer wenn Keike meinen Namen sagt, klingt es, als würde sie ihn vor mir verächtlich ins Watt spucken. Ganz spitz ist ihre Stimme, und ihre Lippen werden noch schmaler, als sie ohnehin schon sind.

Ich hatte mich aufgerichtet, war ich doch gerade dabei, den Küchenfußboden zu schrubben, strich mir die Hände an meiner Schürze ab und stand auf, um ihr entgegenzugehen.

Sie warf noch einen Blick auf das weiße Kuvert, dann streckte sie den Arm weit aus und hielt es mir entgegen, ohne noch ein Wort zu sagen.

Ich wusste, dass der Brief von meiner Mutter war, ohne ihre Handschrift gesehen zu haben. Es war, als würde von dem Brief ihre gesamte Aura ausgehen, als hätte sie ein Stückchen von sich mitgeschickt. Das Gute und das Böse. Ein wenig von ihrer Freundlichkeit und sehr viel Verachtung.

Hastig steckte ich das Kuvert in die Tasche meiner Schürze. Vor Keikes Augen würde ich den Brief bestimmt nicht lesen.

Ich wollte wohl auch gar nicht wissen, was darin stand, vielleicht, weil ich es schon ahnte. Nicht, dass ich es schon gewusst habe, als ich meinen Brief schrieb, das meine ich nicht. Nein.

Seit der Sekunde, in der ich den Brief meiner Mutter in der Hand hielt, höre ich ihre Stimme: »Wie kannst du es wagen, uns so zu enttäuschen, Charlotte! So haben wir dich nicht erzogen!«

Ella

Als Ella umblätterte, fiel ihr ein zusammengefalteter Briefbogen entgegen. Und mit einem Schlag konnte sie all die widersprüchlichen Gefühle, die wohl auch Charlotte in diesem Augenblick gehabt hatte, sehr gut nachvollziehen. Zwar hatte sie kein klares Bild von Charlottes Mutter, aber ihr schien, als wäre sie bis zu einem gewissen Grad eine durchaus strenge Frau gewesen, die ehrgeizige Pläne für ihre jüngste Tochter gehabt hatte. Vorsichtig zog Ella das leicht angegilbte Papier auseinander.

Diese Handschrift neigte sich weit nach rechts. Was das wohl bedeuten mochte? Es fiel Ella schwer, hier einzelne Worte zu entziffern. Charlotte schrieb schöner. Klarer.

Mein liebes Kind,
lange habe ich überlegt, was genau ich Dir auf Deinen Brief antworten soll.
Die Wahrheit ist, Dein Vater und ich sind entsetzt und unfassbar traurig. Nicht nur, dass wir in großer Sorge um Dich nach Deinem Verschwinden die Polizei benachrichtigt haben, weil wir dachten, Dir wäre etwas zugestoßen, nein, wir waren außer uns vor Kummer! Dennoch will ich Dir nicht verheimlichen, dass wir, jetzt, im Wissen, wo Du bist, sehr viel weniger besorgt sind als vielmehr wütend. Wir haben Dir in Deinem Leben alle Türen geöffnet, haben Dich ziehen lassen und ernten jetzt Deine Illoyalität, Deine Undankbarkeit.
Du schriebst, Du würdest uns gern in naher Zukunft besuchen. Wir sind jedoch der Auffassung, dass Du die Wahl getroffen hast, ohne uns zu fragen, Dein Leben in eigene Hände zu nehmen. Nun denn, dann solltest Du es auch tun, ohne uns.

Dein Vater und ich brauchen noch sehr viel Zeit, um uns an den Gedanken zu gewöhnen, dass Du uns so hintergangen hast.
Trotzdem wünschen wir Dir alles Gute,
Deine Mutter

Ella schluckte. Sie war sich nicht sicher, ob sie wirklich alle Worte richtig gelesen hatte, war sich aber durchaus klar darüber, dass der Brief eine Kälte verströmte, die ihr kleine Schauer über den Rücken jagte. Sie lehnte sich zurück, faltete den Brief wieder in der Mitte und schob ihn zurück in das Tagebuch.

In was für freien Zeiten sie selbst doch aufgewachsen war! Wie dankbar konnte sie dafür sein, dass sie alle ihre Freunde hatte mit nach Hause bringen dürfen. Bestimmt hatte sich ihre Mutter ein ums andere Mal gesorgt oder war nicht ganz einverstanden, aber sie war klug genug gewesen, nur in Ausnahmefällen und sehr vorsichtig Ella ein wenig in die richtige Richtung zu stupsen.

Kopfschüttelnd nahm Ella das Tagebuch wieder zur Hand.

Charlotte

Der Umschlag knisterte in meiner Tasche leise, als ich mich bückte, wieder nach dem Scheuertuch griff und es in das gräuliche Wasser des Putzeimers tauchte.

Entgegen meiner Hoffnung, gleich wieder allein zu sein, war Keike stehen geblieben, hatte die Arme vor der Brust verschränkt und beobachtete mich.

Auf keinen Fall würde ich jetzt den Brief lesen! Nicht mit ihrem strengen Blick im Nacken. Aber vielleicht wartete sie genau darauf?

Was auch immer in diesem Brief stand, ich würde kaum verbergen können, was er in mir bewegte.

Also schrubbte ich hingebungsvoll den Boden und zwängte meine Hand sogar in den schmalen Spalt zwischen Buffet und Wand. Einzig, um Keike zu zeigen, dass ich keinerlei Absicht hatte, den Brief jetzt zu lesen, obwohl mein Herz vor Aufregung bis in den Hals klopfte. Noch eine ganze Weile spürte ich ihren stechenden Blick in meinem Nacken und auf meinem gerundeten Rücken, dann endlich entfernten sich ihre Schritte in den Döns.

Ich drehte mich zur Tür um, und sie war verschwunden. Nebenan klapperte der Deckel ihres Nähkastens.

Den Putzlappen warf ich zurück in den Eimer und riss dann, so leise ich konnte, das Kuvert doch auf.

Sicher, ich hatte mit dem Schlimmsten gerechnet, es mir im Geiste ausgemalt, trotzdem trafen mich die Worte meiner Mutter bis ins Mark. Vielleicht, weil es da diese irreale Hoffnung in meinem Herzen gab, dass meine Mutter am Ende, so unwahrscheinlich es auch war, nach meiner Hand griff. Doch stattdessen schlug sie sie weg.

Ich war zu Hause nicht mehr erwünscht. Nein, ich hatte einfach kein Zuhause mehr. Nichts anderes stand in dem Brief, auch wenn meine Mutter es so nicht geschrieben hatte – ich weiß genau, was ihre Worte bedeuten.

Das hatte ich nicht erwartet. Ein Taubheitsgefühl kroch durch meinen ganzen Körper, und ich sank ein Stückchen vornüber. Lange kniete ich so, unfähig, mich zu bewegen, einen Schritt zu tun. Irgendwann hörte ich Keike hinter mir. »Der Fußboden ist noch nicht fertig!«

Vielleicht, überlegte ich, nachdem ich den Brief zurück in die Schürzentasche gesteckt hatte und gerade wieder nach dem Putzlappen gegriffen hatte, vielleicht ist Keike die Strafe dafür, dass ich meine Eltern so enttäuscht habe. Ich weiß es nicht. Ich weiß nichts mehr.

Auf der Holzschwelle ist ein schwarzer Fleck. Nicht nachdenken, Charlotte, kümmere dich einfach nur um diesen Fleck.

»Ein bisschen schneller, Charlotte, wir müssen noch Brot backen!«

Ich antwortete Keike nicht. Ich rieb an diesem Fleck. Ich rieb, bis mir der Arm schmerzte und meine Finger.

Ella

Unwillkürlich glitten Ellas Augen zur Küchentür. Welche Schwelle meinte sie? Die zum Döns, die zum Hausflur oder gar die zum Vorratsraum?

Rasch stand Ella auf und öffnete nacheinander alle Türen. Tatsächlich. Auf der Schwelle zum Hausflur war ein kleiner schwarzer Fleck. Er sah aus wie ein Fehler im Holz. Vielleicht war es dieser Fleck?

Das Klingeln des Telefons schreckte sie auf und unterbrach ihre Gedanken.

»Nahnsen … äh, Bramen?«, meldete sie sich und schwankte einen Moment zwischen Verwunderung und Erheiterung, weil ihr Charlotte offenbar so naheging, dass sie sich mit ihrem Namen meldete, und weil Bramen dem Namen Nahnsen gar nicht so unähnlich war.

»Ja, hier Dieter Paulson, Frau Bramen.« Ihr Vermieter klang ein wenig verwirrt. »Das ist gar nicht Ihre gewohnte Nummer. Erreiche ich Sie im Urlaub?«

»Ja, so ähnlich, Herr Paulson. Danke für den Rückruf!«

»Was kann ich denn für Sie tun?«

»Ich …«, Ella holte tief Luft. »Wir haben gehört, dass Sie sich mit dem Gedanken tragen, Ihr Haus, in dem auch unsere Apotheke ist, zu verkaufen. Ist das wahr?«

Einen Moment lang war es still, und Ella wusste, dass sie recht hatte.

»Ja, Frau Bramen, was soll ich sagen? Die *Heilsam-Apotheken-*Group hat mir ein ziemlich gutes Angebot gemacht. Ich werde nicht jünger. Ich habe keine Erben.« Sie hörte, wie Herr Paulson schluckte. »Das ist also etwas, worüber ich schon nachdenke. Ich kann natürlich verstehen, dass Sie das betrifft, aber –« Er brach ab, und Ella schloss die Augen.

Herr Paulson war mittlerweile Ende siebzig. Vielleicht, und das konnte sie auch verstehen, war das Haus für ihn schon lange ein Klotz am Bein, eine Belastung, etwas, das ihn vielleicht davon abhielt, sich irgendwo einen schönen Altersruhesitz zuzulegen. Italien, Spanien … wo auch immer.

»Sie werden doch sicher noch andere Angebote bekommen, Herr Paulson, da kann doch –«

Jetzt fiel er ihr ins Wort: »Frau Bramen, Sie wissen es doch selbst. Das Mietshaus ist von 1896, und manchmal habe ich das Gefühl, die Heizungsanlage ist nur wenig jünger.« Er seufzte vernehmbar ins Telefon. »Das Dach müsste gemacht werden, alle Leitungen erneuert … ich … Sehen Sie, ich frag mich einfach, ob ich mir das in meinem Alter noch antun muss. *Heilsam-Apotheken* macht mir einen guten Preis, einen, der mich trotz des Sanierungsstaus gut wegkommen lässt.«

»Und die Apotheke?«, fragte Ella. »Meine Großmutter –« Ella biss sich auf die Unterlippe und Herr Paulson ergänzte leise: »Ihre Großmutter war eine bemerkenswerte Frau, genau wie Ihre Mutter, genau wie Sie es jetzt sind, aber Frau Bramen, das müssen Sie einsehen: Ich kann das Haus nicht allein um Ihrer Apotheke willen behalten.«

Ella schoss eine Idee durch den Kopf. Eine wagemutige Idee, sicher, aber es war eine Möglichkeit. Würde sie nicht mit dem Verkauf der Hallig etwas flüssiger werden?

»Wann entscheiden Sie sich denn, oder haben Sie *Heilsam-Apotheken* schon zugesagt?«

»Nein, deshalb habe ich ja zuerst Frau Schröder benachrichtigt.«

»Könnten Sie ein wenig warten?«, fragte Ella jetzt atemlos. »Dann … kann ich Ihnen vielleicht ein Angebot machen.«

Auf der anderen Seite der Leitung war es kurz still, dann raschelte Papier.

»Drei Wochen, Frau Bramen.«

»Abgemacht, Herr Paulson, drei Wochen.« Würden Karla und sie es in dieser Zeit schaffen? Könnten sie irgendeiner Bank so viel Geld aus dem Kreuz leiern und damit das Haus kaufen? Allein würde sie es nicht schaffen, aber zum Glück habe ich Karla, dachte sie.

Ella setzte sich sehr gerade auf, drehte sich um und sah noch einmal aus dem Fenster. Der Mittag war in einen grauen Nachmittag verdämmert. Unbeirrt stand das Wasser am oberen Rand der Warft.

Trotzig klopfte Ella mit dem Finger gegen die Scheibe. Ich werde mich hier nicht einsperren lassen, dachte sie und reckte das Kinn nach vorn, und ich werde mein Leben und meine Apotheke nicht so einfach aufgeben!

Charlotte

15. November 1938

Der Schmerz kam gestern Abend zum zweiten Mal so plötzlich, dass mir die Mistgabel aus der Hand rutschte und scheppernd gegen den Metallriegel der Tür schlug, bevor sie zu Boden fiel.

Ich krümmte mich vornüber und konnte nicht mehr gerade stehen. Im trüben Schein der Laterne, die an einem der Holzbalken hing, sah ich den Fleck zu meinen Füßen, der größer wurde, sich ausbreitete, und starrte ungläubig darauf. Dunkel schien er mir und überraschend wenig rot in diesem Licht, obwohl ich gleich wusste, dass es Blut war. Mein Blut.

Ich hätte gern gerufen. Nach wem oder was genau, wusste ich gar nicht, aber es war einerlei. Ich konnte nicht. Alle Kraft hatte mich verlassen oder nein, eher noch schien sie allein dem Schmerz innezuwohnen, der meinen Körper in zwei Hälften teilte, so als hätte mich jemand mit einem Messer durchtrennt.

Ich musste an den Zirkus denken, den ich einmal mit meinen Eltern besuchte, als ich klein war. Ein Zauberkünstler zersägte eine Frau in der Manege. Mit offenem Mund sah ich nach vorn, während er die zwei Hälften der Kiste auseinanderschob. In der einen Hälfte wackelte die Frau mit den Füßen, aus der anderen ragte ihr Kopf, und ich war völlig verblüfft.

Gestern fühlte ich mich genauso. Ich presste beide Hände, die ich zu Fäusten geballt hatte, in meinen Bauch, sank nach vorn, und dann wurde alles schwarz.

Ich erwachte halb liegend, halb sitzend in meinem alten Schlafalkoven wieder. Nicht in dem, den ich mir mit Pay teilte, sondern in meinem alten Bett auf einem dicken Berg von Handtüchern, deren Falten sich hart in meine bloße Haut bohrten. Keike musste mich wohl entkleidet haben, denn statt Bluse und Rock trug ich nun mein Nachthemd.

Der Schmerz war immer noch da, tief in meinen Eingeweiden, doch war er jetzt sehr viel weniger stark, eher wattig und dumpf.

Das erste Gesicht, das ich sah, war Keikes. Es war ja auch niemand anderes auf der Hallig.

Tags zuvor, Sonntag früh, waren wir zum Gottesdienst in Nordstrand gewesen, danach hatte uns Pay nach Hause gebracht und war dann nach Husum gefahren. Ich weiß nicht, warum. Er erzählt mir nichts, und ich traue mich nicht, danach zu fragen. Der Sturm am Mittag zog so unvermittelt auf, dass selbst Keike überrascht war. Von einer Minute auf die andere hatte sich der Himmel über uns schwarz verfärbt. Deshalb war Pay wohl in Husum geblieben und nicht auf die Hallig zurückkehrt.

Rasch hatte ich mit Keike zusammen alle Tiere in den Stall getrieben. Wir haben das erste Mal überraschend gut zusammengearbeitet. Ich habe verstanden, was ich tun muss, ohne dass sie mir hätte etwas sagen müssen. Ich habe in den wenigen Wochen auf der Hallig viel gelernt, dachte ich, als ich die Stalltür schloss. Nicht genug für Keike. So viel war klar.

»Prinzesschen«, sagte sie verächtlich, als mich der Schmerz ein erstes Mal durchzog und ich mich am Gitter der Schafbox festhielt. So plötzlich, wie er gekommen war, ging er wieder, und ich sah Keike nach, die ungerührt den Stall verließ.

Eine Weile arbeitete ich so vor mich hin, ohne nachzudenken, es war erstaunlicherweise auch endlich mal wieder ein Augenblick, in dem ich nicht an meine Mutter dachte.

In den letzten Tagen hatte ich eigentlich ständig an sie oder meinen Vater denken müssen. Manchmal auch an mein altes Zimmer im Haus meiner Eltern in Berlin, manchmal dachte ich an meine ältere Schwester Adele, die schon vor fünf Jahren den Mann geheiratet hatte, den meine Eltern für sie ausgesucht hatten.

Adele war immer schon braver gewesen als ich, viel weniger aufmüpfig. Wir haben nicht viel gemeinsam und hatten uns meist auch nicht viel zu sagen, wenn wir beisammen waren. Wilhelm, ihr Mann, ist zehn Jahre älter als sie, Arzt und hat eine gutgehende Praxis. Sie wohnen gar nicht so weit von uns, nein, von meinen Eltern. Trotzdem haben wir uns nicht oft gesehen. Zu unterschiedlich ist unser Leben, zu weit waren unsere Vorstellungen und Wünsche auseinander. Sie ist schon seit vier Jahren Mutter von zwei Kindern – ich dagegen wollte in die Welt. Weit bin ich nicht gekommen.

Ich dachte also zum ersten Mal in meinem Leben öfter mal an Adele und dann natürlich auch wieder an meine Mutter. Ein ewiger Kreislauf der Gedanken. Abends lag ich neben Pay wach und konnte die Enttäuschung meiner Mutter quer durch das Land spüren, so als säße sie im Lehnstuhl vor dem Ofen und würde mich vorwurfsvoll ansehen.

Aber diesmal schaufelte ich so hingebungsvoll den Mist aus den Boxen, schob Kühe und Schafe aus dem Weg, brachte dann die Schubkarre quer durch den Sturm über den Hof zum Misthaufen, dass ich keine Energie mehr hatte, mir das Gesicht meiner Mutter vorzustellen.

Danach, eigentlich gerade als ich mich umsah, meiner Arbeit Werk betrachtete, kam der Schmerz wieder. Nicht so langsam, wie draußen das Wasser den Warfthang hinaufkroch, sondern plötzlich und so, dass es mich förmlich zerriss. Ich sah das Blut, und alles wurde schwarz.

Und dann erwachte ich also in meinem alten Alkoven. Keike musste mich hierhergezogen haben. Ich kann mich nicht erinnern, gelaufen zu sein.

Sie hatte sich den Stuhl näher zu mir gezogen, und ich redete mir ein, es wäre alles gut und alles normal. Das würde eben zu einer Schwangerschaft gehören. Ich bin doch noch so jung. Was weiß ich vom Kinderkriegen?

Aber dann sah ich es in ihren Augen. Ich legte eine Hand auf meinen Bauch und wusste, dass er leer war.

Eine ganze Weile haben mich das Weinen und die Kälte durchgeschüttelt. Zumindest, bis Keike einen warmen Stein vom Ofen holte, ihn in ein Handtuch wickelte und unter meine Decke schob.

Vielleicht tat ich ihr leid, denn irgendwann legte sie mir ihre warme Hand auf die Stirn und machte leise: »Schhhh.«

Vor meinen Augen verschwamm diese kleine Welt, in der ich jetzt lebte. Sie verschwamm, und ich erinnere mich, dass ich »Mutter« sagte. Immer wieder, bis mein Mund ganz trocken war. Ich fühlte die Kälte, die der Wind durch die Fenster auf meinen heißen Körper drückte. Zum Schmerz hatte sich das Fieber eingefunden, so als wären beide alte Freunde, die sich in mir trafen.

Irgendwann bin ich eingeschlafen. Ein unruhiger Fieberschlaf. Ich weiß es nicht genau, aber ich glaube, ich konnte Keikes Hand auf meiner Stirn immer noch spüren.

Heute bin ich spät erwacht. Das Fieber hat mich verlassen, der Schmerz ist geblieben, aber er ist noch ein wenig dumpfer geworden, irgendwie dunkler. Ich bin allein.

Ich kann hören, dass Keike draußen mit den Milcheiern klappert, also versorgt sie die Tiere.

Ich kann nicht aufstehen. Ich fühle mich abgemagert und ganz schwach. Schon das Schreiben strengt mich an.

Gestern habe ich gedacht, ich würde sterben. Kurz vor dem Einschlafen war der Gedanke in mir aufgeflammt, und ich war nicht ganz traurig. Sicher, ich spürte eine Angst, die mir bis dahin unbekannt war, aber in erster Linie war da auch eine gewisse Erleichterung. Und seltsamerweise musste ich daran denken, dass ich zwar verheiratet war, aber meinen Ehemann bisher nicht einmal geküsst hatte.

Und mein Kind ist verloren. Von Sebastian bleibt mir nichts mehr. Nur die Erinnerung an eine Liebe, die es für ihn nie gab. Wie wird er an mich denken? Denkt er überhaupt an mich?

Heute weiß ich übrigens, dass ich nicht sterbe. Auch wenn ich mich elend fühle.

Gestern war mir, als hätte ich nur einen Schritt weiter in die Dunkelheit machen müssen, dann wäre ich gegangen, aber etwas hat mich abgehalten. Was, weiß ich nicht.

Vielleicht war es Keikes Stimme. Obwohl ich nicht sicher bin, ob ich es mir nur einbilde. Ich glaube, sie hat mich Prinzessin genannt, aber es klang anders diesmal. Weicher.

Ich muss aufhören zu schreiben. Ich kann nicht mehr. Ich bin so müde.

Ella

Ella klappte das kleine Büchlein zu und schob es ein Stückchen über den Tisch. So, als könnte sie sich damit von dem entfernen, was sie gelesen hatte.

Charlottes Leid hatte sie die letzte Stunde über so tief in ihren Bann gezogen, dass sie alles um sich herum vergessen hatte, und jetzt war es fast zu dunkel, um weiterzulesen.

Charlottes Fehlgeburt ging ihr nahe, stellte sie fest. Ein Leben war geendet, ohne jemals wirklich begonnen zu haben. Und dass Charlotte das Kind geliebt und es trotz aller Widrigkeiten über alles gestellt hatte, das rang ihr auch eine gehörige Portion Respekt ab. Für dieses Kind und seine Zukunft hatte sie ihr Zuhause aufgegeben, war in eine ungewisse Zukunft aufgebrochen und hatte sogar einen Mann geheiratet, den sie weder wirklich kannte noch liebte.

Ella trank einen Schluck von ihrem Tee, der inzwischen kalt geworden war, und verzog das Gesicht. Charlotte hätte ihrem Kind sicher niemals angetan, was ihre Mutter ihr antat: sie fallen zu lassen wie eine heiße Kartoffel, sobald sie nicht mehr ins Bild passte.

Ella schüttelte sich. Selbst Keikes Kälte Charlotte gegenüber kam ihr ehrlicher vor als das Verhalten von Charlottes Mutter. Wie konnte man seine eigene Tochter so von sich fortstoßen und alleinlassen?

Noch einmal drehte sich Ella zum Fenster um. Der Wind raunte noch immer um das Haus, und noch immer war die Warft von Wasser umgeben, genau wie an jenem Tag, als Charlotte ihr Kind verloren hatte. Und obwohl es draußen wenig einladend aussah, verspürte Ella den dringenden Wunsch, einmal die Nase zur Tür hinauszustrecken. Rasch nahm sie die Regenjacke vom Haken, schlüpfte hinein und glitt dann in Ines' Gummistiefel.

Draußen schob sie sich eine Haarsträhne aus dem Gesicht. Letztes Tageslicht verschwand hinter dem Horizont. Graue Schwärze hatte sich auf das bewegte Wasser um sie herum gelegt, und weiße Schaumkrönchen blitzten darauf und zerfaserten sich wieder. Eine Warft, dachte sie, ist doch wie eine Insel bei Land unter. Ein kleines Fleckchen Erde, umbraust vom Meer. Vielleicht, dachte sie, vielleicht bin ich auch die Insel.

In meinem Leben braust doch auch gerade alles um mich herum. Die Apotheke, Robert. Was will ich eigentlich, fragte sich Ella, verschränkte die Arme vor der Brust und sah hinüber zur Bredenswarft. Kleine goldene Punkte. Die Spiegelungen der beleuchteten Fenster ihres einzigen Nachbarn. Fühlte sie sich deshalb nicht ganz so allein?

Denn das erstaunte Ella wirklich am meisten. Die Einsamkeit spürte sie deutlich in jedem Knacken und Knarzen der alten Dielen, das ohne Antwort blieb, weil allein ihre Schritte das Haus erfüllten. Trotzdem war es meist nicht so unangenehm, wie sie es befürchtet hatte.

Noch einmal sah sie hinüber zur anderen Warft, dann drehte sie sich um, wischte sich den feinen Regen von der Stirn und ging zurück ins Haus.

»Malte, Hausaufgaben! Und weg von der Spielkonsole! Herrje! Wo waren wir? Ach ja –« Karla unterbrach sich dann noch einmal, um deutlichere Worte für Malte zu finden, der anscheinend gegen Karlas Erziehung protestierte. »Helena, solltest du nicht schon vor einer halben Stunde das Nudelwasser aufsetzen?«

»Ist das nicht dein Job, so als Mutter und so?«, fragte Helena im Hintergrund.

»Mein liebes Fräulein, ich verdiene das Geld, mit dem ich die Nudeln kaufe. Das muss reichen. Ich kann hier wirklich nicht alles allein machen! So, warte, Ella, ich nehm dich mit ins Bad. Ist heute wie im Affenstall hier. Bin gerade froh, dass ich Brigitte allein in der

Apotheke lassen konnte. Sie macht sich echt gut.« Es rauschte, es knackte, dann war es still, bis auf Karlas Stimme. »Weißt du was? Heute gibt es Nudeln mit Ketchup. Ich hab zwar Brokkoli, aber die Kinder essen ihn doch eh nicht.« Karla seufzte tief. »Schieß los, wir haben ein paar Minuten, bis die Nudeln ins Wasser müssen.«

»Klingt alles sehr normal«, sagte Ella und lachte.

»Normal«, wiederholte Karla und lachte ebenfalls. »Ja, der normale Wahnsinn. Und bei dir so?«

»Das Wasser steht unbeirrt hoch, aber ich habe auch eine gute Nachricht: Ich hab mit Paulson telefoniert. Und ich habe eine Idee. Weißt du, Karla, wenn wir uns zusammentun, wir könnten das Haus auch kaufen. Klar, ich meine, wir müssen die Finanzierung zusammenbekommen, aber wenn ich die Hallig verkaufe, dann haben wir ein Startkapital. Man müsste das durchrechnen. Die restlichen Mieteinnahmen des Hauses und –«

»Halt, halt, halt!«, warf Karla ein. »Wir sollen das Haus kaufen? Bist du von allen guten Geistern verlassen?«

»Was?«, fragte Ella verständnislos. »Was?« Hatte Karla sie nicht richtig verstanden? Ja, das musste es sein. Denn die Idee war gut. Und ihre Chance, nicht am Ende doch gegen die Apothekenkette zu verlieren. »Ja, ich meine, dass wir das Haus kaufen sollten, Karla.«

Einen Moment lang war es sehr still, dann hörte sie Karla angestrengt atmen.

»Was ist das denn für eine Schnapsidee? Ich hab zwei Kinder, Malte geht auf eine sündhaft teure Privatschule, damit aus dem Jungen mal etwas wird, ich habe eine teure Wohnung, einen unzuverlässigen Ex, der mal zahlt und mal nicht … ich binde mir doch nicht noch eine riesige Hypothek ans Bein.«

»Aber«, fing Ella hilflos an.

»Nein. Nein. Schau, wir sträuben uns jetzt wie lange gegen *Heilsam-Apotheken?* Zwei Jahre? Weißt du, eines Tages werden sie die Nase voll haben. Sie werden uns eine ihrer Filialen mit den abartigen Öffnungszeiten, die wir uns nicht leisten können, wenn wir noch etwas vom Leben haben wollen, direkt vor die Nase setzen, werden uns aushungern, bis wir nicht mehr können, und dann haben wir alles verloren, wofür deine Großmutter und deine Mutter jemals gearbeitet haben.«

Ella schnappte nach Luft. »Du meinst, klein beigeben? Uns von *Heilsam-Apotheken* einfach übernehmen lassen?«

»Das wird dir jetzt wahrscheinlich nicht gefallen, Ella, aber … ich sag es trotzdem, und ich hoffe, du wirst mir das eines Tages verzeihen oder vielleicht sogar dankbar dafür sein.«

»Bitte?« Ella stand auf und zog an dem gekräuselten Kabel, das den Hörer und den Apparat verband, dann griff sie nach der angefangenen Flasche Rotwein vom Abend zuvor und goss sich ein Glas ein, bevor sie sich wieder setzte.

»Ella, ganz ehrlich. Ich liebe die Apotheke. Ich arbeite sehr gern mit dir. Aber jetzt ist Schluss. Wenn du dir das ans Bein binden und das Haus kaufen willst, dann tue es. Ich bin raus. Allerdings gebe ich zu bedenken, dass die Ella, also die, die ich im Studium kennengelernt habe, niemals diese Apotheke führen wollte. Du wolltest mal weg aus Berlin, und ich glaube, das hast du total vergessen. Nach dem Tod deiner Mutter und deiner Großmutter, da war die Apotheke das Einzige, das dir geblieben ist. Das verstehe ich auch total, aber … Oje, wahrscheinlich ist das ein Fehler, aber du bist meine beste Freundin. Wenn ich es dir nicht sage, wer dann? Du bist stur, du verrennst dich mit deinen Prioritäten. Wenn du weiter so auf diesem Kurs bleibst, wirst du sehr einsam sterben. In deiner Apotheke vielleicht, falls dich vorher nicht die Schulden erdrückt haben, aber einsam. Du vergraulst damit die Menschen, denen du wirklich am Herzen liegst. Robert. Mich.«

Ella fühlte einen kleinen kalten Schauer, der ihr über den Rücken lief. »Du bist also nicht an meiner Seite?«, fragte sie und wunderte sich, wie kühl ihre Stimme klang.

Nach einer ganzen Weile erst antwortete Karla: »Ich bin immer an deiner Seite, Ella. Und gerade weil ich es bin, kann ich, abgesehen von den Verpflichtungen meiner Familie gegenüber, hier nicht mitgehen.«

»Allein kann ich das nicht finanzieren. Das weißt du auch.« Ella nahm einen großen Schluck aus dem Rotweinglas.

»Es tut mir leid. Aber ich bin raus.«

»Dann war es das mit der Apotheke, Karla.« Sie wartete noch ein paar Sekunden auf ein erlösendes Lachen, das diese tonlose Stille ablösen würde, auf ein: »War nur Spaß, klar bin ich dabei!« Doch es blieb still, und Ella legte auf, ohne selbst noch etwas zu sagen. Zum ersten Mal seit vielen Jahren fand sie kein Wort, um sich von ihrer Freundin zu verabschieden.

Eben noch, als sie draußen stand, die Nase im Wind, da hatte sie sich nicht allein gefühlt, weil sie in der Sicherheit badete, eben nicht allein zu sein. Karla. Jemand, auf den sie sich bedingungslos verlassen konnte, auch wenn alle gegen sie waren.

Die Enttäuschung traf sie wie eine Ohrfeige. Unvermittelt und mit aller Macht. All die Jahre der Freundschaft. Alles, was sie zusammen erlebt hatten.

»Scheiße«, murmelte sie, beugte sich vor und legte ihre Stirn auf den Arm.

Als das Telefon klingelte, schoss Ella durch den Kopf: Karla! Sie hat es sich überlegt, ist zur Vernunft gekommen!

»Bramen.«

»Hier ist Brar. Brar Hamkens.«

»Oh«, machte Ella enttäuscht und fühlte, dass ihre Augen feucht wurden. Nicht jetzt weinen. Das passt gar nicht!

»Störe ich?«, fragte Brar, und seine Stimme klang besorgt.

»Nein, nein, ich …« Ella zog ein Taschentuch heraus und tupfte sich über die Nase.

»Eine Erkältung? Oder –« Brar Hamkens brach ab. »Entschuldigung, ich rufe unpassend an. Ich merk schon.«

»Nein, wirklich nicht«, beeilte sich Ella zu sagen. Leg nicht auf, dachte sie. Gerade tat es ihr sehr gut, eine freundliche Stimme zu hören. »Mein Leben ist gerade ein bisschen durcheinander.« Das war zwar die Untertreibung des Jahres, aber besser konnte sich Ella nicht ausdrücken.

»Hm … Hast du wenigstens Kuchen?«

Seine Frage kam so unvermittelt, dass Ella trotz allem auflachen musste. »Nein, leider nicht. Nur die Butterkekse und die –«

»Die tun's nicht, wenn das Leben durcheinander ist«, ergänzte Brar.

»Genau.«

»Vielleicht solltest du einen backen. Das lenkt ab, und er macht so gute Laune beim Essen.«

Mit einer Hand rieb sich Ella die Augen. Ihre Welt ging gerade unter, und sie sollte Kuchen backen? »Ein Kuchen wird nicht reichen.«

»Oh, ich verstehe. Ein Zwei-Kuchen-Problem? Oder, ein Marmorkuchen-Problem. Marmorkuchen, das Beste aus zwei Welten quasi.«

»Vielleicht.« Ella lächelte und wickelte das Kabel des Telefonhörers um ihren Zeigefinger. »Trotzdem scheitert es an zwei Dingen: Ich kann nicht backen und habe kein Rezept.«

»Hast du Frischkäse?«

»Den ohne Kräuter? Ja, wieso?«

»Also, du machst jetzt Folgendes: Im Buffetschrank ganz unten ist ein Reiskocher. Den nimmst du raus.«

»Was? Jetzt?« Verständnislos sah Ella zu dem weißen Schrank ihr schräg gegenüber.

»Ja, jetzt.« Sein Ton war heiter, aber bestimmt.

»Aber, was soll ich mit dem Reiskocher? Ich hab keinen Reis und –«

»Vertrau mir, Ella. Auf einer Hallig probiert man ständig neue Sachen aus. Zwangsläufig.«

»Also schön.« Ella klemmte sich seufzend den Hörer zwischen Kinn und Schulter. Ganz unten im Schrank fand sie tatsächlich einen ziemlich modernen Reiskocher mit Digitalanzeige. »Wow! Das ist ja ein cooles Ding!«, entfuhr es ihr.

»Ja, Ines hat sehr gern Sushi gemacht.«

»Sushi?«, rief Ella überrascht aus.

»Ich hab ihn ihr letztes Jahr zu Weihnachten geschenkt«, gab Brar schlicht zurück.

»Reiskocher steht auf dem Tisch. Und jetzt?«

»Jetzt gießt du eine Dreivierteltasse Milch in eine Schüssel.«

Ebenfalls im Buffet fand sie eine große Schale, die würde es wohl tun.

»Hab ich, und jetzt?«

»Jetzt rührst du mit dem Schneebesen zwei Esslöffel Mehl hinein und drei Esslöffel Zucker, zwei Eier –«

»Nicht so schnell, Chef der Patisserie. Zwei Eier … okay. Und?«

»Und jetzt den Frischkäse.«

»Das klumpt«, beschwerte sich Ella.

»Ja, ja, weiterrühren.«

Sie konnte ihn lachen hören. Tatsächlich formte sich so etwas wie ein glatter, dünnflüssiger Teig aus den Zutaten, je länger sie ihn mit dem Schneebesen bearbeitete.

»Jetzt in den Reiskocher?«

»Langsam, langsam. Noch ein wenig Zitronensaft dazu.«

Ella sah sich um. »Ich glaube, ich habe keinen.«

Brar schien zu überlegen. »Im Döns steht eine Flasche Limoncello. Italienischer Zitronenlikör, nimm davon einen guten Schuss.«

Ella hatte ein wenig suchen müssen, bevor sie die Flasche fand, einen Esslöffel voll in den Teig kippte und alles verrührte.

»Wieder da. Ist drin«, meldete sie sich.

»Und jetzt darf der Teig in den Reiskocher. Einen Zyklus weißen Reis einstellen und abwarten.«

Ella goss den dickflüssigen Brei in den Topf des Reiskochers, drückte die entsprechenden Tasten und glitt dann wieder auf die Bank unter dem Fenster.

»Und das wird wirklich ein Kuchen?«, fragte sie misstrauisch.

»Besser. Es ist so ähnlich wie die Käsecreme vom Käsekuchen. Also das Beste vom Besten, oder bist du so eine Verrückte, die den Teig lieber mag?«

»Um Himmels willen, nein!«, sagte Ella rasch und lachte auf.

»Ich«, begann Brar und räusperte sich, »also, ich meine, ich bin ein ziemlich guter Zuhörer. Ich will mich jetzt nicht aufdrängen oder so, aber … manchmal hilft es, wenn man darüber spricht, was einen bedrückt.«

Ella schloss die Augen. Es schien ihr sehr verlockend, sich alles von der Seele zu reden, aber wie sollte das gehen? Er war doch nicht viel mehr als ein Fremder, den sie zwei Mal gesehen hatte und der zufällig auf derselben Hallig lebte.

»Kann ich dich was fragen?«

»Sicher«, sagte Brar.

»Mit wem sprichst du, wenn du hier den ganzen Tag allein bist. Wie macht man das?«

»Tja«, es klang vorsichtig, »ich hab gern mit Ines gesprochen. Aber davon abgesehen telefoniere ich regelmäßig mit Freunden in Dänemark oder mit meiner Schwester. Und … so allein fühle ich mich wirklich nicht mehr. Zur Not schluchze ich in ein Schaffell.« Sein letzter Satz klang zwar leichtfüßig, aber Ella dachte, dass da etwas dran sein konnte. Also nicht, dass er wirklich einem Schaf auf die Schultern weinte. Haben Schafe Schultern? Sondern eher, dass er sich mit all den Tieren hier vielleicht wirklich nicht so einsam vorkam.

»Freunde«, wiederholte Ella nachdenklich.

»Ärger unter Freunden?«

»Ja, mit meiner besten und längsten Freundin. Und mit meiner Apotheke und mit meinem Freund. Alles.«

»Was ist am schlimmsten?«

»Alles.« Ella lehnte sich zurück. »Alles gleichermaßen und … und es hängt auch alles irgendwie zusammen. Ohne die Unterstützung meiner besten Freundin Karla kann ich meine Apotheke nicht halten, und ich verstehe ehrlich nicht, warum sie mich so im Stich lässt. Sie weiß doch, dass vor mir schon meine Großmutter und meine Mutter diese Apotheke geführt haben! Und jetzt weigert sie sich einfach, mit mir zusammen den Kredit aufzunehmen, mit dem wir das Haus kaufen könnten, um die Apotheke zu retten. Sonst müssen wir klein beigeben, und die Apothekenkette, die uns schon die ganze Zeit schlucken will, wird uns verschlingen wie ein hungriger Wal.« Ella trank noch einen Schluck Wein. »Tut mir leid. Ich wollte gar nicht so viel reden.«

»Nicht entschuldigen. Ich hab es doch angeboten.« Brar klang sehr sanft. »Also, wenn ich das richtig verstehe, bist du Apothekerin?«

Ella seufzte. »Ja, ich bin die mit den ganzen Pillen, Cremes und Salben. Wie vor mir meine Großmutter, wie vor mir meine Mutter. Ich bin die, die hundert Mal am Tag Kopfschmerztabletten über den Counter reicht und genauso oft ›Gute Besserung‹ wünscht. Ich kenne manche Kunden schon eine Ewigkeit, manche kommen nur ein paar Wochen, bevor sie dann –« Ella biss sich auf die Unterlippe. Bevor sie sterben, hatte sie sagen wollen. Hatte sie diesen Gedanken überhaupt schon einmal so klar zugelassen? Wann hatte sie zuletzt einmal darüber nachgedacht, dass ihr Beruf nicht nur daraus bestand, Erkältungsmittelchen an den Kunden zu bringen, sondern auch aus Tod und Verzweiflung? Sie konnte sich die Diagnose ja denken, wenn sie bestimmte Medikamente herausgab.

Sie schluckte. »Das sollte gar nicht so … so weinerlich klingen. Es ist nur … ich weiß auch nicht. Gerade sieht alles sehr schwarz aus, und ich habe schon lange mit niemandem mehr darüber gesprochen.« Geschweige denn jemals mit einem Vogelkundler auf einer Hallig. »Hach, ich fühle mich hier so eingesperrt. Mein Leben ist in Berlin, und ich kann gerade nichts tun!«

»Kuchen backen«, warf Brar ein, und Ella lachte bitter auf. »Außer Kuchen backen.«

»Nein, ich meine das ernst. Wann hast du das letzte Mal einen Kuchen gebacken? Dir selbst. Einfach so?«

»Ich weiß nicht«, gab Ella zu. »Es ist lange her. Ist das wichtig im Leben?«

»Ich glaube, es ist wichtig, dass es Dinge gibt, die man nur für sich selbst tut.«

Ella dachte nach. »Was tust du nur für dich?«

»Außer Kuchen backen?« Im Hintergrund bei Brar klapperte Geschirr. Vielleicht räumte er seinen Abwasch weg. So klang es zumindest. »Ich bin hier. Das tue ich für mich. Ich bin geblieben, als mein Kopf mir sagte, ich müsse weg. Damals, als meine Freundin Annika ging, wäre ich fast mitgegangen. Zurück nach Kopenhagen, als mir klar wurde, dass dort das Leben meiner Eltern auf mich wartete. Ich würde mich mit Annika versöhnen, würde wie mein Vater damals eine gutbezahlte Stelle an der Universität annehmen. Wir hätten uns irgendwann ein Haus in einem Vorort gekauft, eine Familie gegründet. Das war der sichere Weg. Und dann stand ich da vor dem Hof. Ich sah in den Himmel, ich sah Gänse ziehen, hörte die Möwen kreischen, und auf den Wiesen standen die Schafe wie kleine weiße Wolken auf einem grauen Himmel.

Mir wurde klar, dass das Leben in Kopenhagen nur Theorie war. Ich würde lesen, ich würde in Bibliotheken forschen, und die einzigen Vögel, die ich sehen würde, wären Tauben, Krähen und ein paar Möwen am Hafen. Ich würde von einem theoretischen Standpunkt aus lehren, mein Wissen käme aus Büchern und von anderen Menschen, die irgendwo die Natur beobachteten. Das wollte ich nicht. Das begriff ich. Ich packte meinen Koffer wieder aus und ließ Annika allein ziehen.«

Ella schwieg kurz, dann sagte sie langsam: »Ich wünschte, ich hätte so einen Aha-Moment wie du. Dieser Moment, in dem völlig klar ist, was zu tun ist. Dieser Moment, in dem aus dem Chaos in meinem Kopf Ordnung wird.«

Jetzt lachte Brar noch einmal sehr herzhaft, das Klappern verstummte. Stattdessen schlug ein Löffel gegen den Rand einer Steinguttasse. »Ich glaube, du hast eine falsche Vorstellung von diesem Moment. Vielleicht habe ich es auch zu einfach erzählt. Dieser Moment, als ich beschloss hierzubleiben, löste mehr Chaos aus. Erst mal. In mir und außen herum. Annika dachte ja, ich würde ihr nachreisen. Bin ich auch für genau zwei Tage, aber nur um meine Wohnung aufzulösen und noch einmal mit ihr zu sprechen. Das waren schwierige Tage, in denen viel in meinem Kopf durcheinanderpolterte. Und immer die bange Frage im Hinterkopf: Ist meine Entscheidung, auf der Hallig zu bleiben, eigentlich richtig?«

Ella stellte das Weinglas wieder auf den Tisch und sagte fragend: »Manchmal reicht die Liebe einfach nicht.«

»Vielleicht liegt es gar nicht so sehr an der Liebe. Ich weiß es nicht. Es sind auch die Vorstellungen, die auseinanderdriften. Das kommt unbemerkt, schleichend. Und plötzlich bleibt man stehen und stellt fest, dass der andere gar nicht an der Stelle des Weges abgebogen ist, an der man selbst diesen kleinen Pfad so spannend fand. Ehe man es sich versieht, hat man ein paar Kilometer zurückgelegt, sieht den anderen in weiter Entfernung und weiß, man kann nicht zurück.«

Mit dem Finger fuhr Ella um den Stil des Glases und klopfte geistesabwesend schließlich gegen den Bauch. Der Wein schwappte den Glasrand hinauf, so wie das Meer den Warftrand. »Das ist ein schönes Bild mit dem Weg. Ein trauriges Bild. Das kann ich gut nachempfinden. Wenn ich so nachdenke, dann … dann liegt viel Wahrheit darin. Mein Freund Robert ist damals, kurz nachdem wir uns kennengelernt haben, für einen sehr lukrativen Job nach Frankfurt gegangen. Wenn ich so zurückdenke … ich hätte damals die Apotheke abgeben können, mitgehen, aber ich konnte nicht. Ich wollte auch nicht. Vielleicht war das unsere Weggabelung?«

Sie hörte Brar tief einatmen, dann sagte er: »Möglich.«

Ella stützte ihren Ellenbogen auf den Tisch und ihr Kinn auf die Hand. »Und, als ob nicht zu Hause alles schon chaotisch genug wäre, habe ich jetzt noch diese Hallig am Hals und die Familiengeschichte, die da dranhängt.«

»Die Geschichte verkauft sich nicht so leicht wie ein Haus, was?«

Überrascht von seinen treffenden Worten hob Ella den Kopf wieder an. »Das habe ich noch gar nicht so gesehen, aber ja. So ist es«, sagte sie vorsichtig und wunderte sich, woher er wusste, wie sie sich fühlte, ohne dass es ihr selbst bis zu diesem Augenblick klar gewesen wäre. »Bevor ich hierherkam, war klar, dass ich verkaufen würde. Und vielleicht hatte Robert sogar recht.« Ella lachte noch einmal auf. »Er hat vorgeschlagen, sich von Berlin aus um den Verkauf zu kümmern. Gar nicht erst hierherkommen, aber ich wollte. Ich wusste, ich muss.«

»Und er hat dich nicht begleitet?« Brar klang ungläubig.

»Nein. Den Gedanken fand er arg abstrakt. Seine Kanzlei in Frankfurt … so schnell hätte er sich nicht freimachen können.«

»Ah, er ist Anwalt? Ja, das verstehe ich. Es gibt Berufe, in denen man nicht spontan sein kann. Kann ich auch nicht. Spontan hier weg? Wer kümmert sich dann um die Tiere? Nein, wenn ich für einen Tag aufs Festland fahre, dann brauche ich mindestens eine Woche Vorlauf.«

»Du meinst, ich habe ihm unrecht getan?«

»Ach, vielleicht ist es ein bisschen was von allem?«, schlug Brar diplomatisch vor und fragte dann: »Und wie fühlst du dich jetzt mit dem Verkauf der Hallig?«

»Elend«, sagte Ella und war abermals von sich selbst so überrascht, dass sie nach Luft schnappte. Elend? Wie kam sie auf dieses Wort? Wo kam das her? Musste am Rotwein liegen. »Nein, also elend. Ich weiß nicht. Nicht gut jedenfalls. Es ist sehr merkwürdig. Ich …«, überlegte sie laut, »vielleicht geht es mir ein bisschen wie dir. Ich kam auf die Hallig und hatte ja vorher schon angefangen, das Tagebuch zu lesen. Habe gelesen, wie Charlotte auf die Hallig kam, und als ich das Haus sah, den Hof, genau wie sie es beschrieben hat, da …« Ella hielt inne und schluckte. »Es war ein wenig wie nach Hause kommen. Zum ersten Mal. Meine Großmutter war ja sehr jung, als sie von hier wegging, und vielleicht, wenn sie länger gelebt hätte, vielleicht wäre sie auch zurückgekommen? Ich bin in Berlin aufgewachsen. Das ist mein Zuhause. Zumindest habe ich das immer gedacht. Bis ich hierherkam und zum ersten Mal eine Ahnung hatte, was zu Hause eigentlich heißen kann.«

»Was ist hier anders?«, fragte Brar, und seine Stimme klang sehr sanft in Ellas Ohren.

»Alles. Der Wind, das Meer. Es ist so fremd und doch … da ist etwas ganz tief in mir, das hierhergehört.« Rasch trank sie noch einen Schluck Wein. Hatte sie das wirklich gesagt? Musste am Alkohol liegen. »Und ich weiß nicht, ob ich mir das nur einbilde, weil … na, weil ich gern möchte, dass es so ist, weil in Berlin alles gerade den Bach hinuntergeht. Auf der anderen Seite frage ich mich, ob diese Erbschaft vielleicht auch ein Wink des Schicksals ist. Oder ist das zu dramatisch?«

»Gar nicht«, gab Brar schlicht zurück. »Das würde sich wohl jeder fragen.« Noch einmal klapperte sein Löffel in der Tasse. »Dein Kuchen müsste fertig sein.«

»Stimmt.« Der Reiskocher hatte sich schon vor einiger Zeit mit einem Knacken ausgeschaltet, und Ella öffnete nun vorsichtig den Deckel. Zarter Zitronenduft stieg ihr in die Nase. »Ich leg den Hörer mal kurz zur Seite.«

Mit zwei Topflappen hob sie den Topf aus dem Gerät und stürzte den Kuchen auf das Brett, dann kehrte sie zum Telefon zurück. »Er riecht schon mal verlockend«, sagte sie zu Brar, und tatsächlich lief ihr das Wasser im Mund zusammen.

»Du kannst ihn ruhig warm essen. So schmeckt er eigentlich am besten.«

Das ließ sich Ella nicht zweimal sagen, entnahm der Schublade ein Messer und teilte den Kuchen in acht Stücke.

Brar hatte recht. Der Kuchen half und bescherte Ella eine zitronig süße Wärme im Magen. Himmlisch!

»Und?«, fragte er schließlich, während Ella ein zweites Stück auf einen Teller legte und mit zum Tisch nahm.

»Er schmeckt großartig und ist wirklich wie ein Best-of vom Käsekuchen.«

Brar lachte. »Ich meine, ob er hilft.«

»Erstaunlicherweise ja«, gab Ella zurück und sah verwundert auf.

»Klug wäre es jetzt wohl, noch einmal zu betonen, wie gern der Verein Japsand den Hof kaufen würde, aber ...« Er hielt inne. »Ich wäre auch nicht traurig über eine neue Nachbarin.«

Ella lachte ebenfalls. Es klang so absurd und gleichzeitig beinahe verlockend, dann fuhr Brar fort: »Und wie könnte es eine Flucht sein, wenn es doch ein Zuhause ist?«

Diese Frage nahm Ella sehr viel später mit ins Bett. Sie hatten noch lange über das Land unter gesprochen, beinahe bis Mitternacht, über das Wasser, das nicht mehr stieg und morgen ablaufen würde. Sie hatten viel gelacht, während der Mond schon weiße Tupfen auf das Wasser malte. Wann hatte sie das letzte Mal mit Robert so gesprochen? Wann hatte sie das Gefühl, dass er ihr einmal so zuhörte?

Und wo, verdammt noch mal, war eigentlich ihr Zuhause?

Sie kam nicht umhin, Charlotte zu bewundern. Hatte sie nicht mutig alles aufgegeben? Sie hätte ja auch in Berlin bleiben können, ihren Eltern alles gestehen und hinnehmen, was diese dann für sie geplant hätten, stattdessen hatte sich Charlotte auf das große Unbekannte eingelassen.

Das habe ich nie, dachte Ella, bevor sie einschlief. Mein Leben lag immer ganz klar vor mir. Bis jetzt.

Charlotte

16. November 1938

Das Anziehen hat ewig gedauert. Ich kann mich nicht richtig bücken. Mache ich eine falsche Bewegung, zieht ein stechender Schmerz durch meinen Leib. Natürlich versuche ich, das zu vermeiden.

Ich bin also mühsam in Rock, Bluse und Strümpfe geschlüpft und habe mich an den Wänden entlang durch das Haus gezogen. Vielleicht kann ich wenigstens kochen, habe ich gedacht. In der Küche habe ich Möhren, Lauch und Kartoffeln aus der Kammer geholt. Tragen konnte ich nicht viel auf einmal. Ich bin viele Male gegangen, bis ich alles auf dem Tisch bereitliegen hatte, dann erst bin ich vorsichtig auf die Bank geglitten. Im Sitzen ist es auszuhalten. Möhre für Möhre, Kartoffel um Kartoffel habe ich geschält, kleingeschnitten und in den Topf geworfen, bis er halb voll war.

Wenn die Flut nachher Pays Schiff auf die Hallig spült und er Fisch mitbrächte, könnten wir ihn dazutun und hätten eine wunderbare Suppe.

Ich war gerade dabei, die letzte Kartoffel zu zerteilen, als Keike zur Küchentür hereinkam, wie angewurzelt stehen blieb und mich mit offenem Mund anstarrte.

»Was tust du da?«, fragt sie schließlich entgeistert, und ich schob trotzig die Unterlippe nach vorn. Ich mag nicht, dass ich das tue, aber ich kann nicht anders.

»Kochen«, gab ich zurück und warf die Kartoffelwürfel in den Topf.

»Das sehe ich«, sagte Keike trocken, nahm ihr Tuch von den Schultern und hängte es an den Haken neben der Tür, bevor sie einen Fladen getrockneten Kuhdung in das Feuer des Bileggers warf.

Misstrauisch und mit gerunzelter Stirn sah sie in den Kochtopf, griff nach den Henkeln und hob ihn dann auf den Herd, bevor sie Salz und Pfeffer zum Gemüse gab.

»Ich dachte, wenn Pay nachher mit dem Fisch kommt –«

»Und ich denke«, unterbrach sie mich, »es wäre besser, wenn du zurück ins Bett gehst.« Zu meiner Überraschung hatte ihr Ton nichts von der üblichen Kälte, nichts von der Strenge, mit der sie sonst mit mir sprach. Erstaunt sah ich ihr in die Augen und suchte wenigstens dort nach dem grauen Hauch Missbilligung, den ich sonst gewohnt war, doch sie wich meinem Blick aus, kam auf mich zu und griff nach meinem Arm. »Zurück ins Bett«, murmelte sie, zog mich hoch und stützte mich den Weg zurück zum Alkoven.

»Ich wollte nur helfen«, sagte ich leise, nachdem sie die Decke über mir ausgebreitet hatte.

Ihre Antwort darauf war ein einziger Blick. Dann gab sie mir ein Wollknäuel und ein paar Stricknadeln. »Stricken kann ein feines Mädchen wie du doch sicher. Pay braucht einen neuen Schal.«

Ich nickte und strickte den ganzen Nachmittag über, bis es zu dunkel wurde, bis ich den Faden nicht mehr sehen konnte.

Als Pay kam, zog Keike die Tür zum Döns zu, und ich hörte sie in der Küche leise und lange miteinander sprechen. Was sie sagten, verstand ich nicht. Ich hörte nur ihre Stimmen. Ein gleichförmiges Murmeln, das mich in den Schlaf wiegte, nachdem ich das Strickzeug beiseitegelegt hatte.

Feiner Duft nach Fischsuppe stieg mir schließlich in die Nase und weckte mich.

Keike stand vor dem Alkoven und sah mich prüfend an. »Soll ich dir einen Teller bringen?«

»Ich möchte aufstehen.«

Seufzend reichte sie mir ihre Hand. Sie lag warm in meiner, und ich konnte ihre vom Rheuma geschwollenen Gelenke fühlen. Wieder zog sie mich hoch und stützte mich bis zum Küchentisch, bis zur Bank, auf der schon Pay saß und zur Seite rutschte, als er mich sah.

Einen Augenblick lang, während Keike die Teller füllte und Pay Brot abschnitt, war es bis auf das Geschirrgeklapper sehr still.

»Es tut mir leid«, sagte Pay schließlich leise, bevor Keike das Tischgebet sprach. Dann schwiegen wir alle. Das ganze Essen hindurch. Aber es war kein unangenehmes Schweigen, keines, das nur die ausgesprochenen giftigen Worte ersetzt hätte, die doch keine Alternative waren.

Zum ersten Mal war es ein schönes Schweigen, in dem viel Mitgefühl für mich lag, schien mir, Mitgefühl und Trauer.

18. November 1938

Dr. Claaßen ist ein kleiner, korpulenter Mann. Eigentlich wollte ihn Pay schon vorgestern von Pellworm mitbringen, aber es gab einen Notfall auf der Insel, deshalb kam der Arzt erst heute zu mir.

»Schön, schön, schön, Frau Nahnsen«, sagte er, nachdem er mich untersucht hatte, und ich war ein paar Sekunden lang sehr irritiert, weil ich dachte, er meint Keike, bis mir wieder einfiel, dass ich ja auch Frau Nahnsen bin. »Alles in Ordnung.« Er blinzelte über den Rand seiner kleinen runden Brille. »Noch zwei Wochen Schonung. Ein paar leichte Spaziergänge. Nichts heben und nichts tragen, verstanden?«

Ich nickte, und er klappte seinen Koffer zu, den er auf den Hocker neben den Alkoven gestellt hatte. Dann sah er mich an. »Haben Sie noch etwas auf dem Herzen?«

»Kann ich«, begann ich und räusperte mich, »kann ich also … noch Kinder –?« Ich brach ab. Der Schmerz in meinem Leib war weniger geworden. Vielleicht aber, so hatte ich das Gefühl, war er auch nur gewandert und hatte stattdessen seine kalte Hand um mein Herz gelegt.

Der Arzt lächelte nachsichtig. »Sie sollten warten. Am besten ein halbes Jahr.« Jetzt sah er verlegen zu Boden. »Soll ich mit Ihrem Mann darüber sprechen?«

Ich fühlte, wie mir das Blut in die Wangen schoss. Natürlich wusste der Arzt gar nicht, dass Pay nicht der Vater gewesen war, natürlich konnte Dr. Claaßen auch gar nicht wissen, welcher Art unsere Ehe war. Er konnte nicht ahnen, dass wir das Bett teilten wie Bruder und Schwester und keiner von uns dieserart Interesse am anderen hatte.

»Nein, ich … das ist schon in Ordnung«, sagte ich rasch.

»Wie Sie meinen, Frau Nahnsen.« Er stand auf und ging zur Tür. »Na, dann sehe ich gleich noch mal nach Ihrer Schwiegermutter und ihrem Rheuma.«

Eine Stunde später, während Pay den Arzt zurück nach Pellworm brachte, zog Keike ihren Sessel an meinen Alkoven. »Ich nehme an«, begann sie unvermittelt, »sobald es dir besser geht, wirst du nach Hause fahren und –«

»Nach Hause?«, unterbrach ich sie und setzte mich auf.

»Nun«, sagte sie zögernd, »ich nehme an, der Grund, warum du überhaupt hierhergekommen bist, ist nun hinfällig, nicht wahr?«

In gewisser Weise hatte sie vielleicht sogar recht, räumte ich in Gedanken ein. Ich war nicht mehr schwanger. Ich könnte zurückgehen, ich könnte meine Eltern um Vergebung bitten, und jetzt, da der Stein des Anstoßes nicht mehr sichtbar war, würden sie mich sicher wieder aufnehmen.

Aber ich werde den Brief meiner Mutter mein Leben lang nicht mehr vergessen, und ich werde ihn ihr nicht verzeihen.

Ich schüttelte langsam den Kopf. »Pay und du, ihr habt mich aufgenommen, als ich nicht mehr wusste, wohin ich gehen sollte. Ihr habt mir Arbeit versprochen, und ich habe gearbeitet. Pay hat mich geheiratet und wäre diesem Kind ein Vater gewesen«, ich hielt inne und schluckte, »also bleibe ich, solange ich kann, und arbeite.

Ich bin dankbar.« Es klang sehr hilflos, fand ich. Es waren nicht die richtigen Worte, aber andere fielen mir auch nicht ein.

Doch auch wenn die Worte vielleicht ungeschickt waren und nicht sehr überlegt, in Keike schienen sie etwas zu bewegen. Ihre Züge wurden weich, und die Falten auf ihrer Stirn glätteten sich.

Wortlos stand sie auf und ging zur Küchentür. Mit der Hand schon auf der Klinke, drehte sie sich noch einmal zu mir um.

»Prinzessin«, sagte sie, und es klang gar nicht mehr spöttisch. Wenn ich es nicht besser wüsste, würde ich sagen, es klang irgendwie beinahe liebevoll. »Dann bist du jetzt wohl eine Halligprinzessin.«

Sie zog die Tür hinter sich mit einem Ruck ins Schloss. Seufzend glitt ich ins Kissen zurück.

25. November 1938

Zumindest wird Dr. Claaßen Pay wohl gesagt haben, dass mir Spaziergänge guttun würden, denn jeden Nachmittag, wenn er mit seiner Arbeit fertig ist, reicht er mir ganz altmodisch seinen Arm, und wir spazieren über die Hallig.

Am anderen Ende der Weiden, am anderen Ende der Hallig bleibt Pay stehen und erzählt von seinem Urgroßvater. »Er wollte, dass sein Bruder genau hier noch eine Warft aufschüttet. Aber sein Bruder wollte nicht. Er blieb lieber auf Pellworm, bei der Familie seiner Frau.«

»Und dein Urgroßvater war gekränkt?«, fragte ich, als wir stehen blieben und auf ein heute spiegelglattes graues Meer sahen, über dessen Horizont der Abend kroch.

»Ja, sie haben zu Lebzeiten kein Wort mehr miteinander gewechselt.«

Ich lachte kurz auf. »Ha, das wird doch gar nicht aufgefallen sein.«

»Wie meinst du das?«, fragte Pay und ließ meinen Arm los.

»Na, ihr hier auf den Halligen, hier oben im Norden, ihr redet doch alle nicht viel.« Ich bückte mich, hob einen kleinen muschelförmigen Stein auf und behielt ihn in der Hand. Kühl schmiegte er sich an meine Haut.

»Wir reden, wenn es nötig ist«, sagte Pay knapp, und jetzt lachte ich laut.

»Genau das meine ich. Und es ist für euch nicht oft nötig.«

»Wenn es doch nichts zu sagen gibt.« Er zuckte mit den Schultern und sah über das Wasser, das sanft an den Rand der Weide plätscherte.

Ich verschränkte die Arme. »Bei uns zu Hause gab es immer etwas zu sagen. Das Wetter, die Familie, was jeder so den Tag über erlebte, die Politik …«

»Es muss sehr anders sein, da wo du herkommst.«

Ich folgte erst seinem Blick über das Wasser, dann sah ich ihn an. Er hat ein sehr klares Profil. Eine gerade Nase und hohe Wangenknochen. Auch in Berlin wäre er ein gut aussehender Mann. Ich versuchte, mir einen Pay auf einer der Abendgesellschaften meiner Eltern vorzustellen, breitschultrig im Anzug. Er würde hineinpassen, äußerlich zumindest.

Hier war er Pay. Ein Fischer.

Und zum ersten Mal wurde mir klar, wie unterschiedlich die Welten, aus denen wir kamen, wirklich waren.

»Anders«, sagte ich schließlich. »Vielleicht aber auch gar nicht. Über die wesentlichen Sachen haben wir auch nie gesprochen.«

Danach schwiegen wir gemeinsam, bis Pay sich zu mir umdrehte. »Gibt es denn etwas, worüber du gern sprechen würdest?«

Ich sah erst zu Boden, dann wieder auf und ihn an. »Wir können uns auch wieder scheiden lassen. Wenn du das willst. Ich meine, der Hauptgrund war ja das Kind, und … ich hab mir gedacht, es ist sehr großzügig, dass du diesem Kind, das nicht deins gewesen wäre, dieses Heim hier gegeben hättest, aber jetzt … jetzt ist doch alles anders. Oder nicht?«

Zuerst dachte ich, er würde gar nichts sagen, doch dann legte er eine Hand auf meinen Arm. »Ich habe dich mitgenommen, damit meine Mutter nicht so allein ist, wenn –« Er brach ab und senkte den Blick. Wenn was, fragte ich mich und runzelte die Stirn. Was?

»Ich denke«, fuhr er langsam fort, »es wird Krieg geben.«

»Krieg«, wiederholte ich und wunderte mich, dass ich die Wärme seiner Finger selbst durch die dicke Wolle meiner Jacke spürte. Trotzdem drängte sich mir das Gefühl auf, er hatte vorher etwas ganz anderes sagen wollen. Und darüber habe ich später lange nachgedacht und bin zu keinem Schluss gekommen. Vielleicht hätte ich ihn fragen sollen?

Aber danach sprach er dann vom Krieg. Ja, über Krieg hatten sich schon meine Eltern unterhalten. Etwas lag in der Luft, hatte mein Vater gesagt, und an mir war das vorbeigegangen. Krieg schien mir sehr weit hergeholt. Damals hatte mich doch nur Sebastian interessiert.

Jetzt, als Pay das Wort aussprach, empfand ich den Wind auf einmal viel kühler als vorhin. Krieg. Ich bin während des Ersten Weltkriegs geboren und habe doch keine Erinnerung mehr daran. Und jetzt, schon wieder?

»Wenn ich eingezogen werde, will ich meine Mutter nicht allein hier wissen.«

»Pay, das ist doch –« Ich brach ab, als ich die Sorge in seinen Augen sah, und legte meine Hand auf seine. »Ich werde nicht vergessen, was du für mich getan hast, was du für mich tust.«

Ich hatte ›damals‹ sagen wollen – so lange her kam es mir vor, dass er in der Hafenkneipe an meinem Ärmel gezogen hatte.

»Und ich werde dir nicht vergessen, dass du jetzt bleibst. Ich wusste«, und jetzt huschte ein kleines Lächeln über seine Mundwinkel, »ich wusste, dass ich da einer ehrlichen Haut in Not helfe.«

»Danke«, sagte ich leise, und eine Weile standen wir so da und sahen uns an, dann blickte er verlegen an mir vorbei und deutete schließlich auf den Himmel. »Wir sollten zurück.«

Tatsächlich hatten sich schwarze Wolken über Sönkenswarft geschoben. »Noch eine Viertelstunde, dann wird es regnen«, sagte ich, und Pay lachte, als er mich unterhakte. »Alle Achtung. Du bist schon ganz zu Hause hier.«

Bin ich das, fragte ich mich, während wir zurückgingen. Ein seltsames Zuhause mit fremden Menschen, die es besser mit mir meinen als meine eigene Familie.

»Pay, ich –« Ich brach ab.

»Ja?«, fragte er nach und blieb stehen.

»Nichts«, murmelte ich und zog ihn weiter.

Ehrlich, ich weiß nicht, was ich hatte sagen wollen. Ein anderes Wort für Danke vielleicht. Etwas, das so dicht und warm ist wie die Wolldecke, die sich Keike abends über die Knie zieht, etwas, das besser duftet als der Thymian, der in der Kammer trocknet, aber ich habe kein anderes Wort.

Ella

»Und wann dann?«, fragte Ella Herrn Freerichs und wickelte sich eine Haarsträhne um den Finger.

»Heute nicht. Morgen vielleicht.«

»Also morgen«, bekräftigte Ella ihren Abholwunsch. Das Wasser war im Laufe der Nacht fast abgeflossen, hatte Wiesen und Wege wieder freigegeben, umspielte noch die Steine, die den Rand der Hallig markierten, und hatte zarten Nebel als letzten Gruß dagelassen. Nebel, der jetzt gerade begann, sich in den schrägen Sonnenstreifen zu zerfasern, löchrig zu werden wie die Krume eines frischen Brotes.

»Hängt vom Wetter ab.«

»Sicher«, sagt Ella und war mit einem Mal wieder müde, obwohl sie gut und fest geschlafen hatte. Überhaupt war der Schlaf hier ein anderer, fand sie. Trotz allem, was ihr gerade auf der Seele lag, weswegen sie sich in Berlin hin und her gewälzt und am Ende nur begleitet von ihrer Walgesänge-App ein wenig Ruhe gefunden hätte, schien dies hier abends keine Rolle zu spielen. Sicher lag das auch an der Seeluft. Das musste es sein.

»Ich ruf dann morgen noch einmal an, Herr Freerichs. Gleiche Zeit?«

»Wie Sie wollen«, brummte der Kutscher in den Hörer und legte auf. Charlotte hatte so recht. Hier sprachen die Leute wohl wirklich nur miteinander, wenn es etwas Notwendiges zu sagen gab. Ella grinste in sich hinein.

Und was jetzt?, fragte sie sich.

Ähnlich wie Charlotte nie von der »Guten Stube«, dem Pesel, schrieb, hatte auch Ella ihn nur kurz nach der Ankunft betreten, danach nicht mehr. Vielleicht sollte sie doch noch einmal schauen, ob es hier etwas gab, was sie gern mit nach Berlin nehmen würde.

Einmal mehr befiel sie ein gewisser Widerwille, wenn sie an Berlin dachte, an ihr Leben, das vor ein paar Tagen noch klar war, und jetzt schien es ihr ebenso vernebelt wie das Meer vor ihrer Tür.

Weiße Leinenlaken hingen im Pesel über einem Sofa mit hoher Lehne und einem Tisch mit sechs Stühlen. Einzig der hohe Schrank mit dem Vitrinenteil oben, hinter dem vor Staub und Dreck geschützt das gute Geschirr mit dem friesisch blauen Dekor schlummerte, war nicht abgedeckt. Was sich wohl hinter den beiden Türen darunter verbarg?

Nicht viel, stellte Ella fest. Ein unscheinbarer kleiner Holzkasten und eine etwas größere Kiste. Beides holte sie heraus und stellte es neben sich auf die Dielen, bevor sie sich fröstelnd die Hände rieb.

Ach ja, die Heizung war ja noch aus, und hier, fernab des Ofens und bei geschlossener Tür, war es deutlich kälter als in der Küche, in der sie sich überwiegend aufhielt.

Ansonsten schien ihr dieser Raum, trotz seiner imposanten hohen Holztäfelung, der kostbaren Kacheln mit den verschiedensten bäuerlichen Motiven, die den Deckenrand säumten, seltsam leer und unpersönlich. Aus jeder Holzpore verströmte er den Duft hoher Feiertage und besonderer Anlässe, aber es blieb ein Raum, der nichts Einladendes hatte, wohl weil hier das eigentliche Leben nie stattgefunden hatte.

Ella richtete sich wieder auf und trug die Kiste und das Kästchen in die Küche. Rasch warf sie ein Scheit nach. Es würde sich nicht mehr lohnen, bis morgen die Ölheizung noch einmal anzuwerfen.

Der Deckel der kleineren Holzkiste, die nur wenig größer war als eine Zigarrenkiste, saß sehr fest, obwohl Ella die beiden Schnappverschlüsse gelöst hatte. Wahrscheinlich war sie lange nicht mehr geöffnet worden. Ella nahm ein Küchenmesser aus dem Holzbock neben ihr und fuhr damit zwischen Korpus und Deckel. Nach einigem Hin-und-her-Ruckeln sprang sie schließlich auf.

Sorgfältig auf dunkelroten Samt gebettet, befand sich eine alte Pfeife darin, nebst kleinerem Zubehör, von dem Ella keine Ahnung hatte, wofür es benutzt worden war. Im Deckel klemmte ein Zettel. »Komm wieder, Pay. C.«, stand darauf.

Eine tiefe Traurigkeit erfasste Ella, als sie mit dem Finger über die Maserung der Holzpfeife strich, die sich glatt und beinahe warm auf ihrer Haut anfühlte.

Pay.

Charlotte.

Was ist aus euch geworden? Wo waren eigentlich ihre Gräber?

Ella sank gedankenverloren auf den Küchenstuhl vor dem Ofen. Sie war hierhergekommen, um zu gehen. Sie hatte gedacht, nichts würde ihr begegnen außer ein paar sentimentalen Erinnerungsstücken aus dem Leben einer alten Frau, die sie nicht gekannt hatte. Ihr war nicht klar gewesen, dass sie auf ihre Familie stoßen würde, die, auch wenn sie tot war, doch eben ihre Wurzeln waren. Ihre Geschichte und das, was sie bisher über sie wusste, hatten sich jetzt in ihr Leben gegraben, waren nach allem, was sie bisher in Charlottes Tagebuch gelesen und von Brar über Ines erfahren hatte, in ihre Existenz gedrungen. So wie die Maserung sich durch das Holz zog.

Konnte sie wirklich gehen? Morgen einfach abreisen und so tun, als hätte es diese Tage nicht gegeben, als wäre sie nie hier gewesen?

Ella streckte die Beine unter dem Küchentisch aus und seufzte.

Wie sollte sie das alles hier verkaufen? In jeder Spalte zwischen den breiten Holzdielen, zwischen all dem Staub der vergangenen Jahre, steckte das Leben derer, die es hier verbracht hatten, die, die ihr vorausgegangen waren. Wie würde sich das Wissen anfühlen, dass Fremde durch diese Räume wanderten? Schulklassen, Reisegruppen, Menschen, die keinen Bezug dazu hatten, die nicht wussten, wofür die kleine Klappe in der Küchendecke war. Menschen, die nicht Charlotte sahen, die auf allen vieren den Küchenboden schrubbte, wenn sie die Küchentür öffneten?

Manchmal schien es Ella, als würden sich alle Zeitebenen in diesem Haus miteinander verweben. Während sie hier in der Küche war, könnte nebenan ebenso gut Keike mit ihrem Strickzeug sitzen. War sie nicht gestern mit dem Geräusch klappernder Nadeln aufgewacht? Hatte sie nicht ihren Traum mit in die Realität genommen?

»Ines«, sagte Ella laut, so als wäre sie noch da, als würde ihre Jacke am Haken hängen, nicht weil sie übrig geblieben war, sondern weil sie wartete. »Ines, was soll ich denn jetzt tun? Was hast du mir angetan?«

Fast war es Ella, als wäre das Knarzen der Fensterläden im Wind ein leises Frauenlachen.

Ella schloss die Augen und strich sich die Haare aus der Stirn, dann sprang sie auf, nahm ihren Mantel vom Haken, schlüpfte im Flur in die Gummistiefel und ließ das Telefon klingeln, als sie die Haustür hinter sich zuzog. Wer immer sie anrief, er würde warten müssen.

Mit langen Schritten folgte sie dem aufgeweichten, schlammigen Weg, der zwischen den Weiden erst hinunter zum Anleger führte und dann hinüber zur Bredenswarft.

Ella hatte die Schultern zurückgenommen. Sie ging nicht schnell, aber zügig, nicht so, als würde sie flüchten, eher mit entschlossenen Schritten, so als hätte ihr Unterbewusstsein längst eine Entscheidung getroffen, von der ihr Verstand noch nichts wusste. Mit fahrigen Handbewegungen wischte sie sich den feinen Nieselregen immer mal wieder aus ihrer hohen Stirn. Ganz sanft schlängelte sich der Weg durch die Weiden, an Prielen vorbei, in denen das Wasser der nächsten Flut gurgelte. Sie nickte den Schafen zu, die rechts und links von ihr wie flauschige Wollknäuel versprengt grasten. Tief sog sie die salzige Luft in ihre Lungen. Erst unterhalb des Warfthangs blieb sie für einen Moment stehen.

Bredenswarft bestand aus einem lang gezogenen Backsteinbau, an dessen Stirnseite ein großer Stallbau nach Osten zeigte. Viel moderner sah es aus. Auf dem Dach ruhten Ziegel statt Reet, und die weiß getünchten Holzfenster waren größer als die auf Sönkenswarft. Das Ganze hatte einen ganz eigenen Charme, stellte sie fest. In seiner Klarheit hatte es etwas Trotziges, vielleicht sogar Großspuriges. Nein, dachte sie, Sönkenswarft war schöner. Vielleicht, weil sie bescheidener schien, geduckter und damit anheimelnder.

Ella zupfte ihren Schal ein Stückchen nach oben, als eine Windböe sie unvermittelt traf, dann ging sie weiter. Auch der Hof auf Bredenswarft war mit kleinen Steinen gepflastert, aber es fehlten die Birnbäume, die die weite Fläche hätten etwas aufheitern können. Stattdessen hatte Brar ein paar schwere Kübel in die Mitte gestellt, die im Sommer mit bunten Blumen bepflanzt sicher dekorativ aussahen, jetzt aber traurig und, bis auf die alte Erde, auch leer herumstanden, als würden sie zu nichts und niemandem gehören.

Beherzt klopfte Ella an die schwere weiße Holztür und trat wieder einen Schritt zurück, um durch das Fenster daneben zu sehen. Für einen Moment betrachtete Ella ihre eigene Spiegelung. Eine schlanke, etwas zu blasse Frau, dachte sie, mit seltsam müden blauen Augen und vom Wind zerzausten blonden kinnlangen Haaren. Hinter ihrem Spiegelbild sah sie in eine leere quadratische Küche, in deren Mitte ein großer Holztisch mit vier Stühlen stand, über dem eine große Metalllampe hing.

Unschlüssig wandte sich Ella ab und ging dann zum Stall hinüber. Das breite Scheunentor stand halb offen, und Ella klopfte dagegen. »Brar?«

»Ha!«, rief er irgendwo aus dem schummerigen Halbdunkel, an das sich Ellas Augen nach dem winterweißen Licht draußen erst gewöhnen mussten. »Ha, du hast mich erschreckt!«

»Tut mir leid!«, rief Ella zurück. »Ich dachte, ich besuche mal meinen Nachbarn, nachdem das Wasser weg ist, aber wenn ich ungelegen komme, dann …«

»Nein, nein, komm rein. Ich bin hier hinten. Lustigerweise bei deiner Namensvetterin.«

»Meiner Namensvetterin?«, fragte Ella nach, während sich aus der Dunkelheit Stallboxen formten und eine Gasse dazwischen, der sie nun folgte, bis sie Brar ganz hinten vor gestapelten Heuballen in einer Box stehen sah, neben ihm ein Schaf. Er hatte eine Hand auf dem Kopf des Tieres.

»Darf ich vorstellen«, sagte er und sah lächelnd auf. »Ella.« Er deutete auf das Schaf und dann auf Ella. »Ella.« Wieder zeigte er auf das Schaf. »Diese Ella war aber zuerst da. Ich hab sie aus Dänemark mitgebracht.«

Ella streckte die Hand nach dem Tier aus, und sein warmer Atem streifte ihre Haut.

»Ich verstehe nicht so viel von Tieren, aber Ella sieht krank aus«, sagte Ella unsicher. Tiere kannte sie nur aus dem Studium. Laborbeagle, Laborratten. Schaudernd dachte sie daran zurück.

»Zum Glück nichts Ernstes«, sagte Brar und richtete sich auf. »Schaf Ella ist schon alt. Sie war mal das Leitschaf, jetzt ist sie ein bisschen empfindlich, was Zug betrifft, und holt sich rasch einen Husten.« Wie auf Kommando streckte Ella, das Schaf, die Zunge heraus und hustete bellend.

»Ach herrje.« Mitleidig tätschelte Ella über den warmen Schafskopf.

Brar zog seine Jacke ein Stückchen nach unten. »Manchmal denke ich, sie will nur ein bisschen Aufmerksamkeit. Ein paar Streicheleinheiten und Ansprache.«

»Wollen wir das nicht alle?«, fragte Ella nachdenklich und sah auf das Tier. Ich kann dich verstehen, raunte sie ihm in Gedanken zu.

»Bestimmt. Ich wollte gerade Teewasser aufsetzen, und ich finde, es ist Zeit für ein zweites Frühstück. Willst du ein Stück Apfelkuchen?«

»Gern«, gab Ella zurück und trat einen Schritt zur Seite, um Brar aus der Box zu lassen, der einen letzten Blick auf das Schaf warf und dann zu ihm sagte: »Kannst heute drinbleiben. Ich bring dir nachher ein paar Möhren.« An Ella gewandt sagte er lachend: »Ja, so ist das hier. Ich spreche mit den Schafen. Manchmal auch mit den Möwen, den Fischen und den Holzwürmern, die die Treppe ins Obergeschoss bearbeiten.«

»Ich finde das nicht seltsam. In den letzten Tagen hab ich ab und an in die Stille gesprochen, so als könnte Ines mich hören. *Ist das normal?*«

»Auf einer Hallig schon«, sagte Brar schulterzuckend, dann griff er sanft nach ihrem Arm. »Komm mit ins Haus.«

Im Haus war es wunderbar warm, und der Geruch nach Apfelkuchen erfüllte die ganze Küche. Ella setzte sich auf den Stuhl am Fenster und legte ihren Mantel hinter sich über die Lehne, während Brar zwei große Stücke auf zwei Teller verteilte und den pfeifenden Kessel vom Herd nahm.

»Das ist ein Rezept meiner Großmutter Sie sagte immer: Brar, wer Apfelkuchen backen kann, bekommt die besten Frauen.«

»Siehst du, meine Großmutter hat immer gepredigt: Auf eigenen Füßen musst du stehen, keiner kann und wird dich durchs Leben tragen.«

»Das ist eben der Unterschied«, sagte Brar ungerührt und schob ihr Teller und Tasse über den Tisch. »Deine Großmutter kommt von einer Hallig, meine mütterlicherseits aus Kopenhagen.«

»Und väterlicherseits?«

»Mein Vater kommt aus Deutschland. Er stammt von Amrum. Hamkens ist ja kein sehr dänischer Name.«

Brar nahm ihr gegenüber Platz und nahm die kleine Gabel in die Hand, dann versenkte er sie genüsslich im Kuchen.

»Deshalb sprichst du so gut Deutsch«, stellte Ella fest.

»Genau. Und, wie war dein erstes Land unter?«

»Ach.« Ella lächelte. »Das bisschen Wasser.«

Brar lachte hell auf.

»Nein, ehrlich. Zu Anfang fand ich es unheimlich, dann gemütlich, und später hat es mir zu lange gedauert.«

»Fährst du heute wieder?«

Die Zuckerdose passte nicht zum restlichen Geschirr, fiel Ella auf. Nein, eigentlich passte nichts hier zusammen. Die Teller waren grün, die Tassen groß und hellblau mit weißen Punkten, und die Zuckerdose sah antik aus. Ella mochte das. Ein bisschen wie meine Familie, dachte sie. Von allem etwas.

»Nein«, sie sah auf, »morgen holt mich Herr Freerichs … vielleicht.«

»Ach ja, mittwochs und donnerstags ist er immer im Heim in Husum. Bei seiner Tochter.«

Etwas an Brars Ton ließ Ella aufhorchen. »Im Heim?«

Brar rührte geistesabwesend in seiner Tasse, auch wenn sich Milch, Tee und Zucker sicher längst verbunden hatten.

»Ja, tragische Geschichte. Weißt du das nicht?«

Ella schüttelte den Kopf. »Nein, woher denn?«

Jetzt runzelte Brar die Stirn. »Ja, aber ich dachte … also, ihr seid doch verwandt?«

»Was?« Ella rutschte die Gabel aus der Hand, und sie fiel klirrend auf den Teller.

»Na ja, entfernt. Der alte Freerichs ist … warte mal, ob ich das zusammenkriege? Also der alte Freerichs ist der Sohn von Keikes Cousin. Ja, so glaube ich.«

»Ach was!«, rief Ella aus. »Das wusste ich überhaupt nicht! Das hat er mir nicht gesagt. Moment mal … der Sohn von Keikes Cousin …« Ella legte einen Finger an ihre Unterlippe. »Zu was macht uns das? Cousin und Cousine?«

»Nein, ich glaub nicht. Ich weiß nicht. Ich habe keine Ahnung.«

»Warum hat er das nicht erwähnt?«, überlegte Ella laut.

»Vielleicht dachte er, du weißt das«, schlug Brar vor und goss ihr Tee nach. »Vielleicht ist es aber auch für ihn so weit entfernt, dass er nicht daran gedacht hat.«

»Möglich«, sagte Ella und nahm noch eine Gabel Apfelkuchen. Herrlich weich und samtig fühlte er sich in ihrem Mund an. »Und was ist mit seiner Tochter?«

»Ach ja.« Brar lehnte sich zurück. Wie unglaublich braun seine Augen sind, dachte Ella.

»Sie hatte vor Jahren einen Reitunfall und liegt seitdem im Wachkoma. Zuerst haben Freerichs und seine Frau sie zu Hause gepflegt, dann aber wurde seine Frau schwer krank, und sie mussten sie weggeben.«

»Traurig«, sagte Ella und trank einen Schluck Tee. »Das sind so die wahren Schicksalsschläge, die mich daran erinnern, wie unwichtig meine Probleme eigentlich sind.«

»Ich glaube, wir sollten weniger streng mit uns sein, Ella. Was uns bewegt, bewegt uns eben. Ich …« Er tupfte sich mit der Serviette über den Mund. »Ich frag mich ja schon, wie du das meinst mit der Hallig. Gerade heute hatte ich noch einen Anruf von Japsand. Sie würden gern wissen, wie es mit dem Verkauf steht.«

Ella lehnte sich ein Stückchen zurück. »Bist du am Ende nur deshalb so freundlich zu mir, damit ich an Japsand verkaufe?« Sie hatte es neckend gesagt, sicher, aber dennoch war sie überrascht von sich selbst. Vielleicht hat er diesen kleinen spitzen Ton darin gar nicht gehört, beruhigte sie sich selbst. Diesen kleinen Ton Enttäuschung, der mitschwang.

Jetzt umspielte ein sehr feines Lächeln seine Mundwinkel. »Wäre das nicht kontraproduktiv? Hätte ich dann nicht eher versuchen sollen, dich mit norddeutscher Kälte zu vertreiben?«

Durch die offene Tür hinter ihm konnte sie in ein Wohnzimmer sehen, in dem eine kleine Couch und ein Fernseher standen, weiße Bücherregale säumten die Wand neben dem Fenster. Plötzlich fiel ein einzelner schräger Sonnenstrahl durchs Fenster hinein, und es sah aus, als hätte er die dunkle Wolkendecke aufgerissen, um endlich hindurchzudringen und wieder Licht auf die Erde zu schicken. Niemals zuvor war ihr Sonne wie ein Geschenk vorgekommen.

»Da ist was dran«, sagte Ella langsam. »Klingt es eigentlich verrückt, wenn ich sage, dass ich wirklich überlege hierzubleiben?«

»Für mich nicht, aber ich glaube, ich bin da der falsche Ansprechpartner.« Brar zwinkerte ihr zu. »Ich bin ja auch hiergeblieben, nein eigentlich auf der Hallig hängen geblieben.«

Einen Augenblick schwiegen sie beide, dann wiederholte Brar noch einmal, was er schon am Telefon zu Ella gesagt hatte: »Ich würde mich wirklich über eine neue Nachbarin freuen.«

Und für einen winzigen Moment hielt ihr Herz einfach an, bevor es unregelmäßig weiterklopfte, so als hätte es jeden Rhythmus verloren, wäre völlig aus dem Takt geraten.

Himmel. Wann war ihr das zum letzten Mal passiert? Rasch senkte sie den Blick. »Danke für Kuchen und Tee. Ich glaube, ich sollte jetzt gehen.« Sie stand so unbeholfen und fahrig auf und griff gleichzeitig nach der Jacke hinter ihr, dass der Stuhl umkippte.

»Tut mir leid.«

»Es ist nur ein Stuhl, Ella«, sagte Brar, stand ebenfalls auf und kam auf sie zu. Dann bückte er sich, hob den Stuhl auf und blieb dicht vor ihr stehen. »Nur ein Stuhl«, murmelte er abwesend. Ella sah ihm in die Augen. Seinen Atem konnte sie warm auf ihrer Wange fühlen. Ihr Kopf war seltsam leer und leicht. Nichts war in diesen paar Sekunden darin. Keine Sorgen, keine Entscheidung, gar nichts. Er kann in mich hineinschauen, dachte Ella, direkt hinein. Noch zwei Sekunden länger, und er küsst mich, oder ich küsse ihn.

Nur widerwillig löste sich Ella aus seinem Blick, mit dem er sie eingefangen hatte, eingehüllt. Gibt es männliche Sirenen?

»Ich sollte mich wirklich auf den Weg machen. Ich habe …« Immer noch war ihr Kopf leer. »Noch ein paar Anrufe und ein paar Sachen und so«, sagte sie vage, und jetzt erst machte er einen Schritt zur Seite.

»Sicher«, sagte er und kratzte sich am Kopf. Täusche ich mich, oder liegt Verwunderung in seinem Blick, fragte sich Ella. Ihre

Füße waren schwer wie Blei, als sie den Warfthang hinunterging, so als würden sie zurückwollen.

Geh nicht, Ella, geh nicht.

Der Wind. Nur der Wind. Hier erzählt einem der Wind, was man hören will, dachte sie. Wie originell! In Berlin sprach nicht einmal der Wind zu ihr.

Ihr Schritt wurde leichter, je näher sie Sönkenswarft kam. Das Klingeln des Telefons war nicht zu überhören, aber Ella wollte sich nicht beeilen. Ruhig schlüpfte sie aus den Gummistiefeln und der Jacke. Beharrlich klingelte es weiter und weiter.

»Bramen?«

Charlotte

27. Dezember 1938

Gestern bekamen wir Besuch. Keikes Cousin mit seiner Frau aus Nordstrand.

Dafür haben wir vor Weihnachten das ganze Haus geschrubbt, die Möbel im Pesel von ihren Laken befreit und das Holz poliert.

Keike hat am Nachmittag des Weihnachtstages darauf bestanden, den Baum allein zu schmücken, während Pay und ich in der Küche saßen und gewartet haben.

Ich habe mich später heimlich in den Pesel geschlichen, als Pay und Keike im Stall waren, und habe meine Geschenke unter den Baum geschmuggelt. Auch wenn die Kerzen noch nicht angezündet waren, sah er mit den großen goldenen Kugeln und der roten Girlande so schön aus, dass mein Herz ganz schwer wurde. Heimweh. Hatte ich lange nicht mehr. Die letzten Wochen waren arbeitsam, obwohl Pay noch immer darauf besteht, meine abendliche Stallarbeit zu übernehmen. Zwar bin ich wieder ganz gesund, aber ab und an fühle ich mich doch noch etwas schwach. Ich wäre blutarm, hat Dr. Claaßen gesagt. Ich solle mehr Leber essen. Also brät mir Keike jede Woche ein großes Stück Hühnerleber oder Rindsleber, das Pay vom Festland mitbringt. Und weil beide sich so viel Mühe geben, zwinge ich mich dazu, es zu essen, obwohl sowohl Geruch als auch Geschmack mir Übelkeit verursachen. In Berlin war Leber Arme-Leute-Essen und ganz sicher nichts, was bei uns auf den Tisch kam.

Oft aber, wenn Keike und Pay darauf bestehen, dass ich mich ausruhe, dann sitze ich so vor dem Bilegger und denke über mein Leben nach und darüber, wie viel anders es ist, als ich es mir hätte jemals vorstellen können. Und wie viel sich allein in den letzten Wochen verändert hat!

Keike zum Beispiel. Das muss ich jetzt aufschreiben. Vielleicht, damit es bleibt. In den letzten Wochen wollte ich immer Worte dafür finden, aber es ist mir nicht gelungen.

Als ich noch überwiegend im Bett lag und an die Decke des Alkovens starrte mit dem merkwürdig traurigen Gefühl tief in mir, da hat sie sich eines Tages den Stuhl herangezogen und sich zu mir gesetzt. Sie hat einfach angefangen zu erzählen. Leise, beinahe monoton. »Weißt du, ich war sechzehn, als ich hierherkam. Ich hatte keine Wahl. Meine Familie lebte in Nordstrand. Von der Hand in den Mund. Mich mit dem Halligbauern von Südfall zu verheiraten war naheliegend. Paul Nahnsen suchte eine Frau und hatte gerade den Hof von seinem Vater geerbt. Seine Mutter war schon lange tot. Sein Vater ist auf See geblieben. Ich habe Paul vor der Hochzeit nur einmal gesehen. Ich weiß gar nicht mehr, ob ich Angst hatte damals. Vielleicht.« Sie hielt inne und sah auf ihre deformierten, sehnigen Hände, seufzte und fuhr fort: »Mit Liebe hatte eine Heirat damals nicht viel zu tun. Trotzdem hatte ich Glück. Paul war gut zu mir. Pay ist ihm sehr ähnlich. Mein erstes Kind habe ich verloren, da war ich gerade siebzehn geworden. Das zweite starb kurz nach der Geburt. Dann kam Pay. Wir haben ihn so genannt, weil er so klein war, so zart nach der Geburt. Er würde kein Jahr überleben, sagte die Hebamme damals, und ich wusste einfach, dass das nicht stimmt. Er wuchs und wurde kräftiger. Nach ihm habe ich noch zwei Kinder verloren, dann wurde ich nicht mehr schwanger. Wir hätten gern mehr Kinder gehabt, aber es hat eben nicht sein sollen.« Noch einmal atmete sie tief ein. »Ich weiß, wie du dich fühlst. Und ich kann dir nur sagen, ich habe keinen Trost. Alles, was ich sagen kann, ist, dass es besser wird. Arbeit hilft. Das wirst du sehen, wenn du wieder auf die Beine kommst. Arbeit beschäftigt Hände und Geist. Bei mir war es so. Mein Geist ist nicht groß. Vielleicht dauert es bei dir länger. Du denkst viel, glaube ich.

In deinem Kopf und mit deinem Tagebuch. Nun ja. Vielleicht hilft dir das.«

Ich überlegte einen Moment. Zum ersten Mal tat sie mir sehr leid. Also zog ich meine Hand unter der Bettdecke hervor und legte sie auf ihre. Einen Moment lang hatte ich das Gefühl, sie würde meine Berührung abschütteln, aber dann griff sie nach meinen Fingern und umfasste sie fest und warm. »Es wird besser«, sagte sie noch einmal. »Wirst schon sehen.«

»Und Pays Vater?«, habe ich leise gefragt.

Jetzt sah sie mich an. »Ist auf See geblieben. Wie sein Vater. Pay hat seine Freundlichkeit geerbt, glücklicherweise nicht seinen Übermut und seine Waghalsigkeit.«

»Ich stelle es mir schrecklich vor, jeden Tag auf das Meer zu sehen, das mir den Mann genommen hat, davon umgeben zu sein und –« Ich brach ab.

Keikes Mund wurde ganz schmal, und ich dachte schon, ich hätte sie mit meinen Worten gekränkt oder alte Wunden aufgerissen, aber sie antwortete schließlich doch. »Ich kenne es nicht anders. Das Meer gibt uns alles, und genauso kann es uns alles nehmen. So ist das hier. Damit leben wir.« Sie zögerte, dann fügte sie hinzu: »Und du jetzt auch.«

Sie stand auf. »Schlaf etwas. Du siehst müde aus.«

Nach unserer Unterhaltung war alles anders. Das verlorene Kind verbindet uns, denke ich. Wir haben das Gleiche durchgemacht, das Gleiche erlebt. Es ist mir, als hätte sie vorher die Welt, aus der ich kam, nicht verstehen können. Jetzt aber hat sich eine Tür geöffnet, und sie ist hindurchgegangen. Zu mir gekommen. Und in gewisser Weise habe ich ihr meine Hände hingestreckt.

Ich konnte nicht schlafen. Ich habe lange darüber nachgedacht, was das Meer uns nimmt und uns gibt. Nicht einen Tag lang ist mir bisher in den Sinn gekommen, dass es auf See für Pay gefährlich sein könnte. Aber von jetzt an bekam ich den Gedanken nicht mehr aus dem Kopf, und ich war froh, als der Fischfang für dieses

Jahr vorbei war und Pay abends mit der Pfeife im Mund auf der Küchenbank saß und seine Netze flickte. Ganz konzentriert beugte er sich darüber, kniff die Augen zusammen und sah nur selten auf.

Nein, ich liebe Pay nicht, trotzdem ist die Vorstellung, dass er auf See bleiben könnte, beinahe unerträglich für mich. Ich kann mir nicht vorstellen, wie es wäre, würde er nachts nicht mehr neben mir liegen. Ab und an umfasst er mich im Schlaf mit seinem Arm, und ich spüre seinen warmen Körper an meinem Rücken.

Der Advent verflog. Ich wurde kräftiger, dank der Leber und sicher auch, weil wir jetzt öfter mal eines der Hühner schlachteten und aßen. Am Tag vor Weihnachten griff sich Keike eine der Gänse. Ich sah nicht zu, ich sah nicht hin.

Aber ich habe sie gegessen, und sie hat köstlich geschmeckt. Nach dem Essen haben wir die Geschenke verteilt. Für Pay hatte ich den neuen Schal eingepackt, Keike bekam selbstgestrickte Handschuhe von mir. Beide haben sich sehr gefreut. Für mich lag überraschenderweise ein Brief meiner Mutter unter dem Tannenbaum. »Willst du ihn nicht lesen?«, fragte Keike überrascht, als ich das Kuvert nur einmal ansah und dann in der Tasche meines Rockes verschwinden ließ. Doch ich schüttelte nur den Kopf.

Gerade als ich mich fragte, ob es für mich kein Geschenk gab, standen Pay und Keike auf.

»Wir haben lange überlegt, was wir dir schenken könnten, Charlotte«, sagte Pay und fasste mich am Arm. »Ich weiß, dass du dich hier manchmal einsam fühlst, und wir dachten … ach, komm einfach mit.«

Verwirrt ließ ich mich von ihm durch den kalten Flur in den Stall ziehen. Keike kam uns nach.

Vor der letzten Stallbox, in der wir sonst zusätzliches Heu lagerten, blieb Pay stehen, und ein großer Hund mit zottigem braunen Fell und spitzen Ohren kam uns schwanzwedelnd entgegen.

»Das ist Piet. Er ist noch jung und muss einiges lernen.« Pay wiegte bedächtig den Kopf hin und her und betrachtete den Hund nachdenklich. »Aber ich glaube, er ist sehr neugierig. Wie hatten lange keinen Hund mehr auf der Hallig.«

Vorsichtig öffnete ich das Gatter und streckte Piet meine Hand hin, die er erst misstrauisch beschnüffelte und dann sehr freundlich leckte.

»Piet«, wiederholte ich und lächelte.

»Mir ist wohler, wenn Piet die Schafe und euch beide im Blick hat, wenn ich nicht da bin.«

Keike und ich lachten zeitgleich.

Später, als Pay und ich abends zusammen im Bett lagen und Keikes leises Schnarchen hörten, stupste er zart mit dem Finger meinen Arm an. »Schläfst du?«, flüsterte er. »Ich hab noch etwas für dich.«

»Ich bin wach«, flüsterte ich zurück und richtete mich auf, während er die kleine Petroleumlampe, die auf dem Hocker vor dem Alkoven stand, hereinholte und anzündete.

Dann zog er ein kleines Päckchen unter seinem Kopfkissen hervor und hielt es mir hin.

Zögernd griff ich danach. »Was ist das?«

»Mach es auf. Ich war unsicher, ob ich es dir geben soll, aber –« Er holte tief Luft. »Ich glaube, es ist richtig so.«

Vorsichtig zupfte ich an der Schleife und faltete dann das Papier auseinander. Ein kleines Schmuckkästchen kam zum Vorschein. Ich klappte den Deckel auf und erblickte eine zarte silberne Kette mit einem Anhänger. Ein blauer kleiner Stein hing daran in einer fein ziselierten Einfassung aus filigranen silbernen Ästen.

»Ist das schön«, sagte ich leise.

»Lapislazuli. Ein schöner Stein. Aber –« Noch einmal hielt er inne, dann flüsterte er leise weiter: »Ich … kann es dir nicht geben, ohne die Geschichte dazu zu erzählen.«

Ich nickte. »Ich versteh schon. Die Kette war nicht für mich, sondern für Rieke.«

»Woher weißt du das?«, fragte er verblüfft und blinzelte.

Ich legte ihm eine Hand auf den Arm. »Ist schon gut. Ich hab damals das Gespräch zwischen dir und deiner Mutter gehört, als ihr über ihre Hochzeit gesprochen habt.«

Pay kaute nachdenklich auf seiner Unterlippe. »Klingt es herzlos, wenn ich sage, dass ich nicht will, dass die Kette auf etwas wartet, was nie passieren wird? Dass es mir lieber ist, du trägst sie und freust dich daran?«

Ich schüttelte den Kopf und dachte an Sebastian. »Nein. Für mich bedeutet es, dass wir uns ähnlich sind. Wir haben beide vom Leben bisher nicht das bekommen, was wir wollten. Ich freue mich trotzdem über die Kette.« Und das tat ich wirklich.

»Der, der dich nicht wollte, war ziemlich dumm. Du bist eine kluge und ziemlich zähe, kleine Frau.«

Ich erstickte mein Lachen in der Hand, um Keike nicht zu wecken. Dann wurde ich wieder ernst. »Rieke weiß ja nicht, was sie verpasst.«

Zärtlich griff Pay nach meiner Hand und hielt sie sehr fest. »Sie weiß es sehr gut«, gab er zurück, und seine Stimme klang ein klein wenig brüchig, danach fing er sich und klang wieder ganz sachlich. »Martins Hof ist groß und wirft viel ab. Ich glaube, ihr Leben dort ist nicht so hart wie unseres hier. Vielleicht hätte ich mich an ihrer Stelle auch nicht anders entschieden. Wer weiß.«

Ich sah zur Wand. Die Petroleumlampe warf mit unseren Körpern seltsame Schatten darauf, fast, als wären wir Zuschauer eines Theaterstückes.

»Sebastian wusste auch, was er verpasst. Ich war so dumm. Ich glaubte wirklich, er würde –« Ich konnte nicht weitersprechen, konnte es nicht aussprechen.

Sehr sanft sagte Pay: »Dich lieben?«

Ich nickte. Und da war sie wieder. Meine Trauer. Genauso mächtig und genauso ergreifend wie an dem Tag, an dem ich aus Berlin weggegangen war. Das Weinen kam plötzlich und unvermittelt. Die Tränen brachen einfach so aus mir heraus.

Pay nahm mir das kleine Kästchen aus der Hand, löschte die Lampe und schlang seine Arme um mich. Er sagte nichts mehr, denn es gab ja auch wirklich nichts mehr zu sagen.

Das war ein sehr schöner Moment. So gehalten wurde ich schon lange nicht mehr. Ich schluchzte, so leise ich konnte, in mein Kissen, und Pay strich mir übers Haar, bis ich schließlich erschöpft einschlief.

Am ersten Weihnachtsfeiertag machten wir am Vormittag einen langen Spaziergang mit Piet, später brachten mir Pay und Keike Skatspielen bei. Bei uns zu Hause wurde nie gespielt. Mein Vater setzte sich abends gern ans Klavier, oder ich spielte, während meine Mutter Briefe schrieb oder eine ihrer Aquarellzeichnungen vollendete. Manchmal lasen wir uns etwas vor, aber gespielt haben wir nie.

Deshalb war ich zu Anfang auch so skeptisch, aber nachdem ich den Dreh raushatte, war ich richtig gut. Wir haben bis in die Nacht gespielt.

Und am Tag darauf kamen Keikes Cousin Bodo Freerichs und seine Frau Alma bei Ebbe mit einer Kutsche über das Watt gefahren. Bodo und Alma sind ein wenig älter als Keike, aber sehr rüstig. Während sich Pay um das Pferd kümmerte, stellte Keike mich vor. Dass Bodo und Keike aus demselben Holz geschnitzt waren, sah ich sofort. Sie haben dieselbe hagere Figur, sind sehr groß, und in Bodos graublauen Augen lag dasselbe Misstrauen wie in Keikes, als sie mich das erste Mal gesehen hatte. Bodos lange schmale Finger umfassten meine Hand kurz und schnell. Gesagt hat er nichts zu mir. Dafür sprach seine Frau Alma umso mehr. Ein seltsames Paar sind die beiden, dachte ich so bei mir.

Alma war klein, sehr blond und sehr untersetzt. Trotzdem ging eine Energie von ihr aus, die mich beinahe schwindelig machte. »Charlotte, ja! Hübsches Ding, muss ich schon sagen. Da hat Pay nach Rieke doch wirklich guten Geschmack bewiesen. Wir wären so gern zur Hochzeit gekommen, aber wir waren bei unserer Tochter in Hamburg. Da geht alles drunter und drüber. Und die Hochzeit war ja sehr kurzfristig«, sagte sie tadelnd, während sie mich und Keike in den Döns zog, als wäre sie hier zu Hause und nicht wir.

»Gibt es deinen Apfelkuchen, Keike? Davon träume ich schon seit Wochen.«

Und ob es den gab. Ich hatte ihn nämlich gebacken, weil Keike mit ihren schmerzenden Gelenken nicht mehr so gut kneten kann. Sie hatte mich allerdings mit Argusaugen dabei überwacht.

Rasch machte ich mich los, holte Tee und die Zuckerdose aus der Küche, dann die Milch und den Kuchen.

»Herrlich!«, rief Alma aus, als wir alle saßen. »Wie das duftet! Und jetzt erzählt doch mal, wie habt ihr euch denn kennengelernt?« Sie sah Pay und mich erwartungsfroh an, und ich fühlte, wie das Blut meine Wangen verließ, doch Pay drückte unter dem Tisch ganz rasch meine Hand.

»In Hamburg«, sagte er ungerührt. »Charlotte hat dort entfernte Verwandte besucht und ist eines Tages am Hafen spazieren gegangen, und da haben wir uns getroffen. Es war Liebe auf den ersten Blick.« Erstaunt sah ich ihn von der Seite an. Er hatte es so gesagt, dass ich ihm beinahe auch geglaubt hätte.

»Na, Bodo, das ist doch ganz reizend, nicht wahr?« Alma schob sich eine große Gabel Apfelkuchen in den Mund, kaute in Windeseile, als hätte sie keine Zeit zu verlieren, und schluckte dann. Fasziniert beobachtete ich ihren kurzen Hals, der sich, als der Apfelkuchen ihre Kehle passierte, tatsächlich kurz wölbte.

»Ja, das mit der Fehlgeburt haben wir gehört.« Alma warf Keike einen tadelnden Blick zu. »Nicht von euch leider, sondern im Dorf. Die alte Hinrichs war beim Claaßen und hat zufällig gehört, wie er mit dem Doktor Stritt in Husum telefoniert hat und ihm von der armen jungen Frau auf Südfall erzählte. Der Claaßen gibt doch nächstes Jahr die Praxis auf. Und der junge Doktor aus Husum kommt dann zu uns. Na, auf jeden Fall kam die Hinrichs zu mir, und ich wusste von nichts! Und da hab ich dir sofort geschrieben, Keike!«

Keike nickte knapp und sah mich entschuldigend an. Ich versuchte Gleichmut in meinen Blick zu legen.

»Aber sag mal, Charlotte, du kommst also aus Berlin? Na, das war bestimmt eine ganz schöne Umstellung hier auf der Hallig. Ein feines Fräulein wie du und dann hier arbeiten, na, das passt ja gar nicht.« Die Schärfe ihrer Worte versuchte sie durch ein Lachen abzumildern, aber dennoch klang es abschätzig.

Ich hatte gerade den Mund geöffnet und wollte mich verteidigen, als Keike rasch sagte: »Das wirst du ja wissen, Alma, so als Hamburgerin und Tochter einer Schneiderin, die es nach Nordstrand verschlagen hat.«

Ich klappte den Mund wieder zu und lächelte Keike dankbar an. Zu meiner Überraschung war auch ein kleines amüsiertes Lächeln über Bodos Mundwinkel gehuscht, bevor er die Teetasse zum Mund hob.

Den Rest des Nachmittages, bis Bodo und Alma wieder abfuhren, musste ich zum Glück nicht viel sprechen. Es ging überwiegend um die Preise für Wolle und Fleisch, ein paar weiter versprengte Verwandte, die irgendwo bei Husum lebten. Jemand von ihnen, wer genau, weiß ich nicht, war wohl sehr alt und sehr krank. Aber weder das eine noch das andere schien Keike sehr zu beschäftigen, denn sie nahm diese Neuigkeit sehr stoisch hin und tat sich noch ein Stück Kuchen auf den Teller.

Trotzdem hatte ich das Gefühl, die ganze Hallig würde aufatmen, nachdem Bodo und Alma ihre kleine Kutsche wieder bestiegen hatten.

Keike zuckte mit den Schultern, nachdem der Nebel unseren Besuch verschluckt hatte, und wickelte sich ihr Tuch fester um den Körper. Gestern hatte es ein wenig geschneit, aber der Schnee war nicht liegen geblieben.

»Wir auf den Halligen sind komische Leute, Charlotte. Wir bleiben gern unter uns. Besucher bringen nur Aufruhr.«

»Besucher wie Bodo und Alma sicher«, sagte Pay trocken. Dann legte er sowohl Keike als auch mir eine Hand auf die Schulter. »Ihr geht ins Haus. Ich kümmere mich um die Schafe.« Er pfiff durchdringend, und Piet bog schwanzwedelnd um die Ecke. »Lauf«, sagte Pay leise, und der Hund stob mit fliegenden Ohren quer über die Weiden.

»Es war ein schönes Weihnachten«, sagte ich später im Bett leise zu Pay und schob meine kalten Füße zu ihm hinüber, worauf er leise protestierte, aber dann seufzend an seiner Decke zupfte und sie ein Stückchen über meine legte.

»Ja, das fand ich auch.«

»Wer weiß, was das nächste Jahr bringt«, sagte ich noch gähnend und schloss dann die Augen.

»Ich glaube, nichts Gutes.«

»Wir werden sehen«, murmelte ich beruhigend.

Ella

»Bramen?«, meldete sich Ella am Telefon, wickelte sich den Schal vom Hals und hängte ihn über die Stuhllehne.

»Ich dachte schon, ich erreiche dich gar nicht mehr.« Ein leichter Vorwurf schwang in Roberts Stimme mit. »Erst ist laufend besetzt, dann gehst du gar nicht ran. Ich habe mir Sorgen gemacht.«

»Der Sturm ist vorbei«, gab Ella zurück und ließ sich auf den Stuhl fallen.

Robert. Ella schloss die Augen. Wann genau war aus der Freude über einen seiner Anrufe erst Gleichgültigkeit und jetzt Ärger geworden?

»Ja, hab ich gehört«, sagte Robert trocken. »Ich frage mich, wann wir uns das nächste Mal sehen. Wann wir miteinander reden können. Ich schlage vor …« Er raschelte am anderen Ende der Leitung, und Ella war sich sicher, dass er in seinem Kalender blätterte. Obwohl Robert sonst echt ein Technik-Freak war, bestand er auf einem altmodischen Kalenderbuch für das ganze Jahr, in das er sorgfältig am Tag vor Silvester alle wichtigen Telefonnummern übertrug, Geburtstage und Jahrestage markierte und erste wichtige berufliche Termine hineinschrieb. »… kommendes Wochenende kann ich nach Berlin kommen. Freitag früh bin ich noch bei Gericht, aber gegen drei könnte ich –«

Ella unterbrach ihn. »Ich halte das für keine gute Idee. Ich brauche jetzt ein bisschen Zeit für mich. Und Abstand.«

Ohne auf ihren Wunsch einzugehen, fuhr Robert fort, so, als hätte sie gar nichts gesagt: »Karla hat mir von deinem Plan erzählt. Das meinst du nicht ernst, oder? Ella, das ist viel Geld für den alten Klapperkasten. Ich geb zu, die Lage ist toll, aber … das Angebot von *Heilsam-Apotheken* ist gut. Hast du es dir mal angesehen?«

»Nein, aber ich werde es annehmen«, hörte sich Ella sagen, und plötzlich ergriff ihren Körper eine Spannung, die sie lange nicht mehr gefühlt hatte. Ein bisschen kam sie sich vor wie ein Flummi. Rasch stand sie auf.

»Ach, aha«, brummte Robert überrascht. »Das ist ja … und dann? Willst du nach Frankfurt kommen? Ich hab einen guten Freund, der bei einer Pharmafirma arbeitet. Sie suchen immer Apotheker, und wir –«

»Nein«, sagte Ella energisch. »Nein, ich werde nicht nach Frankfurt kommen, und ich will jetzt nicht darüber reden.«

»Aber Ella, wir –« Roberts Stimme brach ab.

Die Stille danach war ohrenbetäubend und hielt an, bis Robert schließlich leise sagte: »Zum ersten Mal habe ich das Gefühl, dass unsere Liebe auf dem Prüfstand steht, Ella. Nicht das, was wir daraus machen, sondern die Grundlage unseres Zusammenseins.«

Ella holte tief Luft. »Dein Gefühl täuscht dich nicht.« Dann legte sie auf. Ein paar Minuten blieb sie so sitzen und wartete darauf, dass das Telefon erneut klingelte, doch Robert rief nicht noch einmal an. Robert schien verstanden zu haben. Jetzt ging es einmal nur um sie selbst, und sie selbst musste die Entscheidungen treffen und handeln.

Auf dem Tisch stand immer noch die etwas größere Holzbox, die sie heute Morgen aus dem Vitrinenschrank im Pesel genommen hatte. Was mochte darin sein?

Später, dachte sie und stand auf, um dem plötzlichen Bedürfnis nachzugeben, einmal durch das ganze Haus zu laufen. Im Dachgeschoss begann sie. Die beiden Zimmer waren groß genug. Das wären schöne Ferienzimmer. Und aus dem Wandschrank im Flur könnte man wahrscheinlich unproblematisch eine kleine Teeküche herrichten. Dann würde das Obergeschoss auf dieser Seite eine kleine Ferienwohnung hergeben. Ella stieß die gegenüberliegende Tür zum Dachboden über dem Stall auf. Bis auf zwei Heuballen, die wie vergessen wirkten, war der große Bodenraum leer. Theoretisch könnte sie auch hier eine Ferienwohnung einbauen lassen. Das wäre sicherlich aufwendiger, aber ganz bestimmt nicht unmöglich. Was für Genehmigungen sie wohl dafür bräuchte?

Sie zog die alte Holztür hinter sich zu, ging die Treppe wieder nach unten und durch die alte Stalltür.

Entweder, sie würde sich ein Boot kaufen, so wie Brar, oder … Pferde? Sie könnte die Urlauber bei Ebbe selbst holen. Ob der alte Freerichs ihr beibringen würde, wie man eine Kutsche fuhr? Das konnte doch nicht so schwer sein. Oder?

Ella legte einen Finger an ihre Nase und sah sich in dem leeren Stall um. Ja, hier würden mehr als zwei Pferde hineinpassen. Vielleicht sogar noch eine kleine Ferienwohnung. Ella machte zwei große Schritte in den Stallgang, gleich hinter der Tür zum Heizungskeller. Und noch zwei Schritte. Vier Meter, und immer noch waren vier Stallboxen übrig. Könnte man das teilen? Das wäre doch etwas. Nur ein Zimmer, aber sie konnte es vor sich sehen. Ihr Schlafzimmer, keine Ferienwohnung. Weiß getünchte Holzdielen, die Wände nur verputzt. Auf der anderen Seite würde es noch ein Fenster brauchen, aber Wasser und Strom – alles da!

Schlichte Holzmöbel. Klare Linien. Ein bisschen maritim. Blau und weiß. Das könnte schön werden. Ein leichtes Lächeln legte sich auf ihr Gesicht. Träume ich hier nur dumm herum, oder ist da was dran?

»Ines, was denkst du?«, fragte Ella laut und hob den Kopf, sah zum alten Dachgebälk. »Was wäre, wenn ich einfach bleibe?«

Einen Augenblick hielt Ella ganz still. Trotz der Kälte im Stall wurde ihr von innen heraus ganz warm. Vielleicht, überlegte sie, war ich lange genug Apothekerin. Vielleicht habe ich lange genug den Lebenstraum meiner Großmutter und meiner Mutter gelebt. Vielleicht wurde es Zeit, meinen eigenen Traum zu leben, wie auch immer der aussah. Genau wusste sie das nicht. Ihr war nur klar, je länger sie auf der Hallig blieb, desto weniger wollte sie weg und zurück in ein Leben, das ihrer Ansicht nach, mit all dem Wissen aus Charlottes Tagebüchern und ihrem eigenen Empfinden, immer weniger Sinn ergab.

»Also, ich komme morgen gegen zehn, Frau Bramen«, sagte der alte Freerichs später zu ihr am Telefon, während Ella neben dem Herd stand und wartete, dass das Teewasser kochte.

»Das ist ja schön«, gab sie zurück und dann: »Sagen Sie mal, stimmt das, Sie und ich, wir sind verwandt?«

Der alte Freerichs schien eine Weile zu überlegen, und Ella trommelte ungeduldig gegen die Teedose.

»Jau«, sagte er schließlich. »Mein Urgroßvater mütterlicherseits war einer von Keike Nahnsens Cousins, Bodo Freerichs.«

»Ah«, machte Ella. Bodo Freerichs. Ja, sie wusste, wer das war, und sie sah Alma Freerichs vor sich. »Wissen Sie zufällig, zu was uns das macht? Also Cousin und Cousine?«

»Ich glaube, zu nix, Frau Bramen. Also meinen Hof erben Sie jedenfalls nicht auch noch.« Hatte Herr Freerichs gerade tatsächlich vergnügt gelacht?

Ella lächelte ebenfalls. »Nein, keine Sorge. Eine Hallig reicht mir.«

»Warft«, verbesserte Herr Freerichs sie umgehend freundlich.

»Genau.« Ella zögerte einen Moment und sah aus dem Fenster. Flut. Das Wasser plätscherte bis an den Rand der Wiesen. Und es plätscherte wirklich nur. Kein Brausen, kein Toben mehr. Wie ein Kind, das sich nach einem Trotzanfall beruhigt hatte, dachte sie. Sehr friedlich schien es ihr. »Bis morgen!«

»Jau«, sagte Herr Freerichs und legte auf.

Ella griff nach dem Angebot von Japsand und auf die Zahl, die daraufstand. Es war nicht genug. Keine Summe würde genug sein. All die Jahre, in denen sie geglaubt hatte, ihre Apotheke wäre das Wichtigste auf der ganzen Welt. All die Jahre, in denen sie gedacht hatte, das Erbe ihrer Großmutter und Mutter wäre das Entscheidende. All die Hoffnung, es würde sie glücklich machen. Noch einmal sah sie zum Fenster. Die zarten Äste des kahlen Buschs davor tanzten ihren Winterwalzer im stetigen Wind, der hier wohl immer blies. Mal leise und schwach, mal ohrenbetäubend und vernichtend.

Ella zog das Angebot aus seiner Plastikhülle und zerriss das Papier sehr sorgfältig. Immer wieder legte sie die Fetzen übereinander und zerrupfte die kleiner werdenden Teile, bis sie nur noch Schnipsel in der Hand hatte, die sie in den Ofen warf.

Südfall, nein, Sönkenswarft gehört mir, ich gehöre hierher, dachte sie, auch wenn ich gerade ziemliche Angst habe, auch wenn ich gerade keine Ahnung habe, was auf mich zukommt.

Die Schnipsel flammten im Feuer auf, verkohlten an den Rändern schwarz. Jeder einzelne bog sich in den Flammen, bis er zu Asche zerfiel.

Zwei Stunden später ließ sich Ella erschöpft auf die Bank fallen. Erst hatte sie mit Herrn Paulson telefoniert und ihm gesagt, dass er das Angebot von *Heilsam-Apotheken* ruhig annehmen sollte, dann hatte sie mit Herrn Aumüller gesprochen und ihn um Hilfe gebeten bei all dem, was jetzt auf sie zukam. Sie hatte ihm gesagt, sie wisse sehr wohl, dass vieles von dem, was sie umtrieb, gar keine Aufgaben für einen Anwalt waren, aber sie wisse nicht, an wen sie sich sonst wenden sollte.

Vielleicht war es ihre Entschlossenheit, die ihn beeindruckt hatte, vielleicht aber auch ihre Sturheit, oder am Ende hatte ihr seine Verbundenheit mit Ines den Weg geebnet, auf jeden Fall hatte er sie seiner Unterstützung versichert – und das tat gut.

Und die ganze Zeit, während sie sprach, war Ella auf und ab gelaufen, so weit das Telefonkabel reichte. Von der alten schweren Holztür der Vorratskammer bis zur Tür in die Diele. Hin und her. Auf und ab. Und als sie aufgelegt hatte, fühlte sie sich, als hätte sie einen Marathonlauf absolviert.

Ein letztes Telefonat fehlte noch. Das entscheidende eigentlich.

Das Telefonat, das ihren Entschluss in Zement gießen würde. Aber erst eine Tasse Tee.

In kleinen Schlucken ließ Ella das heiße Getränk ihre Kehle hinunterfließen und starrte dabei die ganze Zeit auf die größere der beiden Kisten. Sie schob die leere Tasse beiseite und ließ den Verschluss aufschnappen. Dann klappte sie den Deckel zurück.

Ein kleines Kästchen kam zum Vorschein. In ihm eine Kette mit einem blauen Anhänger.

Ella erkannte die Kette sofort. Es war die, die Pay Charlotte geschenkt hatte und die eigentlich für Rieke bestimmt gewesen war. Sie war hübsch, mit dem leuchtend blauen kleinen Stein, in Silber gefasst. Eine Weile drehte sie den Anhänger in ihrer Hand, dann legte sie ihn sorgfältig zurück und schloss erst die kleine Kiste, dann die größere.

Sie griff nach dem Telefon und ihrem Smartphone. Die Nummer, die sie brauchte, war eingespeichert. Sie wählte sie langsam und sorgfältig und wartete auf das Freizeichen.

»Mark Scheuer, *Heilsam-Apotheken*, was kann ich für Sie tun?«

Ella holte tief Luft. »Bramen hier«, sagte sie schlicht und wartete dann.

»Ja, Frau Bramen«, sagte Mark Scheuer langsam, und es klang abwartend, irgendwie vorsichtig. Und das konnte Ella gut verstehen. Sie hatten beide schon oft genug unschöne Gespräche geführt, in deren Verlauf Ella ihm nicht immer nur das Beste gewünscht hatte.

»Sie haben gewonnen, Herr Scheuer. Sie bekommen die Apotheke.«

»Was?« Am anderen Ende der Leitung rumpelte es. Ob er von seinem Schreibtischstuhl gefallen war? Ella grinste in sich hinein. »Also … äh … was?«

»Ja, Herr Scheuer. Machen Sie mir ein Angebot. Das alte kann ich nicht unterschreiben, da stehe ich ja mit drin, mit meinem Arbeitsvertrag. Für das neue müssten Sie mich rausnehmen. Ich bleibe nicht in der Apotheke. Und mit meiner Freundin Karla haben Sie ja sicher schon alles besprochen, was ihr wichtig ist.«

Es schien, als könne er gar nicht fassen, dass nach all den Jahren des Kampfes es jetzt und hier am Telefon so einfach vorbei sein könnte.

»Darf ich Sie etwas fragen? Was hat Sie von unserem Angebot am Ende überzeugt und … äh, ist es indiskret, wenn ich mich nach Ihren weiteren Plänen erkundige?«

»Nichts an Ihrem Angebot hat mich überzeugt, Herr Scheuer«, sagte Ella betont freundlich. »Ich halte Ihre Kette für gierig und viel zu gewinnorientiert auf Kosten der Qualität. Nein, ich ganz persönlich habe mich dazu entschlossen, Berlin den Rücken zu kehren.«

»Und wohin gehen Sie, wenn ich fragen darf?«

»Ich bin schon gegangen«, sagte Ella, und ihre Gedanken schweiften ab, nachdem sie gesagt hatte, was sie zu sagen hatte. Der Rest war nur noch schmückendes Beiwerk. »Ich habe einen Hof auf einer Hallig geerbt, und hier bleibe ich.«

»Auf einer Hallig?«, wiederholte Herr Scheuer verblüfft.

*

»Was heißt das, du bleibst?« Karlas Stimme klang schrill.

Mark Scheuer musste Karla angerufen haben, gleich nachdem sie aufgelegt hatten.

»Natürlich komme ich noch einmal zurück, um alles aufzulösen und den Vertrag mit *Heilsam-Apotheken* zu unterschreiben. Du kannst in der Apotheke bleiben. Das Übernahmegeld teilen wir, und dann ist es vorbei.«

»Du … du hast doch gar keine Ahnung vom Leben auf dem Land!«

»Auf der Warft, auf einer Hallig. Nein, das stimmt. Ich weiß nicht, was auf mich zukommt.«

»Und wovon, um alles in der Welt, willst du da leben?«

»Tourismus«, sagte Ella knapp.

Im Hintergrund hörte Ella Stimmengewirr. Helena musste aus der Schule zurück sein, oder sie hatte eine Freistunde, die sie in der Apotheke verbrachte. »Was ist denn los, Mama?«, fragte die helle Stimme der Jugendlichen.

»Tante Ella ist leider verrückt geworden, mein Kind, nix zu machen. Hör mal, Ella, du kannst doch nicht einfach –«

»Ich kann«, sagte Ella mit fester Stimme und sehr viel sicherer, als sie sich im Moment fühlte.

»Was ist mit Robert? Was ist mit deinen Freunden in Berlin? Was ist mit mir?« Karlas Stimme überschlug sich fast.

»Ich weiß es nicht. Es wird sich finden, denke ich. Und Karla, vergiss nicht, du hast dich zuerst gegen unsere gemeinsame Zukunft entschieden.«

»Nein, nein, nein. Das kannst du jetzt nicht mir in die Schuhe schieben!«

»Will ich auch gar nicht«, gab Ella zurück.

»Was wird das mit uns machen?«, fragte Karla noch einmal, diesmal sehr viel gefasster.

Ella atmete aus. »Ich weiß es nicht.«

Ohne ein Wort zu sagen, legte Karla auf.

Und Ella blieb zurück, den Telefonhörer noch in der Hand, starrte sie auf den altmodischen Apparat und sank in sich zusammen. Sie sah aus, als wäre sie ein gekrümmtes S. Endet es so zwischen uns beiden? Nach all den Jahren?

Dann besann sie sich, ließ den Hörer auf die Gabel fallen, straffte sich und blickte zum Küchenfenster. Zu ihrer Überraschung stand Brar am Warfthang. Er beugte sich hinunter zu einem Schaf, das ihn erwartungsvoll ansah. Sprach er mit dem Tier?

Rasch griff Ella ihren Mantel vom Haken, schlang sich den Schal um den Hals und schlüpfte im Flur in ihre Gummistiefel.

»Ah«, sagte Brar und richtete sich auf, als er die Eingangstür hörte. »Frau Nachbarin!«, rief er fröhlich, als Ella auf ihn zuging.

»Na, hat sich das Schaf verlaufen?«

»Ja, Lucy hier ist eine echte Eigenbrötlerin. Ich habe sie aufgestöbert, als ich nach der Schneeammerpopulation sehen wollte. Sie liebt Sönkenswarft.« Er lachte. »Ist das Gras auf der anderen Seite nicht immer grüner?«

Ella schluckte. War das vielleicht so? Schien ihr die Hallig nur grüner als das Leben in Berlin, weil die Probleme hier nur praktischer Natur waren und frei von ihren eigenen emotionalen Verwicklungen?

Brar wurde rasch wieder ernst und sah Ella prüfend an. »Hab ich etwas Falsches gesagt?«

»Nein, nein«, beeilte sie sich zu sagen. »Es ist nur …« Sie steckte beide Hände in die Taschen ihres Mantels und schüttelte den Kopf. »Ich werde wirklich deine Nachbarin.«

Einen Moment lang runzelte Brar die Stirn. »Wie meinst du das?«

»Ich bleibe hier. Also, nein, ich fahre schon noch einmal nach Berlin zurück. Ich muss da … nun ja, ein paar Sachen organisieren, aber dann komme ich zurück. Ich behalte Sönkenswarft. Ich werde hier leben.«

»Hier leben?«, wiederholte Brar. Es klang überrascht, aber nicht ungläubig.

»Ja«, bekräftigte Ella.

»Das ist ja großartig! Ich meine, was hast du vor? Ferienzimmer?«

»Genau. Ich muss das sicherlich irgendwo beantragen, aber das ist der Plan. Ferienwohnungen.« Sie zuckte mit den Schultern und sah auf Lucy, das Schaf, das fröhlich mit den Ohren wackelte. »Und wenn das nicht geht, züchte ich Schafe oder Hühner oder beides. Vielleicht kaufe ich auch einen Fischkutter …« Der Himmel über ihr war wieder so weiß wie ein Blatt Papier. Ich werde ihn beschreiben, dachte sie. Von nun an werde ich alle meine Geschichten in den Himmel über der Hallig schreiben. »Irgendetwas wird mir schon einfallen.«

Brar legte Lucy eine Hand auf den Kopf. Eine Berührung, die das Tier sichtlich genoss, denn es schloss die Augen und reckte sich ihm entgegen. »Ich bin sicher, dass dir etwas einfällt.«

Warum schaffte es dieser fremde Mann, ihr mit einem Satz mehr Selbstvertrauen und Mut zu geben, anders als Robert und Karla mit all ihren Worten?

Sie sah noch einmal in seine braunen Augen und wusste: Ihre Entscheidung war goldrichtig.

Charlotte

12. Januar 1939

Ich habe mich lange darum gedrückt, den Brief meiner Mutter zu lesen. Eine Weile lang trug ich ihn in meiner Rocktasche herum, dann nahm ich ihn heraus und schob ihn unter ein Buch auf dem kleinen Tisch im Döns. Keike hatte ihn wohl entdeckt und ihn mir mehrmals in den Alkoven gelegt oder auf den Küchentisch, aber ich habe ihn umschlichen wie eine alte Katze. Als ich ihn dann endlich öffnete, las ich, dass der Ärger meiner Eltern ein wenig abgeflaut war, aber immer noch spürbar. Zumindest aber hat Mutter mir ein frohes Fest gewünscht. Ich habe ein paar Tage gebraucht, um mich zu sammeln und ihr zu antworten.

Die Wahrheit über Sebastian und mich werde ich ihr wohl nie sagen oder schreiben können, aber vielleicht muss ich das auch gar nicht. Vielleicht reicht es, wenn ich ihr schreibe, dass ich nicht unglücklich bin.

Ich habe kein Heimweh mehr. Nicht mehr so groß jedenfalls wie in den ersten Wochen. Aus dem anfänglichen Gefühl des Vermissens ist ein dumpfer untergründiger Schmerz geworden, der sich nur dann hell und beißend Bahn bricht, wenn ich an Sebastian denke, und mir wird klar, während ich das schreibe, dass ich nicht das vermisse, was war, sondern nur das, was hätte sein können.

Manchmal stelle ich mir vor, dass ich Sebastian geheiratet und unser Kind bekommen hätte. Wir hätten ein Haus gekauft, vielleicht irgendwo in der Nähe meiner Eltern. Ein Haus mit einer großen geschwungenen Freitreppe in den Garten. Ich wäre hinabgebummelt, in einem weißen Sommerkleid mit kleinen dunkelblauen Punkten darauf. Unser Sohn oder unsere Tochter hätte im

Gras gespielt und gelacht und gequietscht, wenn Sebastian das Kind durch die Luft geschwenkt hätte.

Manchmal verliere ich mich in diesen ganz und gar sinnlosen Tagträumen, wenn ich unbeobachtet bin, wenn ich die Ställe ausmiste oder Bintje, der Kuh, nach dem Melken den Kopf tätschele. Und dann trifft mich die Wirklichkeit meines Tuns umso härter.

Ich will mich nicht beklagen. Im Gegenteil! Jeden Tag bin ich dankbar dafür, dass Keike und Pay mich aufgenommen haben, mir ein Zuhause geben und das mit mir teilen, was ihres ist.

Mit Pay mache ich jeden Tag einen langen Spaziergang. Wir pfeifen dann nach Piet, der den Weg vor uns entlangschnüffelt oder zurückbleibt und seine Nase in den scharfen Wind hält.

Pay hat mir ein wenig über seinen Vater erzählt, von dem er das Fischen und alles über das Boot gelernt hat. Er sagt nicht, dass er ihn vermisst, aber ich glaube, sein Vater fehlt ihm.

Ich habe Pay gefragt, ob er manchmal Angst hat, draußen auf dem Meer.

»Nie«, hat er sehr entschieden geantwortet. »Das Meer ist wie ein guter Freund. Wenn ich es gut behandele, wird es gut zu mir sein.«

»Und dein Vater?«, habe ich leise gefragt und über die rollenden Weiden zur Sönkenswarft zurückgeblickt.

»Meinen Vater hat das Meer so sehr geliebt, dass es ihn heimgeholt hat.«

Dazu habe ich nichts gesagt. Aber ich habe seinen Satz immer noch im Kopf. Pay ist klug, denke ich. Er hat ein Verständnis für das, was vorgeht, das mir fehlt. Er scheint sich das Leben und die Welt auf eine ganz eigene Weise zusammenzufügen.

15. Februar 1939

Pay kam heute mit gerunzelter Stirn in die Küche. Gestern ist die »Bismarck« in Hamburg vom Stapel gelaufen. Irgendein Kriegsschiff. Warum ihn das so beunruhigt, weiß ich nicht, denn gestern war ein ganz anderer Tag! Gestern hatte ich Geburtstag, und es war ganz wunderbar! Ich hatte nichts erwartet. Wirklich nicht, aber Keike und Pay haben sich so große Mühe gegeben, dass ich ganz gerührt war. Keike hat selbst Kuchen gebacken, während ich die Stallarbeit verrichtet habe, und da ich weiß, wie sehr ihre Fingergelenke schmerzen, wenn sie Teig knetet, war ich doppelt gerührt. Und natürlich war es mein Lieblingskuchen. Versunkener Apfelkuchen.

Und ich habe, obwohl ich damit gar nicht gerechnet habe, ein großartiges Geschenk bekommen. Einen Plattenspieler! Wir haben den ganzen Abend über Musik gehört. Pay versteht nicht viel von Musik. Er hat Beethovens 7. gekauft und eine Platte mit modernen Klavierstücken, die uns allen nicht gefallen hat, aber der Beethoven hat uns erwischt. Wie gern würde ich meine Mutter bitten, mir meine Platten zu schicken.

»Danke«, habe ich später im Bett geflüstert und ihm meine Hand auf den Arm gelegt.

»Gern«, hat er nur gesagt, mich flüchtig auf die Stirn geküsst, und wir sind schnell eingeschlafen.

Ich frage mich, ob er manchmal so an Rieke denkt, wie ich von Sebastian träume. Wahrscheinlich doch. Liebe vergeht nicht so schnell, wie ich gedacht oder vielmehr gehofft habe. Ihm wird es nicht anders gehen. Wahrscheinlich führen wir die wohl ungewöhnlichste Ehe, die man sich so vorstellen kann.

Böhmen und Mähren sind jetzt deutsches Protektorat. Ehrlich, ich weiß nicht, was das genau heißt. Ich kenne niemanden, der aus dieser Gegend kommt. Meine Familie hat schon immer in Berlin gelebt. Gut, wir haben den Teil der Familie, der in England lebt, und ein paar Verwandte in Breslau, aber dort unten kenne ich niemanden.

Es scheint aber wichtig zu sein, denn Pay hört fast gar nicht mehr auf, die Stirn zu runzeln, und Keike sagte heute bei Tisch, dass sie Angst vor einem Krieg hat. Sie hat schon einen erlebt, noch einen würde sie nicht überleben.

Ich habe versucht, sie zu beruhigen, aber seitdem Pay wieder jeden Tag auf See ist, macht sie sich mehr Sorgen. Sie versucht, es zu verbergen, aber ich sehe doch, wie sie aufs Meer schaut, wenn sie denkt, ich wäre beschäftigt und würde sie nicht beachten.

Gestern kam ich aus dem Stall, hatte vorher schon die Küche geschrubbt, und die Wäsche hing bereits auf der Leine, als sie mich ansah und lächelte. »Du bist ein merkwürdiges Mädchen, Charlotte. Erst dachte ich, du wirst dich hier nie einfinden, und jetzt, sieh dich an. Du bist eine echte Halligprinzessin geworden.«

»Halligprinzessin«, lachte ich. »Früher hast du das gesagt, um mich loszuwerden.«

»Heute«, sagte sie dann, legte ihre knochigen Hände in den Schoss und senkte den Blick, »kann ich es mir ohne dich hier nicht mehr vorstellen.«

Ich glaube, ich bin rot geworden. Meine Wangen wurden ganz heiß. »Heute ist es ein großes Kompliment«, sagte ich und schob den Korb mit der Wolle ein Stückchen beiseite.

»Allerdings.«

Ich weiß ehrlich nicht, ob ich mich in Berlin bei meinen Eltern jemals so zu Hause gefühlt habe wie hier mit meiner Schwiegermutter in diesem Moment auf der Hallig.

Ich weiß nicht, wo ich anfangen soll. Ich weiß es nicht. Ich weiß gar nichts mehr.

Lange habe ich nicht mehr geschrieben, ich weiß. Vielleicht, weil es nicht wirklich viel zu berichten gab. Der Sommer auf einer Hallig ist sehr viel arbeitsintensiver als der Winter. Wir ringen hier dem Boden ab, was er uns zu geben bereit ist, und das ist ehrlich nicht viel. Ein paar Kartoffeln, ein bisschen Kohl, überwiegend Kräuter. Wenn ich mich nicht um die Tiere gekümmert habe, bin ich also über die Erde gekrochen und habe Unkraut gezupft, oder ich habe den Halligrand mit großen schweren Steinen befestigt. Versucht aufzuhalten, was nicht aufzuhalten ist. Das Land beschützt, was uns das Meer nehmen will. Pay sagte einmal, das Meer wäre sein Freund. Mein Freund ist es nicht. Dafür ist es mir zu gierig. Was wir an Erde anhäufen, nimmt uns das Wasser beim nächsten Mal Land unter wieder weg. Es ist ein Kampf gegen Windmühlenflügel. Wir sind die Don Quichottes der Hallig.

Pay war viel auf See, und wenn er daheim war, hat er das Haus instand gesetzt, die Stallboxen hergerichtet oder Heu gemacht. Meine Tage im Sommer begannen mit dem ersten Licht des Tages und endeten frühestens mit dem letzten, meist aber sehr viel später. Die Arbeit nimmt kein Ende, sie verfolgt mich, beginnt von vorn, bis ich völlig erschöpft bin.

Ich frage mich, wie Keike das früher allein geschafft hat. Ich bin froh, dass sie mir all die leichteren Sachen abnimmt, für die ich keine Zeit hätte. In den wenigen Minuten, die ich zwischendurch innegehalten habe, habe ich Pay beobachtet. Ich sehe ihm gern bei der Arbeit zu. Seine Bewegungen sind so sicher. Jeder Handgriff sitzt. Er ist nicht wie ich. Ich bin manchmal so kopflos, vergesse den Eimer für die Kartoffeln, die Schippe, die Harke, stehe da und muss doch wieder zurücklaufen.

So etwas passiert Pay nur ganz selten. Manchmal lacht er über mich. Aber es ist ein freundliches Lachen, nur ganz zarter Spott liegt darin.

An einem Sonntag im August haben wir nebeneinander auf der Bank am Haus gesessen. Ein ungewöhnlich heißer Tag lag hinter uns, und selbst am frühen Abend war es noch so warm, dass ich mir den Schweiß aus dem Nacken wischen musste.

Pay griff so plötzlich meine Hand, dass ich zusammenzuckte. »Komm. Komm mit zum Priel runter.« Mit einem Ruck zog er mich hoch.

»Ich will heute nicht mehr laufen, keinen Meter«, protestierte ich, doch er lachte nur und zog weiter, bis ich mich schließlich widerwillig in Bewegung setzte, mit ihm den Warfthang hinunterlief und quer durch die Salzwiesen an den Schafen vorbei, die uns verwundert nachsahen.

Das Wasser gurgelte freundlich im Priel, der sich wie ein Fluss bei Flut quer über die Hallig zog, in kleinere Abzweigungen mäanderte, bis das Wasser schließlich irgendwo versickerte.

»Schuhe aus«, sagte Pay und zog an seinen Schnürsenkeln.

Zögernd schlüpfte ich aus den derben Schnürschuhen, die ich hier fast nur trug, und zupfte die Socken von den Füßen.

Wortlos reichte er mir seine Hand.

»Hu!«, entfuhr es mir, als ich in das kalte Wasser eintauchte, und dann seufzte ich vor Erfrischung und Dankbarkeit. »Ist das schön!«, sagte ich und ließ ihn los, um ein paar Schritte zu gehen. Ich raffte meinen Rock und stakste weiter, bis mir das Wasser bis zu den Waden reichte, während Pay lächelnd stehen blieb und mich ansah.

»Herrlich! Gott, ich könnte mich hineinsetzen!«, rief ich ihm zu.

»Mach doch«, war seine Antwort, und er zuckte die Schultern.

»Du nicht?«

Er schüttelte den Kopf. »Die Füße reichen mir. Ich bin Seemann. Weiter gehen wir mit unserer Freundschaft mit dem Meer nicht.« Er zwinkerte mir zu.

Die Hitze und der gewesene Tag – beides lag schwer auf meinen Schultern. Ohne weiter darüber nachzudenken, löste ich den Bund meines Rockes, knöpfte meine Bluse auf und entledigte mich danach auch des Restes meiner Sachen.

Ich glaube, er hatte sich umdrehen wollen, aber dann blieb er doch stehen und sah mich an, als ich ihm meine Sachen zuwarf.

Es war mir nicht unangenehm, dass er mich so sah. Warum, weiß ich gar nicht. Vielleicht, weil wir uns jede Nacht ein Bett teilten, fand ich es normal.

Und dann setzte ich mich erst in den Priel und legte mich schließlich ganz hinein. Auf den Rücken, so, dass ich die Abendsonne über dem Horizont sehen konnte. Rotgoldene Strahlen, die alles ganz weich werden ließen. Die hochstehenden Gräser um uns herum und die kleinen Wellen, die, vielleicht selbst träge vom Tag, nur halbherzig im Priel schwappten.

Pay zögerte einen Moment, dann zog auch er Hemd, Hose und Unterwäsche aus und bespritzte sich erst mit dem Wasser, bevor er sich selbst hineinsetzte und dann neben mich legte.

Pay ist der zweite Mann, den ich nackt sehe, schoss mir durch den Kopf. Er ist anders schön als Sebastian. Die Arbeit hat seine Muskeln gestählt und der Seewind selbst durch die Kleidung seine Haut gegerbt.

Friedlicher hätte der Tag nicht enden können, dachte ich, und wir blinzelten beide in den Himmel, der sich über uns wölbte. Es ist derselbe Himmel wie über Berlin, in den vielleicht meine Mutter gerade sieht.

Und doch ist meiner ganz anders. Viel weiter.

Das kalte Wasser umspülte meine Haut ganz samtig und rau zugleich.

Zum ersten Mal verstand ich, warum die Menschen hier sind, wie sie sind.

Berlin ist bittersüß, wegen all der Erinnerungen, die für mich daran hängen.

Südfall ist samtrau, wie die Menschen, die hier leben. Im Wasser tastete ich nach Pays Hand, und ich glaube, er verstand genau, warum ich ihn ausgerechnet jetzt berühren musste. Ich hätte sonst gar nicht glauben können, wie unfassbar schön es gerade ist.

Wenn es also etwas zu schreiben gegeben hätte, dann wäre es dieser Tag im August gewesen, nein, dieser Abend mit Pay im Priel. Und es ist dieser Abend, an den ich denken werde. Vielleicht ist es der letzte schöne Abend, den ich für lange Zeit hatte, denke ich gerade beim Schreiben und könnte schon wieder weinen, aber ich muss mich zusammennehmen. Wegen Keike.

Äußerlich mag sie stark wirken, biegsam im Wind wie eine Birke, aber innerlich ist sie völlig zerrissen. Ich sehe es in ihren Augen. Deutschland ist in Polen einmarschiert, und Pay ist zur Kriegsmarine einberufen worden.

Ich verstehe das alles nicht. Pay hat mir erzählt, dass er vor ein paar Jahren Wehrdienst leisten musste, und jetzt ist er der Einzige, der einberufen wurde. Niemand von Hooge und auch niemand von Pellworm oder Nordstrand sonst.

Nur Pay.

Als er den Brief geöffnet hat, ist er sehr blass geworden. Ich habe es genau gesehen. Er hat Angst. Und ich auch. Was sollen wir ohne ihn tun?

Und warum er?

Eine Frage, auf die auch Keike keine Antwort weiß, oder falls sie sie doch weiß, will sie es mir nicht sagen.

Binnen kurzer Zeit hat sich alles verändert. Fleisch, Butter, Milch, Käse, Zucker, Marmelade – all das gibt es nur noch gegen Lebensmittelmarken. Krieg.

Ich weiß nicht, was das heißt, Keike schon, und sie fürchtet sich.

In der letzten Nacht, bevor Pay weggegangen ist, haben wir wohl beide kein Auge zugemacht. Natürlich, ich liebe ihn nicht, aber er ist mir ans Herz gewachsen.

Ich habe meine Arme um ihn geschlungen, und er hat meine Hand gestreichelt. So lagen wir, bis der Morgen grau durch den Vorhangspalt kroch.

Bodo Freerichs hat ihn mit der Kutsche übers Watt geholt, und er hat uns ein Pferd mitgebracht.

Cäsar ist ein riesiger brauner Wallach. Weder Keike noch ich können das Boot steuern, aber wenn wir aufs Festland wollen, wird Cäsar den kleinen Einspänner ziehen, der im Schuppen steht. Keike hat mir versprochen, sie wird mir beibringen, wie man ihn fährt.

Ein paar Tage vor seiner Abreise war ich mit Pay in Husum, und während er seine Erledigungen machte, habe ich in einem kleinen Geschäft mein ganzes Erspartes für eine Pfeife ausgegeben. Ich wusste nicht, was ich ihm sonst schenken sollte. Ich wickelte das kleine Kistchen in eines meiner Taschentücher und schmuggelte es in seine Tasche. Lange hab ich überlegt, was ich auf den Zettel schreibe, den ich dazutun wollte. »Komm wieder, Pay! C.« Etwas anderes ist mir nicht eingefallen.

Ich hoffe, er versteht es.

Jetzt liege ich allein in seinem Alkoven und frage mich, wie ich mich wieder daran gewöhnen soll, ohne ihn an meiner Seite einzuschlafen. Ist das egoistisch? Obwohl wir uns nie so berührt haben wie Sebastian und ich, mochte ich die Wärme von Pays Körper und seinem Arm auf meinem. Er war der erste Mann überhaupt, neben dem ich geschlafen habe, und es hat mir gefallen.

Ach, Charlotte aus der Zukunft, ich bin gerade unendlich traurig. Wenn du das hier Jahre später noch einmal liest: Ich wünschte, du könntest mir jetzt sagen, ob dieses Gefühl wieder vergehen wird.

Ella

Am Tag ihrer Abreise hatte Ella ein gleißender Sonnenaufgang geweckt und den Döns in ein rotgoldenes Schimmern getaucht, das sich in den Scheiben der Glasvitrine spiegelte und hundertfach zurückgeworfen wurde.

Sie hatte sich ungläubig die Augen gerieben, war aufgesprungen und ans Fenster getreten, hatte sich fröstelnd in ihren Bademantel gewickelt und in diesem ganz besonderen Licht gebadet. Wann hatte sie so etwas zuletzt gesehen?

Atemlos kniff sie die Augen zusammen und starrte über das glitzernde Wasser, bis die Sonne ganz aufgetaucht war und das Licht heller, weißer und gewöhnlicher wurde.

So etwas sieht man in Berlin nicht, dachte Ella. Oder vielleicht doch, und es war ihr nur nie aufgefallen?

Nach einem kleinen Frühstück packte Ella ihre Sachen. Charlottes aktuelles Tagebuch, in dem sie las, nahm sie mit, den Rest ließ sie hier.

Eine halbe Stunde, bevor sie Herrn Freerichs erwartete, griff sie zum Telefon und rief Brar an. Er meldete sich nach dem dritten Klingeln, so als hätte er in der Nähe des Telefons gesessen.

»Hier ist Ella, ich …«, sie holte tief Luft, »ich weiß noch nicht, wann genau ich zurückkomme, sicher bald, aber bis dahin … der Schlüssel steckt in der Haustür, und vielleicht hast du Verwendung für ein paar der frischen Lebensmittel. Eier, Milch …«

»Sicher«, gab er gleich zurück. »Wenn du mir Bescheid sagst, bevor du kommst, dann mache ich dir schon mal die Heizung an. Es soll zwar nicht frieren, aber ziemlich kalt werden in den nächsten Wochen.«

»Ja, das mache ich gern. Danke!« Ella bohrte die Spitze ihres

Schuhs zwischen zwei Holzdielen. »Ich freu mich jetzt schon aufs Zurückkommen.«

»Ist ganz gut, dass du mit dem Winter hier anfangen willst. Der Winter ist die Zerreißprobe. Schafft man den, weiß man, dass man es hier aushalten kann.«

»Das habe ich mir auch gedacht. Im schlimmsten Fall kann ich mit fliegenden Fahnen im Frühling flüchten.«

Brar lachte. »Wirst du nicht. Dafür bist du Ines zu ähnlich. Bis bald, Ella, ich muss jetzt mal ein paar Vögel zählen.«

»Bis bald, Nachbar!« Ella legte lächelnd auf.

»Hatten Sie nicht mehr Gepäck, als Sie kamen?«, fragte der alte Freerichs, während er schwungvoll Ellas Koffer hinten auf die Kutsche hob.

»Liegt daran, dass ich wiederkomme.« Sie kletterte auf den Kutschbock, und Herr Freerichs setzte sich neben sie, breitete eine der Decken über ihren Knien aus, dann griff er nach den Zügeln.

»Wiederkomme?«, wiederholte er, und Ella drehte sich zur Sönkenswarft um, die hinter ihr kleiner wurde, während die Pferde den Weg zur Mole entlangzuckelten.

»Ja, ich komme wieder. Ich bleibe hier.«

Eine Weile fuhren sie schweigend. Die Sonne blitzte in kleinen Wasserpfützen auf dem Watt. Heute ist es wie verzaubert, dachte Ella, so ganz anders. Dann schloss sie einen Moment die Augen und reckte ihr Gesicht in das Licht und den Wind.

»Mutig«, sagte Herr Freerichs schließlich doch noch, als Südfall nur noch ein grüner Fleck weit hinter ihnen war und Nordstrand vor ihnen lag.

»Vielleicht ist es mutig. Vielleicht ist es dumm. Ich weiß es noch nicht.« Ella zuckte mit den Schultern.

»Nicht dumm«, sagte Herr Freerichs und schnalzte mit der Zunge. »Entweder man liebt es hier, oder man hasst es. Dazwischen gibt es nichts. Dieses Land hier kann niemandem einfach nur egal sein.«

Der Himmel über ihnen wölbte sich eisblau und ohne eine einzige Wolke.

»Sagen Sie mal, ob Sie mir beibringen könnten, eine Kutsche zu fahren?«

Im Augenwinkel sah sie, dass der alte Freerichs sie kurz von der Seite musterte.

»Ja«, gab er schließlich zurück und nichts weiter.

Ella seufzte und lächelte dann in sich hinein. Mehr würde sie wohl aus ihm nicht herausbringen. Aber genau das sollte ihr auch reichen.

*

Berlin traf sie, als sie am Bahnhof Friedrichstraße ausstieg, wie ein Schock. Niemals zuvor war ihr aufgefallen, wie viele Menschen hier kreuz und quer wuselten.

Das Gedränge, das sie früher für selbstverständlich gehalten hatte, strengte sie ganz plötzlich so an, dass sie, statt in die U-Bahn zu steigen, ein Taxi nach Kreuzberg nahm.

In ihrer Straße war es zwar nicht ganz so betriebsam, aber immer noch so laut. Hatte sie das früher nie gestört?

Ella schob den Schlüssel in die Haustür, durchquerte den Flur und trat auf der anderen Seite hinaus auf den Hof.

Robert saß auf den Stufen der Remise in der Nachmittagssonne und hielt eine Tasse in der Hand, deren Dampf sich über seinem Kopf kräuselte, bevor er sich untrennbar mit der Berliner Luft verband.

Ella blieb wie angewurzelt stehen und stützte sich auf den Griff ihres Trolleys. »Was machst du hier?«, fragte sie entgeistert.

»Auf dich warten«, gab er schlicht zurück und fuhr sich durchs Haar. Etwas, das er nur tat, wenn er sehr nervös war oder sehr verlegen. Hier vermutete Ella eine Kombination aus beidem.

»Ich wusste ja, dass du heute zurückkommst … und ich dachte, wir könnten auch heute reden, statt am Wochenende.« Robert stützte sich auf die unterste Stufe und stand auf. »Tut mir leid, wenn ich dich so überfalle, aber …« Noch einmal strich er sich über das Haar. Unter seinen Augen schimmerte die Haut bläulich. Er neigte zu Augenringen, wenn er nicht genug schlief. »Aber es ist mir wichtig, dass wir reden.«

»Auf einmal?« Ella zog eine Augenbraue hoch und ging dann an ihm vorbei, öffnete die angelehnte Tür zu ihrer Remise weit, bevor sie den Koffer abstellte, Schuhe und Mantel auszog und den Wasserkocher anstellte.

Robert war es dann, der die Tür zuzog, seine Tasse auf den Tisch stellte und die Hände in den Hosentaschen versenkte.

Wie blass er doch war, dachte Ella. Ungesund blass.

»Nicht auf einmal.«

Aus seiner Stimme waren Ärger und Unverständnis ihrer letzten Telefonate gewichen. Stattdessen hörte Ella eine gewisse Resignation.

»Kaffee?«, fragte sie und drückte auf den Knopf der Kaffeemaschine.

»Nein, danke, ich hab noch. Ella, ich … ich hab das Gefühl, wir entfernen uns, und ich weiß nicht, warum, ich will das nicht. Du fehlst mir. Ich hab mich in der Kanzlei krankgemeldet. Zum ersten Mal seit Jahren! Ich … ich muss einfach wissen, woran wir sind.« Er schluckte hörbar. »Woran ich bin«, setzte er leise hinzu.

Rumpelnd und zischend tropfte der Kaffee in die Tasse, in die Ella noch Milch gab, nachdem das Gerät verstummt war, und bevor sie sich dann an den Tisch setzte.

Nur zögernd nahm Robert ihr gegenüber Platz.

»Das ist schwer, Robert, auch für mich.« Gedankenverloren rührte Ella in ihrer Tasse. »Ich … nein, mir ist einfach bewusst geworden, dass ich mich häufig von dir bevormundet fühle. Du wünschst dir, dass ich meine Apotheke aufgebe, um zu dir zu kommen. Du hast den wichtigen Job, den du nicht aufgeben kannst, den Fuß auf der Karriereleiter. Und jetzt habe ich bemerkt, dass ich selbst feststecke. Die paar Tage auf der Hallig haben mir sehr deutlich gemacht, dass ich mich nur noch im Kreis drehe. Apotheke, Wochenenden mit dir in Frankfurt, hier oder gar nicht, weil dann anderes wichtig ist … verstehst du? Wir sind uns gar nicht so wichtig, wie wir dachten. Das kann so nicht weitergehen. Das ist nicht das Leben, das ich führen möchte.«

Zu ihrer Überraschung sagte Robert erst einmal gar nichts. Er widersprach nicht, er wurde nicht wütend, nein, es war, als würde ihre Liebe zwischen ihnen unsichtbar auf dem Tisch liegen. Sie war mal, und jetzt haben wir sie abgelegt, starren noch ein bisschen dahin, wo es eigentlich nichts zu starren gibt, und dann können wir sie wegräumen. Und es tut verdammt weh, dachte Ella.

Robert streckte die Arme auf dem Tisch aus und presste seine Fingerspitzen gegeneinander. »Wir sind beide festgefahren in unseren Leben. Haben wir die Möglichkeit verpasst, uns aufeinander einzulassen?«

»Sieht so aus.« Ella schüttelte langsam den Kopf. »Es ist nicht so, dass ich dich nicht mehr liebe«, und das stimmte, da gab es diesen Teil in ihr, der immer noch hüpfte, wenn sie Robert sah, aber er war klein geworden, »aber manchmal reicht Liebe einfach nicht.«

Eine ganze Weile lang schwieg Robert und sah auf seine Finger, dann hob er den Blick. Seine Augen hatten eindeutig an Glanz verloren. »Stimmt es, was Karla sagt? Ich meine, dass du auf der Hallig leben willst.«

Ella stand auf und ging zum Fenster hinüber, sah über den Hof und über die Mülltonnen. Das Meer fehlte ihr. Der Hof, der einst ihr Zuhause war, kam ihr vor wie die Mauern einer hohen Burg. Eingesperrt. Und ich habe es nicht einmal gemerkt, dachte sie.

»Ja, es stimmt, und ich … Robert, es war eine lange Fahrt. Ich hab jetzt einfach keine Kraft, gegen deine sicherlich wohlüberlegten und klugen Argumente zu reden. Ich will mich nicht fühlen, als wäre ich vor Gericht.«

Dass ihn ihre Worte verletzten, war ihr klar. Irgendwie schienen sie beide zu müde und zu enttäuscht voneinander, als dass ein Wortgefecht die Luft von der Anspannung hätte reinigen können.

»So fühlst du dich mit mir?«

Mit einem Ruck drehte sie sich um, stützte sich am Fensterbrett ab und sah Robert an. »So kam ich mir oft vor, ja.«

Wortlos stand er auf und kam auf sie zu, blieb so dicht vor ihr stehen, dass sie der vertraute Geruch nach seinem Rasierwasser sanft in der Nase kitzelte.

»Weißt du, was am meisten wehtut, Ella? Ich habe immer gedacht, dass deine Apotheke alles für dich ist, dass das etwas ist, was ich dir nie ernsthaft streitig machen kann. Etwas, neben dem ich keinen Platz habe. Es stimmt natürlich. Auch ich habe den Job in der Kanzlei nicht aufgegeben. Ich dachte …« Er trat einen Schritt zurück, und durch seinen Blick zog eine gewisse Entmutigung, die alles wegzuwischen schien, was einmal zwischen ihnen wichtig gewesen war. »Ich glaubte, ich würde das ein paar Jahre durchhalten und dann nach Berlin kommen. Mit all meiner Erfahrung, all meinem Wissen und mich hier selbstständig machen mit einer kleinen Kanzlei. Die kleine Kanzlei. Meine. Und deine kleine Apotheke.« Er holte tief Luft. »Für mich hättest du deine Apotheke nie aufgegeben. Aber jetzt wirfst du alles weg. Für eine Hallig, auf der du drei Tage warst. Das schmerzt.«

Ella biss sich auf die Unterlippe. Er hatte recht, und doch war es nur eine Kurzfassung. »Ich kann nicht mehr für die Apotheke kämpfen. Ich stehe allein da. Und die Hallig … das kannst du nicht verstehen, Robert. Du hast eine Familie! Ich habe niemanden mehr. Das Haus dort ist der letzte –« Ort, hatte sie sagen wollen, aber weiter kam sie nicht, denn Robert unterbrach sie: »Du hattest mich, Ella. Wir hatten uns. Aber wie ich jetzt feststellen muss, reicht das wohl nicht.«

»Nein, das ist –«

»Bemüh dich nicht. Ich packe meine Sachen, und dann bist du mich los.«

Ein kleiner Schauer lief ihr über den Rücken. Vorbei. Aus dem Schauer wurde ein Frösteln, während sie Robert nachsah, wie er die Treppe nach oben ging, um das aus ihrer Welt zu entfernen, was sie immer an ihn erinnerte, wenn er nicht da war.

– Teil 2 –

Charlotte

8. November 1939

Pay ist Bootsmannsmaat auf der *Bismarck*. Das Schiff, das an meinem Geburtstag vom Stapel lief. Ist das ein gutes Zeichen?

Ich hoffe es. Lange haben wir nichts von ihm gehört. Den ganzen Oktober nicht. Jedes Mal wenn im Radio von Seegefechten die Rede ist, befürchten Keike und ich das Schlimmste. Wir reden nicht darüber. Wir sehen uns nur an. Wir sehen die Angst in unseren Augen, die Furcht, die Hilflosigkeit und die Ohnmacht.

Ohne Pay, der all die schweren Arbeiten verrichtete, ist das Leben auf der Hallig noch härter, und wir sind noch ärmer ohne das Geld, das der Fischfang gebracht hat. Natürlich sind wir auch nur noch zu zweit, und wir essen beide nicht viel, aber dennoch. Die Tür zum Schuppen musste ich reparieren, das Dach des Schuppens musste ich nach dem Sturm flicken. Auf der Leiter bin ich balanciert und habe mit einem schweren Hammer Nägel in die Bretter geschlagen, die Keike mir hochgereicht hat, bis ich meine Hände vor Kälte und Anstrengung nicht mehr gespürt habe.

Ich habe sogar das Geld genommen, das meine Mutter mir gesendet hat, obwohl ich es erst zurückschicken wollte.

Sie schrieb, wie gut ich es doch auf der Hallig hätte und wie beschwerlich das Leben mit all den Einschränkungen in Berlin wäre. Sie weiß nicht, wie es hier ist, wenn wochenlang der Wind braust, wenn Land unter ist und das Wasser bis über die Schwelle schwappt. Sie hat keine Ahnung, wie groß unsere Angst beim Ablammen war, weil wir fürchteten, zwei unserer wertvollsten Mutterschafe könnten bei der Geburt ihrer Lämmer sterben. Und das bisschen Wolle, von dem wir einen guten Teil abends verspinnen, bringt nicht mal viel Geld. Trotzdem können wir nicht darauf verzichten.

Wie weit entfernt mir mein altes Leben in Berlin doch scheint! Nur die seltenen Briefe meiner Mutter erinnern mich daran, dass ich nicht schon immer hier gelebt habe.

Statt mit dem Schiff bei Flut fahren wir jetzt, wenn wir müssen, mit der Kutsche bei Ebbe nach Nordstrand. Ich stelle mich nicht so gut an, wie ich gedacht habe, aber sowohl das Pferd als auch Keike sind sehr geduldig mit mir.

Seitdem ich, außer beim Fischfang, Pay ersetze, trage ich seine Hosen.

Sie sind wärmer und bequemer als jeder Rock und –

Nein, ich weiß nicht, wie ich das schreiben soll. Ich fühle mich ihm darin ein bisschen näher vielleicht.

Er fehlt mir. Ich vermisse seine Blicke. Mehr noch als er je mit Worten gesprochen hat, hat er mir mit Blicken erzählt, wie sein Tag war oder was in ihm vorging. Ich konnte nach all der Zeit mit ihm jedes Zwinkern und jedes Blinzeln deuten.

Ich sah das Blau seiner Augen fast schwarz schimmern, wenn er traurig war, und weiße Punkte darin leuchten, wenn er sich freute. Ich vermisse es, dass er nicht mehr mit verschränkten Armen in der Küchentür steht, mir beim Kochen zusieht und am Ende den schweren Topf für mich aus dem Ofen holt oder vom Herd.

Es war so selbstverständlich, am Mittag aus dem Fenster zu schauen, nach seinem Schiff Ausschau zu halten und zu warten, bis er endlich den Weg hochkam.

Der Einzige, der Pay wohl noch mehr vermisst, ist Piet. Erst vier Tage, nachdem Pay fort war, hat er langsam wieder angefangen zu fressen. Im Flur liegt er direkt neben Pays Gummistiefeln, und ab und an läuft er aus dem Haus oder aus dem Stall, dreht eine Runde um die ganze Warft und kommt wieder, den Schwanz zwischen die Hinterläufe geklemmt und mit hängenden Ohren.

Also, ich kann festhalten, wir sind alle traurig.

»Traurig sein dürfen wir«, sagte Keike gestern Abend, als wir uns über unser Strickzeug beugten, »aber nicht mutlos.«

»Ich verstehe nicht, was in der Welt vorgeht«, sagte ich leise. »Ich wünschte, ich wüsste mehr, und gleichzeitig fürchte ich mich davor, mehr zu verstehen.«

Ich dachte zurück an zu Hause. Mein Vater hat oft über die Nachrichten gesprochen, über die Zeitung, die er gerade las. Ich wünschte, ich hätte besser aufgepasst.

Keike hat nichts dazu gesagt. Sie hat nur missbilligend geguckt, als ich Piet in die Stube gelassen habe. Ein Hund würde in den Stall oder nach draußen gehören.

Das mag schon sein, aber mich tröstet es, wenn er ein paar Stunden zu meinen Füßen schläft. Und ich nehme gerade jeden Trost, den ich kriegen kann.

12. November 1939

Gestern kam ein Brief von Pay! Er schrieb an mich und an Keike zusammen. Wo sein Schiff, also die *Bismarck*, gerade ist, darf er nicht sagen, aber er schrieb, dass er vielleicht über Weihnachten nach Hause kommt!

Wir haben noch am Abend zurückgeschrieben. Also ich schrieb, und Keike hat mir ihren Teil diktiert.

Letzten Sonntag in der Kirche habe ich erfahren, dass Rieke schwanger ist. Die alte Hinrichs hat es Keike erzählt, und Keike hat es sich mit zusammengepressten Lippen angehört, bevor wir wieder zu Bodo und Alma zum Mittag gefahren sind.

Pay habe ich das nicht geschrieben. Ich habe das Gefühl, er denkt immer noch viel an sie und das würde ihn schmerzen.

Bei Claas, dem Postschiffer, haben wir Butter, Mehl und Zucker bestellt, und er hat uns alles gegen Lebensmittelmarken mitgebracht. Wir werden davon sparen, so viel wie nur möglich, damit wir Weihnachten ordentlich backen können. Zum Glück haben wir genug Hühner und Gänse.

Der Sommer war so arbeitsreich, dass ich jetzt unsere Abende im Schein der Petroleumlampen wirklich genieße. Ich strecke die Füße zum Ofen aus und lasse sie mir wärmen.

Manchmal legen Keike und ich Patiencen, aber meist stricken oder häkeln wir, bessern unsere Kleidung aus oder spinnen Wolle.

Ab und an schreibe ich jetzt Briefe an meine Mutter. Sie erscheint mir so weit weg, dass ich wochenlang nicht an sie denke, aber letztens schickte sie mir eine Kiste mit meinen alten Büchern und ein paar Schallplatten. Das fand ich tröstlich und sogar ein wenig versöhnlich.

Sonntags hören wir oft Musik. Es klingt langweilig, wenn ich das so schreibe, aber das empfinde ich gar nicht so.

Lange Spaziergänge kann Keike nicht mehr machen. Oft schmerzen ihre Gelenke so sehr, dass sie abends seufzend die Füße auf den Schemel legt und sich die Knie reibt.

Wenn ich Zeit habe, laufe ich allein über die Hallig. Am nordwestlichen Zipfel bleibe ich da stehen, wo ich mit Pay oft stand, und dann sehe ich über das Meer und frage mich, wo er wohl gerade ist und ob er manchmal an mich denkt.

Ich für meinen Teil muss oft daran denken, wie er an meinem Ärmel gezupft hat, in der Hafenkneipe. Er hätte mich gehen lassen können, aber er hat ein gutes Herz, und er hat gesehen, dass ich in Not war.

Meine Tagträume von Sebastian werden übrigens seltener, und wenn ich an ihn denke, dann erfüllt es mich nicht mehr mit derselben Zufriedenheit, nicht mehr mit dieser liebevollen Schwermut, die mich früher über so manchen finsteren Tag getragen hat. Ich will auch gar nicht mehr wissen, was er tut oder wie es ihm geht. Ich habe über ein Jahr gebraucht, aber jetzt bin ich fast von ihm geheilt.

Was die Liebe angeht, ist mein Herz sehr leicht geworden. Niemand wohnt darin. Gut, Pay und Keike, aber das ist anders. Das ist eine gute Liebe, eine, die mich niemals schmerzen wird, denke ich.

20. Dezember 1939

Im Radio habe ich gehört, dass das Panzerschiff *Admiral Graf Spee* gesunken ist. Keike habe ich das nicht erzählt. Solche Nachrichten machen mich wahnsinnig vor Angst um Pay. Wenn er nicht heimkommt, wird es Keike umbringen, da bin ich sicher.

Die letzten Tage waren frostig. Auf dem Meer trieben kleine Eisschollen, und heute hat es geschneit. Die Hallig muss von oben aussehen wie ein Vanillekipferl mit Puderzucker. Piet war der Schnee nicht geheuer. Erst nach einer ganzen Weile hat er sich mit hinausgetraut, blieb aber auf dem Weg durch die Weiden dicht bei mir, statt hier und da ein Schaf aufzustöbern und zurückzutreiben.

Der Schnee ist ein sicheres Zeichen dafür, dass es wärmer wird, sagt Keike. Ich glaube ihr, allerdings hätte ich gern weiße Weihnachten, fürchte aber gleichzeitig, dass, wenn das Wetter zu schlecht ist, Pay nicht nach Hause kommen könnte.

Keike hat mich ausgelacht, weil mich schon seit Tagen eine Unruhe umtreibt. Ich habe geputzt und geschrubbt. Vor Wochen bereits habe ich Christstollen gebacken, der jetzt in der Kammer reift, und mehr kann ich nicht tun, jetzt zumindest nicht. Keike wird eine Gans schlachten. Aber noch ist es zu früh, wir können nur warten.

Und ich frage mich, ob derselbe Pay nach Hause kommen wird, dem wir hinterhergewinkt haben, der sich noch einmal umdrehte und uns zulächelte.

Ich frage mich das, weil ich in seinen Augen die Angst gesehen habe, und wenn man lange Angst hat, verändert das einen Menschen bestimmt.

Auch habe ich noch einmal über Sebastian und meine Tagträume nachgedacht. Ich schrieb ja, dass ich ihnen nicht mehr nachhänge. Vielleicht, weil sich an ihrer statt auch ein bisschen die Hallig geschlichen hat. Berlin war zwar groß, und hinter jeder Ecke wartete etwas Neues, trotzdem hatte ich keinen Blick dafür, weil ich auch früher mit dieser heimlichen Liebe doch auch nur für die Zukunft gelebt habe, für den Tag, an dem alle meine Träume mit Sebastian wahr geworden wären.

Jetzt dagegen sind meine Träume klein und meine Welt und mein Blick sehr weit. Seltsamerweise fühlt sich das richtiger und besser an als alles andere.

Ich habe viel über die Liebe nachgedacht und darüber, dass ich gar nicht genau weiß, was das eigentlich ist. Ich habe Keike gefragt, ob sie Pays Vater geliebt hat, und sie antwortete mir: »Nein, nicht von Beginn an. Er war ein guter Mensch, und er war gut zu mir. Davor hatte ich Respekt. Er hat mich anständig behandelt, und ich habe alles getan, was von einer guten Ehefrau erwartet wird. Die Liebe kam später. Es war nicht die Liebe, die man aus den Büchern kennt. Ein Blick, und man weiß, dass man füreinander bestimmt ist. Nein, sie war wie der Birnbaum, den wir am Tag unserer Hochzeit gepflanzt haben. Sie ist daraus erwachsen, wie wir hier miteinander gelebt haben.«

Es ist selten, dass sie so viel am Stück sagt, aber wenn Keike spricht, dann hat jedes ihrer Worte, die sie sorgfältig abwägt, eine Bedeutung und einen Sinn. Ich glaube, sie hatte noch mehr sagen wollen, es sich dann aber anders überlegt. Ich frage mich, was das war, was sie nicht ausgesprochen hat, habe mich aber nicht getraut nachzufragen.

Interessant ist vielleicht, dass die Birnen, die an dem Baum hängen, niemals weich werden. Wir kochen sie ein und essen sie dann als Nachtisch oder auf Kuchen.

Ich frage mich, ob das auch etwas über die Liebe sagt.

Ella

Ella richtete sich langsam auf, legte den Abroller mit dem Paketband auf die noch offene letzte Umzugskiste, in die am nächsten Tag nur noch ihr Frühstücksgeschirr wandern würde. Sie presste ihre Hände in den schmerzenden Rücken kurz oberhalb der Taille und sah sich um.

Alle Schränke in der Küche ihrer Remise und im Wohnzimmer waren leer, ihr Inhalt sorgfältig in zwanzig Kisten verpackt. Oben warteten weitere zwölf Kisten mit dem Inhalt ihres Schreibtisches, vor allem aber mit all der Kleidung, Bettwäsche und den Handtüchern, die sie behalten wollte und nicht für die Altkleidersammlung gespendet hatte.

Draußen plätscherte am letzten Oktoberabend dieses Jahres der Regen auf die Mülltonnen.

Für einen Moment schloss sie die Augen, dann gab sie sich einen Ruck und ging hinüber, um den Wasserkocher anzustellen.

In aller Frühe des nächsten Tages würde das Umzugsunternehmen kommen und Kisten und die Möbel in einen großen Container packen, der dann wiederum in Husum auf ein Schiff geladen werden würde, das alles in ein paar Tagen nach Südfall brachte.

Die Apotheke hatte sie an Karla und an *Heilsam-Apotheken* übergeben. Karla und sie hatten nur das Nötigste miteinander gesprochen, es hatte Ella im Nachhinein geschmerzt, in welche Sackgasse ihre Freundschaft geraten war.

Klappernd und rumpelnd verbreitete der Wasserkocher die Kunde vom baldigen Tee, und Ella nahm die letzte Tasse aus dem Schrank, die sie noch nicht verpackt hatte, hängte einen Beutel Lavendel-Zitronen-Mischung hinein und goss dann das Wasser auf. Vorsichtig pustete sie in das dampfende Getränk und umfasste die heiße Tasse mit ihren Fingern. Schon seit Tagen, eigentlich seitdem sie begonnen hatte zu packen, spürte sie eine innere Kälte. Mal mehr, mal weniger, aber immer so, als säße sie tief in ihren Knochen. Ob das die Angst vor dem Unbekannten war?

Das Licht der Deckenlampe leuchtete unbarmherzig in jeden Winkel des kahlen großen Raumes, der früher einmal der Mittelpunkt ihres privaten Lebens gewesen war.

Erinnerungsfetzen durchzogen Ellas Gemüt. Sie allein beim Frühstück am großen Esstisch. Die spontanen Partys mit Freunden, wenn Robert bei ihr war. In jeder Ecke kleine Gruppen von Menschen, die lachten, sich leise unterhielten, Weingläser in den Händen. Oder sie neben Robert auf der Couch. Sie hatte die Füße unter seine Oberschenkel geschoben und die Augen halb geschlossen, während er fasziniert eine Doku über Islands heimische Tierwelt verfolgte.

Glückliche Stunden waren es überwiegend, auf die sie nun zurücksah, Erinnerungen aus vielen Jahren. Ein ganzes Leben hatte sie hier verbracht, ihre Jugend, in dem kleinen Zimmer, das später ihr Arbeitszimmer wurde.

Später, nach dem Tod ihrer Mutter, hatte Ella die ganze Remise renoviert. Aus Küche und Wohnzimmer war ein Raum geworden, das Arbeitszimmer oben hatte eine breite Glastür bekommen, und ihr Vermieter hatte das Bad modernisieren lassen.

Verdammt. Nicht weinen, Ella. Nicht jetzt. Aber die Tränen kamen ungebeten und trotz ihres Protestes gegen sie. Sie liefen ihr die Wangen hinab, und es gab nichts, was sie dagegen hätte tun können, außer sie abzutupfen und aufzufangen, bevor sie auf den Boden tropften und in das Holz sickerten, um zu bleiben, lange nachdem Ella gegangen war. Und nein, diese Art der Spuren wollte sie nicht hinterlassen.

Hier hatte sie, nachdem ihre Großmutter und Mutter gestorben waren, genug geweint.

Die Türklingel schreckte sie auf, und Ella zuckte zusammen.

Rasch wischte sie sich mit dem Taschentuch über die Augen und stellte die Teetasse auf den Esstisch, den sie nicht mitnehmen würde, den sie aber auch nicht verkaufen wollte und der jetzt ihre freundliche Nachbarin im Erdgeschoss des Vorderhauses glücklich machen würde.

Der schwere Holztisch war ein Geschenk von Robert. Sie hatte sich damals in dem kleinen Möbelladen in Kreuzberg sofort darin verliebt. Immer wieder war sie mit dem Zeigefinger über die unebene Oberfläche gefahren, die von dem Baum zeugte, der er einmal gewesen war, die rissig und mit großen Kerben von alter Geschichte erzählte, die stattgefunden hatte, als es Ella noch gar nicht gab. Sie hätte ihn sich nie gegönnt. Zu teuer. Aber Robert hatte ihn heimlich gekauft, ebenso heimlich liefern lassen, und als Ella eines Abends von der Arbeit kam, stand er da, als hätte er immer hierhergehört, als gäbe es keinen anderen Platz für ihn. Robert hatte oft am Wochenende daran gesessen, über sein Laptop gebeugt, und erst aufgesehen, wenn Ella hinter ihn getreten war, um sanft seinen Nacken zu küssen.

Was sie daran so berührte, war vor allem auch die Tatsache, dass es für Robert eben nur ein Tisch war, er aber sofort begriffen hatte, dass Ella darin mehr sah.

Schluss mit all den sentimentalen Gedanken, schalt sie sich selbst, zog sich die Strickjacke enger um ihren schmalen Körper und öffnete die Haustür einen Spalt breit.

Karla stand auf der Treppe. Der Regen hatte ihr den Pony an die Stirn geklatscht. In der Hand hielt sie eine Flasche Rotwein und zwei Gläser.

»Ich kann dich so nicht gehen lassen«, sagte sie leise. »Nicht nach all den Jahren. Ich meine, du kannst mich auch wieder wegschicken, aber … dann war es das, denke ich, und das geht doch nicht.«

Die Tränen, denen Ella ganz mühsam Einhalt geboten hatten, bahnten sich jetzt wieder ihren Weg. »Ach Mist!«, murmelte sie und öffnete die Tür so weit wie ihr Herz. »Ich hab dich vermisst!«

»Und ich dich erst!« Karla breitete die Arme aus und drückte Ella fest an sich, während sich die Flasche und Gläser in ihren Rücken bohrten.

Ein wenig später saßen sie beide auf der Couch. Karla an einem Ende, die Beine übereinandergeschlagen und das Weinglas in der Hand, und Ella am anderen, die Beine angezogen und die Arme um die Knie geschlungen. So, wie sie immer dagesessen hatten, wenn Karla abends zu ihr kam.

»Helena und Malte, kannst du die allein lassen?«

Karla sah in ihren Rotwein. »Wahrscheinlich nicht. Ich meine, sie werden die Bude schon nicht abfackeln. Helena wird endlich all die Filme gucken, die ich ihr verboten habe, und Malte zocken, bis ihm der Daumen abfällt.« Sie zuckte lächelnd mit den Schultern. »Na, vielleicht brauchen sie das auch mal. Freiheit. Ich gönne es ihnen.«

Ella nickte, trank einen Schluck und stellte das Glas wieder auf den kleinen Beistelltisch, während Karlas Blick durch den Raum wanderte. »Seltsam, dein Zuhause so leer zu sehen, und ich wollte sagen, dass es mir von Herzen leidtut. Ich weiß, ich hab dich im Stich gelassen, aber ich steck auch in der Zwickmühle. Ich kann einfach keinen Riesenkredit aufnehmen, mir fehlt die Kraft und … ganz ehrlich, mir fehlt auch die Kraft, irgendwo neu anzufangen.«

Ella nickte langsam. Aus dem emotionsgeladenen Unverständnis für Karla war in den letzten Tagen trotz ihres Ärgers ein rationales Verständnis für die Gesamtsituation geworden, auch wenn sie sich das nicht eingestanden hatte.

»Es hat wehgetan. Aber weißt du was? Du hattest mit einem Punkt völlig recht, und das ist mir sehr klar geworden. Ich hab mich an die Apotheke geklammert wie eine Ertrinkende und darüber völlig vergessen, was ich selbst eigentlich will.«

Karla streckte ihren Arm aus und griff nach Ellas Hand. »Und jetzt weißt du, was du willst?«

»Vielleicht. Was im Leben ist eigentlich kein ›vielleicht‹?«

Karla nickte langsam. »Es ist komisch ohne dich, weißt du?«

Ella lächelte schief. Das Lächeln als Prophylaxe gegen erneutes Weinen, dachte sie, ob das wohl funktioniert? »Es ist auch seltsam, nicht mehr in die Apotheke zu gehen. All die Jahre, das ganze Studium über, und jetzt? Ich weiß nicht, ob das, was ich tue, richtig ist, Karla.« Ihre Stimme war immer leiser geworden, immer unsicherer.

»Zu Anfang hab ich gedacht, du bist verrückt geworden. Jetzt denke ich: Tu es einfach! Das Leben ist zu kurz, um an alten Entscheidungen festzuhalten, nur weil man sie mal für richtig gehalten hat. Wenn es nicht funktioniert, kannst du immer noch etwas ganz anderes machen!«

»Was zum Beispiel?«, fragte Ella und beugte sich vor.

»Weiß nicht. Yoga in Indien. Ein Weingut kaufen in der Toskana … deine kleine Apotheke zum Glück irgendwo in den Bergen … keine Ahnung.« Karla lachte laut, und Ella stimmte mit ein.

»Weißt du, Ella, das ist ja alles nicht das Ende der Welt. Im Leben geht es vielleicht genau darum. Einfach mal ins kalte Wasser zu springen oder, wie in deinem Fall, dich davon zu umgeben.«

»Kommt ihr mich besuchen?«

»Auf jeden Fall!« Karla nickte und pustete sich den inzwischen getrockneten Pony aus der Stirn. »Helena kommt aber nur mit, wenn du ein Pferd kaufst, und Malte nur, wenn du Breitband-Internet hast mit einer Mindestgeschwindigkeit von Hab-ich-vergessen.«

»Alles in Arbeit«, sagte Ella lachend.

»Du wirst dir noch wünschen, dass wir unsere Ferien woanders verbringen.« Karla hob ihr Glas an. »Auf dich, auf uns, auf alles, was sich verändert!«

Das war immer ihr Trinkspruch gewesen, und jetzt, nach all den Jahren, hatte sich ihr Leben tatsächlich komplett auf den Kopf gestellt. Nein, sie hatte es selbst umgekrempelt.

Sie tranken beide und schwiegen einen Augenblick, dann seufzte Karla: »Robert nimmt es ziemlich schwer.«

»Sprecht ihr miteinander?«, fragte Ella überrascht, streckte die Beine aus und zog sich die Decke von der Couchlehne über die Knie.

»Ja, er … er ruft ab und zu an, und ich lass ihn dann reden. Ich kann es verstehen. Er hat bestimmt andere Freunde, bei denen er sich ausweinen kann, aber ich bin halt deine Freundin, und darin steckt sicher der Wunsch, dass ich dich umstimmen kann.«

»Umstimmen?«

Karla schüttelte den Kopf. »Ihn zurückzunehmen«, sagte sie dann schlicht.

Ella stellte das Glas wieder zur Seite und verschränkte die Arme. »Er hat Frankfurt nicht für mich und meine Apotheke aufgegeben, und er wird es ganz sicher nicht für eine Hallig tun.«

»Ihr nehmt euch da beide nichts, ihr Dickschädel. Du hast ja auch keinen Schritt auf ihn zugemacht.«

Ella presste die Lippen zusammen. Da war etwas dran, was sie lieber nicht zugeben wollte, geschweige denn darüber nachdenken, und Karla spürte wohl, dass sie hier kein Land gewinnen konnte, denn sie wechselte das Thema: »So, morgen also, ja? Morgen wird hier alles abgeholt und dann …«

*

Drei Tage später auf Südfall hatte Ella das Gefühl, ein Orchester zu dirigieren.

Vier junge Männer zogen Möbel und Kisten auf kleinen Wagen oder Sackkarren vom Anleger nach oben auf die Warft, und Ella stand auf dem gepflasterten Hof, ihr Haar vom Wind völlig zerzaust, dick eingepackt in Thermostiefel, ihren Wintermantel und zwei Schichten Wolle, während sie immer wieder einzelne Wagenladungen begutachtete und über ihren Verbleib entschied. »Möbel in den Stall … die Couch in den Döns. Ja, die Kisten auf den Dachboden.«

Manchmal riss ihr eine einzelne Windböe die Worte aus dem Mund, und sie musste wiederholen, was sie gesagt hatte, während sie von einem Bein aufs andere trat und so versuchte, die Kälte abzuwehren.

»Frau Bramen?« Frau von Stockhult, die Architektin, die sie beauftragt hatte, erste Pläne für den Umbau des Dachgeschosses zu machen, kam auf sie zu. »Frau Bramen, ich denke, ich bin hier so weit fertig und würde mich melden, wenn ich Ihnen meine Ideen präsentieren kann. Dann können wir über die einzuholenden Genehmigungen sprechen und den Ablauf. Ist Ihnen das recht? Ich glaube außerdem«, nachdenklich sah die Frau um die fünfzig mit den wirren dunklen Locken einem der Männer nach, die Ellas Kühlschrank gerade über die Türschwelle bugsierten, »Sie haben heute genug zu tun, richtig?«

Ella nickte dankbar. Eigentlich hätten die Möbel schon gestern kommen sollen, aber die See war zu rau gewesen. So ist das eben hier, daran werde ich mich gewöhnen müssen. Ich plane, und dann macht mir das Wetter einen Strich durch die Rechnung. »Also ja, das ist mir sehr recht!«

»Gut, dann mache ich mich auf den Weg.« Frau von Stockhult zeigte auf ihr Motorboot am Anleger. »Bis bald, ich melde mich!«

Im Gegensatz zu Ella schien dieser Frau kein Wetter etwas auszumachen. Ihre Locken würden wirr sein, egal ob von Wind oder von Natur aus, und auch die Kälte schien sie nicht im Mindesten zu berühren.

Vielleicht, dachte Ella seufzend, vielleicht wird es mir eines Tages auch so gehen. Auf jeden Fall muss ich mir angewöhnen, immer ein Haargummi in der Tasche zu haben, wenn der Wind zu stark wird.

Einer der Umzugshelfer riss sie wieder aus den Gedanken: »Den kleinen Tisch hier auch in den Stall?«

Ella zögerte und entschied sich dann dagegen. »Nein, in den Döns. Danke!«

Sechs Stunden später war alles geschafft. Sie hatte nach getaner Arbeit die Umzugshelfer noch mit einer heißen Hühnersuppe, die sie am Abend zuvor gekocht hatte, belohnt, und jetzt waren sie wieder auf ihr Schiff gestiegen. Ihre Arbeit war getan, Ellas würde am nächsten Tag beginnen, wenn sie auspackte, Möbel rückte …

Erschöpft ließ sich Ella auf die Küchenbank fallen, als es plötzlich an der Tür klopfte. »Komm rein, Brar!«, rief sie, und Brar brachte von draußen einen Schwall Kälte ins Haus.

»Ich würde ja aufstehen und dir irgendetwas anbieten, aber ich bin gerade so fertig, dass ich mich nicht mehr bewegen kann.«

Brar lachte. »Nein, nein, ich bin nicht gekommen, um Tee zu schnorren, sondern weil«, er sah sich in der Küche um, in der sich noch immer das Geschirr stapelte, »ich dir helfen wollte.« Zügig entledigte er sich seiner Jacke, hängte sie an den Haken und legte dann Schal und Handschuhe auf den Bilegger, in dem das Feuer anheimelnd knisterte.

»Du willst nicht ernsthaft jetzt abwaschen, oder?«, fragte Ella ungläubig.

»Doch, genau das.« Fröhlich pfeifend begann er, das Geschirr einzusammeln und neben der Spüle aufzutürmen, bevor er heißes Wasser in das Becken laufen ließ.

»Nein, lass stehen, ich mache das morgen«, protestierte Ella halbherzig.

»Morgen, morgen, nur nicht heute, sagen alle faulen Leute. Ella, du brauchst einen Geschirrspüler.«

»Schon bestellt«, murmelte Ella und streckte ihre Beine unter dem Tisch aus, bevor sie sie überschlug und sich ihren rechten Fuß mit einer Hand massierte. »Weiß der Himmel, wann der kommt. Dabei kostet jede Lieferung auf die Hallig extra. Und wenn er da ist, muss ich auch erst mal jemanden finden, der ihn anschließt.«

Brar wedelte mit dem Spültuch. »Ach was, das mach ich.«

»Oder«, sagte Ella, sah auf und lächelte ihm zu, »du zeigst mir, wie es geht.«

»Und mache mich entbehrlich? Oh, nein! Das wäre doch ziemlich dumm.« Brar lachte unbeschwert, und Ella stimmte dankbar mit ein. Ihr Anflug von schlechter Laune war vollständig verschwunden.

Brar hatte diese Gabe, sie auf ganz andere Gedanken zu bringen.

Charlotte

28. Dezember 1939

Mein zweites Weihnachten auf Südfall ist vorbei, und Pays Heimaturlaub hat Halbzeit. Am dritten Januar wird er wieder fahren, und ich versuche, nicht daran zu denken. Ich bete jeden Tag dafür, dass das Wetter schlechter wird und er nicht abreisen kann, nein, ich bete dafür, dass das Wetter schlecht bleibt, bis zum Ende dieses Krieges, der eigentlich nie hätte beginnen dürfen.

In diesem Jahr machen die Raunächte zwischen Weihnachten und Silvester ihrem Namen alle Ehre. Sie waren bisher sehr kalt und frostig, und beständig heult ein scharfer Ostwind ums Haus, der Spaziergänge ganz ungemütlich macht. Klirrend kalt braust er über jedes Stück Haut, das man nicht bedecken kann. Binnen Sekunden friert einem das Kinn ein und die Nase. Ab und an schneit es sogar, aber immer nur wenig. Gerade so, dass die Spitzen der Grashalme weiß betupft sind. Auf dem Meer treiben Eisschollen.

Das Wetter passt zu meiner Stimmung, auch wenn ich das gern verbergen möchte.

Am 23. Dezember hatten Keike und ich vor dem Fenster im Döns gesessen und über das Watt geschaut und versucht, im dichten Nebel Bodos Kutsche auszumachen. Wir waren ganz leise, in der Hoffnung, vielleicht das Hufgetrappel schon zu hören, bevor wir etwas sehen. Als sich endlich rechteckig und dunkel etwas aus dem milchigen Weiß schob, griff Keike meine Hand und drückte sie so fest, dass es wehtat. Wir sind dann beinahe zeitgleich aufgesprungen, haben unsere Jacken vom Haken genommen, sind in unsere Schuhe geschlüpft, haben uns fest in Tücher und Schals gewickelt, und ich bin mir sicher, dass wir beide dieses Gefühl gleichermaßen hatten: Aufregung und Freude und gleichzeitig die Angst, er könnte aus irgendwelchen Gründen nicht neben Bodo auf dem Kutschbock sitzen. Piet lief weit voraus, bis wir ihn nicht mehr sehen konnten, aber ich ließ ihn und pfiff ihn nicht zurück.

Bodo musste gleich wieder umgedreht haben, denn Pay kam nur in Begleitung von Piet den Weg vom Anleger entlang, seinen Seesack über dem Rücken. Als er uns sah, wurden seine Schritte schneller.

Keike hat er zuerst umarmt, als ich dann meine Nase am Kragen seiner Uniform vergrub, war er endlich da. Dieser vertraute Duft nach dem Pay, den ich kannte. Zwar begraben unter dem Geruch von Öl und Diesel, nasser Wolle und Meer, aber er war da.

Als Erstes hat er die Uniform ausgezogen, und Keike hat sie in den Schrank in der Diele gehängt. Keiner von uns möchte sie die ganze Zeit ansehen und ständig daran erinnert werden, dass Pay wieder geht, dies nur ein Besuch ist. Schließlich sah er wieder aus wie der alte Pay, in schweren warmen Hosen und einem dicken Wollpullover.

Trotz der Kälte zog ich mich wieder an, weil mich Pay um einen Spaziergang bat.

Die Tatsache, dass ich eine seiner alten Hosen trug, bei der mir Keike geholfen hatte, den Bund enger zu machen, rang ihm dann doch ein Lächeln mit einer hochgezogenen Augenbraue ab, aber kein Wort kam diesbezüglich über seine Lippen.

Ich hakte mich bei ihm ein, und Piet wich ihm keinen Meter von der Seite. Statt über die Wiesen zu tollen wie sonst, musste Pay aufpassen, dass er den Hund nicht aus Versehen trat, so dicht lief er neben seiner Wade.

»Wie ist es euch ergangen?«, fragte Pay schließlich, und wir blieben am anderen Ende der Hallig stehen. Da, wo wir immer gestanden und übers Watt oder übers Meer gesehen hatten.

Ich zuckte mit den Schultern. All die Mühsal der vergangenen Wochen schien mir unwichtig. »Gut«, gab ich zurück. »Du fehlst, weißt du? Ich musste den Schuppen allein reparieren. Der Sturm hatte ein paar Bretter vom Dach gerissen.«

»Ich mache mir bei dir keine Sorgen«, sagte Pay und sah starr geradeaus zum Horizont, den der Nebel verschluckt hatte. »Ich mache mir eher Sorgen um meine Mutter. Sie ist so dünn.«

»Ich glaube, sie macht sich große Sorgen um dich. Ich bekomme sie kaum dazu, ihren Teller leer zu essen. Immer schiebt sie die Hälfte des Essens zur Seite.«

»Ja, das wird es wohl sein.«

»Wie geht es dir?«, fragte ich schließlich und ließ seinen Arm los.

»Gut, gut.« Er sprach schnell, und ich wusste, dass es nicht stimmte.

»Nein, wirklich«, beharrte ich und griff nach seiner Hand.

Er schien eine ganze Weile lang zu überlegen, was er mir sagen könnte und vor allem, wie. »Langeweile und äußerste Konzentration bei Gefechten wechseln sich fortwährend ab«, formulierte er schließlich vorsichtig. »Auf meinem Fischerboot hab ich die Kontrolle. Die *Bismarck* dagegen ist riesig, und ich muss mich darauf verlassen, dass alle, die an Bord sind, wissen, was sie tun.«

»Wissen sie es denn?«

»Natürlich«, versuchte mich Pay zu beruhigen und legte seine behandschuhte Hand auf meine. »Du hättest es mir übrigens ruhig schreiben können«, sagte Pay schließlich.

»Was?«

»Na ja, ich weiß, dass die alte Hinrichs gestorben ist, dass der neue Doktor eingezogen wurde und Dr. Claaßen aus dem Ruhestand zurückgekommen ist, ihr habt mir geschrieben, dass Wiebke und Klaus auf Hooge geheiratet haben. Nur von Rieke und Martin kein Wort. Es macht mir nichts, wirklich nicht.«

Ich war mit Keike neulich einen Tag bei einem ihrer anderen Cousins und seiner Frau auf Pellworm. Eine sehr nette Familie, die uns mit offenen Armen empfangen hat. In der Kirche haben wir auch Rieke und ihren Mann getroffen. Keike hat mich mit ihrem knochigen Ellenbogen in die Seite gestoßen und in ihre Richtung genickt. Da wusste ich sofort, wer sie war. Und ich konnte gut verstehen, was Pay an ihr fand. Sie hatte etwas sehr Zerbrechliches und Zartes mit ihrer blassen Haut und dem fast weißblonden Haar. Auf der anderen Seite jedoch spürte ich tief in ihr dieselbe Stärke, die auch Keike hat: einen beinahe trotzigen eisernen Willen, diesem Wetter und dem harten Leben ein wenig Glück abzuringen.

Sie hätte gut nach Südfall gepasst. Besser als ich.

»Martin ist auch eingezogen worden. Marineinfanterie. Er kommt nicht zu Weihnachten heim.«

»Traurig«, sagte Pay.

Ich schob meine Hand wieder unter seinen Arm. »Lass uns zurückgehen.«

»Unbedingt.« Er warf mir einen prüfenden Seitenblick zu. »Du zitterst ja vor Kälte.«

Pay bestand darauf, uns die Stallarbeit über die Feiertage abzunehmen, wogegen ich wiederum protestierte, weil ich wollte, dass er sich ausruht. Doch Keike sagte, während wir die Füllung für die Gans zubereiteten, dass es gut für ihn wäre, sich mit den Tieren zu beschäftigen. Das würde ihn beruhigen, und es wäre ein guter Ausgleich.

Also ließ ich ihn ziehen und arbeiten, vielleicht hat Keike ja recht.

Es tut gut, ihn wieder nachts neben mir zu wissen, seine Wärme zu spüren, sein leises Schnarchen zu hören. Ich meine, ich wusste ja, dass es mir fehlt, aber nicht so.

Wir hatten einen schönen Weihnachtsabend. Das Essen war gut, und Geschenke haben wir auch ausgewickelt. Ich hatte für Keike Stoff für einen neuen Rock bestellt, und er war glücklicherweise rechtzeitig angekommen. Dafür hatte ich die meisten meiner Marken verbraucht. Pay schenkte ich einen neuen Füllfederhalter, über den er sich sehr freute. Keike wiederum hatte mir eine neue Bluse aus feiner Baumwolle genäht, die nicht nur wunderschön ist, sondern auch sitzt wie angegossen. Lustig finde ich, dass wir nun beide einen großen Teil unserer Kleidermarken gegenseitig aufgebraucht haben. Natürlich bekam Pay noch einen selbstgestrickten Schal und neue Handschuhe aus grauer Wolle von mir.

Am ersten Feiertag ist Pay wortlos auf sein Fischerboot gestiegen. Ich dachte, dass er nach Pellworm zu ihr fährt.

Ich sah ihm nach, und ich habe ehrlich keine Ahnung, warum ich mich so merkwürdig dabei gefühlt habe. Keike hat mir die Hand gedrückt, als würde sie besser verstehen als ich selbst, was mit mir los ist.

Er kam jedoch noch mit derselben Flut zurück, was mich gewundert hat.

»Sprichst du nicht mehr mit mir?«, hat er mich am Abend leise im Bett gefragt, als Keike längst eingeschlafen war und sanft schnarchte.

»Ich wüsste nicht, worüber«, flüsterte ich und konnte nicht verhindern, dass sich Kälte in meine Stimme schlich.

Eine Weile lang sagte keiner von uns ein Wort. Ich glaube, wir haben einfach so nebeneinandergelegen und an die dunkle Decke gestarrt.

»Ach so«, wisperte er schließlich, »denkst du vielleicht, ich war auf Pellworm? Charlotte, das –«

»Etwa nicht? Ich weiß nicht, wo du warst, wenn … wenn du früher nach dem Fischen nicht nach Hause gekommen bist oder manchmal über Nacht weg warst.« Ich schob die Unterlippe nach vorn und war froh, dass er meinen trotzigen Gesichtsausdruck im Dunkeln nicht sehen konnte.

»Pellworm und zurück, mit einem Besuch bei Rieke – Charlotte, das schafft man nicht in einer Flut. Und …« Er schluckte. »Ich laufe ihr sicher nicht hinterher. Sie wollte mich nicht. Damit habe ich mich abgefunden. Und natürlich komme ich nach dem Fischen nicht immer nach Hause. Ich muss den Fisch ja verkaufen, oder nicht? Und manchmal … manchmal bin ich in Husum geblieben, ja, so wie ich in Hamburg war, als ich dich traf. Ich muss etwas am Boot machen lassen, und manchmal gehe ich dann in eine Kneipe. Ich kann mich hier zu Hause doch nicht betrinken.«

»Und heute?«

»Heute war ich auf dem Meer. Nur ganz kurz. Ich wollte … Vielleicht brauchte ich für ein, zwei Stunden das Gefühl, dem Meer anders nahe zu sein.«

»Einen alten Freund besuchen?«, flüsterte ich.

»Genau.«

Danach blieb es wieder sehr still. Abermals war es Pay, der unser Schweigen brach, und Verwunderung lag in seiner Stimme: »Wenn ich es nicht besser wüsste, würde ich denken, du bist eifersüchtig.«

Ich drehte mich auf die Seite und ihm den Rücken zu. Ich bin nicht eifersüchtig! »Lächerlich. Schlaf, Pay.«

Natürlich war ich nicht eifersüchtig. Ich war einfach erleichtert darüber, dass er sein Herz nicht an aussichtslose Sachen hängte, weil ich ihn eben gern mochte und besorgt war. Das wird es sein.

4. Januar 1940

Ein neues Jahr. Ob es uns mehr Glück bringt als das alte? Alle sagen, der Krieg wäre schnell wieder vorbei. Alle, bis auf Keike. Düster sagte sie dazu: »Das haben alle schon beim letzten Krieg gesagt, und es hat nicht gestimmt.«

»Pass auf Keike auf«, hatte Pay leise in mein Ohr gesagt, als er mich zum Abschied umarmt hat, und er hat recht. Ich beobachte mit Sorge, dass sie seit Weihnachten wieder wenig isst, sich häufiger mal den Bauch hält und schon wieder dünner geworden ist.

»Es war die fette Gans«, sagte sie. »Komm mal in mein Alter, und dann sprechen wir uns, ob du das noch verträgst.«

Zumindest ist sie einverstanden, dass wir nächste Woche zu

Dr. Claaßen fahren. Dann ist mir wohler, und ich kann Pay schreiben, dass alles ganz harmlos ist. Dann können wir alle aufhören, uns um Keike zu sorgen. Er ist weit weg auf seiner *Bismarck* und ich hier. Wir haben so schon genug Sorgen.

15. Januar 1940

Dr. Claaßen aus Nordstrand hat Keike nach Husum in die Klinik geschickt, und ich bin allein auf die Hallig zurückgekehrt.

In Husum sollen sie ein paar Tests machen, Keike genauer untersuchen und herausfinden, was ihr fehlt. Dr. Claaßen hat sehr beruhigend gelächelt. »Das sind sicher nur die Nerven. Haben viele jetzt.«

Ich habe Keike zum Abschied umarmt, und mir war bang, sie allein ziehen zu lassen, und auch ein bisschen bang, allein auf die Hallig zurückzukehren.

Ich bin nicht allein, sagte ich mir immer wieder, während ich die Kutsche übers Watt zurücklenkte, ich habe die Tiere.

Piet lasse ich allein nicht mehr hinaus. Wenn ich im Haus bin, bleibt er bei mir. Neulich ist er ins Watt gerannt, und ich habe ihn erst gefunden, kurz bevor die Flut kam. Das war eine schreckliche Stunde. Ich könnte es nicht ertragen, den Hund zu verlieren. Abwechselnd geschimpft und geweint habe ich, als ich ihn hineinzerrte. Ich habe ihm gesagt, was Pay mir gesagt hat, als ich ankam: »Geh nicht allein ins Watt! Unter keinen Umständen! Du kennst dich nicht aus, und wenn die Flut kommt, wirst du ertrinken.« Mittlerweile kenne ich mich besser aus. Durch die Spaziergänge mit Pay, durch die Fahrten mit der Kutsche nach Nordstrand. Trotzdem bin ich vorsichtig, und das dumme Tier darf auf keinen Fall mehr draußen herumstreunen. Außerdem habe ich gern Gesellschaft, jetzt, wo Keike nicht da ist. Sie hat mir geschrieben, dass es ihr schon besser gehen würde, aber etwas an ihrem Brief war anders. Ich glaube ihr nicht. Ihre Worte klangen mir zu sorglos und zu fröhlich, so als ob sie damit etwas überdecken wollte.

Pay habe ich nichts geschrieben.

2. Februar 1940

Seit zwei Stunden will ich schreiben und kann nicht. Ich bin extra in den Stall gegangen, damit Keike nicht mitbekommt, dass ich weine. Sie wird es sich vielleicht denken, wenn ich nicht wiederkomme, aber ich kann es nicht ändern. Ich bin unendlich traurig.

Seit gestern ist sie wieder da. Gestern hat sie Bodo aus Nordstrand gebracht. Die Ärzte sagen, sie hat Krebs. Magenkrebs. Ich sehe sie an und denke, ja, sie ist dünn, aber sie ist Keike, und da ist immer noch diese Kraft in ihr, dieser eiserne Wille, oder nicht? Oder ist das, was ich spüre, was ich meine zu fühlen, nur ein Echo längst vergangener und besserer Zeiten?

Gestern Abend hat sie mir ganz ruhig gesagt, es gäbe Dinge, die sie immer tat, die ich jetzt lernen müsste zu tun. Hühner schlachten. Gänse schlachten. Ein Schaf schlachten. Mir ist plötzlich so übel geworden, dass ich nach draußen auf den Abort gerannt bin und mich übergeben habe. Ich will das nicht lernen! Ich will, dass sie bei mir bleibt und tut, was sie immer getan hat.

Als ich die Wochen allein auf der Hallig war und der Wind um das Haus brauste, die kahlen Birnbäume hin und her riss, da dachte ich manchmal, ich würde ein Raunen hören. Eine Stimme.

Heute, beim Frühstück, habe ich ihr zögernd davon erzählt. Ich dachte, sie würde mich für verrückt halten, aber sie hat mich nur sehr ernst angesehen. »Du musst dich vor den Stimmen verschließen.«

»Was ist das, Keike?«

Sie seufzte und nahm meine Hände in ihre. »Ich weiß es nicht, mein Kind, aber es geht jedem so, der länger allein hier ist. Das ist nicht gut. Das ist nicht so vorgesehen. Wenn ich nicht mehr da bin, musst du stark bleiben und deine Ohren verschließen. Der Wind ist mächtig hier.«

Wir haben uns ganz lange angesehen, und ich erinnerte mich daran, wie sie früher immer »Halligprinzessin« zu mir gesagt hat. Ganz anders als heute. Früher hat sie es ausgespuckt, heute sagt sie es mit Respekt. Ich habe ihn mir wohl verdient.

»Halligkönigin«, habe ich leise gesagt, und Keike hat laut gelacht.

»Wenn die Königin stirbt, ist es Zeit für die Prinzessin.«

»Ich bin nicht bereit«, flüsterte ich verzweifelt, und mein Herz war ganz schwer.

»Niemand ist je bereit«, sagte Keike und ließ meine Hände los. »Ich schreibe jetzt an Pay.«

»Bist du sicher? Soll ich das nicht lieber tun?«

»Nein, Charlotte, das ist sehr lieb von dir, aber das kannst du mir nicht abnehmen.«

Ich habe meinen eigenen Brief an Pay geschrieben und ihm darin gesagt, wie sehr er mir leidtut, und ihm versprochen, dass ich alles für Keike tun werde und dass ich die Hallig hüten werde, für ihn, bis er zurückkommt.

Mehr bleibt mir nicht.

Ella

Eigentlich brachten seit den letzten Wochen nur die Abende ein wenig Ruhe, und Ella war froh darum, weil die Arbeit sie davon abhielt, allzu viel nachzudenken.

Sie hatte all ihre Kleidung in den alten Holzschrank in der Diele geräumt. Ines' Sachen hatte sie weitestgehend aussortiert. Behalten hatte Ella nur die schwere Wollstrickjacke, die am Haken in der Küche hing, und Ines' Gummistiefel, die sie ihren eigenen vom ersten Tag an auf der Hallig vorgezogen hatte.

Sie hatte ihre kleine Couch in den Döns gestellt und ihren weißen runden Beistelltisch daneben, und jetzt fühlte sie sich hier richtig wohl. Verbrachte ihre Abende öfter mal hier und nicht in der Küche.

Brar hatte ihr das neue Satelliteninternet eingerichtet, und obwohl Ella nicht viel Zeit im Internet vertrödelte, half es ihr, sich nicht mehr so abgeschlossen von der Welt vorzukommen.

Ein großer Teil ihrer Möbel blieb jedoch erst einmal im Stall und würde dort warten, bis das Dachgeschoss fertig ausgebaut war. Ende Januar würde zuerst aus den beiden Schlafzimmern im Dachgeschoss und dem Bad eine kleine Ferienwohnung werden, und zeitgleich hatte Ella vor, aus einem Teil des Stalles ein Schlafzimmer und ein Bad für sie selbst herrichten zu lassen. Der größere Teil des Dachgeschosses würde nach den Plänen von Frau von Stockhult sogar genug Raum bieten für zwei weitere kleine Ferienwohnungen. Aber das käme später.

Der alte Teil des Hauses, also Küche, die Vorratskammer, Döns und der Pesel, würde bleiben, wie er war. Interessierten Gästen könnte sie so am besten demonstrieren, wie das Leben hier früher gewesen sein musste, und gleichzeitig hing Ella an den Möbeln, die darin standen, erschienen sie ihr doch wie ein Gruß aus der Vergangenheit von Keike, Charlotte und Pay.

Je weiter sie abends in Charlottes Tagebüchern las, desto mehr versuchte sich Ella zu erinnern, ob ihre Großmutter je von ihrem Vater gesprochen hatte. Pay war ihr, genau wie Charlotte und Keike, sehr ans Herz gewachsen. Aber ihre Großmutter hatte selten über ihr Zuhause erzählt. Nur ab und an hatte sie gesagt, dass es zwar schön auf der Hallig gewesen wäre, aber viel zu klein für jemanden, der Sehnsucht nach Menschen und der Welt hatte, und Ella, die ihre Großmutter sehr liebte, hatte nie weiter gebohrt, nie nachgefragt. Jetzt erst verspürte sie manchmal einen diffusen Ärger, wenn sie mit den Fingern über die Tagebücher strich, und wünschte sich, ihre Großmutter wäre mehr wie andere Großmütter gewesen, die ständig aus ihrer Kindheit erzählten. Warme Geschichten über ein Gestern, das weit weg schien.

Vielleicht hatte sie ja auch geglaubt, dass sie noch viel Zeit hätte, um in Erinnerungen zu schwelgen.

Und glaubte das nicht jeder? Ella lief ein kleiner Schauer über den Rücken. Sie selbst doch auch.

Ihre eigenen Erinnerungen glitten zu dem Tag zurück, an dem sie von dem Autounfall erfahren hatte und vom Tod der beiden Frauen, die Ellas ganze Welt waren, ihr ganzes Leben bis dahin.

Rasch hob sie das Kinn und presste die Lippen aufeinander. Nicht weinen. Nicht weinen. Oh, was war mit ihrem Leben in der letzten Zeit nur los? Nie hatte sie mehr geweint als in den letzten Wochen, aber waren das vielleicht auch die Tränen, die sie früher hinuntergeschluckt hatte, weil sie sie nicht ausgehalten hätte?

»Ich … ich wollte nicht stören. Ich dachte nur –« Brar war eingetreten, und sie hatte ihn gar nicht gehört. »Ich hab geklopft, und als keine Antwort kam, hab ich mir Sorgen gemacht.« Er hob entschuldigend die Hände, dann drehte er sich wieder um.

»Nein, nein, bleib ruhig. Ich hab noch einen Topf Lauchsuppe auf dem Herd. Magst du mitessen?« Rasch stand sie von der Couch im Döns auf, legte Charlottes Tagebuch zur Seite und ging vor in die Küche.

»Ich wollte wirklich nicht stören. Du siehst aus, als könntest du ein bisschen Zeit für dich und deine Gedanken gebrauchen.«

»Ach nein.« Ella zwang sich zu einem Lächeln. »Das sind Gedanken, die ich schon lange mit mir herumschleppe und leider ab und an wohl denken muss. Wir können vielleicht manchmal einen Haken schlagen, aber fliehen können wir vor unseren Erinnerungen nicht.« Sie drehte die Flamme unter dem Suppentopf auf und entnahm dem Krug mit den Kochutensilien neben dem Herd einen hölzernen Rührlöffel, während Brar mit Tellern klapperte. Danach holte Ella aus dem Steinguttopf, den sie aus Berlin mitgebracht hatte, den Laib Roggenbrot heraus, den sie gestern aufgetaut hatte, und schnitt drei Scheiben hinunter, während Brar die Butter aus dem Kühlschrank nahm.

Nein, sie hatten nicht jeden Abend zusammen gegessen, aber ab und an kam er zu ihr herüber. Manchmal brachte er etwas mit, einen Auflauf oder eine Suppe, manchmal kam er mit leeren Händen und vertraute darauf, dass Ella etwas dahatte. Es ergab sich einfach alles mit Brar, und Ella freute sich ehrlich an dieser Unkompliziertheit.

Und wenn er sich ein paar Abende nicht hatte blicken lassen, packte sie ein, was sie noch dahatte, und ging zu ihm hinüber.

Gedankenverloren rührte Ella in der Suppe und gab dann noch eine Prise Salz hinzu, denn sie war heute Mittag schon ein wenig fad gewesen.

»Vor welchen Erinnerungen willst du denn so dringend fliehen, Ella?«

Sie rührte weiter, obwohl die Suppe längst warm war. Um darüber zu sprechen, tat ihr die Distanz gut. Sie am Herd, er dagegen saß am Tisch, hatte die Beine übereinandergeschlagen und wärmte sich die Hände am Bilegger.

»Früher«, sagte Ella langsam, »komischerweise war ich früher mehr wütend als traurig, weil meine Mutter und meine Großmutter tot waren. Jetzt habe ich das Gefühl, es dreht sich.«

»Ich glaube, wenn man ein lebensbejahender Mensch ist, dann ist Wut ein flüchtiges Gefühl. Glücklicherweise.«

»Ich hab an dem Tag in der Apotheke ausgeholfen. Ich war kurz vor den Abschlussprüfungen im Studium und konnte sowieso nur am Wochenende arbeiten. Die beiden waren zu einer Tagung mit dem Wagen nach Hannover gefahren. Die paar Stunden mit dem Auto. Eigentlich hatten sie die Bahn nehmen wollen, aber meine Mutter wollte noch eine alte Studienkollegin treffen, die irgendwo auf dem Land wohnte … ist ja auch egal, das Auto war also praktischer. Meine Mutter wollte auf der Landstraße einen Traktor überholen.« Ella lächelte. »Sie hat es gehasst, irgendwelchen ›Schleichern‹, wie sie sie nannte, kilometerlang hinterherzukriechen. Meine Mutter war immer in Eile. Was sie konnte, erledigte sie sofort und so schnell es eben ging. Sorgfältig, aber schnell. Beim Überholen war sie nicht so sorgfältig gewesen, wie es schien. Ein Lkw kam ihr entgegen, sie konnte nicht rechtzeitig einscheren und … das war es. Alles war zu Ende. Das Leben der beiden Frauen, die mich großgezogen hatten, und das Leben, das ich kannte, auch.« Ella holte Luft und drehte die Flamme kleiner, während die Suppe brodelnd Blasen warf. Schließlich schaltete sie den Herd ganz aus und hob den Topf auf den Tisch. Sie stellte ihn auf den Untersetzer, den Brar schon hingelegt hatte, ohne dass sie ihn hätte darum bitten müssen. Die große Kelle vom Haken legte sie noch dazu, bevor sie auf die Bank glitt und die Arme verschränkte.

Brar füllte ganz selbstverständlich ihre beiden Teller, legte Ella eine Scheibe Brot auf den Rand und schob ihr die Butter hinüber.

»Bist du wütend, weil deine Mutter den Unfall verursacht hat?«

Ella nickte. »Natürlich. Glücklicherweise blieb der Lkw-Fahrer beinahe unverletzt. Ich … ich wollte trauern, aber ich hatte das Gefühl, ich hätte kein Recht dazu, weil … sie eben nicht unverschuldet einfach nur die armen Opfer waren. Vielleicht.« Ella drehte sich zum Fenster um und starrte einen Moment in die Dunkelheit und auf ihr eigenes Spiegelbild, das sie blass und beinahe ausdruckslos musterte. »Vielleicht hab ich ihr jetzt erst so langsam verziehen.«

»Und dein Vater?«, fragte Brar vorsichtig.

Ella zuckte mit den Schultern. Sie hatte lange nicht mehr an ihn gedacht. »Er war vorher kein Teil meines Lebens und wurde es danach auch nicht.«

Brar runzelte jetzt die Stirn. Ella schien, als würde er gern mehr wissen, traute sich aber nicht, sie zu fragen, deshalb erzählte sie: »Meine Mutter lernte meinen Vater mit neunzehn kennen. Er war sehr viel älter. Ein Künstler, er malt. Eine Weile hatten sie sehr zum Missfallen meiner Großmutter eine Affäre. Meine Mutter wurde schwanger und … Mein Vater wollte mich nicht wirklich. Die beiden passten auch nicht zusammen. Meine Mutter die Rationale, die Pharmazie studieren wollte, und mein Vater der, der immer in anderen Sphären schwebte. Aufgezogen wurde ich von meiner Großmutter in ihrer Apotheke, während meine Mutter studierte. Wir waren immer zu dritt. Solange ich denken kann. Zu meinem Vater habe ich nicht viel Kontakt. Ich glaube, wir wollen beide nicht. Wir sind zu verschieden. Wir sprechen freundlich miteinander, aber eben nicht sehr tiefgreifend. Wir sind zwei Menschen, die das Schicksal zufällig zusammengebracht hat. Mehr verbindet uns nicht. Er lebt in Spanien, in Málaga. Nach dem Unfall kam er nach Berlin und half mir. Aber ehrlich, ich habe kaum je einen Menschen getroffen, der weniger Talent dafür hatte, Dinge zu organisieren und in die Hand zu nehmen. Trotzdem rechne ich ihm das hoch an, dass er mich mit den Beerdigungen nicht alleinlassen wollte. Seitdem gehen wir wieder getrennte Wege, bis auf Weihnachtskarten und Geburtstagsgrüße. Ab und an schickt er mir eines seiner Bilder. Ich mag sie nicht. Ich sehe sie mir einmal an, und dann stelle ich sie in die Kammer. Hier lagern sie in dem kleinen Raum neben der

Heizung, und ich –« Ella brach ab, nahm etwas Suppe auf ihren Löffel und pustete darauf.

»Schon gut.« Brar griff nach ihrer linken Hand und drückte sie fest. Ein beruhigendes Gefühl der Wärme durchströmte Ella und gleichzeitig ein Kribbeln, das sie lange nicht mehr gespürt hatte, das sie genoss und auskostete, bis sie ihre Hand schließlich wegzog und nach der Wasserkaraffe griff, um ihre beiden Gläser zu füllen.

Etwas wehmütig sah sie danach wieder auf ihre Finger. Das war ein Gefühl, an das sie sich gewöhnen könnte, schoss ihr durch den Kopf, ein Gefühl, das sie seit Wochen, und vielleicht auch schon davor, schmerzlich vermisste.

Zu ihrer Erleichterung wechselte Brar dann das Thema. »Übrigens«, Brar trank einen Schluck aus seinem Glas und stellte es wieder auf den Tisch, »ein Sturm zieht auf.«

»Mal wieder«, sagte Ella und schob sich ein Stück Brot in den Mund. Der November hatte stürmisch begonnen. Sie dachte an das Land unter kurz nach ihrer Ankunft im Oktober zurück.

»Nein«, sagte Brar und lehnte sich zurück, »diesmal ist es ernst. Ein Orkantief braut sich zusammen.«

»Orkan?«

»Ja«, gab Brar knapp zurück. Eine steile Falte tauchte zwischen seinen Augenbrauen auf und zog sich bis weit nach oben in seine Stirn, bis fast zu seinem blonden Haar. So viel Sorge hatte Ella noch nie in seinem Gesicht gesehen.

»Das wird kein einfaches Land unter. Das wird eine Sturmflut.«

»Und was heißt das für uns?«

»Gute Frage«, murmelte Brar und fuhr lauter fort: »Das wird, ob wir wollen oder nicht, morgen auf uns zurollen.«

Ella fröstelte. Es war ihr gar nicht aufgefallen, aber der Wind drückte jetzt doch deutlich durch die Fensterritzen.

»Ich weiß, du willst nicht, aber … Mein Haus hat einen Schutzraum im ersten Stock, Ella. Du solltest dir –«

»Nein«, unterbrach sie ihn gleich. »Nein. Ich kam nicht hierher, um vor dem ersten Lüftchen zu fliehen. Und bevor du was sagst, ich weiß, dass es ein Orkan ist, Brar. Nein, ich muss das hier durchstehen. Und vielleicht«, sie legte den Löffel neben den Teller, »ist es gar nicht so schlecht für mich, wenn es ordentlich pustet. Dann weiß ich wenigstens, wie schlimm es werden kann, weißt du?«

Aus der steilen Sorgenfalte wurde ein winziges amüsiertes Lächeln in Brars Augenwinkeln. »Du bist unglaublich stur, aber … gut, wie du willst. Ich hab es mir sowieso schon gedacht.«

»Gut«, sagte Ella zufrieden. »So, wie ich das Gefühl hatte, hierherzugehören, so habe ich jetzt das Gefühl, Sönkenswarft wird mich beschützen.«

»Spökenkieker«, sagte Brar und lachte. »Ich dachte immer, es würde dauern, bis man auf der Hallig leicht seltsam wird.«

»Durch mein Blut fließt die Hallig. Ich überspringe den Weg in den Wahnsinn und werde gleich eine komische Frau.«

Sie lachten beide, und dann wurde Brar wieder ernst: »Ich finde es übrigens auch schön, nicht mehr allein auf der Hallig zu sein. Der Wind flüstert nicht mehr.«

Ella sah auf. »Charlotte hat davon in ihrem Tagebuch geschrieben. Sie hat es ähnlich ausgedrückt. Stimmen im Wind.«

»Ich hab es von Ines. Und da ist was dran. Jedes Raunen, jedes Knacken, jedes Heulen … wenn man lange allein ist, kann man das leicht mit Stimmen verwechseln.«

Nachdenklich schob Ella ihr Glas von rechts nach links. »Vielleicht hat deshalb Pay Charlotte auf die Hallig geholt. Nicht nur, damit Keike nicht die ganze Arbeit allein machen muss, sondern damit sie nicht sonderlich wird.«

»Möglich. Ganz allein – das ist auf Dauer nicht gesund. Egal wo übrigens, denke ich.«

Sie tauschten einen Blick, und Ella fühlte, dass ihre Wangen warm wurden. Rasch stand sie auf, um abzuräumen, und Brar kam auf sie zu, küsste ganz selbstverständlich ihre Wange, bevor er Schal und Handschuh vom Ofen nahm.

»Wir sehen uns«, sagte er, bevor er die Küchentür zuzog.

»Und ich freue mich jedes Mal«, sagte Ella leise, als er sie schon längst nicht mehr hören konnte, und fasste sich genau an die Stelle, an der sie seine Lippen immer noch spüren konnte.

Später kuschelte sich Ella mit ihrem Laptop und der Decke, die sie schon in Berlin immer am liebsten gemocht hatte, auf die Couch im Döns, die sie vor den Ofen neben den Sessel gestellt hatte und die dort so aussah, als hätte sie immer genau dahingehört.

Eine neue E-Mail. Ella seufzte, als sie den Absender las: Robert.

Für einen Moment überlegte sie, ob sie sie überhaupt öffnen sollte, doch dann gab sie sich einen Ruck. Wenn ich sie gelesen habe, dann hab ich es hinter mir. Und sie erschrak, dass sie so über Roberts Worte dachte, noch bevor sie sie las.

Liebe Ella,
mir ist klar, dass du vielleicht gar nichts von mir hören magst, deshalb rufe ich auch nicht an.
Schreiben wollte ich aber dennoch, schon allein, um mich zu erkundigen, wie es dir geht und was du machst.
Es ist ein sehr beklemmendes Gefühl, dich so weit weg zu wissen. Und dabei kommt es mir gar nicht so sehr auf die Distanz zwischen Frankfurt und Südfall an, sondern sehr viel eher auf das, was einmal zwischen uns war und nicht mehr ist. Mich macht es traurig, und das ist ein völlig unzureichendes Wort dafür, wie es gerade in mir aussieht.
Ich weiß ehrlich nicht, ob du das verstehst, aber ich würde dich gern besuchen. Nein, keine Sorge, nicht um dich zu belästigen oder umzustimmen, nein, ich würde gern sehen, wie es dir auf der Hallig geht, wie dein Leben aussieht.
Natürlich ist mir klar, dass das ein ganz und gar egoistischer Wunsch

ist, der allein meinem Bedürfnis entspringt, mich von dir und deiner neuen Existenz zu verabschieden, um hoffentlich irgendwann auch für mich einen Abschluss unserer Beziehung zu finden. Vielleicht passt es dir im Januar?
Robert

PS: Wenn du mich nicht sehen willst, würde ich dir die Sachen, die du noch in Frankfurt hast, einpacken und nach Südfall schicken.

Ella stellte den Laptop auf den kleinen Tisch neben der Couch und rieb sich die Augen. Robert. Wollte sie ihn hier haben?

Und was war das, was sie vorhin gespürt hatte, als Brar sie geküsst hatte?

Auf keine der Fragen, die durch ihren Kopf kreisten, hatte sie eine Antwort, und Ella war klug genug, um zu wissen, dass all diese Fragen keine Probleme waren, die sie mit ordentlich nachdenken hätte lösen können.

Gleichförmig tickte die schwere Standuhr hinter ihr den Abend Sekunde um Sekunde weiter voran.

Wenn sie ganz tief in sich hineinhörte, dann war da Roberts Stimme in ihr gewesen, während sie las, wie ein Echo aus längst vergangenen schönen Zeiten. Zum ersten Mal seit langer Zeit fiel ihr ein, wie sie mit Robert letzte Weihnachten verbracht hatte. Wie jedes Jahr hatte seine Familie eine Hütte in den Bergen in der Schweiz gemietet, und auch sie waren Teil dieser lauten, verrückten Weihnachtszeit gewesen, die immer dann plötzlich ganz still und magisch wurde, wenn Robert und sie die Schneeschuhe überzogen und über die tief verschneiten Hänge stapften. Ab und zu waren sie stehen geblieben, hatten sich verwundert umgesehen und dem Klopfen eines Spechts gelauscht oder in schräge Sonnenstrahlen geblinzelt, in denen der Schnee glitzerte.

Es hatte nie vieler Worte bedurft, nur ihre behandschuhte Hand in seiner. Und sie hatten sich vor einem Tannenwäldchen immer geküsst, während ein leichter Wind den Schnee von den Zweigen geschüttelt hatte.

Es würden, jetzt, wo sie so viel Abstand zu Robert hatte, sicher mehr dieser schönen Erinnerungen aufsteigen.

Ella hob den Laptop wieder auf den Schoss und begann zu tippen.

Lieber Robert,
danke für deine Zeilen. Komm mich gern besuchen. Wenn es dir passt und das Wetter mitspielt, schlage ich das erste Wochenende des neuen Jahres vor.
Liebe Grüße
Ella

Mehr gab es doch nicht zu sagen. Oder?

Charlotte

18. März 1940

Keike geht es überhaupt nicht gut. Ich koche, so gut ich eben kann und alles, was die Marken hergeben. Ich gebe ihr meine Butterrationen und meinen Zucker, aber egal was ich tue, es hilft nicht. Sie isst kaum etwas. Ihr Magen schafft wohl nicht mehr.

Sie wird weniger und weniger, und irgendwann wird sie sich vor meinen Augen auflösen, denke ich manchmal.

Bodo und Alma kommen manchmal, um uns zu besuchen. Alma bringt Kuchen und Brot mit und kocht Tee für uns, während Bodo still und leise über die Hallig schleicht und schaut, ob es schwere Arbeit gibt, die er für mich verrichten kann. Sie haben auch ein wenig Kohle mitgebracht, obwohl sie überall knapp ist. Es tut gut, dass sie da sind.

Doch wenn es nach Keike ginge, würde sie niemanden sehen wollen, denke ich. Der Pfarrer war auch ein paarmal da. Es ist ein anderer als der, der Pay und mich getraut hat, denn der wurde eingezogen.

Der neue alte Pfarrer ist ein dicklicher Mann, der ursprünglich aus der Pfalz kommt. Keike mag ihn nicht. Er setzt sich zu ihr und spricht sehr salbungsvoll, während Keike die schmalen Lippen fest aufeinanderpresst und erst wieder laut atmet, wenn er weg ist.

Dr. Claaßen kommt auch regelmäßig und sieht nach Keike und bringt ihr Schmerzmittel. Die braucht sie jetzt immer öfter. Ich kann in ihrem Gesicht sehen, wann die nächste Dosis fällig ist. Sie scheint in sich zusammenzufallen, wird ganz weiß, und kleine rote Flecken tanzen über ihren Hals. Dann beeile ich mich, dass ich ihr ein frisches Glas Wasser bringe.

Ich traue mich nicht, mit ihr über den Tod zu sprechen. Vielleicht habe ich Angst, er würde kommen, sobald ich ihn ausspreche, und sie mir sofort wegnehmen und mich um die letzten Wochen mit ihr bringen. Mehr wird ihr nicht bleiben, hat mir Dr. Claaßen zugeflüstert.

Wenn wir uns unterhalten, dann über anderes. Über die Arbeit, die Schafe, das Brot, das gebacken werden muss.

»Ich mach mir keine Sorgen um dich«, sagte sie am Abend zu mir. »Du schaffst das alles auch ohne mich.«

Und ich fing an zu weinen. Einfach so. Ganz plötzlich. Es war keine Zeit mehr, meine Tränen im Stall zu verstecken und sie in meine Schürze zu schluchzen, während sich die dampfend warmen Schafleiber an meine Beine drücken, bei denen ich Trost suche und die doch nur Futter von mir wollen.

»Hör auf!«, befahl sie mir energisch. »Wenn ich nicht mehr bin, bist du weiter hier. Also heul nicht herum.«

Und da musste ich lachen. Wir haben beide gelacht. Unter Tränen lachen – das war etwas, das ich bisher noch nicht erlebt habe.

»Ich weiß nicht, was ich ohne dich anfangen soll«, sagte ich etwas später, als wir uns beruhigt hatten.

»Das, was du jeden Tag tust.« Keike hob die Schultern. »Lass dir vom Wind nichts erzählen, und … geh nicht allein ins Watt. Aber das weißt du auch alles schon.« Mühsam ließ sie sich ins Kissen sinken. »Ich kann gehen. Ich hab nichts mehr zu sagen.«

»Ich hab lange noch nicht genug gehört«, sagte ich leise.

Keike schüttelte den Kopf. »Darum geht es nicht«, murmelte sie. »Darum geht es nicht im Leben.«

Pay hat geschrieben. Einmal an Keike und einmal an mich. Was in dem Brief an seine Mutter steht, weiß ich nicht, aber in meinem bedankt er sich bei mir, für alles, was ich gerade tue. Ich solle gehen, wenn sie tot ist, schreibt er. Ich solle gehen, wenn ich es nicht mehr aushalte.

Manchmal denke ich, schlimmer, als jemandem beim Sterben zuzusehen, kann die Einsamkeit, die danach kommt, gar nicht mehr sein, oder?

Natürlich werde ich nicht gehen. Ich werde bleiben, bis er nach Hause kommt. Das kann man doch niemandem antun, nach Hause kommen, und keiner wartet.

Meine Mutter hat auch geschrieben. Sie ist froh, mich auf der Hallig zu wissen, sagt sie. Ich wäre hier sicher. Sie hat Angst vor Bomben, meint aber, dass wir den Krieg gewinnen.

Ehrlich, mir ist es einerlei, wer gewinnt. Viel bekommen wir hier oben auch nicht mit. Wir sind die Vergessenen, und vielleicht ist das auch ganz gut so.

Sympathie für die Regierung habe ich schon gar nicht. Ich finde es scheußlich, dass sie alle in Uniformen stecken und in einen Krieg schicken, den doch niemand will, weil der letzte gar nicht so lange her ist.

Wenn ich ein paar Minuten Zeit habe, denke ich oft an Pay. Wahrscheinlich weil er so weit weg ist. Ich frage mich, was er macht und wie es ihm geht. Sicher nicht gut, wenn ich an seinen letzten Brief denke. Ich solle gehen, wenn ich es nicht mehr aushalte. Das hätte Pay mir nie gesagt. Nicht der Pay, den ich kenne jedenfalls, und das macht mir mehr Angst als die Bomben, die meine Mutter so fürchtet.

1. April 1940

Emden ist bombardiert worden, stand in der Zeitung, und das macht mir Angst. Überhaupt hören wir sehr oft Flugzeuge über uns. Tag und Nacht. Natürlich verdunkeln wir alles. Ist es Freund oder Feind?, frage ich mich oft, und dann frage ich mich, wer eigentlich wer ist.

Ich weiß es nicht.

Keike ist nur noch ein Blatt im Wind. Dr. Claaßen kommt, wenn das Wetter es erlaubt, alle paar Tage. Er hat mir beigebracht, wie ich Keike Spritzen gegen die Schmerzen gebe. Immer häufiger braucht sie eine. Ich habe ihr eine große Glocke neben den Alkoven gestellt. So kann sie nach mir klingeln, wenn sie mich braucht.

Nach dem letzten Land unter hat mir Bodo geholfen, den Halligrand an den Stellen wieder zu befestigen, an denen das Meer das Land gestohlen hat. Wir haben schweigend gearbeitet, schwere Steine getragen, und als wir uns am Nachmittag aufrichteten und die schmerzenden Rücken rieben, schickte die Sonne einen ersten Frühlingsgruß durch die Wolken. Ich bin Bodo sehr dankbar. Ich muss ihn nicht bitten, ich muss ihn nicht fragen. Er ist einfach da, bringt Holz und Kohle oder Bretter für den Schuppen.

Sicherlich tut er das in erster Linie für Keike und Pay.

Oft trinken wir danach noch Tee zusammen. Manchmal bringt er welchen mit. Tee ist nämlich immer knapp.

Zum Abschied klopft er mir dann unbeholfen auf die Schulter und geht. Ich mag ihn. Ich mag auch Alma, aber sie ist mir immer ein wenig suspekt. Ihre Zunge kann sehr spitz sein. Keike hat oft keine Kraft mehr, sich zu wehren, und ich bin nicht schlagfertig genug. Ich glaube zwar, dass sie es gar nicht böse meint, aber dennoch habe ich den Eindruck, in ihrer Gegenwart immer doppelt auf der Hut sein zu müssen, und das finde ich, zu all meiner Sorge um Keike und der täglichen Arbeit hier, sehr viel.

Bodo dagegen erinnert mich sehr an Keike. Vielleicht mag ich ihn deshalb so sehr. Beide sind rau, auf eine sehr ungehobelte Art, aber haben das Herz auf dem rechten Fleck.

Von Pay habe ich nichts mehr gehört. Das kann gut oder schlecht sein. Ich weiß es nicht.

14. April 1940

Heute ist Keike gestorben. Heute, an einem kühlen, windigen Sonntagmorgen. Sie ist nicht mehr da.

Mehr kann ich nicht schreiben.

Ella

Ella legte Charlottes Tagebuch neben ihren Laptop auf den Beistelltisch und starrte eine Weile in das schummerige Licht, das die Stehlampe wie eine warme Decke über sie, die Couch und den Teppich breitete.

Es war schon kurz nach Mitternacht, aber sie hatte weiterlesen müssen, hatte es zu Ende lesen müssen. Keikes Tod war der letzte Satz im zweiten Büchlein. Ein neues würde jetzt beginnen, und Ella fragte sich, was Charlotte noch alles würde durchmachen müssen.

Keikes Krankheit und schließlich ihr Tod hatten auch Ella erschüttert, vor allem immer dann, wenn ihr klar wurde, dass sie keinen Roman las, sondern über das Leben der Frauen, die ihr auf dieser Hallig vorangegangen waren.

Seufzend stand Ella schließlich auf und rieb sich die Oberarme. Der Wind hatte hörbar aufgefrischt. Waren das schon die Ausläufer des Orkans? Arnold hatte man ihn getauft. Warum ausgerechnet Arnold, fragte sich Ella und entschied dann, dass es nicht wichtig sei. Wichtig war doch nur, ihn unbeschadet zu überstehen. Morgen im Laufe des Vormittags sollte er auch Südfall erreichen. Viel gab es nicht zu tun. Sie würde sicherheitshalber alles Wichtige ins Dachgeschoss räumen, dort Essen und Getränke deponieren, falls das Wasser steigen sollte. Im Schuppen hatte sie Sandsäcke gefunden, die sie bereits vor alle Türen gelegt hatte, bis auf die Eingangstür.

Glücklicherweise musste sie sich nicht wie Brar um Tiere sorgen, sondern nur um sich selbst.

Ella gähnte, bevor sie unter ihre Decke in Charlottes altem Alkoven kroch. Selbst wenn ihr Schlafzimmer im Stall fertig wäre, würde sie sich hier ab und an zum Nickerchen zurückziehen, da war sie sich sicher. Weder Pay noch Keike hatten sich bei ihrer Größe in der Schlafnische ausstrecken können, fiel ihr ein, denn selbst Ella berührte mit den Zehenspitzen die Wand. Aber sie mochte das. Es gab ihr ein Gefühl von Geborgenheit.

Seufzend kuschelte sie sich ein und schloss die Augen.

Der nächste Morgen brachte vor allem Regen, während das Wasser langsam stieg.

Flut.

Brar hatte prophezeit, dass ihr dieser Rhythmus in Fleisch und Blut übergehen würde.

Noch musste Ella auf den Tidenkalender sehen, denn der Wechsel von Ebbe und Flut erschien ihr mehr als willkürlich, worüber Brar herzhaft gelacht hatte. »Du bist eben kein Küstenkind.«

Nein, das war sie definitiv nicht. Je länger sie hier war, desto deutlicher wurde ihr, dass das Leben am Meer etwas war, das man sich nicht einfach überstreifen konnte wie eine Regenjacke. Man musste es wohl ganz durchdringen, dabei steckte ihr Berlin vielleicht noch zu sehr in den Knochen.

Nach einem sehr kargen Frühstück, das aus einem halben Toast mit Marmelade und etwas Tee bestand, begann Ella ihre Vorräte nach oben zu räumen und kam sich beinahe albern dabei vor.

Ja, sicher, der Wind brauste am Haus vorbei, aber das tat er doch seit Tagen. Das Wasser stieg wie zu jeder Flut, doch als Ella am späten Vormittag einmal kurz nach draußen trat, da konnte sie den Sturm, der auf sie zurollte, riechen.

Etwas war ganz anders. In der salzigen Luft lag der Geruch nach Tang und Fisch und beinahe eine Ahnung der fernen Länder, die er schon besucht hatte, der Meere, deren Wasser er bereits zu gischtbekrönten Wellen aufgewiegelt hatte.

Fröstelnd zog Ella die Schultern zusammen. Dieser Sturm würde anders werden. Drüben bei Brar auf Bredenswarft brannte Licht, ebenso wie bei Ella, denn auch heute wurde es nicht richtig hell.

Rasch trat Ella wieder in die Wärme des Hausflurs, schüttelte ihr Haar, das nach den Minuten draußen feucht geworden war, und griff zu dem neuen schnurlosen Festnetztelefon. Endlich kein Kabel mehr, das sie davon abhielt, im Haus hin und her zulaufen.

»Die Luft ist anders«, sagte sie atemlos, als Brar sich meldete. »Ich glaube, das wird ernst.«

»Ja, ich hab jetzt alles festgezurrt, was nicht niet- und nagelfest ist. Die Tiere sind im Stall und haben Futter. Jetzt bleibt uns nur noch abwarten.« Er räusperte sich. »Bist du sicher, dass du nicht rüberkommen willst? Noch geht das ohne Boot.«

So verlockend der Gedanke auch war. »Nein, Brar, das muss ich durchstehen. Feuertaufe. Vielleicht bist du nicht immer da, und dann muss ich auch zurechtkommen.« Sie dachte an Charlotte und daran, dass sie auch ganz allein hier gewesen war und noch dazu im Krieg.

»Wo sollte ich denn hin?«, fragte Brar und klang verwundert.

»Na, ich lebe von jetzt an hier. Du dagegen –« Sie brach ab.

»Stimmt. Ich bin hier nur zu Gast.« Er machte eine kleine Pause. »Auf mich warten noch mehr Abenteuer.«

Sie würde im Laufe ihres Lebens, wenn sie es denn hier verbringen würde, einige Ornithologen kommen und gehen sehen, und der Gedanke versetzte ihr einen Stich. Rasch sagte sie daher: »Täusche ich mich, oder steigt das Wasser schneller als sonst?«

»Der Wind drückt das Meer auf die Hallig. Es steigt wirklich schneller.«

Ella schluckte und sah aus dem Fenster. »Brar, sag mal, fehlt dir ein Schaf?«

»Eigentlich nicht.« Er stockte. »Verdammt, Ella!«

»Was?«, fragte Ella verwirrt zurück.

»Nein, nicht du. Das Schaf Ella.«

»Ja, ich glaube, es steht an meinem Warfthang.«

»Und die Flut kommt«, sagte Brar düster. »Ich beeile mich.«

Ella schlüpfte erneut in ihre Regenjacke und die Gummistiefel. Diesmal jedoch setzte sie noch den Regenhut auf und zog das Gummi unter ihrem Kinn energisch fest.

Ihre Namensvetterin stand am Warfthang und fraß, als gäbe es nichts, worüber man sich Sorgen machen müsste. Ella streckte die Arme nach dem Tier aus. »Los, lauf! Husch, husch!« Doch das Schaf schlackerte mit seinen Ohren, sah sie nur kurz irritiert an und fraß dann weiter. Und jetzt?

»Verdammt, Ella!«, rief sie und ging auf das Schaf zu. Nein, es sah zu groß aus, als dass sie es hätte tragen können. Dennoch presste sie beherzt ihre Hände gegen das nasse Fell des Tieres und schob es sanft an. Störrisch blieb es stehen. Noch war Brar nur ein kleiner Strich auf zwei Beinen, sehr weit weg, doch er kam rasch näher. Würde er das Tier dazu bringen, sich zu bewegen?

Schon von Weitem hörte sie Brar pfeifen, und das Schaf Ella spitzte die Ohren, bewegte sich aber keinen Millimeter.

»Los, lauf!«, rief Ella noch einmal gegen den Wind und den Regen. »Ab mit dir nach Hause!«

Das Wasser krabbelte bereits über die Steine, die die Hallig vom Watt bei Ebbe trennten.

Und endlich setzte sich das Schaf in Bewegung, wenn es auch widerwillig erschien, und lief in Brars Richtung, der Ella zuwinkte. Mir, dachte Ella, oder dem Schaf Ella?

Egal. Sie winkte fröhlich zurück und klatschte noch einmal in die Hände, als sich die andere Ella zu ihr umdrehte.

»Mach schon, Ella, du Dickschädel!«, rief sie und sah, wie Brar, der inzwischen dicht genug dran war, um dem Schaf noch einmal freundlich auf das Hinterteil zu klopfen, fröhlich lachte. Vielleicht hatte der Wind ihm Ellas Worte zugetrieben.

Noch einmal hob sie die Hand, dann kehrte sie ins Haus zurück, zog rasch die Tür hinter sich zu und schlüpfte abermals aus den nassen Sachen, bevor sie die alte Kiste mit Fotos, die sie noch ganz hinten im Schrank im Pesel gefunden hatte, auf den Küchentisch stellte und den Teekessel auf den Ofen stellte. War dieser warm, lohnte es sich gar nicht, den Herd anzustellen, hatte Ella herausgefunden. Energieverschwendung. Auf dem Bilegger kochte das Wasser ebenso schnell, und eine gute Tasse Tee zum Aufwärmen wäre jetzt genau richtig.

Zum Einzug hatte ihr Brar eine große Packung Darjeeling First Flush mitgebracht, der ganz ausgezeichnet schmeckte, und während sie auf den Sturm und das Wasser wartete, könnte sie genauso gut Fotos sortieren. Ihr schwebte eine kleine Kollektion von Bildern von Sönkenswarft vor, die die Treppe ins Dachgeschoss säumen könnte. Die Feriengäste würden einen Eindruck gewinnen, wie es früher einmal ausgesehen hatte.

Und in der Kiste hoffte sie, fündig zu werden, in den Alben waren nur wenige Fotos des Hauses gewesen. Zwar wusste sie jetzt, wie Keike ausgesehen hatte, hatte ein Hochzeitsfoto von Pay und Charlotte gefunden, Bilder von Ines und ihrer Großmutter als Kinder, von Südfall so gut wie nichts, außer das, was im Hintergrund zu sehen war.

Tee aufbrühen, dachte sie, während das heiße Wasser in die Kanne plätscherte, hatte etwas absolut Beruhigendes. Ein Ritual, das sie nicht mehr missen wollte und das Ella beständig daran erinnerte, wie sich ihr Leben in kürzester Zeit auf den Kopf gestellt hatte.

Manchmal wunderte sie sich durchaus darüber, dass sie all die Jahre Pharmaziestudium und ihre eigene Apotheke so bereitwillig und so schnell hingeworfen hatte. Jetzt fragte sie sich aber auch, ob sie das Studium nicht vielleicht sogar abgebrochen hätte, wäre der Autounfall nicht dazwischengekommen.

Da hatte es einen Punkt in ihrem Leben gegeben, an den sie ungern zurückdachte, schien er ihr doch nach dem Tod der beiden Frauen, die sie ihr Leben lang begleitet hatte, wie ein Verrat.

Ella schüttelte den Kopf, so als könnte sie damit alle trüben Gedanken vertreiben, und hob den Deckel von der Kiste, während der Wind beständig um das Haus heulte.

Nur einige wenige Farbfotos lagen obenauf, und sie nahm eines davon in die Hand. Ungläubig starrte sie auf sich selbst als kleines Mädchen. Das musste von dem Besuch auf der Hallig sein, an den sie sich nicht wirklich erinnern konnte. Ines stand hinter ihr und hatte ihr eine Hand auf die Schulter gelegt, während ihre Großmutter und ihre Mutter etwas weiter weg standen und säuerlich lächelten. Nur auf Ellas kleinem Gesicht und Ines' großem lag ein breites Grinsen. Wir sehen uns wirklich ähnlich, dachte Ella. Es ist das Lächeln, nicht so sehr das Gesicht.

Dieses Foto legte sie auf den Tisch. Sie würde es behalten. Sie würde es immer wieder ansehen und rätseln, was genau Ines und ihre Großmutter entzweit hatte.

Tatsächlich fand sie mehrere Schwarz-Weiß-Bilder der Hallig ohne Menschen. Leider keine ganz alten Fotos.

Dazwischen fand sie ein Bild von Pay in Uniform. Offenbar hatte es jemand an Bord eines Schiffes aufgenommen, vielleicht war es die *Bismarck*. Sein Gesicht war ganz ernst, er hielt die Arme hinter dem Körper und sah wirklich sehr gut aus, dachte Ella. Mit seiner geraden großen Nase, den großen Augen und dem kantigen Kinn. Ohne Probleme hätte man ihn heute in einen Anzug stecken und für irgendeine Werbung ablichten können.

All die jungen Männer, die damals wie eben Pay auch in einen sinnlosen und unnötigen Krieg ziehen mussten. Schrecklich.

Ella trank einen Schluck aus ihrer Teetasse und drehte sich dann zum Fenster um. Es dauerte einen Moment lang, dann sprang sie auf und öffnete das Fenster. Innerhalb von zwei Stunden war das Wasser bis beinahe über den Warfthang gestiegen. Einzelne kleine Wellen schwappten dann und wann sogar darüber.

Das hatte der letzte Sturm nicht geschafft. Ella hatte das Gefühl, dass eine ungemütliche Kälte ihren Magen jetzt anfüllte. Dort, wo sie eben noch der Tee gewärmt hatte, schien es jetzt, als wäre dort ein kühles Loch.

Das letzte Mal war es nicht ihre Hallig gewesen. Das letzte Mal hatte der Sturm vor allem ihre Heimfahrt behindert. Jetzt dagegen empfand sie die Sturmflut als bedrohlich. Jetzt ging es nicht mehr um eine Warft auf einer Hallig, sondern um ihre Warft auf ihrer Hallig.

Ella starrte weiter aus dem Fenster, unfähig, sich zu bewegen, einzig allein mit ihren Armen hielt sie sich selbst umschlungen. Sie war allein in diesem Haus. Sie allein trotzte den Elementen.

Charlotte

4. Mai 1940

Ich komme mir vor, als wäre ich Jahre schon allein auf der Hallig.

Keikes Beerdigung liegt Wochen zurück. Pay hatte nicht kommen können. Ich habe für ihn mitgeweint und für Keike und für mich.

Viele Menschen waren nicht da gewesen. Bodo und Alma natürlich, aber von ihnen abgesehen nur noch ein paar entfernte Verwandte, die sofort nach der Bestattung wieder abreisten. Ehrlich, ich weiß nicht mehr, was der Pfarrer gesagt hat. Ich erinnere mich an kein Wort. Nur an das Gefühl, das ich hatte, als sie den Sarg in das Erdloch senkten und ich vortrat, um Erde daraufzuwerfen. Dreimal. Dieses entsetzliche Gefühl der Einsamkeit, das Gefühl, von Keike zurückgelassen worden zu sein. Ich wusste nicht, dass dieses Gefühl schmerzen kann, dass es sich anfühlt wie ein Krampf der Eingeweide.

»Es würde dir guttun, ein paar Tage bei uns zu bleiben«, sagte Alma später und legte sehr warm und freundlich ihren Arm um meine Schulter.

»Ich kann nicht. Wer soll sich um die Tiere kümmern? Das geht einfach nicht.«

Alma nickte wortlos und drückte mich ganz fest, bevor ich allein auf die Hallig zurückkehrte. Cäsar fand seinen Weg glücklicherweise beinahe ohne mein Zutun. Viel mehr, als auf dem Kutschbock sitzen und die Zügel halten, brauchte ich nicht, und ich war froh darum, denn Nebel stieg aus dem Watt auf, als würde er mich verschlingen wollen.

»Du und ich, Piet, die Schafe, die Kühe, die Hühner und mehr nicht«, sagte ich leise zu Cäsar, und er legte die Ohren nach hinten, als würde er mir zuhören.

Stille, denke ich, das ist doch nur die Abwesenheit von menschlichen oder tierischen Geräuschen, aber bedeutet sie wirklich, dass man nichts hört?

Ich glaube, nicht. Bei Nebel ist es still, so wie an Keikes Beerdigungstag. Trotzdem ist da dieses Singen und Klingen in meinen Ohren. »Auf einer Hallig lebt man nicht allein«, hatte Keike immer gesagt, und sie hat recht. Heute weiß ich, was sie meint.

Ich spreche jetzt mit allen Tieren. Mit den Schafen, den Hühnern, den Gänsen und den Kühen. Es hilft ein wenig.

Pay schreibt selten, seitdem Keike tot ist. Was hat er mir auch schon zu sagen? Ich war für sie hier, und jetzt bleibe ich für ihn. Aber warum eigentlich? Ich muss noch mal zurückblättern. Mir ist, als hätte ich mal einen guten Grund gehabt, aber ich kann mich gerade nicht erinnern.

Den ganzen April über haben Stürme getobt. Piet lag abends neben mir und heulte gemeinsam mit dem Wind. Ich wusste nicht, ob ich darüber lachen oder weinen sollte.

Ich weine viel hier. Mehr, als für einen Menschen gut ist.

Ich reiße mich immer nur zusammen, wenn Alma und Bodo kommen oder Bodo mir bei der Arbeit hilft.

Sobald ich allein bin, erlaube ich es mir zu weinen, egal was ich gerade tue. Wenn man schon allein ist, vor wem will man noch etwas verstecken? Es macht keinen Sinn. Das alles hier macht doch gar keinen Sinn.

8. Mai 1940

Manchmal habe ich auch Angst hier. Wovor, kann ich gar nicht sagen. Kommt vielleicht von der Einsamkeit. Und natürlich ist das Haus alt. Der Wind knackt im Gebälk, die Treppe knarrt, wenn ich die Haustür öffne und die feuchtkalte Luft auf das Holz trifft. Die Dielen murren unter dem beständigen Wetterwechsel, so wie in den letzten Tagen. Mal war es warm, und die Sonne glitzerte im Watt und auf dem Wasser, dann wieder war es kühl und unbeständig, und der Wind trieb Regen über die grünen Wiesen. Immer wieder brausen Flugzeuge tief über die Hallig, und wären sie nicht, ich könnte fast vergessen, dass Krieg ist.

Liebe Charlotte,
was soll ich dir schreiben? Ich weiß es nicht. Ich hoffe, es geht dir gut.
Ich weiß zu schätzen, was du auf der Hallig tust.
Trotzdem fehlt mir der Gedanke, Mutter mit dir auf der Hallig zu wissen, dort, wo ihr auf mich gewartet habt.
Im Sommer bekomme ich vielleicht eine Woche Fronturlaub.
Bis dahin sei gegrüßt
Pay

Ich schlafe abends mit dem Gedanken ein, dass ich morgen meine Sachen packe und nach Berlin fahre. Natürlich tue ich es nicht. Natürlich stehe ich mit dem ersten Hahnenschrei auf und tue, was getan werden muss.

Übrigens sehe ich auch keinen Sinn mehr darin, weiter Tagebuch zu schreiben. Ich wüsste nicht, worüber. Es passiert nichts, außer dem, was immer passiert und worüber ich schon so oft geschrieben habe.

Früher hatte ich etwas zu sagen, denke ich, während ich die alten Seiten lese, heute dagegen raunt nur der Wind über das Meer, und ich bin müde.

Meine Stimme ist zu leise, viel zu leise für die Hallig.

Ella

Ella kniete auf der Bank und sah angestrengt aus dem Küchenfenster, dem einzigen Fenster, dessen Läden sie noch nicht geschlossen hatte.

War es jetzt an der Zeit, mit all ihren Sachen ins Obergeschoss zu ziehen? Immer häufiger klatschten einzelne Wellen über den Warftrand. Manche erreichten sogar den kahlen Busch vor dem Fenster. Beinahe waagerecht schien der Regen gegen die Scheiben zu prasseln. Ella hatte sich einen zweiten Pullover übergezogen, mehr Holz in den Bilegger geworfen und die Handschuhe übergestreift, die vorn die Fingerspitzen frei ließen. Trotzdem wollte die feuchte Kälte, die der Sturm gebracht hatte, ihren Körper nicht verlassen.

Dabei hatte sie noch Glück. Wenn sie zu große Angst bekam, könnte sie zum Hörer greifen und Brar anrufen, Charlotte dagegen war allein gewesen.

Die restlichen paar Seiten dieses Tagebuchs waren leer, und das neue Heft begann erst im Jahr 1943. Das neue Tagebuch sah auch anders aus. Dieser Ledereinband war abgegriffen, so als wäre es später oft gelesen worden.

Drei Jahre allein auf der Hallig.

Ella zog wieder die Schultern zusammen, wie immer, wenn ihr entweder kalt war oder sie etwas nicht fassen konnte. Vielleicht hoffte sie, sich mit dieser Bewegung so schmal wie möglich zu machen, damit schlechte Neuigkeiten sie nicht trafen, einfach an ihr vorbeiglitten.

Brar rief an, als Ella gerade noch einmal den Kessel auf den Ofen stellte, um neuen Tee zu kochen.

»Na, noch trocken?«, fragte er, und obwohl eine gewisse Heiterkeit in seiner Stimme lag, vernahm Ella die Sorge darin sofort.

»Ja«, beeilte sie sich, ihn zu beruhigen, »alles trocken auf Sönkenswarft. Und bei dir?«

Ella hörte, wie Brar erleichtert aufatmete. »Meine Warft ist ein paar Zentimeter höher als deine. Hier ist noch alles ruhig, aber der Wind ist schon ganz ordentlich.«

»Allerdings!« Mit einer Hand hielt sie ihre Tasse unter den Hahn in der Spüle, mit der anderen angelte sie nach der Teedose. »Vor allem ist er sehr viel lauter, als ich ihn je gehört habe.«

»Ja, das liegt an der Richtung. Wenn er aus Norden kommt, prallt er direkt auf dein Haus und pfeift dann am Stall und am Schuppen vorbei.«

»Deshalb plätschern die Wellen wohl auf bis zum Strauch unterm Küchenfenster.«

»Genau. Und, hast du schon deine Sachen gepackt?«

»Was für Sachen?«, fragte Ella verwirrt, während sie das heiße Wasser über die Teeblätter goss.

»Na, ich dachte, wenn es der letzte Sturm nicht geschafft hat, wird dich dieser sicherlich abschrecken.«

Jetzt lachte Ella hell auf. »Nein, nein, so schnell bin ich nicht kleinzukriegen. Weißt du, Brar, ich muss immer an Charlotte, meine Urgroßmutter, denken und daran, was sie hier mitgemacht hat. Dagegen hab ich hier den Himmel auf Erden. Ich meine, sie haben im Sommer den Kuhdung getrocknet, damit sie im Winter etwas zu heizen haben. Ich hab hier Öltanks. Das ist schon bequemer.«

»Wohl wahr. Das Leben damals war um einiges schwerer. Wir haben Spülmaschinen.«

»Du hast eine. Meine dagegen lässt auf sich warten.«

»Wird schon, Ella«, sagte Brar belustigt. »Hier dauert alles länger.«

»Schon festgestellt.«

»Ich frage mich ja manchmal, ob du nicht deine Apotheke vermisst.«

Ella legte den Kopf schräg. »Manchmal«, antwortete sie leise. »All das Wissen, das ich im Studium angehäuft habe … manchmal denke ich, es kam gar kein anderer Weg für mich infrage. Ich meine, niemand, weder meine Großmutter noch meine Mutter, hat jemals den Gedanken gehabt, ich könnte etwas anderes studieren.« Ella zuckte mit den Schultern, obwohl sie niemand sehen konnte. »Vielleicht, wäre unser Verhältnis nicht so eng gewesen, vielleicht hätte ich mich zu etwas ganz anderem entschlossen, wer weiß? Auf jeden Fall habe ich eine Idee für den Frühling.«

»Eine Idee?«

»Ja, ich hab beim Auf- und Umräumen alte Fotos gefunden. Es muss hier mal so etwas wie einen Küchengarten gegeben haben, hinter dem Schuppen, nicht weit vom Fehting. Charlotte schreibt von Küchenkräutern und Kohl, von Kartoffeln und Erbsen.«

»Ich glaube, ich weiß, wo – jetzt ist das einfach nur Wiese. Ines hatte keinen grünen Daumen, hat sie jedenfalls immer gesagt.«

»Nun, vielleicht habe ich einen.« Ella lächelte. »Ich dachte, ich fange vielleicht klein an. Ein paar Kräuter, ein bisschen Kohl, Erbsen, Bohnen. So was eben. Hinten an der Wiese sind Überreste eines kleinen Mäuerchens. Vielleicht sollte ich das wieder hochziehen, damit der Garten windgeschützter ist.«

»Das ist eine gute Idee! Ich helfe dir gern im Frühjahr.«

»Danke«, sagte Ella schlicht. Größere Wellen türmten sich jetzt auf, rollten auf die Warft zu, bevor sie am Hang brachen. »Du, ich glaube, ich muss Schluss machen und die Fensterläden schließen.«

»Mach das, Ella, und ruf an, wenn du dich fürchtest.«

»Was solltest du dann tun?«, fragte Ella amüsiert.

»Ich weiß es nicht. Dir lustige Lieder vorsingen?«

Noch einmal lachte Ella laut. »Ich komm drauf zurück.«

Charlotte

4. Oktober 1943

Drei Jahre lang habe ich nicht Tagebuch geschrieben, denn ich fand keine Worte für das Grauen, das ich erlebt habe.

Nach dem Untergang der *Bismarck* 1941 habe ich erst einmal geglaubt, Pay sei tot. Ein halbes Jahr lang, um genau zu sein.

So viele sind dabei gestorben, es lag nahe. Die *Bismarck* hätte sich heldenhaft geopfert, stand in der Zeitung, und ich hätte schreien können.

Ein paarmal habe ich überlegt, ob ich nach Berlin zurückgehe, dann wurde mir klar, dass, wenn Pay tot ist, ich wohl die Hallig erbe. Ich habe zu meiner eigenen Überraschung versucht, meine Eltern zu überreden hierherzukommen. Berlin ist nicht sicher. Aber sie wollten nicht, und jetzt sind sie tot. Sie starben Ende August bei einem Bombenangriff auf Dahlem. Ihr Haus, mein Elternhaus, brannte aus. Meine Schwester hat es mir geschrieben. Sie ist zu Verwandten ihres Mannes, der inzwischen auch eingezogen ist, in die Nähe von Leipzig geflüchtet.

Als ich eines Tages erfahren habe, dass Pay noch lebt, konnte ich es gar nicht glauben. Ich habe den kurzen Brief, den er mir aus englischer Kriegsgefangenschaft schreiben durfte, bestimmt hundertmal gelesen, wenn nicht noch mehr. Ich hab ihn so oft in der Hand gehabt, dass er an den Ecken ganz fadenscheinig wurde, das Papier sehr durchsichtig, so, als hätte ich es mit fettigen Händen angefasst.

Liebe Charlotte,
es tut mir leid, dass ich lange nicht schreiben konnte. Ich bin jetzt ein britischer Kriegsgefangener. Ich werde anständig behandelt. Mehr kann ich nicht verlangen.
Geht es dir gut?
Pay

Ich weiß nicht, ob er nicht mehr schreiben durfte oder nicht wollte. Seine Briefe vorher waren ähnlich nichtssagend. Sie klangen so, als würden wir uns nur flüchtig kennen. Und sosehr ich mich ja über jedes Lebenszeichen von ihm freue, umso mehr schmerzt mich das Gefühl, für ihn plötzlich so fremd zu sein, dass er mir kaum mehr als nur ein paar Zeilen schreiben kann.

Jede Nacht fliegen alliierte Bomberstaffeln über die Hallig. Manchmal höre ich Luftgefechte, und ich habe immer Angst, dass einer der abgeschossenen Flieger einmal auf der Hallig, auf meinem Kopf, landet.

Piet hat sich an alles gewöhnt. Er sieht nur noch träge auf. Manchmal, wenn ich vor Angst zittere, leckt er mir die Hand, so als wolle er mich fragen, was ich denn hätte, es wäre doch alles wie immer. Und er hat recht. Nur ich kann mich an das neue Normal nicht gewöhnen.

Ein paar Schafe und ein paar Kühe habe ich verkauft. Ich schaffe es allein einfach nicht. Es ist zu viel Arbeit. Im Moment lebe ich überwiegend von dem Geld, das meine Eltern mir hinterlassen haben. Das ist bestimmt nicht klug. Ich sollte es sparen für nach dem Krieg, aber wer weiß, ob es ein Danach überhaupt geben wird.

30. Oktober 1943

Ich bin nicht mehr allein auf der Hallig, und von jetzt an werde ich dieses Tagebuch gut verstecken müssen, denn was ich von nun an aufschreibe, kann uns beide das Leben kosten.

Aber der Reihe nach.

Vor vier Tagen, genauer gesagt in den frühen Morgenstunden eines regnerischen nebligen Tages, ist genau das passiert, wovor ich immer am meisten Angst hatte. Ich hörte einen lauten Knall und das Taumeln eines abgeschossenen Fliegers in der Luft. Ich habe das schon öfter mal gehört, aber wenn, in großer Entfernung. Noch niemals so nah. Es war Ebbe, und ich habe den Feuerschein südlich der Hallig im Watt gesehen. Ehrlich, ich weiß nicht, warum, aber ich habe mich schnell angezogen, Piet angeleint und die Petroleumlampe vom Küchenregal gegriffen.

Noch eine Stunde bis zur Flut und noch mehrere Stunden, bis es richtig hell werden würde.

Was genau ich mir gedacht habe, weiß ich nicht. Ich bin sicher nicht mit dem Gedanken zum Wrack gegangen, jemanden zu retten. Vielleicht war es bloße Neugier. Während ich mich der Absturzstelle, die ungefähr zwanzig Minuten Fußmarsch entfernt lag, näherte, hörte ich noch zwei weitere kleine Explosionen, vielleicht durch die Tanks, ich weiß es nicht, auf einmal erhellte eine Feuer-Rauchsäule die neblige Dunkelheit. Genau darauf hielt ich zu. Zurück würde mich Piet führen. Erst später wurde mir klar, wie dumm das war. Ich hätte ertrinken können. Wir beide hätten ertrinken können.

Den Mann sah ich erst, als ich beinahe stolperte. Er lag ein gutes Stück vom Wrack entfernt. Ich sah Schleifspuren im Watt. Er wird sich hierhergeschleppt haben.

Im ersten Augenblick dachte ich, er wäre tot, doch dann vernahm ich ein leises Stöhnen, ein Wimmern eher, und beugte mich über ihn.

»Help«, murmelte er leise. »Help.« Ein Engländer oder Amerikaner, dachte ich. Feind, schoss mir durch den Kopf, und dann dachte ich an Pay. Auch er war Feind, und trotzdem hatten ihn die Briten gerettet.

Mein Englisch ist etwas rostig, aber durch unsere Verwandten in Cornwall spreche ich es gut, und daher fragte ich den Mann, ob er aufstehen könne. Mühsam stützte er sich auf die Arme und versuchte, sich hochzuziehen. Sein Bein war nicht in Ordnung. Ich hielt ihm meine Hand hin.

»Wir müssen uns beeilen«, sagte ich. »Die Flut kommt.«

»Mein … da ist noch …« Einige seiner Worte verschluckte der Wind, und er zeigte auf das brennende Wrack. »Ich habe es rechtzeitig … aber …«

»Nein«, gab ich zurück und legte seinen Arm um meine Schulter. »Nein.«

Darin konnte niemand mehr am Leben sein.

Halb zog ich ihn, halb schleppte ich ihn zurück. Sein linkes Bein war sicher gebrochen. Er zog es hinter sich her und hüpfte auf dem anderen, während Piet unablässig an der Leine in Richtung Hallig zog.

Ich konnte die Flut schon riechen, und auf den letzten Metern spülte sie bereits um unsere Füße, aber wir haben es geschafft. Ganz knapp. Mir tat alles weh. Der Mann war schwer, auch wenn er sich bemühte.

Mit letzter Kraft habe ich ihn ins Haus geschleppt. Dreckig und blutig, wie er war, wollte ich ihn auf keinen Fall auf die Couch legen. Ich griff ein Laken aus dem Schrank und legte es auf den Boden. Darauf brach er dann zusammen.

Und ich konnte mich erst mal gar nicht um ihn kümmern, auch ich musste mich am Türrahmen festhalten und verschnaufen. Danach habe ich ihm seine Uniform ausgezogen, vielmehr die Fetzen, die davon übrig waren. Sein Körper war übersät mit Schürfwunden und Kratzern und einigen kleineren Brandwunden. Ich habe alles mit Jod abgetupft, und dann habe ich mir sein Bein genauer angesehen. Nein, glücklicherweise scheint es nicht gebrochen zu sein, einzig sein Knöchel ist sehr blau und dick, trotzdem kann er ihn unter Schmerzen bewegen, also glaube ich auch dort eher an eine Verstauchung.

Nachdem ich ihn gesäubert habe, seine Wunden verbunden und ihn in einen von Pays Pyjamas gesteckt hatte, habe ich ihn mir genauer angesehen. Draußen im Watt hatte ich ihn älter geschätzt, vielleicht durch all den Ruß in seinem Gesicht und die Schatten im Schein des Feuers. Hier drinnen denke ich allerdings, dass er kaum älter sein wird als ich. Er ist hübsch. Ein junger hübscher Mann mit einem schmalen ernsten Gesicht und großen graublauen Augen. Er ist sehr schlank und hat schmalere Schultern als Pay, deshalb schlottert das weiße Baumwollhemd um seinen Körper.

Schließlich habe ich ihm aufgeholfen und in meinen alten Alkoven gesteckt. Ich sagte ihm, er solle schlafen, ich müsse mich um die Tiere kümmern.

Er packte den Ärmel meiner Bluse und sah mich durchdringend an, dann fragte er auf Englisch: »Wirst du mich verraten?«

Gute Frage. Ich machte mich los und starrte ihn an, starrte auf seine schmale Nase und die Angst in seinen Augen. Wünschte ich mir nicht auch, dass die Engländer gut zu Pay waren? Würde die SS gut zu diesem Mann sein?

Ich weiß es nicht. Aber ich wusste, ich könnte gut zu ihm sein. Also sagte ich entschieden: »Nein.«

Mit einem Seufzer der Erleichterung sank er zurück und schloss die Augen. Danach ging ich an meine Arbeit. Der Tag war inzwischen hell und goldgelb in alle Ecken des Hauses gedrungen. Und während ich den Stall ausmistete und später einen Eimer Schafsmilch zurück ins Haus trug, fragte ich mich, ob jemand nach ihm suchen würde, ob jemand auf die Hallig kommen und nach ihm fragen würde.

Ich verbrannte das blutige Laken und die Fetzen seiner Uniform den Mittag über im Bilegger. Der Engländer schlief und wachte nicht einmal auf.

Am Nachmittag sah ich vom Fenster im Döns aus, dass Reiter sich über das Watt näherten. Rasch sprang ich auf.

Wohin mit dem Engländer?

Ich tippte ihn am Arm an, da schrak er schon auf, und ich legte meinen Finger auf die Lippen, dann half ich ihm aufzustehen. Ich war mir nicht sicher, ob sie das Haus durchsuchen würden. Der Dachboden erschien mir unsicher. Aber unter dem Alkoven waren eine Klappe und ein Fach, ebenso groß wie der Alkoven, in dem Keike ein paar alte Laken verwahrte, die wir nicht mehr brauchten, sie aber auch nie wegwerfen konnte. Mit einer Hand zog ich die Verriegelung auf, mit der anderen half ich ihm hineinzuklettern. Er stöhnte leise, und ich machte energisch: »Pst!« Angstvoll sah er mich an, bevor ich den Deckel schloss und rasch die dünne Matratze und die Bettwäsche darüber wieder in Ordnung brachte.

Den Rest schreibe ich morgen, mir fallen gleich die Augen zu.

Ella

Der Wind hatte nachgelassen, sich beruhigt, wie ein Kind, das endlich das Weinen aufgegeben hatte. Jetzt stieg nur noch das Wasser – das konnte Ella vom Dachgeschoss aus gut sehen. Es war über den Warfthang gekrochen, hatte den gepflasterten Hof überflutet und stand vor der ersten Stufe zum Haus, als hätte es jemand eingeladen und würde noch warten, bis sich die Tür öffnete.

»Nicht mit mir«, murmelte Ella und dachte an die Sandsäcke, die sie vor die Tür gezerrt hatte, und dann war ihr plötzlich eingefallen, dass heute Roberts Geburtstag war, und sie überlegte, ob sie ihm eine E-Mail schreiben sollte. War das angebracht? Im Januar würde er hierherkommen, was auch immer er genau mit seinem Besuch bezweckte. Also könnte sie ihn auch anrufen. Im Januar würde sie ja auch mit ihm sprechen, dann könnte sie ihm jetzt auch gratulieren. Alles andere wäre doch eigentlich albern, oder nicht?

Bevor sie es sich anders überlegen konnte, griff sie nach ihrem Smartphone und wählte seinen Namen in der Kontaktliste aus, drückte anschließend auf seine Nummer und wartete.

»Faerber«, meldete er sich knapp und etwas atemlos.

»Ich bin es, Robert, ich wollte –«, Ella räusperte sich, »herzlichen Glückwunsch zum Geburtstag und alles Gute!« Oje, dachte sie, das klang steif.

»Danke«, sagte Robert knapp, nachdem sie ihn hatte Luft holen hören. »Das ist aber lieb.«

»Ja, ich … Und was machst du so an deinem Tag?« Früher einmal war das ihr Tag gewesen. Geburtstage waren heilig. Sie hatten sie immer zusammen verbracht.

»Nicht viel«, gab er zurück. »Ich … mir ist nicht nach einer Party.«

»Das tut mir leid«, sagte Ella. »Ich hätte nicht anrufen sollen.«

»Nein, im Gegenteil! Ich freue mich, deine Stimme zu hören. Ich –« Er brach ab. »Wie geht es dir?«, fragte er stattdessen.

»Gut, gut, wir haben Sturmflut, und ich sitze im Dachgeschoss, falls das Wasser doch hereinschwappt, aber es wird schon gut gehen«, sagte Ella sehr viel heiterer, als ihr eigentlich zumute war.

Robert erwiderte darauf nichts, und als Ella schon glaubte, die Verbindung wäre unterbrochen worden, hörte sie plötzlich doch seine Stimme. Sie klang sehr sanft. »Pass auf dich auf, ja?«

An die Stelle der Kälte in ihrem Bauch trat jetzt ein ganz zartes Kribbeln, eine Aufregung, die sie schon lange nicht mehr gespürt hatte. »Mache ich«, gab sie rasch zurück. »Ich muss jetzt Schluss machen.«

»Verstehe ich. Bis bald, Ella.«

Das Knacken in der Leitung versetzte ihrem Herzen einen kleinen Stich. Robert hatte aufgelegt.

Ja, kein Zweifel, irgendwo ganz tief in ihr, regte sich ein leiser, ein quälend leiser Schmerz. Sollte sie Robert tatsächlich vermissen?

Eine ganze Weile saß sie nach dem Gespräch so da, hielt die Thermoskanne in der Hand, ohne sich etwas einzuschenken, und lauschte dem Sturm. Ihr fiel ein, dass sie sicher nicht zum letzten Mal hier sitzen würde und warten. Solche Stunden waren jetzt ein Teil ihres Lebens, und einmal mehr fragte sich Ella, was Ines wohl getan hatte. Hatte sie gelesen? Oder aus dem Fenster gestarrt?

Vielleicht, überlegte Ella, sollte ich stricken lernen. Unwillkürlich dachte sie an Charlotte.

Später klingelte das Telefon. Die Nummer von Bredenswarft erschien auf dem Display.

»Ja, Brar? Alles in Ordnung bei dir?«, meldete sie sich und goss Tee in ihre Tasse.

»Warten auf das Wasser. Alles gut, und bei dir?«

»Alles genauso. Warten, nichts tun, aus dem Fenster schauen, das Wasser beobachten und warten. Hast du deshalb angerufen?«

»Nein.« Brar lachte, dann wurde er wieder ernst. »Nein, ich, ich habe mich gefragt, ob … Na ja, Ella, wenn das Wasser irgendwann wieder abgelaufen ist und der Sturm sich gelegt hat, vielleicht hast du Lust, mal mit mir nach Pellworm zu fahren und essen zu gehen?«

Für einen Moment schien es ihr, als würde ihr Herz aufhören zu schlagen. »Essen gehen, Brar?«

»Warum nicht?«

»Gern«, sagte Ella und lächelte. Ein Abend mit Brar. Seine Einladung freute sie, und gleichzeitig machte sich noch ein anderes Gefühl breit: das Gefühl, dass etwas nicht stimmte, nicht richtig war. Ella schob es weit weg.

»Gut, dann will ich dich nicht länger stören, und ich muss in den Stall. Bis später?«

»Bis später!«, verabschiedete sich Ella und legte das Smartphone auf den kleinen Tisch, neben dem Stuhl unterm Gaubenfenster, auf dem sie saß.

Charlotte

31. Oktober 1943

Wo war ich gestern stehen geblieben? Ach ja, die Männer, die übers Watt auf die Hallig ritten.

Zwei Männer in Uniform, auf zwei Pferden. Ich war so aufgeregt, meine Handflächen waren schweißnass. Ich trat hinaus auf den Hof an diesem sonnigen, aber kühlen Tag, der den morgendlichen Nebel ganz unrealistisch erscheinen ließ.

»SS-Standartenführer Schröder und Wachtmeister Weber«, sagte der größere der beiden Männer, der auch der jüngere war, sprang von seinem Pferd und führte es am Zügel weiter, während der ältere mühsam von seinem Ross herunterrutschte. »Frau Nahnsen?«

Ich nickte und wischte mir die Hände an meiner Schürze ab. »Was kann ich für Sie tun?«, fragte ich betont langsam.

»Letzte Nacht ist ein englischer Bomber im Watt abgeschossen worden, und die Besatzung könnte noch am Leben sein.«

»Was hat das mit mir zu tun?«, fragte ich harscher, als mir zumute war.

»Vielleicht haben sie sich hier versteckt?« Standartenführer Schröder sah mich mit durchdringendem Blick an. Ich hielt stand.

»Ich bin allein hier. Ich habe niemanden gesehen.«

Jetzt mischte sich Wachtmeister Weber ein: »Haben Sie etwas dagegen, wenn wir uns umsehen?«

Ich zuckte betont gleichgültig mit den Schultern. »Nur zu.« In Wahrheit rutschte mir das Herz in die Hose, als der Standartenführer die Haustür öffnete. Langsam ging ich den beiden nach. Das Blut pulsierte klopfend und pochend durch meine Ohren.

Erst sahen sie sich im Stall um, dann oben auf dem Dachboden, danach im Döns. Wachtmeister Weber ließ den Blick schweifen. In der Küche fiel sein Blick auf meinen Teller in der Spüle, danach sah er in die Ofenklappe. Der Rest des blutigen Lakens schaute noch heraus.

Stirnrunzelnd sah er auf. Standartenführer Schröder rammte die Arme in die Hüften. »Blutiger Stoff?«

Angst kroch heiß in meine Wangen. »Frauenleiden«, sagte ich knapp und biss mir auf die Unterlippe.

Angewidert stieß Wachtmeister Weber die Klappe mit dem Fuß zu. »Und Sie haben nichts gesehen?«

»Nein, nur gehört. Ich hatte verdunkelt, wie verordnet, und ich habe nicht hinausgesehen. Es war ein sehr lauter Knall. Eine Explosion. Würde mich wundern, wenn das jemand überlebt hätte.«

Wachtmeister Weber nickte bedächtig. »Sie leben hier ganz allein, nicht wahr?«

»Mein Mann ist in Kriegsgefangenschaft, und meine Schwiegermutter ist verstorben.« Ich schob das Kinn nach vorn.

»Mein Beileid«, murmelte Standartenführer Schröder und tippte sich dann an den Schirm seiner Uniformmütze. »Passen Sie gut auf sich auf.«

Ich sah den Reitern nach, bis sie verschwunden waren, bis der Horizont sie verschluckt hatte, dann erst wagte ich mich wieder in den Döns, um meinen Gast zu befreien. Bleich und zitternd hockte er in der Box. Ich musste ihn beinahe herausheben.

Als er wieder lag, streckte ich ihm die Hand hin. »Charlotte.«

Die Finger, die er matt zwischen meine schob, glühten. »Jeffrey Wilkins«, gab er ebenso leise zurück.

»Du hast Fieber.«

»Mir geht es gut.« Er hielt sich eine Hand an die Stirn. »Ich muss weg … nach Hause.«

Nur mit Mühe konnte ich ihn auf das Bett zurückdrücken, während er immer wieder versuchte, sich aufzurichten, und Unverständliches murmelte.

Den halben Tag habe ich an seinem Bett verbracht, ihm lauwarme Wickel gemacht, bis am Nachmittag seine Temperatur endlich sank. Vielleicht ist es der Schock, vielleicht hat er sich verkühlt.

Fest steht, er wird eine ganze Weile brauchen, bis er wieder gesund ist. Ich werde ihn und mein Tagebuch besser verstecken.

4. November 1943

Jeffrey geht es etwas besser. Das Fieber ist weg, aber er ist matt.

Bei Ebbe habe ich jetzt immer das Watt im Auge, bei Flut das Meer, und hoffe, dass niemand kommt, niemand Jeffrey entdeckt. Sein Flugzeugwrack wird gesunken sein. Ich konnte schon bei der ersten Flut danach nichts mehr davon ausmachen. Und vielleicht glauben jetzt alle, dass die Besatzung ebenfalls auf dem Grund des Meeres liegt.

Ich habe Jeffrey wieder in der Box unter dem Alkoven versteckt, als Bodo kam und mir Holz und ein paar Kohlen brachte. Außerdem hat Alma mir Steckrüben eingepackt und eine Extra-Ration Zucker, weil ich so dünn aussehe. Die Arbeit zehrt. Ich habe das Gefühl, ich kann gar nicht so viel essen, wie ich eigentlich sollte.

Bodo half mir den halben Tag schweigend dabei, den südlichen Halligrand zu befestigen, und ich habe die ganze Zeit überlegt, wie ich ihn wieder loswerde, damit ich Jeffrey aus seiner misslichen Lage befreien kann. Vielleicht sollte er in Zukunft auf dem Boden über dem Stall leben, aber es ist kalt dort. Ich fürchte um seine fragile Gesundheit. Aber ich sollte ihm dort ein Lager einrichten, damit er sich verstecken kann, wenn jemand kommt.

Allerdings habe ich Angst, dass er dort leichter gefunden werden kann. Sobald es ihm besser geht, muss er fort. Aber wohin?

Der Wind scheint mir leiser, seitdem Jeffrey da ist. Ich bin nicht mehr allein.

Gegen Mittag sagte ich Bodo, dass ich Kopfschmerzen hätte und mich hinlegen wollte. Er bestand darauf, mich ins Haus zu bringen. Er wolle dann noch allein weitermachen.

Verzweiflung packte mich.

»Ich komme schon zurecht.«

Doch Bodo griff meinen Arm. »Du bist ganz blass, Mädchen.«

»Es geht mir gut. Bis auf die Kopfschmerzen.«

Er hatte mich untergehakt. Vor den Eingangsstufen blieb ich stehen. »Danke, hinein schaffe ich es schon.«

»Sei nicht albern, Charlotte, du bist leichenblass.«

Das war die Angst, denke ich im Nachhinein.

Beherzt drückte Bodo die Klinke hinunter, öffnete die Tür und schob mich dann durch den Hausflur und weiter in die Küche.

»Ich mach dir einen Tee. Tee wird dir guttun.«

»Keine Umstände«, protestierte ich matt, und dann drehte er sich zur Spüle um, um den Kessel zu füllen. Einen Moment blieb er stehen und starrte auf das Geschirr, das zum Abtropfen danebenstand.

Zwei Tassen, zwei Teller, zwei Löffel. Bodo runzelte seine hohe Stirn und kniff die Augen so stark zusammen, dass viele kleine Fältchen sich bis über seine Wangenknochen zogen. Schließlich wandte er sich mir wieder zu.

Mein Herz klopfte bis zum Hals. »Ich hab gestern Abend nicht abgewaschen«, sagte ich rasch und viel zu schnell.

Ohne darauf einzugehen, murmelte er: »Dann stimmt es doch. Einer hat überlebt.« Bodo trat rasch auf mich zu und packte mich mit seinen großen Händen an den Schultern. »Wo ist er?«

»Ich weiß nicht, wovon du sprichst!«

Bodo schüttelte mich. »Verstehst du nicht, du dummes Ding? Das ist ernst! Ich würde dich nie verraten, aber wenn er hier ist, muss er weg.«

Ich habe es in seinen Augen gesehen. Nein, Bodo würde mich nicht verraten. Trotzdem schiebe ich meine Hände unter seine

Arme und befreie mich aus seinem Griff. »Er kann nicht weg. Er ist verletzt und krank. Und überhaupt, wohin sollte er?«

Jeffrey war dankbar, als er aus der Box steigen durfte, aber die Angst kehrte in seine Augen zurück, als sein Blick auf Bodo fiel. »Er wird uns nicht verraten«, sagte ich rasch auf Englisch, doch das Misstrauen blieb ihm ins Gesicht geschrieben.

»Was ist mit seinem Bein?«, fragte Bodo und deutete auf Jeffreys bandagierten Knöchel, der aus der Pyjamahose herausschaute.

»Ich denke nicht, dass er gebrochen ist, aber … ich bin keine Ärztin.«

Bodo legte den Finger an sein Kinn und schloss für einen Moment die Augen. »Ich kenne jemanden, der ihn untersuchen kann.«

»Dr. Claaßen? Meinst du, wir können ihm trauen?«

Bodo schüttelte den Kopf. »Nein, auf keinen Fall.« Dann drehte er sich auf dem Absatz um. »Ich komme morgen zurück.«

Ohne dass ich ihn noch etwas hätte fragen können, verließ er das Haus und stieg auf seinen Einspänner. Die Peitsche knallte, Hufgetrappel auf dem Hof, dann wurde es still.

»Vertraust du ihm?«, fragte Jeffrey, und er klang besorgt.

Zu meiner Überraschung nickte ich. »Ja, das tue ich.«

Und das tat ich wirklich. Ich weiß nicht, was das mit Bodo ist, aber ich glaube, er ist ein guter Mensch.

Den Abend verbrachte ich bei Jeffrey im Döns mit meinem Strickzeug. Es war das erste Mal, dass wir uns richtig und länger unterhalten haben. Ich glaube, es geht ihm besser.

Er erzählte von den grünen Hügeln seiner Heimat in Devonshire und von der wilden Landschaft in Cornwall. Einmal griff er nach meiner Hand und drückte sie fest. Warme Finger umschlossen meine kühle Haut, und ein Prickeln breitete sich darin aus. Jetzt, da etwas Farbe in sein Gesicht zurückgekehrt ist und er mit größerem Appetit isst, was ich ihm vorsetze, finde ich, dass er gut aussieht. Schneidig irgendwie.

Ella

»Soll ich ihn zu Weihnachten einladen?«, fragte Ella Brar, als sie sich am 23. Dezember am Anleger trafen, um auf das Schiff zu warten, das Karla nach Südfall bringen würde und Brar aufs Festland, damit er von dort aus zu seiner Familie nach Dänemark weiterreisen konnte, in den wohlverdienten Urlaub.

Ella hatte schon die ganzen letzten Tage darüber nachgedacht, ob sie Brars Urlaubsvertretung, einen, laut Brar, netten älteren Mann, der Brar schon oft ersetzt hatte, herüberbitten sollte.

»Nein, das würde Helmut nicht wollen. Er bleibt gern allein. Gerade an den Feiertagen.« Brar stellte seinen Koffer ab, dann zog er lächelnd die Handschuhe aus und griff nach ihrer Hand. »Ich werde Südfall vermissen«, sagte er, und Ella genoss das Kribbeln, das seine Berührung in ihr auslöste. Ein warmes Gefühl, das sich elektrisierend von ihren Fingerspitzen bis in die Haarwurzeln zog.

»Nur Südfall?« Ella wollte eigentlich mehr necken, aber trotzdem hatte sich da ein ernster Unterton in ihre Stimme geschlichen.

»Nein, auch Ella.« Brar lachte. »Und ich meine nicht das Schaf.«

»Dann ist ja gut.« Einen Moment sah Ella verlegen auf ihre Schuhspitzen, dann erst wieder auf.

Brar fuhr sich durchs Haar. »Und wir haben noch eine Verabredung.«

»Unbedingt. Du hattest mir einen Abend in Pellworm versprochen.«

»Ich halte meine Versprechen.«

»Das glaube ich«, sagte Ella leise und sah ihm in die Augen.

Ein Nebelhorn unterbrach diesen Moment, und Ella hatte das Gefühl, etwas verpasst zu haben.

Sie drehten sich beide zum Wasser.

»Ah, das Kreuzfahrtschiff«, sagte Brar spöttisch, lächelte aber beinahe liebevoll, während sich die Barkasse näherte, an deren Bug sich kleinere Wellen teilten.

Das Meer war sehr ruhig heute, und die Wolken hingen zäh über dem Wasser.

»Ich werde dich auch vermissen.« Ella drückte seine Hand sehr fest. Das würde sie wirklich. In den letzten Tagen hatte sie außerdem versucht, sich die Hallig ohne Brar vorzustellen. Es fiel ihr schwer.

Sie mochte es gern, wenn Brar an ihr Fenster klopfte und einen Hefezopf hochhielt, zu dem sie den passenden Tee kochte, nachdem sie die Umbauplanungen, die ihr Frau von Stockhult geschickt hatte, zur Seite geschoben hatte, um Platz auf dem Tisch zu schaffen.

»Zu Silvester bin ich wieder da.«

»Das freut mich sehr«, gab Ella zurück und beobachtete, wie das Schiff am Anleger beidrehte, bevor ein Mann auf den Steg sprang und ein großes Tau um einen der Poller schlang.

»Bis bald, Ella.« Brar beugte sich vor und gab ihr einen Kuss auf die Wange, bevor er seinen Koffer aufhob und den Steg entlangging.

»Hey, Hermann!«, rief er dem Kapitän zu, der eben von Bord sprang, um die Gangway anzulegen, über die Karla nur wenig später von Bord schwankte. Ella ging ihr rasch entgegen. Keine Zeit, um über den Abschiedskuss zu grübeln, dachte sie, aber es ist vielleicht auch besser so.

»Du bist ja grün im Gesicht!«, entfuhr es ihr, gerade als sie Karla drücken wollte.

»Das ist nicht meine Welt. Das Meer.« Karla zeigte matt mit dem Daumen hinter sich, und Ella legte ihr den Arm um die Schultern. »Du bist sehr tapfer!«, sagte sie aufmunternd, und Karla verzog das Gesicht.

»Ihre Post noch, Frau Nahnsen!«

»Ach ja! Und Bramen, ich heiße Bramen.« Rasch ließ Ella ihre Freundin los und ging noch einmal zum Schiff zurück.

Freundlich lächelnd reichte ihr Kapitän Herrmann Hansen ein Päckchen und einen kleinen Stapel Briefe.

»Danke«, sagte sie und winkte noch einmal Brar zu, der bereits an der Reling stand. »Bis bald!«

»Bis ganz bald, Ella!«, rief er ihr zu und hob ebenfalls den Arm zum Gruß.

»Na, das war ja eine tränenreiche Verabschiedung!« Karla zog trotz ihrer offensichtlichen Unpässlichkeit eine Augenbraue bis hoch in die Stirn. »Das ist der Ornithologe, ja? Sieht gut aus.«

»Ach du!« Ella steckte die Briefe in die Tasche ihres Mantels und klemmte sich das Päckchen unter den Arm. »So, und jetzt erzähl noch mal … Wo sind Helena und Malte?«

Langsam kehrte ein frisches Rosa wieder auf Karlas Wangen zurück. »Bei ihren Großeltern und ihrem Vater. Tom ist ganz überraschend aus Asien zurückgekehrt und hat mich wissen lassen, wie grausam es wäre, wenn die Kinder nicht bei ihm feiern dürften. Also habe ich sie kurzerhand bei seinen Eltern und ihm in Hamburg abgesetzt. Alte Pfeffersackfamilie, wie du weißt. Na, wenigstens erben die Kinder mal was, wenn es ihr Vater nicht vorher auf den Kopf kloppt.«

»Und du hast sie einfach abgegeben?«, fragte Ella verblüfft.

Karla blieb stehen und sah sich um. »Du warst auch schon mal mitfühlender. Nein, ich hab sie nicht einfach ›abgegeben‹. Ich hab mir die Augen ausgeheult! Weihnachten ohne die beiden. Wieder ein Weihnachten, das ich anders geplant habe und das den Bach runtergeht, weil Tom sich nicht dafür interessiert, wie es gedacht war. Der verlorene Sohn ist heimgekehrt, und alle müssen sich freuen. Weißt du, Ella, ich hätte mitfeiern sollen, aber ich –« Karla unterbrach sich und holte tief Luft. »Ist wirklich schön hier. Klein, aber schön! Grüner, als ich dachte.«

»Was dachtest du denn? Wüste im Meer?« Ella lachte.

»Nein, mehr Sand als … keine Ahnung.«

»Also, du hättest mitfeiern sollen?«, hakte Ella vorsichtig nach und ging weiter.

»Hätte ich, aber … na, du weißt schon. Ich mochte seine Familie nie, und sie mochten mich auch früher schon nicht. Und überhaupt? Warum müssen eigentlich alle ihre Pläne auf den Kopf stellen, nur weil Tom ins Bild rauscht? Nein, nein. Ich bin hier, genau wie geplant, und wir machen es uns gemütlich«, sagte Karla nachdrücklich.

»Das machen wir allerdings.«

Langsam gingen sie den Warfthang hinauf. »Das Haus ist auch viel größer!«, staunte Karla. »Ich dachte an so ein Hexenhäuschen. Weiß auch nicht, warum. Und hey, dein Schlüssel steckt!«

Ella lachte wieder. »Ja, wir lassen den Schlüssel hier immer stecken, falls eine Böe die Tür zuwirft.«

»Wir«, wiederholte Karla nachdenklich, bevor sie nach Ella das Haus betrat. »Der Ornithologe und du? Ella, ich glaube, wir müssen reden.«

»Das machen wir«, versprach Ella und war froh, dass sie bei einer guten Tasse Tee mit Karla ihre Gedanken würde sortieren konnte.

Und vor allem ihr Herz.

Im Moment erschien es ihr aus vielen Puzzlestücken zu bestehen, die nicht recht zueinander passen wollten. »Aber jetzt zeig ich dir erst einmal dein Zimmer oben, und du kannst dich ein bisschen ausruhen.«

Eine Stunde später erst kam Karla wieder nach unten in die Küche, gerade als Ella den Kessel auf den Ofen stellte. Inzwischen war es kurz vor drei, und der Nachmittag hatte eine gelbe Wintersonne mitgebracht, die die Wolken vertrieben hatte und schräg durch das Fenster im Döns fiel.

»Du, ich bin wirklich eingeschlafen!« Karla reckte und streckte sich. Sie hatte Jeans und Pullover inzwischen gegen Strickleggins, Shirt und eine kuschelige gelbe Strickjacke getauscht. »Kann ich dir was helfen?«, fragte sie Ella, doch diese schüttelte den Kopf. »Setz dich einfach. Wenn dir kalt ist, gern auf den Stuhl vor dem Ofen. Der ist wirklich bequem.«

Karla ließ sich darauf nieder und streckte die Beine unter den Tisch.

»Tee oder Kaffee?«, fragte Ella.

»Ach, weißt du was? Ich stürze mich mal ins Tee-Abenteuer.«

Ella stellte lächelnd den Kaffee, den sie extra für Karla besorgt hatte, wieder weg, während sich Karla umsah. »Meine Güte, Ella, diese Küche könnte man ohne Probleme für jedes ›Landleben‹-Magazin als Werbung fotografieren!«

»Und das Schöne daran ist – sie war schon so, als ich ankam. Ich hab nicht viel gemacht. Nur meine schönen Dosen hineingestellt, die Vorräte aufgestockt und mehr nicht. Nächstes Jahr will ich einen kleinen Küchengarten anlegen. Ein paar Kräuter, ein bisschen Gemüse. Im Schuppen habe ich alte Seifenformen gefunden. Ich denke, sie haben hier früher sicher selbst Seife aus Schafsfett gesiedet. Das könnte ich auch machen. Ein kleiner Online-Handel. Südfall-Seifen oder so. Und –«

»Dir fehlt die Apotheke wirklich gar nicht, was?«

Ella schob die Teedose ins Regal zurück und stellte die Kanne auf den Tisch, Zucker, Milch und zwei Tassen dazu. »Manchmal«, sagte sie ausweichend.

»Eher gar nicht«, stellte Karla fest, und Ella fühlte, dass ihr das Blut in die Wangen schoss. »Du hattest doch sehr recht, Karla. Die Apotheke … das war … nie mein Traum, nie mein Leben. Ich hab mich daran festgeklammert. Nach dem Unfall war das mein Rettungsanker. Und jetzt? Ich brauche ihn nicht mehr.«

»Das freut mich wirklich.«

»Und wie läuft es mit der Apotheke?«

Zum ersten Mal sank die sonst so selbstsichere Karla ein wenig zusammen, und Ella goss rasch das heiße Wasser in die Teekanne.

»Wie immer«, fing Karla schließlich leise an, »nur … du fehlst. All die Jahre, Ella. Ich hab mich an dich gewöhnt, jetzt muss ich mich entwöhnen.« Karla rieb sich mit dem Zeigefinger den Augenwinkel. »Ist nicht so leicht.«

Ella schlang ihre Arme um die Schultern ihrer Freundin. »Es tut mir leid!«

»Nein«, schniefte Karla in den Schalkragen von Ellas Wollpullover. »Du siehst echt glücklich aus. So hab ich dich noch nie gesehen. Nicht mal in den besten Tagen der Apotheke, und das freut mich. Wirklich!«

»Es tut mir aber so leid, dass ich dich allein gelassen hab.«

»So ganz allein bin ich gar nicht.« Karla schob Ella ein Stückchen zurück, und ein kleines verschmitztes Lächeln war in ihren Augenwinkeln aufgetaucht. »Ich glaube, ich muss dir auch etwas erzählen.«

Charlotte

8. November 1943

Um mich herum tobt weiter der Krieg. Er scheint mir hier, bis auf die Flugzeuge, die ich fast jede Nacht höre, sehr weit weg zu sein. Hamburg ist im Sommer schwer bombardiert worden, Berlin auch, und ich fürchte, sollte ich diese Hallig jemals verlassen, ich würde nichts mehr wiedererkennen.

»Da draußen ist die Hölle«, sagte Jeffrey vor ein paar Tagen, und er hat recht. Man muss gar nicht sterben, um dorthin zu kommen. Sie umgibt mich, und ich fürchte, sie wird mich verschlingen, wenn ich einen Fuß aufs Festland setze, also bleibe ich hier.

Wie sich doch die Beobachtungen wandeln, wenn Perspektiven sich verschieben. Früher fühlte ich mich hier manchmal ganz schön abgeschnitten vom Rest der Welt, jetzt befürchte ich, ich könnte noch nicht weit genug entfernt sein.

Warum ich mit Pay keine Kinder hätte, hat mich Jeffrey gestern gefragt, und ich habe starr auf mein Strickzeug gesehen, bevor ich ihm alles erzählt habe. Sebastian, Berlin, meine Eltern, Hamburg, Pay, Keike, einfach alles. Er hat lange zugehört und sich dann eine dünne Zigarette aus Pays Pfeifentabak gedreht, den ich ihm hingestellt hatte. Der Tabak ist schon völlig trocken, und aus Jeffreys Zigarette bröselten unablässig Krümel, trotzdem schien er sie zu genießen.

»Es muss schwer sein, hier allein«, sagte er schließlich, und mir entfuhr ein Laut. Ein einziger Laut. Nie zuvor habe ich mich selbst so ein Geräusch machen hören. Es hat mich bis ins Mark getroffen. Vielleicht, weil es etwas anderes ist, wenn jemand nicht die eigene Sprache mit einem spricht. Wir kennen jedes Wort, haben Barrieren gebaut. In einer fremden Sprache ist das nicht so gut möglich. Es war, als hätte das Gesagte einen Damm eingerissen. Ich begann zu schluchzen. Nein, ich weinte zum ersten Mal seit langer Zeit.

Bevor Keike gestorben war, hatte ich so viel geweint, dass es mir danach so schien, es wäre genug für ein ganzes Leben. Jetzt jedoch trug es mich davon. Zu meiner Überraschung erhob sich Jeffrey und humpelte auf mich zu. »Steh auf«, sagte er. »Man kann niemanden richtig umarmen, der sitzt.« Es tat sehr gut, eine Weile lang gehalten zu werden.

Bodo hatte den alten Dr. Lühsen auf die Hallig gebracht, den Tierarzt. Bodo sagt, wir könnten ihm blindlings vertrauen. Was blieb Jeffrey und mir auch anderes übrig? Schweigend hat der weißhaarige Mann Jeffreys Knöchel abgetastet. »Kein Bruch«, konstatierte er einsilbig und ließ mit den Worten »Was für Schweine nicht schlecht ist, passt schon für Menschen« ein dünnes Röhrchen mit Tabletten da. Eine davon hatte Jeffrey fast die ganze Nacht über völlig besinnungslos gemacht. Im Nachhinein denke ich, dass Schweine einfach mehr wiegen.

Praktischerweise hat sich Dr. Lühsen gleich noch um Bintjes Infektion am Huf gekümmert.

»Ich komm dann wieder wegen der Kuh«, sagte der Arzt knapp, und Bodo nickte und sagte: »Also ich bring ihn mit.«

Trotzdem muss die Schweinearznei etwas bewirkt haben, denn bereits am nächsten Tag konnte Jeffrey den Fuß etwas besser belasten. »Nicht zu viel«, ermahnte ich ihn, aber er war froh. Bei Einbruch der Dunkelheit ließ ich ihn auf dem Hof frische Luft schnappen, und das hat er sichtlich genossen, denn ein breites Lächeln hatte sich über sein Gesicht gelegt, als er wieder hereinkam.

Und jetzt hatte er die Arme um mich geschlungen. Ganz lange hat mich niemand mehr so umarmt. Ich glaube, ich habe mich festgekrallt wie eine Ertrinkende an ein Stück Holz. Ich habe in Pays Pyjama gegriffen, in der großen Angst, Jeffrey könnte mich loslassen, denn das wollte ich auf keinen Fall. Für immer hätte er mich so halten können. Es wäre mir in diesem Moment alles recht gewesen. Als ich jedoch den Kopf zurückbog, um ihn zu küssen, drehte er das Gesicht und schob mich von sich fort.

»Zu Hause wartet jemand auf mich, Charlotte. Ich kann das nicht.«

Beschämt sah ich zu Boden, bevor er mich losließ. Ich habe nichts gesagt. Ich wünschte, ich hätte jemanden, der auf mich wartet. Ich wünschte, ich wäre es nicht, die wartet und eigentlich nicht einmal so richtig weiß, warum und auf wen eigentlich.

14. November 1943

Jeffrey hilft mir jetzt bei der Arbeit im Stall zumindest. Sein Fuß heilt noch, es geht ihm aber viel besser, und er spricht immer öfter davon, irgendwie nach Hause zu kommen. »Und wenn ich schwimmen muss«, sagte er heute Morgen.

Er ist wie ich. Ein Stadtkind. Plymouth in Denvonshire, sein Vater ist Fischer, und Jeffrey hat in seinem ganzen Leben noch nie einen Stall ausgemistet. Aber er lernt schnell und will mir wirklich helfen.

Sein Anblick schmerzt mich. Ich glaube, ich habe mich verliebt, aber wenn ich es recht betrachte, ist es vielleicht auch nur eine Flucht. Die Flucht vor dem Nichts, das ich sonst habe. Von Pay höre ich nichts. Ich weiß nicht, ob er die Gefangenschaft überleben wird. Vielleicht ist er auch schon tot.

Jeffrey sagte, in England würden die Kriegsgefangenen gut behandelt. Sie müssten zwar arbeiten, aber man würde sich gut um sie kümmern.

Pay erscheint mir sehr weit weg. Weiter weg, als er in Wirklichkeit ist, vielleicht so, als würde er irgendwo im Weltall über mir kreisen. Manchmal frage ich mich, ob es ihn wirklich gegeben hat, und in diesen Momenten muss ich einen Brief von ihm in die

Hand nehmen oder ein Kleidungsstück, damit ich wirklich glauben kann, dass er einmal hier bei mir war.

Obwohl ich Jeffrey alles erzählt habe, versteht er, glaube ich nicht, wie meine Ehe mit Pay ist.

»Aber du liebst ihn doch«, sagte er gestern beim Abendessen.

Ich habe nichts gesagt. Liebe. Ich denke, ich weiß gar nicht, was das ist. Vielleicht habe ich das mein ganzes Leben lang nicht wirklich gewusst.

Keike habe ich geliebt, aber natürlich auf eine ganz andere Weise. Und Jeffrey sehe ich begehrlich an. Vielleicht auch einfach nur, weil er da ist, weil er hier ist? Ein Mensch aus Fleisch und Blut.

»Er muss weg«, sagte Bodo heute Morgen, als er kam und mir wieder Mehl und ein wenig Zucker brachte. Beides ist mehr als willkommen, seitdem ich Jeffrey noch mit durchfüttern muss. Woher Bodo die Vorräte hat, frage ich lieber nicht. Aber ich weiß, Bodo kann alles besorgen. Jeffrey hat er Zigaretten gebracht und eine Flasche Rum. Und mir Mehl, Zucker und ein paar Strümpfe. »Ich hab gehört, die Polizei glaubt immer noch, dass einer aus dem Flugzeug überlebt hat.«

»Das kann nicht sein!«, widersprach ich, und mein Kinn zitterte.

»Einer der deutschen Jagdfliegerpiloten behauptet hartnäckig, dass er Bewegung am Wrack gesehen hat.«

Bodo steckte sich eine Pfeife an, bevor er wieder auf den Kutschbock kletterte. Der Nebel hing zäh und schwer über dem Watt.

»Gib ihm Pays Schiff.«

»Das wäre Selbstmord!«, rief ich aus.

»Nein. Selbstmord wäre es für euch beide, bliebe er hier.«

Ich sah Bodos Kutsche nach, bis der Nebel sie verschluckt hatte. Erst die Pferde, dann Bodo, als Letztes verschwanden die Hinterräder, und es war wieder still. So still, dass ich mich fragte, ob Bodos Besuch wirklich wahr war, aber ich hielt noch die Strümpfe in der Hand, die er mir gebracht hatte. Langsam zweifele ich wirklich an meinem Verstand.

Jeffrey war hinter mich getreten. An einem Tag wie heute, an dem man Südfall nicht mal mit dem Fernglas in der weißen Suppe ausmachen konnte, traute er sich auch im Tageslicht hinaus.

»Was hat er gesagt?«, fragte Jeffrey, und Besorgnis schwang in seiner Stimme mit.

»Du kannst nicht bleiben«, gab ich schließlich nach einer ganzen Weile zurück, und wir sahen beide in Richtung Pays Fischerboot, das schräg auf dem Trockenen im Watt lag. »Und ich habe Angst«, flüsterte ich. »Das ist gefährlich.«

»Es ist auch gefährlich, wenn ich bleibe.« Jeffrey zog eine Zigarette aus der Hosentasche und zündete sie an. »Und ich glaube, ich sterbe lieber bei dem Versuch, nach Hause zu kommen, als hier –«

Ich nickte. Obwohl ich es nicht verstand und obwohl es mir das Herz zerriss. Ich drehte mich zu Jeffrey um. Hinter ihm zog eine schwere graue Wolke durch den Nebel. Das ist die Einsamkeit, dachte ich, sie wartet auf mich wie eine alte Freundin.

In Wahrheit wird die Wolke nur einen ordentlichen Guss bringen. Mit dem Finger tippte ich gegen Jeffreys Oberarm. »Wir sollten hineingehen. Es fängt gleich an zu regnen.«

Doch Jeffrey rührte sich nicht. Noch immer starrte er auf das Schiff. Schließlich sagte er: »In zwei Wochen, wenn die Flut in der Nacht kommt.«

Ich zog fröstelnd die Schultern zusammen.

Zwei Wochen.

Ella

»Aber erst« – Karla rührte klirrend in der Teetasse, die Ella ihr hingeschoben hatte – »erzählst du.«

»Es gibt gar nicht so viel«, sagte Ella ausweichend, weil sie Worte suchte, die beschreiben konnten, was in ihr in der letzten Zeit vorgegangen war. »Im Januar beginnen die Umbauarbeiten für das Dachgeschoss und mein Schlafzimmer in einem Teil des alten Stalles und –«

»Das meine ich nicht«, unterbrach sie Karla ungeduldig und drückte dann kurz Ellas Hand. »Tut mir leid«, fuhr sie ruhiger fort. »Was ist mit dem Ornithologen?«

»Brar?«

Karla lächelte. »Wie viele Ornithologen kann es auf dieser winzigen Insel schon geben?«

»Hallig«, korrigierte Ella automatisch. »Brar ist …« Ella drehte nachdenklich die Tasse in ihrer Hand. »Brar ist so anders. Er steht mit beiden Beinen auf dieser Hallig, und er liebt, was er tut. Er hört mir zu und nimmt Anteil, ohne mich sofort abzubügeln, wie –«

»Robert«, ergänzte Karla leise. »Brar sieht sehr gut aus.«

Ella spürte, wie ihre Wangen wärmer wurden. »Ja, tut er.«

Zu Ellas Überraschung schwieg Karla eine ganze Weile, bis sie sich schließlich aufsetzte, einen Schluck aus der Tasse trank, ohne sie danach auf den Tisch zu stellen. Sie hielt die Tasse mit beiden Händen fest, so als hätte Ella heimlich vor, ihr die Tasse wegzunehmen. »Brar ist doch vor allem neu«, begann Karla schließlich. »Neu und aufregend und unverbraucht.«

»Du sagst das, als wäre das etwas Schlechtes.« Ella lehnte sich auf der Küchenbank zurück und verschränkte die Arme. Sie spürte

Ärger in sich aufsteigen und den Drang, sich zu verteidigen, ließ es jedoch so stehen.

»Nein, gar nicht. Es ist nur … Ella, ich weiß es nicht. Ich hab echt keine Ahnung. Robert und du … ihr wart immer das Paar, das mir Hoffnung gegeben hat. Ihr habt euch durch harte Zeiten gebissen, ihr habt Distanz überbrückt, und das hat mir den Glauben daran gegeben, dass alles möglich ist, wenn man sich nur genug liebt. Ich … keine Ahnung, was gut für dich ist. Aber ich, ich darf doch auch ein bisschen um euch trauern, oder?«

So hatte sie das noch nie gesehen. Ella schluckte und legte beide Hände wieder auf den weißen Holztisch. »Ich vermisse Robert«, gestand sie Karla leise. »Aber ich habe Angst, dass das nur Gewohnheit ist. Wir waren so lange ein Paar … woran halte ich wirklich fest? An ihm oder an dem Gedanken daran, mit ihm ein Wir zu sein?«

»Gute Frage. Sag mal, ich bin echt keine Teetrinkerin. Hast du doch einen Kaffee für mich?«

»Sicher.« Ella stand lächelnd auf, hob den Kessel wieder auf den Ofen und holte die French Press aus dem Buffetschrank. »Aber jetzt erzähl du! Du wolltest mir doch etwas erzählen.«

Jetzt färbten sich die Wangen ihrer Freundin ganz zart rosa. Und wie um davon abzulenken, stand Karla rasch auf und stellte ihre Tasse in die Spüle. »Du erinnerst dich an Mark Scheuer?«

»Der, der unsere Apotheke gekauft hat?«

»Na ja, nicht er hat sie gekauft. Das Unternehmen, für das er arbeitet. Übrigens … es ist ganz angenehm, nicht mehr die komplette Verantwortung für das Geschäft zu tragen. Ich hab mehr Zeit für Helena und Malte, was die beiden zwar nicht immer freut, aber … mich schon.« Karla lächelte süffisant und lehnte sich gegen die Holztür zum Vorratsraum.

»Na los, was ist mit Mark Scheuer?«

»Wir sind ein paarmal ausgegangen und –«

»Nein!«, rief Ella aus.

»Doch.« Inzwischen hatte sich eine feine Röte über Karlas ganzes Gesicht gelegt. »Das geht in unserem Alter ja nicht mehr so schnell, aber ich glaube … ich bin auf dem besten Weg, mich zu verlieben. Ich … das hätte ich gar nicht gedacht, weißt du? Ich dachte, das gibt es für mich nicht mehr, ich würde höchstens Helena dabei zusehen, wie sie sich verliebt, und Angst haben, dass … irgendein Typ kommt wie ihr Vater und ihr das Herz bricht und –«

»Und dann kam Mark Scheuer«, warf Ella trocken ein.

»Genau.«

Im ersten Moment war Ella entsetzt gewesen, das musste sie zugeben, war doch Mark Scheuer fast zwei Jahre lang der Inbegriff dessen gewesen, wogegen sie gekämpft hatte, aber sie musste auch zugeben, dass sie Karla noch nie so entspannt erlebt hatte. Rasch ging sie zu ihrer Freundin hinüber und drückte sie fest, während der Kessel auf dem Ofen pfiff, ohne dass sich eine der beiden Frauen darum kümmerte.

Nach ein paar Sekunden machte sich Karla los und sah auf das Päckchen, das das Postschiff heute mitgebracht hatte. »Von wem ist das eigentlich?«, fragte sie und deutete darauf.

»Robert. Ich soll es nicht vor Weihnachten öffnen, steht drauf.« Ella hatte schon gesehen, dass es nur von Robert sein konnte, als Kapitän Hansen es ihr vom Schiff gereicht hatte. Nur Robert klebte das Paketband derart akkurat über Kanten ohne eine einzige Falte. Wenn er etwas verpackte, dann richtig. Das hatte sie immer an ihm gemocht. Egal was er tat, er war mit dem Herzen und seiner gesamten Konzentration dabei.

Schon letzte Woche hatte ihr Kapitän Hansen einen Weihnachtsbaum mitgebracht. Ein mittelgroßes Bäumchen, das sie in die Ecke des Döns gestellt hatte, zwischen Fenster und Nähmaschinentisch. Es war halb so hoch wie der Raum.

In Berlin hatte sie nie einen Baum gehabt, schlicht weil sie nie Weihnachten in der Stadt gefeiert hatte. Hier dagegen thronte der Baum in der Ecke, und Ella hatte eine Weile davorgestanden, ihn angesehen und sich gefragt, ob sie ihn mochte. Diese Nordmanntanne war mehr als nur ein Weihnachtsbaum, eigentlich erschien er ihr eher wie eine Frage oder ein Omen. Werde ich hier glücklich?

Ein paar Tage lang hatte sie ihm keine Beachtung geschenkt, dann aber doch die Kiste mit den Christbaumkugeln und der Lichterkette, die sie im Wandschrank neben dem Bad gefunden hatte, daruntergestellt.

Ihn zu dekorieren erschien ihr seltsamerweise falsch. Hätte sie die Kugeln darangehängt, würde sie ein Leben ohne Robert besiegeln, und sie wusste nicht, ob sie bereit dazu war.

Karla hatte am Abend ihrer Ankunft dann den Baum geschmückt, und Ella war ihr sehr dankbar dafür.

Nachdem sie am Heiligabend die Gänsekeulen verspeist, sich beschenkt und etliche Partien Rommé gespielt hatten, während sie eine halbe Flasche Glühwein leerten, verabschiedete sich Karla schließlich nach oben und ins Bett.

Ella dagegen blieb noch sitzen. Die Kerzen, die sie auf den Tisch gestellt hatte, verbreiteten ein gemütlich schummeriges Licht, und sie fühlte keinerlei Müdigkeit.

Karla hatte Roberts Päckchen vergessen oder zumindest hatte sie nicht danach gefragt und Ella auch nicht aufgefordert, es unter ihren neugierigen Blicken zu öffnen, womit Ella eigentlich gerechnet hatte.

Ella und Karla schenkten sich seit Jahren nur praktische Dinge. Ella hatte für Karla einen neuen Apothekenkittel besorgt, auf den sie Karlas Namen hatte sticken lassen. Sie wusste, wie ungern sich Karla um solche Sachen kümmerte, und von Karla hatte sie dagegen ein Buch über Heilpflanzen und Kräuterzucht bekommen. Obwohl Karla ja nicht wissen konnte, was Ella mit dem Garten vorhatte, hatte sie instinktiv das Richtige gegriffen.

Ella nahm das Buch vom Tisch und legte es auf den kleinen Beistelltisch neben der Couch, dann erst griff sie nach Roberts Päckchen, das sie hinter den Baum und außer Sichtweite geschoben hatte.

Robert und sie hatten sich eigentlich nie etwas Großes zu Weihnachten geschenkt. Es war ihnen immer sehr viel mehr wert gewesen, Zeit miteinander zu verbringen und eine nützliche Kleinigkeit, ähnlich wie mit Karla, auszuwickeln. Ein Paar neue Handschuhe für Ella, und für Robert hatte sie manchmal etwas für sein Fahrrad besorgt. Einen neuen Smartphonehalter für den Lenker.

Aus der Küche holte sie ein Messer und begann vorsichtig die Klebestreifen einzuritzen, bis sie schließlich den Deckel öffnen konnte.

Tannenzweige? Vorsichtig schob sie das Grün im Karton zur Seite. Eine Packung weißer Dominosteine kam zum Vorschein, die Ella lächelnd betrachtete, bevor sie sie herausnahm. Das war tatsächlich ihre Lieblingssüßigkeit zu Weihnachten. Jedes Jahr hatte Robert ihr welche aus der kleinen Bäckerei in Frankfurt mitgebracht, die sie selbst herstellte.

Darunter ein dünnes Päckchen in Packpapier und mit einer rot-grünen Satinschleife. Neugierig löste Ella den Knoten und wickelte das Papier ab. Überrascht atmete sie tief ein. Eine alte Fotografie der Hallig in Sepia. »Südfall, 1904«, stand in geschwungenen Buchstaben darunter.

Genau so ein Foto hatte sie die ganze Zeit gesucht und nicht gefunden. Woher hatte Robert es?

Das Foto war vom Warfthang aus aufgenommen, so wie man den Hof sah, wenn man vom Anleger kam, dem Weg durch die Salzwiesen folgte und dann links in Richtung Sönkenswarft abbog. Der Hof war noch nicht gepflastert damals, und nur ein sehr junger Birnbaum stand in der Mitte. Der Schuppen war noch sehr viel kleiner und gab den Blick auf das Meer frei.

Vorsichtig stellte Ella das Bild auf den Tisch. Robert hatte einen hübschen Rahmen ausgesucht, dessen grobe Struktur mit all den

Einkerbungen und kleinen Löchern aussah, als wäre er aus Treibholz gefertigt.

Ganz unten in der Kiste fand sie einen kurzen Brief.

Liebe Ella,
ich wünsche dir von Herzen ein frohes Weihnachtsfest!
Über die Fotografie bin ich im Internet gestolpert und habe sie sofort ersteigert, weil ich mir dachte, sie könnte dir vielleicht Freude bereiten.
Alles Liebe
Robert

Ella ließ den Brief sinken und fühlte, wie ihre Augen feucht wurden. Genau in diese Art der Aufmerksamkeit hatte sie sich damals verliebt. In diese kleinen Gesten, die ihr immer wieder gezeigt hatten, dass Robert sich für sie interessierte, an ihrer Welt teilhaben wollte.

Vermisse ich ihn wirklich, oder ist das einfach nur Weihnachtssentimentalität?

Schnee wäre jetzt schön. Ella stand auf, blies die Kerzen aus und ging zum Fenster hinüber. Ein halber Mond brach immer wieder durch die Wolkendecke und schickte sein weißes Licht aufs Wasser. Schnee wäre schön, aber stattdessen trieb der Wind ganz zarte Tropfen gegen die Scheibe. Ella blieb eine ganze Weile so stehen und starrte in die Nacht.

Charlotte

29. November 1943

Ich bin wieder allein.

Seit Tagen braust unablässig der Wind, und seit heute flüstert er wieder meinen Namen. Ich höre nicht hin, ich höre nicht zu.

Gestern, einen Tag nach Neumond, in einer finsteren Nacht, ist Jeffrey auf Pays Fischkutter gestiegen. Bodo hat Treibstoff besorgt. Woher, weiß ich nicht. Ich will es auch gar nicht wissen. Er hat in der Dämmerung Fässer gebracht und gleich wieder kehrtgemacht, damit er es noch bei Ebbe nach Hause schafft.

Die letzten Tage hat Jeffrey am Boot gearbeitet. Nachmittags im Schutze der Dämmerung oder im Morgengrauen. Er hat so verbissen in Pays alten Sachen und mit Pays Werkzeug gearbeitet, dass ich manchmal vom Küchenfenster aus dachte, es wäre ein schmaler Pay, der dort am Anleger steht. Wir haben von Tag zu Tag weniger miteinander gesprochen. Zu Anfang hatte ich das Gefühl, es gäbe ein Band zwischen uns. Sind wir nicht beide hier Gestrandete auf Südfall? Robinson und Freitag?

Aber im Laufe der Zeit wurde das Band fadenscheiniger und zerfaserte sich von seiner Seite aus, glaube ich. Während ich nirgendwo mehr hinkann und hierbleiben muss, will Jeffrey nur fort von hier.

Ich verstehe ihn, und gleichzeitig verstehe ich ihn nicht. Vielleicht, weil ich mir so sehr wünsche, dass er bleibt. Er hat mir von seiner Verlobten zu Hause erzählt, und ich beneide sie. Er wird sich aus dem Nebel schälen, so wie im Film, und zu ihr zurückkehren. Sie werden sich in den Armen liegen und das Leben feiern, das ihnen geschenkt wurde.

Und ich bleibe allein hier. Für immer.

Gestern dann habe ich Jeffrey schweigend beobachtet, wie er den Tank des Kutters gefüllt hat.

Erst als er fertig war, habe ich gesagt: »Es ist zu gefährlich!«

In der Dunkelheit konnte ich seinen Gesichtsausdruck nicht richtig erkennen, als er antwortete: »Ich sterbe lieber bei dem Versuch, nach Hause zu kommen, als dass sie uns beide hier irgendwann schnappen.« Mit der Hand hat er mir aufmunternd gegen den Oberarm geklopft. »Wenn dich jemand fragt, das Boot hat sich losgerissen, und der Sturm vor zwei Tagen hat es aufs Meer getrieben.«

Ich nickte. Wäre Jeffrey nicht der Sohn eines Fischers und könnte mit Booten nicht umgehen, er hätte hierbleiben müssen. Aber so … Das Schicksal ist gegen mich. Es wirft mir Brosamen hin und fegt sie wieder weg, bevor ich zugreifen kann, denke ich.

Keiner von uns beiden hat darüber gesprochen, was wir tun, wenn er geschnappt wird. Es würde herauskommen, dass es Pays Boot ist. Und das ginge dann nicht gut für uns beide aus. Wir alle verdrängen diese Möglichkeit. Jeffrey, ich und selbst Bodo.

Jeffrey hat mich zum Abschied auf die Wange geküsst, und dann habe ich mich umgedreht und bin zum Haus zurückgegangen. Seinen Dank will ich nicht hören. Ich habe zu viele Menschen gehen sehen. Wenn ich die Wahl habe, will ich lieber nicht dastehen und winken.

Ich habe keinen Motor gehört. Vielleicht hat er einfach das Tau gelöst und sich von der Strömung aufs Meer tragen lassen. Er wird es nicht schaffen, denke ich. Vielleicht aber doch. Wer weiß.

Mit der nächsten Ebbe brandete der Wind wieder auf. Ich habe meine Nase in Piets struppigem Fell vergraben. Er riecht nach Salz und nach Meer und ein wenig nach Hund. Das finde ich beruhigend.

Heute habe ich getan, was ich immer tue. Die Schafe auf eine neue Weide getrieben, den Stall ausgemistet und den Wasserstand im Fehting beäugt. Es müsste mehr regnen.

Ich bin allein. Das ist das bestimmende Gefühl. Gäbe es nicht die Kuh, die Schafe, die Hühner, die Gänse und natürlich Piet – ich glaube, ich würde gar nicht mehr morgens aufstehen. Wofür?

Niemand kam und hat mich verhaftet, also nehme ich an, dass es Jeffrey entweder nach England geschafft hat oder untergegangen ist.

Bodo und Alma waren gestern bei mir. Bodo hat mir geholfen, zwei Fensterläden zu reparieren, und Alma hat Kuchen mitgebracht, von dem ich nur ein paar Bissen essen konnte.

»Du wirst immer dünner«, sagte sie vorwurfsvoll, und ich habe nichts dazu gesagt. Es stimmt ja. Ich merke es an meiner Kleidung.

»Ist nicht gut für dich hier allein«, sagte Bodo, bevor sie wieder auf die Kutsche stiegen, und sah mir stirnrunzelnd in die Augen. »Komm mit zu uns.«

Ich schüttelte stumm den Kopf.

»Schon gut, ich weiß«, sagte er und schnalzte mit der Zunge, während Alma mir zuwinkte.

Nein, auf eine sehr unfassbare Weise würde ich mich bei ihnen noch einsamer fühlen. Vielleicht, weil ich die beiden dann den ganzen Tag sehen müsste und sie mich daran erinnerten, dass sie trotz aller ihrer Unterschiede eine relativ glückliche Ehe führten, so scheint es mir zumindest, und ich wäre noch ein Stückchen mehr allein.

Ich sah ihnen nach. Die Kutsche schlingerte durch das Watt und wurde immer kleiner im Winterlicht eines sich neigenden Tages.

Als ich die dicke Strickjacke fester um meinen Körper zog, knisterte der Brief mahnend in der Jackentasche. Gestern hatte Hansen, der Kapitän des Postschiffes, mir neben Rechnungen auch einen Brief von Pay gebracht.

Ich habe ihn nicht geöffnet. Ich hatte Angst, er wäre so nichtssagend wie sein letzter. Aber jetzt schien mir, als hätte es keinen Sinn mehr, das auch noch vor mir herzuschieben, also pfiff ich nach Piet und ging zum Haus zurück.

In der Küche schürte ich das Feuer im Bilegger und stellte den Kessel darauf. Eine Tasse Tee wäre jetzt gut. Auch Tee ist rationiert, und ich muss sparsam sein. Heute aber brauche ich ganz dringend eine gute Tasse mit einem kleinen Schluck Sahne und einem Zuckerwürfel.

Erst als alles fertig war, setzte ich mich an den Tisch und riss mit dem Brieföffner das Kuvert auf.

Liebe Charlotte,
es tut mir leid, dass ich erst jetzt wieder schreibe, aber ich gebe zu, ich hatte lange keine Worte, die auf das Papier gewollt hätten, und viel zu erzählen gab es auch nicht.
Mittlerweile jedoch kann ich dir berichten, dass ich mich in Ostengland befinde und auf einer Werft als Kriegsgefangener arbeite. Mit Schiffen kenne ich mich ja aus, daher ist diese Arbeit ein echter Glücksfall. Außerdem kann ich dir versichern, dass wir sehr gut behandelt werden, genug zu essen bekommen, und auch, als ich ein paar Tage krank war, habe ich eine gute medizinische Versorgung erhalten. Morgens brechen wir zur Werft auf, die nicht weit vom Lager entfernt liegt, und abends kehren wir zurück. Ich habe Freunde gefunden unter meinen Mitgefangenen und sogar welche unter unseren Aufpassern.
Südfall erscheint mir so weit weg, dass ich mich oft frage, ob alles nur ein Traum war oder ob es diesen Ort wirklich gibt. Vielleicht schreibe ich dir auch deshalb. Um mich zu vergewissern, dass ich vielleicht eines Tages doch nach Sönkenswarft zurückkehren kann, und um zu fragen, ob du noch da bist und da sein wirst.
Ich vermisse Mutter, und so ganz kann ich ihren Tod nicht glauben. Für mich ist sie immer noch dort in diesem Fantasiereich, das einmal mein Zuhause war, und du bist bei ihr.

Die Zukunft ist im Moment nur eine Uhrzeit später am Tag. Ich denke nicht mehr in Wochen, Monaten oder Jahren.
Pass gut auf dich auf! Und schreib mir, wenn du magst.
Pay

12. Dezember 1943

Ich hätte gern Pay von Jeffrey erzählt. Nicht von meinen Gefühlen, aber vielleicht davon, dass ich hier einen Engländer hatte, so wie die Engländer Pay haben. Und meinen Engländer habe ich gut behandelt, so wie ich hoffe, dass es der Wahrheit entspricht, was er mir über seine Aufpasser schreibt.

Ein paar Tage habe ich darüber nachgedacht, was ich ihm antworten könnte. Ich habe die Schafe vor Land unter in den Stall getrieben, und während das Wasser stieg, habe ich am Küchentisch gesessen, und mein Füllfederhalter kratzte auf dem Briefbogen. Ich schrieb davon, dass es hier sehr einsam sein kann, vom Tod meiner Eltern und davon, dass ich kein anderes Heim als Südfall mehr habe. Erstaunt war ich darüber, was am Ende auf dem Blatt Papier stand. Fast war es, als hätten Gedanken tief in mir den Stift geführt.

Ich schrieb, dass er mir fehlen würde, aber dass ich auch nicht wüsste, ob ich bleiben könnte, wenn er zurückkäme. Das Alleinsein ist das eine, aber an die Einsamkeit kann ich mich nicht gewöhnen. Ich erzählte ihm vom Wind, der meinen Namen flüstert, und von den Schafen, von Piet und davon, dass das Meer mir immer wieder wegnimmt, was ich mühsam befestigt habe. Außerdem schrieb ich, dass sein Fischkutter sich bei Sturm losgerissen hätte und aufs Meer getrieben wäre. Es würde mir leidtun.

Immer wenn ich die Schafe auf die andere Seite der Hallig führte, kam mir der Anleger so leer vor ohne sein Boot, und ich wollte nicht, dass er glaubte, es würde auf ihn warten. In Wahrheit warte nur ich, sonst niemand und nichts.

Energisch faltete ich das Blatt, beschriftete den dazugehörigen Umschlag sorgfältig und sauber und legte ihn in die Schale auf der Dielenkommode.

Ich weiß gar nicht genau, warum, aber danach fühlte ich mich besser als je zuvor in den letzten Monaten. Ich hatte auch keine Angst mehr vor dem steigenden Wasser.

Ich ging in den Schafstall und sah nach dem Rechten, danach fütterte ich den Sauerteigansatz in der Vorratskammer und räumte das Bücherregal im Döns auf. Schon lange hatte ich mich nur zum Nötigsten aufraffen können, aber jetzt fühle ich mich leichter, besser.

Es ist, als wäre ich ein wenig von dem Ballast, der meine Seele beschwert hat, losgeworden.

Ella

Viel zu schnell ist die Zeit vergangen, dachte Ella, während sie Karla zum Anleger zurückbrachte. Der vorletzte Tag in diesem Jahr.

Zum ersten Mal seit langer Zeit hatte sie das Gefühl, dass die Apotheke ihr eigentlich immer wie ein Mühlstein um den Hals gehangen hatte. All die Jahre, in denen sie manchmal arg gekämpft hatte, sich gegen Konkurrenz hatte durchsetzen müssen, Mitarbeiter verloren und eingestellt hatte, all die Übernahmen durch *Heilsam-Apotheken* vereitelt hatte, hatten ihren Tribut gekostet.

Jetzt dagegen lag ein aufregendes neues Jahr vor ihr. Eines, in das sie nicht weit sehen konnte, und trotzdem machte es ihr keine Angst, sondern beschwingte sie eher. Sie würde vielleicht sogar schon im Sommer die ersten Feriengäste begrüßen können, und vielleicht wäre auch schon ihr neues Schlafzimmer fertig. Es gab noch viel zu tun, und Ella wollte es gern anpacken.

»Ich werde dich vermissen!« Karla nahm sie fest in den Arm, und Ella drückte ihre beste Freundin an sich. »Ich dich auch, aber wir telefonieren, und zu Ostern bist du schon wieder da!«

»Diesmal aber mit der Prinzessin und dem Prinzen der Finsternis. Ich sag dir, wenn Helena hier dann kein Pferd sieht, das sie lieben kann …«

Ella lachte. »Du, vielleicht sind Pferde dann schon uninteressant, und ich kann ihr hier keine gutaussehenden Altersgenossen bieten.«

»Kommt wahrscheinlich wirklich noch früh genug.« Karla winkte ab. »Erst will sie ein Pferd, und am Ende kann ich doch froh sein, wenn sie nicht mit einem Esel nach Hause kommt.«

»Und was ich mir von Malte anhören muss, wenn das Internet nicht schnell genug ist …« Ella seufzte.

»Bin ich eine schlechte Mutter?« Karla beschirmte ihre Augen vor der hellweißen Sonne mit der Hand und warf einen kurzen Blick auf den Horizont, dann sah sie wieder zu Ella. »Ich hab die meiste Zeit keine Ahnung, was er im Internet eigentlich treibt, und ich sollte es doch wissen. Und dann frage ich ihn, und er erklärt mir irgendwas, und dann lächele ich nett und nicke und verstehe kein Wort. Mist ist das.«

»Malte ist ein guter Junge mit vielen Freunden und so fußballverrückt, das wird schon.«

»Hoffentlich. Ich bin froh, dass ich jetzt mehr Zeit für die beiden habe und … kann ich gar nicht laut sagen, aber ich freu mich sogar auf Silvester mit ihnen!«

Ella lachte hell auf. »Das gibt sich wieder.«

Das Postschiff tauchte auf und wurde immer größer. Brar war heute noch nicht an Bord. Morgen Mittag erst würde ihn Freerichs mit der Kutsche auf die Hallig bringen.

»Noch einmal drücken. Schnell!« Karla riss Ella so abrupt an sich, dass diese fast das Gleichgewicht verloren hätte und sich nur mit Mühe halten konnte.

»Tschüss, und pass auf dich auf!«, rief Ella Karla nach, die sich danach abrupt umdrehte und mit ihrem Koffer über den Anleger ging.

Ein energisches Winken war die Antwort, und etwas wehmütig blickte Ella dem Schiff schließlich hinterher, das ihr ihre beste Freundin wieder nahm.

Daran würde sie sich wohl gewöhnen müssen, dachte sie. Hier kamen die Menschen und gingen wieder, und sie blieb zurück. Sie konnte Charlotte so gut verstehen, die Jeffrey nicht hatte winken wollen.

Gegen acht am Silvesterabend machte sich Ella auf den Weg zu Brar, der sie eingeladen hatte, den Jahreswechsel auf Bredenswarft mit ihm zu verbringen.

Im Gegensatz zu Berlin oder Frankfurt, wo Ella und Robert oft mit Freunden gefeiert hatten, war es auf Südfall still und dunkel. Kein Feuerwerk war zu hören, keine Böller. In Berlin waberten spätestens am frühen Abend bereits Rauchschwaden durch die Innenstadt von verfrühter Knallerei, hier dagegen war die Luft klar, kalt und salzig.

Die Flasche Sekt hatte sich Ella unter den Arm geklemmt und schlenderte im Schein eines Dreiviertelmondes den schmalen Weg entlang, der sich durch die Weiden am Anleger entlangschlängelte, bis er schließlich den Warfthang erreichte und zu einer breiteren Auffahrt wurde. Bredenswarft war hell erleuchtet und strahlte eine Ruhe aus, die Ella für Silvester fast unwirklich vorkam.

Brar küsste sie zur Begrüßung auf die Wange, und Ella reichte ihm rasch den Sekt. Vielleicht waren sie beide ein wenig verlegen, als sie eintrat und Brar in die Küche folgte, nachdem er ihr ihren Mantel angenommen hatte.

»Mmh …« Ella zog ihre kleine Nase kraus. »Das riecht ja wunderbar!«

»Ja, ich dachte … wir essen einen Silvester-Klassiker. Also keinen dänischen.« Brar fuhr sich durchs Haar. »Bei meiner Familie gibt es mindestens drei Gänge, und wenn da nicht wenigstens in einem Dorsch ist, hat man etwas falsch gemacht, aber ich wusste nicht, ob du Fisch magst, und daher …« Er hob den Deckel von einem kleinen Rechaud, der auf dem Herd stand. »Tada! Käsefondue.«

»Wie lecker. Hatte ich schon ewig nicht mehr.« Tatsächlich lief Ella das Wasser im Mund zusammen, als sie sich an den weiß getünchten Küchentisch setzte, den Brar wohl zur Feier des Tages mit einem außergewöhnlich schönen weißen Service gedeckt hatte, das an den Rändern ganz feine blaue Streifen hatte.

»Den Sekt stelle ich gleich mal kalt.« Er nahm die Flasche vom Tisch und räumte sie in den Kühlschrank, bevor er ein Brett auf die andere Seite des Tisches legte und sich mit dem Brotkorb und dem Messer in der Hand dazusetzte.

»Brauchst du Hilfe?«, fragte Ella, aber Brar schüttelte den Kopf. »Erzähl mir lieber: Wie war Weihnachten?«

Ella fuhr mit dem Finger über einen Riss im Holz des Tisches, dann sah sie auf. »Anders als sonst, aber schön. Und bei dir?«

»Trubelig. Seltsam unwirklich irgendwie, das Leben in Kopenhagen. Dort bin ich der Exot. Der Eremit von der Hallig. Trotzdem toll, die ganze Familie wiederzusehen. Nichten und Neffen und alle sind wieder ein Jahr älter und weiser. Nur ich nicht.« Er hob die Schultern und breitete lächelnd die Arme aus.

»Du vielleicht eher noch als die anderen«, sagte Ella lächelnd. »Ich hab das Gefühl, das Leben hier macht anders klug.«

»Unbedingt! Aber manchmal frage ich mich, wie ich mich jemals wieder an die Stadt gewöhnen soll. Trotzdem kann ich nicht den Rest meines Lebens hier verbringen.«

»Nicht?« Ella zog eine Augenbraue nach oben. Brar gehörte für sie hierher. So als wäre er schon immer hier gewesen.

»Nein, der Vertrag wird nicht beliebig oft verlängert. Auch andere Ornithologen bekommen die Chance, das Leben auf Südfall kennenzulernen. Und das ist ja auch richtig so.«

»Und dann?«, fragte Ella entgeistert. »Was machst du dann?«

»Darüber habe ich auch nachgedacht, als mich der alte Freerichs zurückgebracht hat. Vielleicht zurück an die Uni. Vielleicht finde ich auch wieder irgendwo einen Inselposten.«

Ella schüttelte ganz leicht den Kopf, und das blieb Brar nicht verborgen.

»Was ist?«, fragte er. »Schreckt dich das?«

»Ein bisschen«, gab sie zu. »Vielleicht, weil ich gern so wäre, aber ich bin es nicht. Ich brauche ein Zuhause, glaube ich.«

Brar zuckte lächelnd mit den Schultern. »Ballast. Mehr ist das doch nicht. Bist du nicht auch auf der Hallig geblieben, weil du etwas Neues erleben wolltest?«

Zum ersten Mal fühlte sich Ella in seiner Gegenwart nicht wohl. »Eigentlich«, sie zupfte abwesend an einer Ecke der Serviette, die vor ihr lag, »eigentlich habe ich ja eher das Gefühl, ich bin endlich da, wo ich hingehöre.«

»Man gehört vielleicht zu einem Menschen, aber zu einem Ort?«

»Zu einem Menschen, ja, und mit ihm an denselben Ort.« Das war ja immer das Problem mit Robert gewesen. Den Menschen gab es, den Ort nicht.

»Na«, sagte Brar, »das wäre mir ein bisschen zu trist. Hier, magst du schon mal?« Er schob ihr Flasche und Öffner zu, und Ella griff automatisch danach.

»Und?«, plauderte er weiter, »war das Meer brav, als ich weg war?«

Erleichtert, all die Gedankenfetzen, die bis eben durch ihren Kopf gezogen waren, beiseiteschieben zu können, antwortete Ella: »Sehr brav!«

Sie sprachen während des Fondues über Kopenhagen und Brars halb dänische, halb deutsche Familie, tranken dazu Weißwein und lachten viel. Trotzdem hatte Ella das Gefühl, dass sich ein kleiner Schatten über den Abend gelegt hatte. Wer oder was den Schatten warf, konnte sie gar nicht genau sagen.

Vielleicht lag es auch daran, dass Silvester auf Südfall so anders war als all die Partys, die sie vorher immer zu dieser Jahreszeit besucht hatte. Vielleicht, dachte sie, lag es auch daran, dass zum ersten Mal Robert sich nicht aus allen Unterhaltungen löste, um eine Minute vor Mitternacht neben ihr zu stehen, ihre Hand zu halten und mit ihr herunterzuzählen. Danach hatte er sie immer geküsst und sein Glas gehoben. »Auf ein neues magisches Jahr mit dir!« Letztes Jahr hatte er das noch ganz unbeschwert gesagt, und jetzt war das alles nur noch Erinnerung.

»Ella?« Brars Stimme drang in ihre Gedanken. »Träumst du? Gleich ist es so weit! 10 … 9 …«

Sie hatten sich vor wenigen Minuten ihre Jacken angezogen, waren in die Stiefel geschlüpft und waren mit ihren Sektgläsern an den nordöstlichen Zipfel der Hallig gelaufen. Manchmal könne man Feuerwerk vom Festland sehen, hatte Brar gesagt, aber kurz nachdem Ella auf Bredenswarft angekommen war, waren Wolken über den Himmel gezogen und hatten einen feinen Nieselregen mitgebracht.

»Ja, ich …« Sie lächelte und hob ihr Glas, während Brar auf die Uhr sah. »3 … 2 … 1 … Frohes neues Jahr, Ella!«

»Frohes neues Jahr, Brar!«

Sein Kuss war sanft und weich. Er schmeckte nach dem Sekt, dem salzigen Meer und ganz verlockend nach einer neuen Zeit, die anbrechen konnte.

Die Wolkendecke war an einigen wenigen Stellen über ihnen aufgerissen, und der Mond schien auf sie herab. Regentropfen glitzerten weiß in seinen blonden Haarspitzen.

Brar griff nach Ellas Hand. »Wollen wir zurück? Ich hab noch Kransekage. Das ist ein traditioneller dänischer Silvesterkuchen. Den musst du probieren!«

Für einen Moment war Ella wirklich versucht mitzugehen, und das lag sicher nicht nur an der Aussicht auf einen Kuchen. »Nein«, sagte sie schließlich leise. Sie zögerte, dann drückte sie ihm ihr Sektglas in die Hand. »Frohes neues Jahr, Brar«, wiederholte sie. »Ich muss erst mein altes Leben aufräumen, bevor ich –« Sie brach ab, stellte sich auf die Zehenspitzen und küsste sanft seine Wange.

»Das verstehe ich.« Brar drückte noch einmal ihre Hand, bevor sie sich umdrehte und den Weg an Bredenswarft vorbei in Richtung zu Hause einschlug. Einmal noch drehte sie sich um, lächelte und winkte.

Da, wo wir standen, das muss genau die Stelle sein, an der Charlotte mit Pay oft auf ihren Spaziergängen haltgemacht hatte.

War das ein Zeichen? Ella sah in den Himmel, dann wieder auf den Weg vor ihr.

Und gibt es überhaupt Zeichen?

Charlotte

4. März 1944

Ein neues Jahr, und ich habe schon lange nicht mehr Tagebuch geschrieben, was vor allem daran lag, dass ich ernstlich krank wurde. Kurz nach Weihnachten legte sich ein hartnäckiger Husten auf meine Brust, der nicht weichen wollte und der Bodo und Alma bei einem Besuch zwischen den Jahren besorgte.

»Es ist nichts«, sagte ich. »Ich habe mich nur verkühlt.«

»Du solltest dich mehr ausruhen«, empfahl mir Alma, kurz bevor sie wieder fuhren.

Das Fieber kam am selben Nachmittag so plötzlich, dass ich mich hinlegen musste und auch am nächsten Morgen nicht aufstehen konnte. Wenn ich hier sterben würde, dachte ich, niemand würde es bemerken. Doch Bodo und Alma kamen schon am nächsten Tag in Begleitung von Dr. Claaßen wieder, der sein Stethoskop über meinen Brustkorb schob und ebenso besorgt aussah wie Alma, die an meinem Alkoven stand.

»Sie haben eine Lungenentzündung, Frau Nahnsen. Damit ist nicht zu spaßen.«

So ganz war mir nicht klar, was das bedeutete, aber offenbar war es, den Gesichtsausdrücken der Anwesenden zu folgern, nichts Gutes.

Während sich Alma um mich kümmerte, erledigte Bodo die Stallarbeit.

»Ich bleibe ein paar Tage hier«, entschied Alma, und es ging mir viel zu schlecht, um zu protestieren.

Ich hätte sie ja nicht für den Typ gehalten, der sich im Stall zurechtfindet. Alma schien mir immer so aus dem Ei gepellt, aber sie hat in der nächsten Zeit klaglos all das getan, was ich sonst getan hätte, sich um alle Tiere gekümmert und auch noch mich versorgt.

Aus Tagen wurden Wochen. Mein Fieber kam und ging schließlich. Es ließ mich matt und schlapp zurück, und mein Zustand erinnerte mich an die Fehlgeburt vor ein paar Jahren, nur dass statt Keike jetzt Alma abends an meinem Bett saß und mir Hühnerbrühe einflößte, die sie selbst gekocht hatte, und nicht nur das – auch die Hühner hatte sie selbst geschlachtet. Etwas, das ich ihr nie zugetraut hätte, und etwas, das ihr Bodo beigebracht hatte, für den Fall, dass er doch noch eingezogen werden würde.

»Auch wenn es von außen nicht immer so aussieht, aber Bodo und ich … wir sind sehr glücklich miteinander«, sagte sie an einem Abend ganz schlicht zu mir, während sie ein Paar Socken stopfte, dann klopfte sie sich energisch auf die Rocktasche. »Hab ich ganz vergessen! Du hast vorhin geschlafen, und da habe ich mich wieder aus dem Zimmer geschlichen. Hier, ein Brief von Pay.« Sie reichte mir ein Kuvert. »Ganz schön dick. Schreibt er dir einen Fortsetzungsroman?«

Rasch riss ich das Kuvert auf und entnahm ihm zwei eng beschriebene Seiten, die Alma mit halb gedrehtem Kopf verstohlen musterte. »Ich wusste gar nicht, dass unser Pay so gesprächig ist. Du scheinst ein gutes Händchen mit ihm zu haben!« Alma gähnte und stand schließlich auf. »Ich leg mich hin. Brauchst du noch etwas?«

Ich schüttelte den Kopf und wartete ungeduldig, bis Alma in meinem alten Alkoven verschwunden war und den Vorhang zugezogen hatte, dann erst hob ich die Petroleumlampe auf das Regal in meinem Alkoven und begann zu lesen.

Liebe Charlotte,
danke für deinen Brief! Du glaubst gar nicht, wie sehr ich mich über deine Worte gefreut habe. Ich hoffe, du bist bei guter Gesundheit.

Was es genau in deinen Zeilen war, weiß ich nicht, aber ich fühle mich jetzt ein Stückchen weniger allein, und auch Südfall hat in meinen Gedanken wieder Gestalt angenommen.
Mach dir keine Sorgen wegen des Kutters. Hauptsache, dir geht es gut. Ich bedauere jeden Tag, dass du all die schwere Arbeit auf der Hallig allein verrichten musst. Ich würde sie dir gern abnehmen, glaub mir.
Inzwischen, und vielleicht interessiert dich das, spreche ich ganz gut Englisch. Ich musste daran denken, dass du eigentlich ja nie auf die Hallig wolltest, sondern weiter weg, in die Welt. Ich frage mich manchmal, ob es vielleicht gar nicht richtig von mir war, dich aufzuhalten. Vielleicht hätte ich damals in Hamburg im Goldenen Anker nie deinen Ärmel greifen dürfen. Wer weiß, wo du jetzt wärst. Vielleicht komme ich hier auch nur auf solch seltsame Gedanken, weil ich viel zu viel Zeit zum Nachdenken habe, wenn ich abends im Bett liege. Ich weiß es nicht.
Jetzt jedenfalls, da ich selbst ein kleines Stückchen von der Welt gesehen habe, verstehe ich dich besser. Wenn das alles hier eines fernen Tages vorbei ist, werde ich hoffentlich heimkehren, und du kannst immer noch gehen. Das wollte ich dir unbedingt schreiben. Du solltest dich zu nichts verpflichtet fühlen.
Obwohl ich gestehe, dass ich den Gedanken schön finde, dich wiedersehen zu können. Im Grunde bist du die letzte Verbindung, die ich gerade zur Heimat habe. Hoffentlich bürde ich dir mit diesem Gedanken nicht zu viel auf.
Bleib gesund und pass gut auf dich auf,
Pay

22. August 1944

Liebe Charlotte,
dein Brief hat mich sehr gefreut, und es rührt mich, dass du mir so dankbar bist, dabei bin ich doch derjenige, der dir nicht genug dafür danken kann, was du jeden Tag für die Hallig tust und dafür, wie du meine Mutter gepflegt hast!
Ich wüsste nicht, was ich ohne dich angefangen hätte. Ich sah dich damals im Goldenen Anker, und du sahst aus wie eine verängstigte Katze, die sich vor einem Gewitter unter dem Tisch verkrochen hat. Das hat eine Stelle meines Herzens berührt, von der ich vorher gar nicht wusste, dass es sie gab. Ich hätte dich nicht vorbeigehen lassen können. Es war einfach ausgeschlossen. Und selbst als es zu Anfang so schwierig war, wusste ich, dass du und Mutter euch eines Tages verstehen würdet. Woher genau ich die Sicherheit nahm, das weiß ich nicht mehr, aber sie war da.
Was mich noch mehr freut, ist allerdings, und das muss ich zugeben, dass du auf mich warten willst. Ich hatte so halb befürchtet, dass du vielleicht eines Tages aufgeben würdest. Vielleicht dann, wenn der Wind über die Hallig fegt, die Winterstürme über das Meer toben und dabei immer wieder deinen Namen flüstern.
Ich weiß nicht, ob ich es so lange allein auf der Hallig aushalten würde. Aber du hast eine Stärke, die ich sehr bewundere, und einen Mut, der mir vielleicht sogar manchmal fehlt.
Herzlichst, Pay

28. November 1944

Liebe Charlotte,
im Krieg haben wir keine Wahl. Mutig macht uns das nicht, und alle haben Angst, ob sie es zugeben oder nicht. Vielleicht einigen wir uns darauf, dass wir beide mutig sind – jeder auf seine Weise.

Deine Briefe tun mir sehr gut. Ich sauge jedes Wort auf, und ich lese sie immer wieder zwischendurch. Heute kann ich nicht viel schreiben. Mein Strafgefangenenlager wird aufgelöst, und ich werde verlegt. Wohin, weiß ich nicht.
Ich denke oft an dich.
Pay

Es ist bitterkalt geworden. Ich glaube, selbst die Schafe frieren. Sie stehen in kleinen Grüppchen zusammengekauert auf den Winterweiden und trotzen den Stürmen. Bodo konnte mir keine Kohlen mehr bringen, sie haben selbst kaum genug. Alles ist knapp. Nur Steckrüben habe ich genug.

Im vergangenen Frühsommer habe ich die Hühner ihre Eier bebrüten lassen, und tatsächlich haben es ein paar Küken geschafft. Ob sie stark genug sind, einen kalten Winter zu überstehen, weiß ich nicht. Und Bodo sagte, dieser Winter wird kalt und lang. An den Nussbäumen hing reiche Ernte, und das sei ein schlechtes Zeichen.

Er wurde kurz darauf eingezogen. Landsturm. Die Vorstellung, dass er nun auch kämpfen muss, macht mich traurig. Wie muss es erst Alma beelenden?

Ich bin froh, dass ich noch etwas Holz habe und Ditten, aber ob der getrocknete Kuhdung mich über den Winter bringen wird, weiß ich noch nicht. Ich heize sparsam. Nur morgens ein wenig, um den Wasserkessel warm zu bekommen, und abends ebenso. Ich versuche, mir die Kohle aufzuheben, damit ich alle zwei Wochen Brot backen kann.

Ich bin es so leid. Wann hört dieser sinnlose Krieg endlich auf? Wie viele Jahre, wie viele Leben wollen wir noch verschwenden?

Ich habe Alma gefragt, ob sie zu mir auf die Hallig kommen möchte, jetzt, wo Bodo fort ist. »Nein, Charlotte. Ich kann nur zu Hause auf ihn warten.«

Zuerst hat mich ihre Antwort sehr irritiert, später, als ich wieder zurück auf der Hallig war, konnte ich sie auf einmal verstehen. Es ist nicht dasselbe, sicher, aber ich kann auch nur hier auf Pay warten. Das bin ich ihm einesteils schuldig, andernteils will ich es auch gar nicht anders. Jeder seiner Briefe, denke ich manchmal, offenbart mir einen anderen Pay. Einen, den ich noch nicht so gut kannte.

Manchmal, bevor ich nachts die Augen zumache, sehe ich sein Gesicht ganz deutlich vor meinem Geist. An Sebastian dagegen kann ich mich nur schwerlich erinnern. Seine Schultern sind noch klar, sein Hals auch, und dann schwimmt sein Gesicht ganz verzerrt darüber, so als würde ich nur sehen, wie sich sein Kopf irgendwo in unruhigem Wasser spiegelt. Merkwürdig ist das. Sebastian war einmal mein Leben.

Jetzt ist alles anders. Wenn ich morgens die Augen öffne, denke ich oft für weniger als eine Sekunde, dass alles gut ist. Und dann fällt mir ein, dass Pay in England ist und Keike tot. Meine Eltern leben nicht mehr, meine Schwester ist irgendwo, mein Elternhaus ist abgebrannt.

Die Wirklichkeit setzt ein.

Sie weckt mich mit vielen kleinen Stichen in mein Herz. Mein Herz, das elende Nadelkissen.

Ella

Sie hatte Robert die Abfahrtszeit des Postschiffes in Nordstrand am Freitagvormittag in einer E-Mail mitgeteilt, in der sie sich auch endlich für das Weihnachtsgeschenk bedankt hatte. Lange hatte sie das vor sich hergeschoben, immer in der Angst, nicht die richtigen Worte zu finden, hatte sie Ausreden gesucht und auch gefunden.

Noch schnell den Wandschrank leerräumen, das Zimmer im Dachgeschoss, das sie schon für Karla hergerichtet hatte, auch für Robert vorbereiten, Bettwäsche waschen, trocknen und bügeln … alles war dazwischengekommen, bis sie schließlich eine kurze E-Mail formulierte, auf die sie eine ebenso kurze Antwort bekommen hatte. Sie klang, als hätte sie Robert in großer Eile verfasst, und nicht sehr persönlich.

Während sie also an diesem ersten Wochenende im neuen Jahr aus dem Fenster sah, der Wind über die langen Grasbüschel auf den Weiden strich, die Wintersonne über das Meer glitzerte und die Wellen die Flut brachten, überlegte sie, ob Roberts Besuch wirklich eine gute Idee war.

Vielleicht wäre es besser gewesen, einfach abzuschließen und Robert aus ihrem Leben zu verbannen? Wäre das Vergessen so nicht am Ende einfacher?

Ella hielt sich mit beiden Händen am kühlen Holz des schmalen Fensterbrettes fest und kniete halb auf der Sitzbank. Wenn sie ehrlich war, dann hatte das alte Jahr damit aufgehört, dass sie sich um den endgültigen Bruch mit Robert gedrückt hatte, und das neue damit angefangen, dass sie sich nicht getraut hatte, Brar zu erzählen, dass Robert kam.

Erst gestern hatte sie es ganz beiläufig erwähnt, und Brars Lächeln war ein wenig verrutscht, gesagt hatte er jedoch nichts. Ella hatte rasch erklärt, dass Robert ihre Sachen bringen und sie sich ein letztes Mal aussprechen würden. Und Brar hatte nur eine Augenbraue nach oben gezogen, bevor er sich von ihr verabschiedete, um nach seinen Schafen zu sehen.

Was auch immer mit ihr und Brar werden könnte, es würde doch erst beginnen, wenn sie dieses Wochenende hinter sich gebracht hätte. Ein letzter langgezogener Abschied. Vielleicht musste es auch genauso sein. Immerhin hatten sie und Robert ja auch eine lange Zeit miteinander verbracht.

Ella straffte ihren Rücken, zog das Haargummi von ihrem Handgelenk und bändigte damit ihre Frisur.

Zu ihrer Überraschung hatte sie in den letzten Tagen festgestellt, dass ihr das etwas längere Haar, das sie eigentlich bei einem Besuch auf dem Festland nächste Woche wieder kürzen lassen wollte, besser stand als gedacht.

In Wellen fiel es an ihren Wangen entlang, wenn sie es offen trug, und das machte ihr Gesicht weicher, etwas runder.

Heute, am späten Nachmittag, war es so klar, dass Ella das Postschiff schon in weiter Entfernung am Horizont auftauchen sah. Rasch griff sie nach ihrem flauschigen grauen Strickmantel und schlüpfte im Flur in ihre schwarzen kniehohen Stiefel, dann bummelte sie langsam den Warfthang hinunter und folgte dem Weg durch die Salzwiesen bis zum Anleger.

Sie blieb stehen und sah über das Meer, beobachtete die Barkasse, die immer größer wurde und auf den Anleger zusteuerte. Robert stand an Deck, groß, schlank, in seinem schwarzen Wollmantel, die dunkelbraunen Locken vom Wind zerzaust, und offensichtlich sprach er mit dem jungen Mann, der immer das Schiff vertäute und die Post von Bord lud.

Ella hob eine Hand und winkte, als das Schiff fast angelegt hatte, und Robert winkte zurück, bevor er geschickt von Bord sprang und dem jungen Mann half, die Gangway anzulegen.

»Ich nehm das schon!«, rief Robert und griff nach dem Stapel Post. »Keine Sorge!«

Jetzt tauchte auch Kapitän Hansen auf und nickte Ella zu. »Ist Brar nicht da?«

Ella sah sich um. Tatsächlich. Brar war nicht gekommen. Eigentlich trafen sie sich sonst immer am Anleger, wenn das Schiff kam, nicht nur, um die Post zu holen, sondern auch, um sich zu begrüßen.

»Vielleicht hat er zu tun. Soll ich Post für ihn mitnehmen?«

»Ja, gern! Die Post für dich hat der Mann, den ich dir mitgebracht habe.«

Ella zwang sich zu einem Lachen, obwohl sie Kapitän Hansens Bemerkung alles andere als lustig fand. »Danke!«, rief sie zurück und reckte sich, um die Briefe in Empfang zu nehmen, die er ihr über die Reling reichte. Dann beobachtete sie, wie Robert noch seinen Koffer und eine Reisetasche entgegennahm, bevor er auf sie zukam und die Barkasse langsam wieder ablegte.

»Hallo, Robert«, sagte Ella leise und trat von einem Bein aufs andere.

»Hallo, Ella.« Robert wirkte angespannt, als er sich zu ihr herunterbeugte, um ihre Wange zu küssen. Für den Bruchteil einer Sekunde schloss Ella die Augen. Da war dieser vertraute Geruch nach Robert, diese Mischung aus seinem holzigen Aftershave und ihm, die ihr, egal ob er in Berlin die Tür zu ihrer Remise aufgeschlossen oder sie in Frankfurt seine Wohnung betreten hatte, immer das gleiche gute Gefühl bescherte, als wäre sie eben da, wo sie hingehörte.

Vor allem aber traf sie dieser Duft unvorbereitet. Sie hatte nicht ahnen können, wie nahe er ihr kommen würde.

»Alles in Ordnung?«, fragte Robert und machte einen Schritt rückwärts, um sie genauer zu betrachten.

»Ja, sicher«, gab sie zurück und drehte sich rasch zur Seite, um ihre Verwirrung zu verbergen. »Komm, ich bring dich zum Haus. Wie war deine Anreise?«

»Unspektakulär, bis auf das Postschiff. Das war großartig!«

Ungläubig blinzelte Ella zu Robert, der neben ihr herging, und in die schräge Sonne. »Wirklich? Ich wusste gar nicht, dass du Schiffsreisen magst.«

»Ich auch nicht. Ich hab vielleicht viel zu selten eine gemacht. Und du? Wie geht es dir?« Er strich sich eine widerspenstige Strähne aus seiner hohen Stirn. Sein Haar war etwas zu lang. Er sah aus, als hätte er einen Friseurtermin verpasst.

»Gut, gut«, sagte Ella und sah wieder geradeaus. »Mich wundert ein bisschen, dass du dich zu dieser Zeit ein Wochenende freimachen kannst. Der Anfang des Jahres war doch immer besonders arbeitsintensiv für dich.«

»Ja, das stimmt. Der Januar war immer grausam.« Sie hörte Robert neben sich tief durchatmen.

»War?«, fragte sie vorsichtig. Robert war niemand, der schludrig mit Sprache umging. Nicht von Berufs wegen und sicher auch nicht privat.

»Ist«, korrigierte er sich rasch und ging ein paar Schritte schneller. »Die Luft ist schön hier.«

»Ja, das macht der ewige Wind«, sagte Ella und warf Robert einen nachdenklichen Seitenblick zu. Etwas war anders an ihm. Er war anders.

»Wie lange willst du bleiben?«, fragte Ella und hoffte, dass es nicht so klang, als würde sie ihn sofort wieder loswerden wollen, auf der anderen Seite … Was hatten sie sich noch zu sagen? Was wollte er ihr noch sagen? Und vielmehr, würde sie es hören wollen?

»Bis morgen, dachte ich. Kapitän Hansen hat mir seine Telefonnummer gegeben. Ich muss ihn nur anrufen, dann holt er mich mit seinem eigenen Boot ab.«

Ella nickte. So war Robert. Er kümmerte sich selbst. Niemals musste sie für ihn mitdenken.

Am Warfthang blieben beide stehen und sahen hoch zum Hof.

»Das sieht beeindruckend aus. Viel größer als auf dem Foto«, sagte Robert.

»Ja, der Stall wurde später erweitert. Komm, ich zeig dir dein Zimmer.«

Ebenso wie Karla es getan hatte, starrte auch Robert einen Moment auf den steckenden Hausschlüssel in der Tür, doch er sagte nichts und stellte seinen Koffer am Fuße der schmalen Stiege ab, während er Ella die Reisetasche reichte.

»Das ist alles, was ich gefunden habe. Es war … eher unschön, es zusammenzupacken.«

Ella nickte. Einen Moment standen sie so voreinander und sahen sich an, dann fühlte Ella, wie ihre Wangen warm wurden. Schnell ging sie an Robert vorbei, die Treppe nach oben, und öffnete die erste Tür im Flur. »Hier, das kleine Bad. Die Dachschräge macht mich auch wahnsinnig. Bei deiner Größe«, sie warf ihm einen mitleidigen Blick zu, »wirst du wahrscheinlich im Sitzen duschen müssen. Ich bin froh, wenn das alles umgebaut wird.«

»Oh ja, ich bin schon ganz gespannt auf deine Pläne. Vielleicht magst du mir nachher davon erzählen?«

»Sicher.« Ella öffnete als Nächstes die Tür zum Gästezimmer, das sie für ihn hergerichtet hatte. »Ich hoffe, du fühlst dich wohl.« Sie ließ ihn eintreten, und als Erstes ging er zum Gaubenfenster und öffnete es.

Ella lächelte in sich hinein. Genau das hatte er immer getan, sobald sie zusammen eine Ferienwohnung oder ein Hotelzimmer betreten hatten. Er ging schnurstracks zum Fenster, riss es auf und atmete tief durch, so wie eben jetzt. Robert lächelte jetzt ebenfalls und sah aus, als fühlte er sich ertappt. »Tut mir leid«, verlegen deutete er auf den Fensterknauf, »ich kann nicht anders.«

»Ich weiß. Ich lass dich mal allein. Magst du einen Tee … oder willst du lieber Kaffee?«

»Eher Kaffee. Ich glaube, das Schiff als Abenteuer reicht mir fürs Erste. Ich fang gern klein an.«

Ela lachte laut. Sie hatte seinen trockenen Humor immer gern gemocht. »Kein Problem. Dann komm in die Küche, wenn du ausgepackt hast.«

Während sich Robert oben frisch machte, sah Ella die Post durch. Hatte sie am Anleger, während die Barkasse auf den Steg zuschipperte, noch kurz gedacht, dass Robert an Bord aussah wie ein schmaler schwarzer Fremdkörper, war das Gefühl sofort weg gewesen, nachdem seine Füße das Land berührt hatte.

Den Brief vom Gemeindeamt legte sie zur Seite. Bevor sie die Ferienwohnungen, wenn sie denn einmal fertig waren, würde vermieten können, käme noch viel Arbeit und Papierkram auf sie zu. Ein bisschen graute ihr ja davor, aber sie würde sich durchbeißen. Über den Rand eines Briefes von der Gebäudeversicherung sah sie wieder aus dem Fenster aufs Meer, das sich sanft zu kleineren Wellen kräuselte, aber sich heute nur hier und da weiß bekrönte.

Liebe ist auch Gewohnheit, dachte Ella. Sie kommt angerollt wie die Flut, bleibt und ist dann einfach da. Doch manchmal schleicht sie sich unbemerkt wieder aus dem Leben. Als hätte es sie nie gegeben. Aber stimmte das eigentlich? Hinterließ sie nicht Spuren, so wie das Wasser Rinnen im Meeresboden hinterließ und Priele?

Rasch stand sie auf. Nicht weitergrübeln.

Die Reisetasche mit ihren Sachen, die ihr Robert mitgebracht hatte, stellte sie in den Döns auf die Couch und zog den Reißverschluss langsam auf.

Ein paar Pullover, Pyjamas und Hosen, Bücher und Kosmetika, die Robert sorgsam in einen Beutel verpackt hatte, damit nichts auslaufen und die restlichen Sachen beschmutzen könnte. Er hätte, dachte Ella, einfach alles hineinwerfen können. So wie sie mit ihm umgegangen war, hätte sie das verstehen können. Aber Robert war nicht so. Rache lag ihm nicht. Das hatte sie immer bewundert. Egal wie sehr ihn ein Mandant mit seinem Verhalten auf die

Palme brachte, Robert behielt immer die Nerven, ein freundliches Wort und sah den Fall, nicht den Charakter dieses Menschen. Zu Anfang hatte Ella immer gedacht, das wäre ein Fehler, aber je länger sie Robert bei der Arbeit beobachtet hatte, desto eher wurde ihr klar, dass das eine große Gabe war, auf die sie manchmal neidisch war.

Nur eine Viertelstunde später hörte sie Roberts Schritte auf der Treppe. Er hatte den Anzug, in dem er angereist war, gegen Jeans und einen groben grauen Strickpullover getauscht. Ein bisschen sah er jetzt selbst aus wie ein Seemann.

»Ich gehe kurz rüber und bringe die Post nach Bredenswarft. Wenn ich wiederkomme, können wir Kaffee trinken.« Ella schloss den Reißverschluss der Reisetasche wieder und stellte sie auf den Boden.

»Ein Spaziergang würde mir sicher auch guttun. Ich komme gern mit.«

Ella schluckte. Wie würde das Brar gegenüber aussehen, wenn sie Robert mitbrachte? »Nein, schon gut, ich geh rasch allein.«

»Ach, Unsinn. Ich hab extra Gummistiefel mitgebracht.«

Er öffnete die Küchentür weit, zeigte auf ein schwarzes Paar, das er im Flur neben ihre gestellt hatte, und lächelte fröhlich. Was blieb ihr also anderes übrig?

»Wie groß ist die Hallig eigentlich?«, fragte Robert, als sie den Warfthang hinuntergingen und Ella wieder den Weg einschlug, der erst zum Anleger führte und dann hinüber nach Bredenswarft.

»Sechsundfünfzig Hektar. Sie ist eins Komma zwei Kilometer lang und an der Stelle, wo der Anleger ist, sechshundertfünfzig Meter breit. Sönkenswarft, also meine Wraft, und Bredenswarft, die dem Naturschutzverein gehört, liegen etwa einen Kilometer auseinander«, referierte Ella stolz.

»Größer, als ich dachte«, murmelte Robert.

Laut kreischend zogen ein paar Möwen über ihnen ihre Bahnen, und Ella zog den Reißverschluss ihres Mantels höher. Der Wind hatte mal wieder aufgefrischt.

Einen Moment lang liefen sie schweigend nebeneinanderher und blinzelten in die schräg stehende Sonne. Da war diese fast schmerzhafte Vertrautheit, die sie mit ihm empfand, und gleichzeitig eine neue Fremde, die zwischen ihnen eingezogen war.

»Es ist schön hier«, sagte Robert schließlich zu Ellas Überraschung leise. »Ich kann verstehen, warum du bleibst.«

»Was?«, entfuhr es Ella überrascht. In Gedanken war sie nämlich bei der bevorstehenden Begegnung der beiden Männer und dem Unwohlsein, das sie dabei verspürte.

»Ja, diese Stille hier hat etwas Beruhigendes.«

Ella ging einen Schritt langsamer. »Ich dachte immer, das Einzige, das dich beruhigen würde, wäre das leise Summen deines Kanzleicomputers, das Röhren des Kaffeevollautomaten im Vorzimmer in der kleinen Küche neben deinem Büro und das Fiepen des Kopierers.« Sie klang bitterer, als sie wollte. Den heiter ironischen Ton, den sie anvisierte, hatte sie genauso versemmelt wie ein Fußballer den entscheidenden Elfmeter.

Sie hörte, wie Robert neben ihr tief Luft holte, sah ihn aber nicht an, als er sehr ruhig sagte: »Weißt du, Ella, ich liebe meinen Beruf, aber ich habe auch unter anderem deshalb so viel gearbeitet, um Geld für die Zukunft beiseitezulegen und eine berufliche Grundlage dafür zu schaffen, später, wenn wir Kinder gehabt hätten, kürzertreten zu können. Das alles ist leichter mit einem finanziellen Polster und einem guten Ruf, der einem vorauseilt.«

Ella biss sich auf die Lippe, dann ging sie wieder einen Schritt schneller. »Das hättest du vielleicht auch mal so formulieren sollen.«

»Mein Fehler. Ich dachte, das wäre dir klar.«

Das Schweigen, mit dem sie den restlichen Weg zurücklegten, war ungemütlich bis frostig. Kurz vor Bredenswarft beschleunigte Ella ihren Schritt noch einmal und ließ Robert ein Stückchen hinter sich zurück. Hatten sie eigentlich jemals über solche wirklich wichtigen Sachen gesprochen? Sie hatte wohl nie an der Zukunft rütteln wollen, immer in der Befürchtung, dass sie Liebgewonnenes würde aufgeben müssen, hinter Robert zurückstehen. Hatte sie ihm unrecht getan?

Und warum hatte Robert nie wirklich darüber gesprochen?

Brar kam gerade aus dem Schafstall, als Ella den Hof fast erreicht hatte. Er blieb stehen, als er sie sah, und winkte. Robert hatte inzwischen aufgeholt und war dicht hinter ihr. Gern hätte sie ihn in diesem Augenblick abgeschüttelt, aber er war da, und sie hörte seinen Atem in ihrem Nacken.

Rasch zog sie die Briefe, die ihr Hansen vorhin gegeben hatte, aus der Tasche. »Deine Post!«, rief sie ihm betont fröhlich zu, und ein leichtes Lächeln huschte über sein Gesicht, das leicht schief wurde, als sein Blick auf Robert fiel. »Du warst heute nicht am Anleger.«

»Ja«, Brar wischte sich die Hände an einem Tuch ab, »ich hatte einen dringenden Anruf und habe dann einfach gehofft, dass du so lieb bist.«

»Natürlich.« Ella lächelte ihm zu und trat von einem Bein auf das andere, bevor sie sich überwinden konnte, Robert vorzustellen, der Brar, nachdem sie seinen Namen nannte, sofort die Hand hinstreckte. »Freut mich!«

»Ebenfalls«, sagte Brar, und dann war es wieder still, bis auf die üblichen Geräusche auf der Hallig. Das Rauschen des Windes und das gelegentliche Kreischen der Möwen.

Charlotte

10. Mai 1945

Der Krieg ist vorbei. In der Zeitung, die mir Alma gestern mitgebracht hat, waren Bilder aus Berlin und Hamburg. Völlig zerbombt. Ich glaube nicht, dass ich mich in meiner Heimatstadt noch zurechtfinden könnte. Ich konnte nicht glauben, was ich auf den Bildern sah.

»Ich frage mich, wann sie mir Bodo zurückbringen«, sagte Alma leise, als wir am Küchentisch saßen.

Für einen Moment schloss ich die Augen. In den letzten Kriegstagen hatte man ihn eingezogen, und zwei Tage später war er gefallen. Es fällt mir schwer, das zu glauben. Es fällt mir schwer zu glauben, dass der kräftige Bodo nicht mehr da ist, dass er zu denen gehört, über die in der Vergangenheit gesprochen wird.

»Was willst du dann tun?«, fragte ich sie. »Komm hierher.«

Alma schüttelte den Kopf und legte mir eine Hand auf den Arm. »Lieb von dir, aber nein. Ich werde ihn beerdigen und dann nach Hamburg gehen, dahin, wo ich herkomme. Zu unserer Tochter. Ihr Mann ist in Kriegsgefangenschaft. Sie kann Hilfe mit den Kindern brauchen, jetzt, wo auch ihre Schwiegereltern tot sind.« Alma tippte mit dem Zeigefinger auf die Zeitung. »Ich will helfen, mein Hamburg wieder aufzubauen. Klingt komisch, was?« Sie lächelte ein wenig.

»Nein, gar nicht.« Ich drückte ihre Finger fest und überlegte. Nein, nach Berlin zog mich gar nichts.

Seitdem der Krieg vorbei war, bin ich oft nachts aufgewacht, einfach, weil es so ruhig war. Keine Flugzeuge mehr.

»Hast du etwas von Pay gehört?«, fragte Alma und sah mich

an. »Er wird doch jetzt irgendwann nach Hause kommen, oder nicht?«

»Ich hoffe«, gab ich leise zurück, und dann schwiegen wir eine Weile, weil jeder von uns so seinen Gedanken nachhing. »Er fehlt mir auch, weißt du?«, sagte ich leise.

Wenn ich jetzt so darüber nachdenke, weiß ich gar nicht, wen ich in dem Moment meinte. Pay oder Bodo?

Beide natürlich. Jeden auf seine Weise.

1. Juni 1945

Mir hängen die Steckrüben, die vom Winter noch übrig sind, zum Hals heraus, aber wenigstens hab ich sie noch und ein paar Kartoffeln. Sonst gibt es nicht viel, nur das, was der Garten eben hergibt, und die Tiere. Jetzt ist es schlimmer als im Krieg. Und es gibt auch nichts zu kaufen. Wenn ich einmal alle paar Wochen aufs Festland fahre, versuche ich die Schafwolle, die ich den Winter über gesponnen habe, so wie Keike es mir beigebracht hat, gegen Mehl und Zucker zu tauschen. Mal klappt es, mal nicht. Ich fürchte mich vor dem nächsten Winter. Vor mehr Steckrüben. Ich werde noch Kohl ziehen, aber ich habe kein wirklich gutes Händchen für den Garten. Im letzten Jahr noch hat mir Bodo aus altem Holz drei große hohe Kisten gezimmert, die ich mit Steinen, Ästen, Mulch und schließlich mit Erde gefüllt habe. Darin ziehe ich jetzt auch Bohnen und hoffe, dass sie bei Land unter nicht überschwemmt werden, so wie meine Beete im Gemüsegarten.

Von Pay habe ich seit Kriegsende nichts mehr gehört. Ich weiß nicht, was mit den Kriegsgefangenen passiert ist. Vielleicht bleibt er weiterhin in England, vielleicht ist er längst auf dem Heimweg – alles möglich oder nichts davon. In der Gemeindeverwaltung wissen sie auch nichts und warten auf Neuigkeiten aus Hamburg, und so muss ich auch weiter warten und weiter arbeiten, mein Tagwerk verrichten.

Pays letzten Brief klebe ich wieder ein, damit er mir bleibt. Sonst nehme ich ihn zu oft in die Hand, und das dünne Papier ist so empfindlich.

Ich habe ihm geantwortet und ihm auch geschrieben, dass Rieke jetzt Witwe ist. Vielleicht schreibt er mir deshalb nicht zurück. Vielleicht schreibt er ihr.

Und wenn wir schon beim Schreiben sind, ich weiß oft nicht mehr, was ich hier noch aufschreiben soll. Es gibt so wenig zu erzählen, was Belang hat, einen Sinn ergibt.

Ich dachte immer, die Tagebücher würden mir in vielen Jahren helfen, mich an Ereignisse zu erinnern, und dabei ist so viel in den letzten Jahren passiert, was ich gern vergessen möchte. Ob ich später noch mal darin lesen werde? Ich glaube nicht. Vielleicht meine Enkelkinder. Aber diese Vorstellung ist so nebulös wie ein Tag mit tief hängenden Wolken über dem Watt.

Zum Glück habe ich Piet, aber auch er wird älter, das merke ich deutlich. Die Spaziergänge mit ihm werden kürzer, und am liebsten liegt er auf der Schwelle der geöffneten Haustür und sieht sich um. Manchmal ertappe ich ihn bei einem sehnsüchtigen Blick über das Meer. Ob er sich an Pay erinnern kann? Ich weiß es nicht.

29. August 1945

Heute kam ein Brief von Pay. Erst hatte ich keine Zeit, ihn zu lesen, weil ich den Kuhdung, den ich auf den Warfthängen trockne, wenden musste, aber über Mittag ging ich ins Haus. Wir haben seit ein paar Tagen unglaublich warmes Sommerwetter, wie ich es nur selten auf der Hallig bisher erlebt habe. Seit Tagen kein Tropfen Regen. Nur Sonne, die, wenn sie am höchsten steht, sogar sticht.

In der Mittagshitze ging ich also hinein und las den Brief. Und ich las ihn noch einmal und wieder und wieder. Bis ich ihn beinahe auswendig konnte.

Liebe Charlotte,
leider weiß ich noch nicht genau, wann, aber ich komme heim, so viel ist inzwischen sicher. Mehr kann ich dir leider nicht sagen im Moment.
Ich bin sehr froh, dass es dir gut geht! Bodos Tod hat mich auch schwer getroffen. Er war immer gut zu uns. Hier, so fern der Heimat, ist sein Tod, genau wie Mutters, nur ganz langsam zu begreifen, eben weil ich so weit weg bin. Er sickert tröpfchenweise in mein Bewusstsein und wird so umso quälender.
Um Riekes Mann tut es mir auch leid. Es ist sicher nicht leicht für sie, allein mit den Kindern. Und wird es wohl auch in Zukunft nicht sein.
Weißt du, Charlotte, bisher habe ich dir das nicht geschrieben. Vielleicht, weil es mir albern erschien, vielleicht befürchtete ich, du würdest mir nicht glauben, aber jetzt, da ich das Gefühl habe, dass unsere Briefe anders werden, aufmerksamer auf eine Weise, wollte ich dir doch schreiben, wie es mir ging, an dem Tag, als die Bismarck sank.
Ich weiß noch, dass das Schiff Schlagseite bekam, und irgendwann sprang ich über Bord, oder ich fiel – so genau erinnere ich mich gar nicht mehr. Ich konnte mich an Trümmern vom Aufbau, die auf dem Meer trieben, über Wasser halten. Und während um mich herum das Sterben und das Chaos regierten, habe ich zu meinem Erstaunen an dich gedacht. Du warst der Mensch, bei dem ich es am meisten bedauern würde, ihn nicht wiederzusehen. Ich dachte immer wieder an unsere Spaziergänge auf der Hallig, daran, wie wir zusammengearbeitet haben, und an jede einzelne Nacht, die du neben mir eingeschlafen bist.
Trotzdem tu ich mich schwer, dir das zu schreiben, und glaub mir, wenn du diesen Brief in der Hand hältst, habe ich lange darüber nachgedacht, ob ich ihn überhaupt abschicke.
Pass gut auf dich auf!
Pay

Ich las jedes einzelne Wort sorgfältig, so als wollte ich Fehler ausschließen oder ein Missverständnis.

So saß ich also auf dem Küchenstuhl, und alles andere um mich herum verschwamm, wurde seltsam unscharf. Wichtig war nur noch der Brief, und ich begriff auch, warum er mir so wichtig war. Pay war einer von ganz wenigen Überlebenden der Bismarck, und ich war die letzte Überlebende hier. Mir wurde klar, dass ihm mein erster Gedanke galt, wenn ich aufstand, und der letzte, wenn ich abends ins Bett fiel.

Sebastian hatte mich überwältigt. Schon bevor unsere Affäre begonnen hatte, hatte ich von ihm geträumt und mich verliebt. Vielleicht sogar im ersten Augenblick, als ich ihn gesehen hatte.

Pay dagegen schlich sich in mein Herz. So langsam und so vorsichtig, dass ich es gar nicht bemerkt habe, und selbst die Ferne hat dem nichts anhaben können. Ich habe jetzt auch verstanden, dass, was auch immer ich für Jeffrey empfunden habe, nur meiner Einsamkeit und Verzweiflung entsprungen war. Er war da, als Pay weit weg war.

Jetzt aber würde Pay nach Hause kommen. Und ich bin hier. Ich warte, so wie ich immer auf ihn gewartet habe.

Vielleicht mein ganzes Leben lang schon.

Ella

Noch immer standen sich Brar und Robert gegenüber und musterten sich eingehend, dann sah Robert erst Ella kurz an und dann an beiden vorbei zum Meer.

»Wollt ihr noch auf einen Tee hereinkommen?«, fragte Brar schließlich, und Ella schüttelte rasch den Kopf. Noch mehr ungemütliches Schweigen konnte sie nicht ertragen.

»Nein, danke. Ich will noch ein paar Papiere sortieren, und dann gibt es Kaffee. Ein andermal. Bis bald.« Hastig drehte sich Ella um und zupfte Robert am Ärmel.

»Hat mich gefreut«, murmelte Robert neben ihr und setzte sich dann ebenfalls in Bewegung.

Als sie ein paar Meter von Bredenswarft entfernt waren, fuhr sich Robert durchs Haar. »Das ist also der Ornithologe«, sagte er langsam, und Ella antwortete knapp: »Ja.«

Eine Weile stapften sie schweigend den schmalen Weg entlang, der breiter wurde, als sie den Anleger erreichten.

»Willst du dir eigentlich ein Boot kaufen?«, fragte Robert so unvermittelt, dass Ella überrascht über einen kleinen Stein stolperte, sich aber sofort wieder fing.

»Vielleicht einmal in sehr weiter Zukunft. Ich dachte eher an ein Pferd. Im alten Schuppen steht noch eine Kutsche. Ich weiß nicht genau. Sieht aus wie ein Kremser. Vielleicht wäre das praktisch bei Ebbe.«

»Ein Pferd. Ja, warum nicht? Irgendwie müssen deine Feriengäste ja auf die Hallig.«

»Der alte Freerichs von Nordstrand fährt sie mir bestimmt mit seiner Kutsche herüber, bis ich das gelernt habe. Aber du hast recht, ein Boot wäre sicher praktisch. Zum Glück hat Brar eins.«

»Brar«, wiederholte Robert leise, und Ella beschloss, nicht darauf einzugehen.

Heute hatte Brar nur einige wenige Schafe auf die untere Weide getrieben, und sie standen weit auseinander, waren vollauf mit Grasen beschäftigt. Robert deutete mit dem Daumen auf die Tiere. »Das sind aber nicht deine?«

»Nein, nein. Ich glaube, Schafe will ich nicht. Das wird vielleicht ein bisschen viel Arbeit. Ein Hund wäre gut, denke ich.«

Robert lachte laut auf. »Weißt du noch, in der Schweiz, im Engadin –«

Ella unterbrach ihn ärgerlich. »Robert, das war ein riesiger Schäferhund, und ja, ich hatte Angst, und er hat verdammt noch mal geknurrt.«

»Vielleicht dann besser keinen Schäferhund, sondern eine Nummer kleiner«, sagte Robert versöhnlich, als sie Sönkenswarft wieder erreichten. Auf dem Hof unter den Birnbäumen blieb er stehen und sah zum Holzverschlag hinüber. »Sag mal, hast du was dagegen, wenn ich ein bisschen Holz hacke?«

Erstaunt hob Ella eine Augenbraue. »Nein, mach, wenn du magst. Ich wusste gar nicht, dass du das kannst.«

»Es erinnert mich ehrlich gesagt an früher, als ich die Sommer bei meinen Großeltern auf dem Land verbracht habe.«

Ella sah Robert, der über den Hof schlenderte, unschlüssig nach, dann drehte sie sich um und ging zum Haus, blieb aber doch wieder stehen. »Soll ich dich zum Kaffee rufen?«

»Nein, mach ruhig deinen Papierkram«, rief ihr Robert über die Schulter zu. »Wenn du willst, kann ich ihn später kochen?«

»Sicher.«

»Wenn ich es dir doch sage, Karla. Er steht auf dem Hof und hackt Holz, und er sieht dabei … wie soll ich sagen … glücklich aus?« Ella nahm das Smartphone in die andere Hand, ließ die Gardine vor das Fenster neben der Haustür fallen und ging in die Küche zurück.

»Und das ist dir nicht recht?« Karla klang verwundert.

»Doch! Es ist nur … So habe ich ihn noch nie gesehen.«

»Vielleicht hat es sich bisher einfach nicht ergeben. Hör zu, Ella, die Apotheke ist voll. Erkältungszeit. Ich muss Schluss machen.«

»Ja, natürlich nur eins noch … hast du Robert von Brar erzählt?«

»Ganz bestimmt nicht, Ella! So etwas würde ich nie tun.« Karla machte eine kleine Pause. »Gibt es denn etwas Neues?«

Ella hob die Schultern, obwohl ihre Freundin das ja nicht sehen konnte. »Ich weiß es nicht.«

»Ruf mich wieder an, ja? Tschüss, Ella!«

Ja, was gab es denn zu erzählen? Den Silvesterkuss und sonst eigentlich nichts, außer dem Gefühl, dass Ella keine Ahnung hatte, was sie eigentlich wollte. Roberts Auftauchen hatte einen ganzen Schwall an Gefühlen in ihr ausgelöst.

Da war sie wieder zwischen ihnen. Diese Vertrautheit all der Jahre, die sie immer genossen hatte, das schlichte Wissen, dass er da war.

Noch einmal ging sie zurück zum Fenster neben der Eingangstür. Robert holte gerade mit der Axt aus und spaltete einen der Holzkeile in zwei kleinere.

Ella griff nach ihrer Strickjacke, hob den Korb vom Boden auf, trat hinaus auf den Hof und ging hinüber zu Robert. Er hatte in der relativ kurzen Zeit schon einiges an Holz zerkleinert, und sie begann, Scheite davon in den Korb zu sortieren.

»Was würdest du denn essen wollen?«, fragte Ella beiläufig und richtete sich wieder auf.

»Pasta Arrabiata, wenn du alles dafür dahast, übernehme ich gern das Kochen.«

Ella lief augenblicklich das Wasser im Mund zusammen. Niemand konnte diese scharfe italienische Tomatensoße so fein abschmecken wie Robert. Selbst in Restaurants war sie oft genug enttäuscht, wenn sie das Gericht bestellte.

»Alles da.«

»Hast du denn jetzt schon Hunger?«

»Nein, nein, ich wollte nur …« Ella hielt ganz kurz die Luft an. »Warum bist du hierhergekommen, Robert?«

Wieder fuhr sich Robert durchs Haar. Diesmal war er verunsichert. Das erkannte Ella an seinem abgespreizten kleinen Finger und der fahrigen Bewegung.

»Ehrlich. Ich weiß es nicht. Vielleicht –« Er brach ab und steckte beide Hände in die Taschen seiner Jeans. »Vielleicht wollte ich dich noch einmal sehen, wollte mich davon überzeugen, dass es vorbei ist, wollte es fühlen. Nicht nur du gehst weiter im Leben, Ella, ich muss das auch.«

Ella schluckte und hielt den Henkel des Korbs umklammert. Schwer zog er ihren linken Arm nach unten.

»Ich glaube«, begann Ella leise, »nach so vielen Jahren, die wir ein Wir waren, kann man das vielleicht alles gar nicht so schnell begreifen. Der Korb ist schwer. Ich bringe das Holz rein.«

Robert nickte. »Macht es dir etwas aus, wenn ich mir die alte Kutsche anschaue, von der du gesprochen hast?«

»Natürlich nicht.« Ella deutete mit der freien Hand auf das breite Scheunentor. »Rechts an der Wand ist auch ein Lichtschalter.«

Entspannt schlenderte Robert hinüber. Er hatte bisher weder nach ihrem WLAN-Passwort gefragt, noch hatte er sein Laptop an den Küchentisch getragen, um nur schnell mal drei, vier E-Mails für die Arbeit zu schreiben. Er erschien ihr anders als sonst.

Charlotte

2. Dezember 1945

Es kam kein weiterer Brief mehr von Pay.

Der Sommer verging in einen kühlen und nassen Herbst, in dem so oft Land unter war, dass ich die Hühner manchmal in die Küche holen musste, weil ihr kleiner Stall überschwemmt wurde. Manchmal verdarb das Salzwasser sogar den Fehting, dann blieb mir nichts anders mehr übrig, als an die eiserne Süßwasserreserve in der Zisterne zu gehen, die tief in der Erde vergraben war.

Der Wind, denke ich manchmal, erkennt mich gar nicht mehr als Menschen. Er hat aufgehört, zu flüstern und zu raunen, oder ich höre es einfach nicht mehr?

Was ich schreibe, wenn ich es so lese, klingt trauriger, als ich mich in Wahrheit fühle.

Die anfängliche Ungeduld, mit der ich auf Pays Rückkehr gewartet habe, ist einer Gewissheit gewichen, dass er eines Tages zurückkommen wird, wenn die Zeit reif ist.

Die Zeit habe ich unterschätzt. Mein bisheriges Leben lang. Viele Dinge in unserem Leben sind wie ein gutes Brot, das Zeit braucht, um zu gehen. Zwischendurch kneten und dann einfach wieder ruhen lassen.

Liebe ist ein großes Wort für etwas, das sich ganz klein in meinem Herzen eingenistet hat. Vielleicht sogar schon am ersten Tag, an dem ich Pay begegnet bin, wer weiß?

Was nicht stimmt, ist, dass die Zeit alle Wunden heilt. Sie legt bestenfalls Schorf darüber, der immer mal wieder aufreißt, und dann schmerzt es genau wie zu Anfang. Egal ob es Keikes Tod ist oder der meiner Eltern. Auch alte Wunden können bluten.

Heute ist jedenfalls der erste Advent, und ich habe eine Kerze angezündet und ins Küchenfenster gestellt.

Für mich.

Für Pay, damit er mich findet.

4. Dezember 1945

Vielleicht liegt es an der Kerze. Vielleicht auch daran, dass ich in meinem letzten Heft nur noch weniger Seiten übrig habe.

Aber von Anfang an.

Ich habe die Schafe gestern auf die andere Seite der Hallig getrieben. Es ist zwar nachts frostig, aber tagsüber taut die Sonne den Raureif, der sich morgens über die Salzwiesen legt.

Ich wollte, dass sie noch ein wenig grasen, bevor der Schnee kommt. Und er wird kommen, da bin ich mir ganz sicher. Man kann es am Himmel sehen. Schwer zu beschreiben, aber Keike hat es mir gezeigt. Es ist, kurz bevor der Schnee kommt, ein weißlich warmes Leuchten, das in den Abendstunden vom Himmel ausgeht.

Ich stand also so auf der anderen Seite der Hallig, als Piet ganz plötzlich den Kopf hob und die Nase in den Wind hielt. Ich folgte seinem Blick mit den Augen. Erst dachte ich, es wäre eben einfach ein Schiff, das die Hallig passiert, aber nur wenig später sah ich, dass es größer wurde. Ein Fischkutter.

Und noch während ich so auf das Meer und die anrollende Flut starrte, rannte Piet plötzlich los. Er ist alt, so schnell habe ich ihn seit Jahren nicht mehr rennen sehen. Ich folgte ihm den Weg zur Anlegestelle entlang und rief ein-, zweimal seinen Namen, aber entweder er wollte nicht hören, oder der Wind hat mir die Worte entrissen.

Etwas passierte da draußen auf dem Meer, und was es auch war, es verjüngte Piet um etliche Jahre. Auch er hat lange keinen Ton mehr von sich gegeben, und ich zuckte zusammen, als er schwanzwedelnd unten am Anleger bellte.

Natürlich habe ich an Pay gedacht und für einen Moment gehofft. Aber ich habe oft gehofft, so oft, dass ich es mir jetzt nicht wirklich erlaubte.

Vielleicht, dachte ich, wird es jemand sein, der mir etwas verkaufen will. Trotzdem beschleunigten sich meine Schritte von ganz allein. Erkennen konnte ich niemanden auf dem Kutter, als ich die Anlegestelle erreichte, obwohl das Schiff schon nahe war. Piet ist zum Poller am äußersten Ende gerannt, und er hörte nicht mehr auf zu bellen. Kleine weiße Atemwölkchen stiegen vor seinem Maul auf und mischten sich mit der frostig klaren Winterluft.

Ich blieb weiter vorn auf den Holzplanken stehen, rieb mir frierend die Oberarme und wartete, bis das Schiff anlegte und ein Mann von Bord sprang, um das Tau um den Poller zu knoten.

Überall hätte ich ihn erkannt. Vielleicht ist er ein wenig schlanker geworden, aber seine Schultern sind breit wie eh und je. Seine Haare sind zu lang. Sie kräuseln sich über dem Kragen der abgewetzten blauen Wolljacke. Aber seine Augen sind dieselben.

Nachdem er Piet über den Kopf getätschelt hatte, rannte ich los.

Mein Leben mit Pay beginnt mit einer Umarmung. Manchmal, finde ich, ist sie wichtiger noch als ein Kuss, denn sie kann ewig dauern, ihrer wird man nicht müde, und wenn man sich doch irgendwann löst, dann bleibt die Wärme des anderen an all den Stellen zurück, an denen sich die Körper berührt haben.

Wie lange wir so standen, weiß ich nicht. Ich habe die Arme um Pays Hals geschlungen und meinen Kopf an seiner Schulter vergraben. Die Welt da draußen habe ich nicht mehr gesehen. Es gab nur noch ihn und mich.

Geweint habe ich auch und gelacht, als Piet seinen Kopf zwischen unsere Knie drückte.

Es kommt mir vor wie ein Wunder, dass er wieder da ist. Genauso ein großes Wunder, wie wir uns vor vielen Jahren fanden.

Schließlich hob ich doch den Kopf. »Woher kommt der Kutter?« Ich muss mich räuspern. So rau war meine Stimme vom Nichtsprechen geworden.

»Von einem gewissen Jeffrey Wilkins. Er sagt, er habe meinen auf einer Sandbank kurz vor Plymouth versenkt und würde mir jetzt seinen schulden.« Ein Lächeln legte sich in seine Augenwinkel und zog die Haut über seinen Wangen in feine Falten. »Das sind die ersten Worte, die wir miteinander sprechen?«

Ich griff nach seiner Hand. »Was willst du denn lieber hören?«

Dann hat er mich ganz lange angesehen, so als müsste er sich vergewissern, dass ich es bin. »Nichts«, sagte er schließlich lachend. Und dann erst haben wir uns geküsst. Sehr weich und sehr warm für einen so kalten Wintertag, an dem die ersten weißen Flocken im Wind trudelten.

Von jetzt an werde ich nie mehr allein sein.

Ella

Ella schlug das Tagebuch zu, als Robert hereinkam und sich die Hände am Ofen rieb.

Für Charlotte war alles am Ende gut ausgegangen. Nicht so, wie sie es sich als junge Frau einmal erträumt, gewünscht und erhofft hatte, aber es war gut. Den Fotos nach zu urteilen, die Ella in den Alben und Kisten betrachtet hatte, sahen sie und Pay sehr glücklich aus, und das Wenige, das ihre Großmutter ihr erzählt hatte und Ella noch einfiel, war auch, dass Charlotte und Pay sich sehr geliebt hatten.

Ja, genau, jetzt fiel es ihr ein, was ihre Großmutter gesagt hatte: »Meine Eltern waren sich sehr ähnlich und meist einer Meinung, ohne dass sie sich absprechen mussten.«

Nachdenklich sah Ella auf das Tagebuch. Vielleicht war das der Schlüssel zu einer langen, glücklichen und harmonischen Beziehung? Ähnlichkeit. Den Eindruck hatte sie aus Charlottes Leben auch gewonnen. Pay und sie waren beide eher pragmatisch gewesen, sie haben gemeinsam die Hallig und das Leben auf ihr geliebt, waren darüber hinaus aber beide zähe, unaufgeregte Menschen, die in sich immer den Willen gefunden hatten, auch die größten Schicksalsschläge zu verkraften.

»Was liest du da?«, fragte Robert unvermittelt in ihre Gedanken. »Oder führst du Tagebuch?«

Ella schlug eine Seite auf und hielt sie ihm hin. »In Sütterlin? Wohl kaum.«

»Und du kannst das lesen?«

Ella zuckte mit den Schultern. »Ich bin Apothekerin, und ich würde sagen, so manche Arzthandschrift ist sehr viel unleserlicher als das.«

»Das ist wohl auch wieder wahr. Können nicht alle so gut schreiben wie Anwälte. Wenn du mir sagst, wo du alles hast, koche ich gern.«

Ella nickte und stand auf, stellte Topf und Pfanne auf den Herd, holte Tomaten, Zwiebeln und Knoblauch aus der Vorratskammer, während Robert schon das Holzbrett auf den Küchentisch gelegt und sich ein Messer aus dem Block genommen hatte.

»Soll ich dir helfen?«, fragte Ella und glitt wieder auf die Bank.

»Nein, danke, ich mach das gern.« Zügig häutete Robert eine Zwiebel. Er musste nie weinen, wenn er sie schnitt, ganz im Gegensatz zu Ella, die zum Zwiebelschneiden immer eine Taucherbrille aufsetzte, die am Ende doch von innen beschlug.

»An der Kutsche müsste man noch ein bisschen was machen, denke ich. Das Holz wirkt morsch«, sagte Robert.

»Möglich. Ich werde schon jemanden finden, der das kann.«

»Sicher.« Robert machte eine kleine Pause. »Vielleicht kann dir Brar helfen? Ihr wirkt gut befreundet.«

»Das bleibt nicht aus, wenn man nur einen Nachbarn hat.«

»Wahrscheinlich«, gab Robert zurück und sah auf die Zwiebelwürfel, die unter seinen Händen entstanden. »Es ist mir nur aufgefallen, dass ihr sehr ... vertraut wirkt.« Jetzt erst hob er den Kopf, und Ella wich schweigend seinem Blick aus. Nur aus den Augenwinkeln sah sie einen feinen traurigen Zug um Roberts Mund.

Unvermittelt ließ er das Messer über der halben Zwiebel sinken. »Es tut mir leid, Ella.«

»Was tut dir leid?«, fragte sie leise und spürte, dass all die Wut, der Ärger und die Verletzung wieder in ihr aufstiegen. Genau deshalb hatte sie sich von Robert getrennt, weil er das eben nicht nachvollziehen konnte.

»Ich hab dich alleingelassen. Ich ... ich war unaufmerksam und habe nicht begriffen, wie es dir geht, was für dich eigentlich alles nicht gut läuft. Ich hab es nicht gesehen, dass du eigentlich gar nicht für deine Apotheke kämpfst, sondern dich nur daran geklammert hast, damit du nicht untergehst. Ich liebe dich, und ich hätte … einfach besser aufpassen müssen. Auf dich. Auf mich. Auf uns.« Er schluckte hörbar. »Und jetzt habe ich das Gefühl, es ist zu spät. Ist es das?«

Ella lehnte sich zurück. Wann hatten sie das letzte Mal so miteinander gesprochen? Sie hatten es beide schleifen lassen, hatten zugelassen, dass sie sich entfremdeten. Robert war in seiner Welt gefangen und sie auch. Waren Brar und sie sich nicht viel ähnlicher? Sie liebten beide die Hallig, das Leben hier, das Meer, den Wind und sogar Land unter.

Robert dagegen …

Einen Moment lang presste Ella ihre beiden Zeigefinger gegeneinander. »Darum geht es gar nicht.« Sie sah auf und Robert an. »Ich frage mich einfach, inwieweit wir eigentlich auf demselben Lebensweg gehen. Vor ein paar Wochen bin ich radikal abgebogen. Ohne dich. Wie könnte es denn weitergehen? Wir waren doch vorher schon jeder für sich. Du in Frankfurt, ich in Berlin.«

»Ich dachte, unsere Wege würden sich eines Tages treffen, aber … du hast mir auch keine Chance gegeben.«

Ella stützte sich auf den Tisch und stand auf. Da war er wieder. Vorhin schon aufgeflammt, drohte sich ihr Ärger jetzt zu entzünden. »Ja, genau. Ich habe mich erdreistet, auszubrechen und nicht mehr darauf zu warten, dass du einen Schritt auf mich zumachst …« Ihre Stimme war zum Ende lauter geworden. »… und ob überhaupt.«

Ungerührt von ihrem Ausbruch stand Robert auf, drehte die Flamme unter der Pfanne an und gab die Zwiebel ins Öl.

»Genau, und das tut mir sehr leid.«

So schnell, wie Ellas Wut aufgestiegen war, flaute sie ab, als sie den Ausdruck in Roberts Augen sah. Da war etwas, das sie anrührte. Seine Ehrlichkeit hatte sie immer entwaffnet. Er hatte noch nie ein Problem damit gehabt, einen Fehler zuzugeben.

Er drehte mit einem Ruck die Flamme unter den Zwiebeln ab, trat einen Schritt zurück. »Noch ist Flut«, sagte er nachdenklich.

»Was meinst du?«, fragte sie erstaunt.

»Ich sollte fahren, Ella.« Hilflos breitete er die Arme aus. »Ich habe, seitdem ich hier ankam, das Gefühl, ich bin dir ein Klotz am Bein. Vielleicht stimmt es. Vielleicht haben wir uns einfach auseinandergelebt, und ich dachte, es würde reichen, wenn ich hierher käme und dir sagen würde, dass –« Er brach ab. »Egal. Dieser Brar, er scheint mir mehr als nur ein guter Freund für dich zu sein, und ich will da nicht im Weg stehen. Ich … wollte dir noch nie im Weg stehen.«

Ella war so überrascht, dass sie gar nichts sagen konnte, sondern nur beobachtete, wie Robert die Küche verließ. Dann hörte sie ihn auf der Treppe nach oben telefonieren.

Das war es. Es war vorbei. Robert würde ein letztes Mal diese Treppe herunterkommen und zur Tür herausgehen.

Vielleicht sehe ich ihn nie wieder, dachte Ella, und genau dieser Gedanke legte sich um ihre Kehle wie ein festes Band, das unaufhaltsam enger gezogen wurde. Trotzdem blieb sie einfach sitzen, unfähig, sich zu bewegen, auch als Robert nur wenige Minuten später im Mantel und mit seinem Koffer noch einmal kurz in die Küche sah.

»Es ist knapp, aber Hansen kann es mit dem Boot schaffen, bevor das Wasser abläuft.« Robert holte Luft. »Alles Gute, Ella.«

Dann war er weg. Die Haustür fiel hinter ihm ins Schloss.

Nachdenklich starrte Ella auf Charlottes Tagebuch.

Nie mehr allein, hatte Charlotte geschrieben. Und Ella war, als würde das Klappen der Haustür wieder und wieder in ihrem Kopf nachhallen, als würde sie das Geräusch verfolgen, so als hätte es sich mit dem Haus verbunden.

Ein kalter Schauer lief Ella über den Rücken. Sie war oft hier allein gewesen. Die meiste Zeit sogar, aber nie war es ihr bewusster geworden als in diesem Augenblick.

Sie war traurig nach Karlas Abreise. Es betrübte sie, wenn Brar nicht auf der Hallig war, aber jetzt, nachdem Robert die Tür hinter sich zugezogen hatte, war sie allein.

Ohne Robert war sie allein.

Charlotte hatte auf Pay gewartet. Und hatte sie selbst nicht auch auf Robert gewartet, ohne dass ihr das klar gewesen wäre?

Wie hatte sie so blind sein können? Wie hatte sie sich so verzetteln können und vom Weg abbringen lassen?

Hastig stand sie auf und schlüpfte im Flur in ihre Schuhe. Keine Zeit. Sie griff nach ihrer Strickjacke und schlüpfte hinein, während sie den Warfthang hinunterlief.

Würde sie es rechtzeitig schaffen? Das war ihre Chance.

Vielleicht ging es ihr wie Charlotte, die erst begriffen hatte, wen sie eigentlich liebte, als der Krieg ihn ihr beinahe nahm, als sie ihn entbehren musste, sich nach ihm sehnen. Wem galten ihre Gedanken abends vor dem Einschlafen? Immer schon Robert und niemandem anders.

Brar war ihr Jeffrey, und vielleicht war es auch gut so. Vielleicht, dachte sie, während sie über einen Stein hüpfte, vielleicht braucht jeder mal von Zeit zu Zeit einen Jeffrey, damit man begreift, was man hat.

Robert war der Mensch, der sie liebte, der alles für sie tat, aber das bedeutete doch nicht, dass er fehlerlos war. Ja, sicher, er hätte aufmerksamer sein können. Sie doch aber auch, oder?

Dämmerung senkte sich über die Hallig, und Ella konnte schlecht erkennen, ob das kleine Boot gerade an- oder ablegte. »Robert!«, brüllte sie, so laut sie konnte. »Warte!«

Das Boot legte an. Sie sah eine Gestalt am Anleger stehen.

Ella rannte weiter, blieb erst am Ufer stehen und hielt sich die Seite. Fünfhundert Meter Sprint war etwas, das auch sie nicht aus dem Ärmel schüttelte. »Robert«, keuchte sie noch einmal. »Warte.«

»Nein, wir können nicht warten«, mischte sich Kapitän Hansen ein. »Das Wasser läuft ab.«

Ella holte Luft. »Fahren Sie, Hansen, den Mann hier, den geb ich nicht her, der bleibt hier.«

»Wie meinst du das?«, fragte Robert entgeistert.

Kapitän Hansen warf Roberts Koffer schwungvoll zurück auf den Anleger. »Sie haben doch gehört, was die Prinzessin gesagt hat. Es wird hiergeblieben!«

»Halligprinzessin, bitte, so viel Zeit muss sein.« Ella holte wieder keuchend Luft.

Kapitän Hansen lachte und ließ sich wieder auf den Sitz hinter das Steuerrad fallen. »Von mir aus!« Er gab Gas, und das Boot drehte ab.

»Wie meinst du das?«, fragte Robert noch einmal und sah dem Boot nach.

»Ich hab keine Ahnung. Ich weiß nur, du kannst nicht fahren. Ich dachte immer, es gäbe kein Wir mehr, aber es gab immer eins, weil ich dich vermisst habe. Ich hab es erst begriffen, als ich …« Noch einmal schnappte Ella nach Luft, »… als ich dachte, ich sehe dich nie wieder. Ich kann nicht ohne dich, und ich will nicht ohne dich, Robert. Ja, dann bist du manchmal eben ein ungeschickter Trampel, was meine Gefühle angeht, aber das kann ich dir ja dann auch sagen, oder?«

»Trampel?« Er zog eine Augenbraue und beide Mundwinkel breit nach oben.

»Ich will nur keine Fernbeziehung mehr, Robert. Vielleicht … nein, ganz sicher ist das unfair. Ich stelle dich hier vor vollendete Tatsachen, aber wenn du mich auch willst, dann nur hier. Auf der Hallig. Sonst rufe ich den alten Freerichs an und lass dich mit der Kutsche abholen.«

Es war noch hell genug, dass sie ihm gerade in die Augen sehen konnte, als er auf sie zukam.

»Keine Kutsche«, sagte Robert leise, blieb vor ihr stehen und legte ihr eine Hand an die Wange.

Ein kleiner Seufzer entfuhr Ella. Sie hatte ganz vergessen, wie warm ihr immer wurde, wenn er sie berührte. Und es fühlte sich genauso richtig an. Sie schloss die Augen.

»Dann kann ich es dir ja endlich sagen.«

»Was sagen?«, fragte sie und riss die Augen wieder auf.

»Ich habe in der Kanzlei gekündigt.«

»Du hast was?«

»Ja, du hast schon richtig gehört. Gekündigt. Ich wollte es dir vorhin schon erzählen, als ich ankam, aber … es fühlte sich nicht richtig an. Ich wollte dich damit nicht unter Druck setzen.«

»Aber wie … Robert, die Kanzlei ist dein Leben!«

»Ach, Ella … du bist mein Leben. Dein Mut, alles hinter dir zu lassen und ganz neu anzufangen, hat mich beeindruckt. Mehr, als ich zu Anfang zugeben wollte. Und dein Mut ist ansteckend. Je mehr ich versucht habe, mir dich auf der Hallig vorzustellen, desto eingesperrter habe ich mich in der Kanzlei gefühlt. Ich fing an, darüber nachzudenken, was ich wirklich will, und mir wurde klar, dass ich mich das noch nie gefragt habe. Ich habe eine Vernunftentscheidung nach der anderen aneinandergereiht. Und jede dieser Entscheidungen mündete in einen Weg, der absolut vorhersehbar war. Jetzt dagegen …«

»Jetzt dagegen?«, wiederholte Ella beinahe ungläubig, als Robert innehielt und tief einatmete.

»Es ist seltsam. Nachdem ich meine Kündigung abgegeben hatte, sprudelte es in meinem Kopf. Zum ersten Mal in meinem Leben habe ich Ideen, Ella, und die Lust, etwas Neues zu tun. Ich bin immer noch Anwalt, und das werde ich immer sein. Ich liebe, was ich tue, aber eben nicht mehr in einer Wirtschaftskanzlei.«

»Wie meinst du das?« Stirnrunzelnd legte Ella den Kopf schräg.

Robert fuhr sich durchs Haar, das der Wind zerzaust hatte. »Ich habe mich für die Rechtsabteilung von Japsand beworben. Dem Verein, der unter anderem auch die Naturschutzstation auf Südfall betreibt, aber eben noch so viel mehr tut.« Robert lächelte. »Ja, also, und wenn ich sage, ich habe mich dafür beworben, dann … Also, wenn sie mich nehmen, dann bin ich die Rechtsabteilung. Ab und an werde ich sicher reisen müssen, aber den Großteil meiner Arbeit kann ich von überall aus erledigen.«

Ella griff nach seiner Hand, drückte sie fest gegen ihre Wange. Vielleicht hatten sie diese Hallig beide gebraucht, um zu verstehen, was wirklich zählte. »Ich hätte da ein hübsches Arbeitszimmer.«

»Meerblick?«

Ella lachte hell auf. »Hier sieht man immer das Meer.«

»Vielleicht wäre das etwas für mich.« Robert zwinkerte ihr zu, und für einen Moment lächelten sie sich an, bis beide wieder ernst wurden.

»Komm nach Hause«, flüsterte sie.

»Bin ich schon längst«, murmelte Robert, bevor er sie küsste und sich die Dunkelheit auf Südfall hinabsenkte.

Hier hatte Charlotte Pay nach all den Jahren in die Arme geschlossen, hier hielt Robert sie fest und drückte sie an sich. Hier gab sie sich ganz diesem Kuss hin, dieser innigen Verbindung, die sie verspürte.

Das Band, das sie schon zerrissen wähnte, hatte vielleicht einfach nur ein bisschen durchgehangen. Jetzt hatte sie das Gefühl, es war stärker als jemals zuvor.

»Südfall ist ein magischer Ort«, sagte Ella leise, und Robert griff mit der linken Hand nach seinem Koffer und hielt mit der rechten Hand Ella sehr fest.

Gemeinsam folgten sie dann dem Weg zur Sönkenswarft.

»Halligprinzessin.« Robert lachte. »Das passt zu dir.«

Ella lachte mit. Und du bist mein Halligprinz, dachte sie und legte den Kopf an seine Schulter.

– Ende –

Der Zauber des Meeres und die große, leidenschaftliche Liebe

Marie Merburg
OSTSEETRÄUME
Roman
400 Seiten
ISBN 978-3-404-17927-5

Die alleinerziehende Constanze zieht mit ihren Kindern nach Rügen. Nach dem Tod ihres Mannes vor vier Jahren will sie hier nicht nur im Job, sondern auch in der Liebe einen Neuanfang wagen. Gemeinsam mit ihrer besten Freundin versucht Conny ihr Glück mit Online-Dating. Ob sich hinter Toastbrot_81, SchmusiHasi oder Cunnilingi2000 der Richtige versteckt? Während Conny sich auf der Insel immer mehr einlebt, taumelt sie von einem Katastrophen-Date zum nächsten. Aber schließlich ist sie sicher, ihren Traummann übers Internet gefunden zu haben. Alles scheint perfekt – bis ihr neuer Nachbar dazwischenfunkt ...

Endlose Strände, einsame Dünen und eine große, leidenschaftliche Liebe

Marie Merburg
OSTSEEFUNKELN
Roman
400 Seiten
ISBN 978-3-404-18365-4

Laura gilt als pflichtbewusst und karriereorientiert. Doch als sie in einem Hotel auf Rügen ihren Verlobten im Bett mit ihrer Freundin erwischt, knallen bei ihr die Sicherungen durch. Nach einer Nacht auf dem Polizeirevier flüchtet sie sich zu ihrer Tante Gerti, um dort zur Ruhe zu kommen. Diese wird jedoch gründlich durch die Hunde des Nachbarn gestört. Für Anwältin Laura juristisch ein klarer Fall – doch dummerweise gibt es etwas, das sie unbedingt von dem nervigen Nachbarn haben möchte ...

Lübbe

»Wer die Wahrheit sucht, darf nicht erschrecken, wenn er sie findet«

Eva Almstädt
OSTSEEFALLE
Pia Korittkis
sechzehnter Fall

416 Seiten
ISBN 978-3-404-18398-2

Bei der Sanierung eines Bauernhauses entdecken die Bewohner im Keller einen skelettierten Schädel. Kommissarin Pia Korittki leitet die Ermittlungen. Sie stößt auf den Fall einer vor neun Jahren verschwundenen jungen Frau. Der damals Hauptverdächtige lebt noch immer in dem kleinen Ort. Doch all das wird nebensächlich, als Pia die Nachricht erhält, dass ihr Sohn Felix einen schweren Unfall hatte. Zu spät erkennt sie, dass es eine Falle war – und dass der Cold Case, in dem sie ermittelt, alles andere als »kalt« ist ... Ein Fall, der Pia Korittki in tödliche Gefahr bringt!